Sissycici 著

青岛出版集团 | 青岛出版社

图书在版编目（CIP）数据

燥雨 / Sissycici著. -- 青岛：青岛出版社，2025. -- ISBN 978-7-5736-3256-2

Ⅰ. I247.5

中国国家版本馆CIP数据核字第20258HX379号

| | |
|---|---|
| 书　　名 | ZAO YU<br>燥　雨 |
| 作　　者 | Sissycici |
| 出版发行 | 青岛出版社（青岛市崂山区海尔路182号） |
| 本社网址 | http://www.qdpub.com |
| 邮购电话 | 18613853563 |
| 责任编辑 | 郭红霞 |
| 特约编辑 | 常春红 |
| 校　　对 | 李玮然 |
| 装帧设计 | 蒋　晴 |
| 照　　排 | 梁　霞 |
| 印　　刷 | 三河市良远印务有限公司 |
| 出版日期 | 2025年5月第1版　2025年5月第1次印刷 |
| 开　　本 | 32开（880mm×1230mm） |
| 印　　张 | 10.5 |
| 字　　数 | 330千 |
| 书　　号 | ISBN 978-7-5736-3256-2 |
| 定　　价 | 49.80元 |

编校印装质量、盗版监督服务电话 4006532017　0532-68068050

"阿晏,你不要追着我跑了,
你明明那么优秀,
你就应该站在金字塔间,让我崇拜你。"

# 目录

| | |
|---|---|
| 第一章 优等生 | 1 |
| 第二章 烟海巷的雨夜 | 8 |
| 第三章 浑球儿 | 23 |
| 第四章 海浪与汽水 | 38 |
| 第五章 屋檐下 | 60 |
| 第六章 快快长大 | 104 |
| 第七章 草莓糖 | 136 |
| 第八章 《七里香》 | 164 |
| 第九章 2190公里 | 187 |
| 第十章 387天 | 225 |
| 第十一章 十八岁的约定 | 245 |
| 第十二章 初　恋 | 293 |
| 尾声 燥热的雨，少年的心 | 303 |
| 番外一 留学婚纱照 | 309 |
| 番外二 梦 | 317 |
| 番外三 赛里木湖 | 325 |
| 后　记 | 333 |

第一章

# 优等生

祁南这座沿海城市，一到夏天就像被罩在了闷热的雾里。

祁南二中是祁南离海最近的一所中学。站在祁南二中的高处，还能眺望到不远处泛着银边的粼粼海面。

下午四点。

下学期的一次模拟考试的成绩刚出来，高二（四）班的班主任谢启政正靠着讲台，念班里的同学的成绩排名。他喜欢从最后一名开始念，每念一个名字，就有一个同学站起来。

天气本来就热，他这样做让一群学生紧张到汗流浃背。

谢启政终于念到了前二十名。

"第二十名，王年宇……第十名，韩郁。"

谢启政看了一眼手中的成绩单，一个学期过去了，前十名基本没变过。他从第十名快速地念到了第一名。

"晏孝捷。"

见没人应，他又喊了一次："晏孝捷！"

最后一排靠窗的位置上没有人，桌角上贴着一张白色的字条，字迹被夕阳染成了粉红色。

字条上写着："If clouds are full of water, they pour rain upon the earth.（云若覆满了雨，必定倾倒在地上。）"

这时，班长举手站了起来，对谢启政道："谢老师，您忘了？晏孝捷玩滑板摔伤了腿，请了两天假。"

谢启政"哦"了一声，便没再说什么。

晏孝捷在祁南二中很有名，尤其在高二年级。

他成绩好，长得帅，还会玩。据说，冲浪、滑板、攀岩、滑雪都是他的强项，反正不刺激的项目他不玩。想和他交朋友的女生很多，但敢靠近他的并不多，因为他这个人性子急，脾气火暴。之前有几个女生给他送礼物，都是笑着去哭着回的。

对这名优等生，谢启政是又爱又恨。

他爱，是因为晏孝捷的成绩的确拔尖；恨，是因为晏孝捷的的确确很难管教。

下课铃声一响，几个班的学生一窝蜂地往外钻，狂奔去三楼，楼梯被挤得水泄不通。

祁南二中向来有个传统——每次考试结束后，年级前一百名的名单都会被贴在公告栏上。看自己有没有进榜的人不多，大多数人是凑热闹，瞧瞧前十名会不会有新人入榜，旧人被挤出去。

每次到这个时候，三楼的这块区域就会变得非常热闹。

站在最前面的男生在榜单前看了一遍，无聊地甩了甩手，道："没劲，前十名次次都是这几个人。"

另一个跳起来看的女生把看榜当成了看戏，道："就三分。温乔，你再努力点儿，超过晏孝捷啊。"

这边有多热闹，就显得往楼下走的人有多落寞。

一个穿着校服、身材高瘦的女生正默默地离开人群。阳光轻轻地覆在她白皙的肌肤上，偶尔一阵风吹来，她身上的百褶裙的裙摆微微荡起来。

她明明那么漂亮，但气质又那么高傲冷淡。

祁南二中的校门外，第一个拐角处的巷子里，有一幢刚翻新的楼，一楼是小卖部，叫"喜哥超市"，地下一楼是"坏学生"的驻扎地。

据说喜哥超市的老板喜哥以前并不安分,打过架,坐过牢。他现在成了家,性子才改了点儿,但是这寸头和满胳膊的文身还是让人一看就怕。

他现在绝不做犯法的事。

地下一楼是半地下室,人待在里面,只有通过那扇狭长的窗户才能见到点儿阳光。里面的娱乐物品——音响、架子鼓、电吉他、台球、飞镖……都是喜哥的宝贝。

沙发边,三个男生围在一起玩跳棋。

轮到黄安元走下一步了。路几乎被玻璃球堵死,他不知该如何下手,最后随便跳了一步。见状,沙发上的男生一巴掌拍向他的头。

黄安元缩着脖子,对打他的人说道:"孝哥,我真没你聪明,你说这棋该怎么走嘛。"

晏孝捷人高腿长。身高一米八八的他,坐在这小沙发里实在难受。他的脸虽然白净,乍一看是一副翩翩少年的模样,但冷峻的眉眼让他不笑时看着有点儿凶。

他将黄安元的棋退回,重新教黄安元走了一遍,并道:"你往左跳一步,再往前跳一步,再顺着右边跳一步,最后能飞两步,这不就直接到家门口了吗?"

黄安元的脑子转得慢,他根本没听明白。

"祁南二中的学霸教你下棋,你好好听着。"

忽然,一个身材高壮的男生弓着背慢悠悠地走了下来。这个男生是晏孝捷最好的朋友——尹海郡。

尹海郡刚从公告栏那边过来,把黄安元挤走,坐到了沙发上,冲晏孝捷说:"这次,真是差了一点儿。"

晏孝捷问:"多少分?"

尹海郡比了个"三"的手势。

晏孝捷轻笑一声,道:"下次,我再让她一分。"

尹海郡朝他的大腿用力地一拍,问他:"你这样有意思吗?"

晏孝捷慵懒地靠在沙发上,回答道:"有,很有意思。"

尹海郡不懂这位优等生的脑回路，没再说话。

刚上楼想拿点儿零食吃的黄安元看到了一道熟悉的人影。他迅速往地下一楼跑，人还在楼梯上，就气喘吁吁地朝晏孝捷喊了起来："孝哥，温乔来了！"

尹海郡"哇"了一声，道："说曹操曹操到。"

晏孝捷立刻站起身。

天变暗，喜哥顺手打开了屋里的两排白炽灯。

小小的超市瞬间变得明亮。

晏孝捷几步跨了上来，漫不经心地拿起货架上的一袋薯片，视线却钻进前排货架的缝隙里寻人。在日化用品那一格，他看到了熟悉的背影，少女的身子一半在光亮里，一半在阴影里。

一个十七岁的少年，在见到少女裙摆下那双笔直、纤细的腿时，很难控制身体里燥热的血气。

温乔跑出来买卫生巾，挑了一包之后，腰还没有直起来，就感受到背后熟悉的气息。

温乔和往常一样，把身后的人当成空气，往收银台的方向走去。

温乔刚准备结账，晏孝捷就扔了一包暖宝宝在收银台上，冲喜哥说："这些总共多少钱？你都算在我的账上。"

喜哥没说话，瞧着旁边的小美女，让她做决定。

温乔本来就因为成绩的事，心情低落了一下午，此时还撞见了自己最讨厌的男生，被他这么一闹，心里更堵得慌。

她迅速结账后离开了超市。

温乔在祁南二中也很有名，不仅因为她长得漂亮，成绩拔尖，还因为她不易亲近。

她和晏孝捷就是活在两个极端世界里的人。

一个冷漠、孤僻，一个桀骜不驯。

"喂，送你一包暖宝宝而已，干吗不要？"晏孝捷追了出去，只是玩滑板时摔伤的腿跑起来还一瘸一拐的。

温乔转过身，乌黑的长发披至腰间，碎发被她拨到耳后。她虽有一张生得极为精致的脸，但气质过于清冷。她反问："我们很熟吗？我为什么要收你的东西？"

晏孝捷挑眉，笑了笑，问："我们不熟吗？"

温乔："……"

夏天的雨下起来又急又大，还沾着海风，又咸又湿。

晏家院子里的玫瑰花被雨重重地拍打着，花枝被压弯，娇媚的花朵都垂下了头。

中式风格的餐厅里四处是檀木家具。

餐桌旁，家中的主人似乎在训斥自己的儿子。

晏孝捷弯着腰，十几分钟里都没有抬起过头，因为父亲对他这次模拟考试的成绩很不满意。

晏孝捷的父亲晏炳国在家里拥有绝对的话语权，晏孝捷的母亲曾连萍虽然与晏炳国很恩爱，但在晏炳国动怒时也帮不上什么忙。

晏炳国浓眉拧起，攥起一片三文鱼肉，蘸了点儿作料，送进嘴里，咀嚼几下吞咽后，开始质问晏孝捷："这个学期，你连十分都提不上去？"

晏孝捷再不服管教，在父亲的面前也只能诚恳地道歉："对不起，是我愚笨。"

晏炳国放下筷子，手肘抵在桌上，十指交叉，来回摩挲手背，说道："前几天朋友聚餐，他们问我你这几次考试的名次，我都不好意思开口。人人都认为我晏炳国的儿子至少能考进市里的前十名，没想到你连二中的前三名都进不去。"

"对不起，是我辜负了您的期望。"面对父亲的指责，晏孝捷从不顶嘴。不管是有理还是没理，他都咬碎牙往肚子里咽。

"炳国，"曾连萍还是想帮儿子的，"阿晏下次会努力的，慢慢来。先让他吃几口饭。"

丢了面子的晏炳国正在气头上。他重重一哼，道："他饿一顿死不了，若再掉三分，就连我们家阿姨的女儿都比不过了。"

晏孝捷不敢出声，只垂着头。

老厂的小区里，老房子的红砖墙被雨水浸透，墙角还生着几大片苔藓，虫蚁密密麻麻地乱爬着。

九栋，101，温乔的家。

她的父母离婚后，母亲跟着情夫去了美国，父亲也娶了新妻子。两年前，她的父亲意外去世了，此后她便和继母徐蓉一起生活。

徐蓉人不错，肯替亡夫养女儿，唯一的毛病就是私生活混乱，总喜欢带男人回家。

雨声很响，影响了温乔做作业，她便拉紧了窗帘。

她怕徐蓉带回来的男人闯进来，照常反锁住房门后又用铁椅子挡住门。这样，她才能在屋子里待得安稳。

温乔做完一套试卷，想去洗手间。虽然衬衫的扣子已经全部扣上，但她还是披上了一件外套。家里的空调坏了，还没来得及修，不一会儿，她就出了汗。

经过继母的卧室时，温乔听到了女人的叫声和男人说脏话的声音。她捂住耳朵，低着头飞快地往前走。

温乔的脚步几乎无声，可一从洗手间里出来，她就撞见了被徐蓉带回来的男人。

男人只穿了一条肥大的格纹四角裤，肚子上是一层层油腻的肥肉。他就这样不害臊地在走廊里晃悠，色眯眯地盯着眼前亭亭玉立的少女。

男人走到温乔的面前，对她说道："你是她的继女吧？你们没血缘关系我知道的。你长得真不错啊，比电视里的那些女明星都漂亮。"

温乔见他朝自己逼近，踢了他一脚，飞奔回房，紧张地锁上了门。

"你敢踢老子？！"男人摸着疼痛的小腿，怒道，"老子今晚不会放过你的！"

他一会儿捶温乔卧室的门，一会儿疯狂地拧门把手。

"什么事啊？"

套了一条宽松的长裙走出来的徐蓉见到眼前的情况后，大致清楚发生什么事了。

温建的女儿长得太漂亮，太容易让男人想入非非。不过，她也不至于太心黑，抱着新男友撒娇道："哎呀，和小姑娘斗什么气啊？来，来，来，我们再玩一会儿。"

男人又踢了一下门，才同徐蓉回屋。

等确定外面真没动静后，温乔一颗心才落地。

她没有时间愤怒和难受，现在必须离开这里，去一个安全的地方过夜。于是，她快速地收拾好书包，然后拉开柜子，取出一串钥匙，在门边抱起一把生了锈的旧雨伞，跑了出去。

天空被乌云覆盖，水泥路坑坑洼洼，少女踉踉跄跄地从寂静的老厂里穿过。

温乔撑着小小的伞，扯着书包的背带，往公交车站奔去。

这么大的一座城市，却没有一个真正属于她的家。

她的避难所也不属于她。

祈南二中附近有一条老巷子，因为隔了一条街道就是海，所以它有一个很好听的名字——烟海巷。

雨夜的海边如烟如雾。

那些飘洒在海面上的雨水也被海风吹斜了。

温乔每次只要走到这里，心情就特别放松，即使这儿不是她的家。她低头，将长发拨到耳后，盯着脚下的影子。温乔放慢了脚步——她喜欢一个人在宁静的海边小道上漫步。

巷尾有一座带院子的老房子，那儿是她的避难所。

温乔推开木栅栏，这时的雨已经小了许多。她见屋里没有开灯，便贴到门上听了听，确定里面没有动静，才拧开门锁，摸黑进了屋。

她把书包放在沙发上，想去开灯时，却看到厕所里有光。

她心一惊：难道他也在？

忽然，厕所的水池边传来了少年的声音。

"你来得正好，帮我一下。"

## 第二章
# 烟海巷的雨夜

厕所里的少年是晏孝捷。

他脱了校服,只穿着一条牛仔裤,灯泡的瓦数不高,比较明亮的几道光刚好照向他的背。十七岁的少年,背脊宽阔却不壮,腰肌紧实,线条流畅,肌肤很白,接近冷白皮,所以他背上的伤痕更明显了。

水池边是刺鼻的药水味。如果没人,晏孝捷也勉强能给自己擦药,但既然她来了,他就想使一下坏。

见温乔站着迟迟没动,他双手撑向发霉的木水池台,从镜子里看着她,笑道:"都看过我洗澡了,还介意给我的背上点儿药?"

温乔并不是那种被挑逗两句就会脸红的女生。她抽出一根棉签,在药水里浸湿,然后顺着晏孝捷背后的伤涂抹。

她不喜欢他,可至少在这一刻,他的房子救了她。

药水有点儿刺激,晏孝捷忍着疼"咝"了几声,道:"温乔同学,你下手轻点儿。"

温乔之所以排斥他,正是因为他总是摆出一副吊儿郎当的模样。在他说完后,她迅速给他上完了药,把棉签往垃圾桶里一扔,就回了客厅。

这套房子年岁已久，中间翻新过一次，不过也是十几年前的事了。一盏漂亮的水晶灯只剩下两三个灯泡还亮着，一到下雨的夜晚，整个房间就既昏暗又潮湿。

温乔在沙发上坐下后，拿出作业本，缩在一旁，问晏孝捷："你要在这里过夜吗？"

晏孝捷边穿T恤边回答道："看心情吧。"

也是，房子是他的，他想走就走，想留就留。

温乔没抬眼，道："好，那我一做完作业就走。"

晏孝捷知道她讨厌他，但还是极有耐心地"陪她玩"。

沙发很小，晏孝捷坐下时，沙发猛地往下一陷。

他很喜欢户外运动，所以身材很精壮，浑身散发着张扬的少年感。

老屋的通风性本来就不太好，外面湿热的风只能从一扇小窗吹进来。

温乔因为闷热而有些烦躁，试图站起来，并对他说道："我去那边坐。"

她抱起桌上的书本，用力挤开晏孝捷，起身走向了旁边的餐桌。

餐桌是十几年前买的老木桌，轻轻一碰桌腿就来回晃。她将几本书放上去后，手就没办法压在桌面上写字了，更别说全神贯注地做作业了。

见温乔宁可憋屈地将手腕悬空写字，也不愿坐回来，晏孝捷投降了，道："那桌子都老胳膊老腿了，我们换个位置。"

或许是因为这一天没有发生一件称心如意的事，所以温乔并没有起身，而是火急火燎地写着作业。因为心情烦闷，好几道选择题她都是随便选的。她一边写作业一边说道："我知道这是你家的房子，就当我求求你了，让我安静地写完作业，写完我立刻就走。"

笔尖将草稿纸都戳出了洞，她忽然有点儿想哭。

晏孝捷走过去，将桌上的作业本一把抓起，顺便扶起了温乔。他将她带回了沙发上，再把书本整齐地铺在书桌上，随后对她说道："给你暖宝宝你不要，让你坐过来你也不听，有时候我不知道你在犟什么……"

温乔不想说话,心底的委屈在往外涌,但她死命地忍着眼泪,从包里掏出耳机,塞进耳朵里。

见她心情不好,晏孝捷便没再打扰她。

墙上落了灰的钟表像是慢慢挪步的老人,绿色的老式电风扇立在一旁,铁片扇叶都生了锈,一圈圈地转动时发出一阵阵噪声。

靠在椅子上的晏孝捷将双手插在口袋里,斜着身体看着窗外的雨。窗户没有完全紧闭,雨丝飘进窗里,沾湿了窗帘。雨水溅在铁栏杆上的声响听久了也让人变得忧郁。

他偷偷看了温乔几眼,她柔软的黑发垂在胸前,微微遮住了她清瘦的锁骨,发丝的阴影有一小片落在了鼻梁上。她的鼻梁很挺,有些像驼峰鼻。

他笑着想:难怪这姑娘脾气硬。

温乔刚写完两道题,小腹一阵绞痛,笔从手中滑落。她捂着小腹,眉头蹙紧,发出了几声痛苦的低吟。

晏孝捷闻声,紧张地站了起来,问她:"温乔,你还好吗?"

身为独生子的他没怎么接触和照顾过女生,一时间有些慌乱。

有些不妙,温乔感觉到有黏腻的液体流到了自己的大腿根。她局促地抬起头,看见与自己独处一室的少年后两颊红了。

她已经分不清自己这是害羞还是紧张。

晏孝捷挠了挠脖子。那个张狂又爱犯浑的少年突然变得笨拙了,问她:"温乔,你要不要躺下休息?"

温乔难受得唇色发白,却又握住了笔,回答道:"没事,我还有一道题就写完了,写完了就回家。"

晏孝捷没见过比温乔更倔强的人。他一把抢过练习册,看了一眼她正在做的数学题,道:"这道题你已经解了半个小时。"

温乔强忍着痛,伸手夺册子,道:"我都解一半了。"

"这一半是错的。"

"……"

随后,晏孝捷蹲在地上,没用草稿纸,飞速地解题。他解完题,合上作业本,抬起眼,道:"你现在这样,估计也没力气听讲解,我改天再教你。"

他好心帮了她，温乔有礼貌地说了声"谢谢"，然后收拾起作业本来，就是小腹一阵阵地抽痛。

"你这样子，往外走两步就会倒。"晏孝捷将她的书包朝沙发扔去，道，"今晚你就在这儿住。"

身下又涌出一股热流，温乔慌张地从书包里取出卫生巾，跑去了厕所里。

十分钟后，厕所里安静异常。

晏孝捷想关心一下温乔的身体情况，刚移到过道里，厕所里就传来了她的声音。她在叫他的名字："晏孝捷。"

厕所门是很有年代感的钢化玻璃门，上面还有不同形状的浮雕。门虽然能防偷窥，但门外的人能看到里面晃动的人影。

为了回避厕所里面的人影，晏孝捷站到旁边，问她："怎么了？"

话有点儿难以启齿，温乔揪着衣角，但眼下看来她别无选择。她只好尴尬地拜托门外的少年："你可不可以帮我……？"

"帮……你干什么？"晏孝捷浑身一热，修长的脖子红透了。

温乔紧张地抿了抿唇，道："能不能帮我去买一条内裤？我弄到裤子上了。"

"什么？"晏孝捷大脑短路了几秒钟，"好。"

雨终于停了。

雨水冲刷了整条巷子，老路不平整，随处可见积水。

着急的晏孝捷顾不上脚下的水坑，球鞋进了水，裤腿全部被打湿了，皱巴巴的。树梢被风一吹，晃下一些雨水，全淋在了他的背上。他身上的T恤湿了一半，背上刚上了药，几道口子被刺激得很疼。

他摸了摸自己的背，然后忍着疼往外跑。

渔村是一块像是被遗忘在海边的偏僻区域，被沿海公路横着切了一刀，这个时间从这儿去市里还挺麻烦的，没有公交车，也打不到车。好在这里并不荒凉，雨停后，海鲜烧烤店又支起了摊儿，附近还有几家小超市开着门。

晏孝捷几乎把渔村转了个遍，所有的超市里都没有内裤了。

他停在路边，弓着背，大口喘气。刚才跑起来时他几乎感觉不

· 11 ·

到疼，一休息，背上的伤口就像被狠狠地拉开了，传来一阵撕裂般的疼，但他顾不上喊疼，又往最后一条小巷子里跑去。

一条小道里，只有一家店铺还在营业，就是店门口挂着的这几串紫色的灯让它看着有点儿不像是做正经生意的。

晏孝捷拉开店门。圆形的紫色灯影在他的头顶上打转，这还是他第一次进这种店。

他不知该往哪儿看，只好下意识地看向离他最近的那套内衣裤。

他扫视了一周，挑了一条最朴素的内裤去结账。

打包时，老板娘一直挑着眉，饶有兴致地盯着眼前的少年。

晏孝捷冷着脸扯过袋子，迅速推门离开。

祁南夏季的雨通常毫无规律可循，刚歇了没几分钟，就又下了起来。

原本应该回去的晏孝捷，却跑去了隔壁最热闹的街道。他去了三家店，将各种各样的美食都打包了一点儿。

十几分钟后，他拎着大包小包冲回了老屋。

袋子和铁门相撞，发出一阵阵响声。

进屋后，晏孝捷把美食全扔在桌上。他没在客厅里看到温乔，于是拎着装着内裤的袋子向厕所门口走去。

他的头发被雨淋湿了，刘海儿耷拉下来，完全没了型。几滴雨水顺着他的眉眼滑落，他用手随便擦了擦，眉心却在下一秒钟皱起，问她："你怎么不出来坐着？"

里面那道纤瘦的人影像是缩在一角。她小心翼翼地道："怕弄脏沙发。"

晏孝捷将手臂撑向门框，语气有些重地道："那几把破椅子、几张破沙发，脏了就脏了。你就因为这，在里面站了半个小时？"

厕所里只有一扇狭小的窗户，闷得她透不过气来。站了半个小时的温乔，颈项间、锁骨上都是细细密密的汗。她将门拉开一条小缝，伸出手，对他说道："给我吧。"

晏孝捷顺着门缝，将袋子塞到了她的手中。

温乔在拆袋子。

晏孝捷身上的T恤全被淋湿了，彻底没法穿了。他将它脱下后，刚对着水池拧了拧，厕所里就传来了温乔的声音："晏孝捷，我不是让你买最普通的款式吗？"

温乔看着手中的这条豹纹蕾丝内裤，脸颊发烫。

晏孝捷听到她喊自己，还以为出什么大事了，结果就这点儿小事。他斜着身子，对着里头懒洋洋地解释道："温乔同学，这边是渔村，哪儿有什么服装店啊？我跑了几条街，就这家卖情趣内衣的店还开着门。"

温乔本来就有求于他，便没再挑剔，想着先将就一晚。

少女的动作在门里若隐若现，还有轻轻地扯动裤子的声音。

十七岁，正是血气方刚的年纪。晏孝捷转头时，不小心看到了门上的影子，呼吸渐渐变得急促。他抓起被拧干的T恤，走到了客厅里。

过了几分钟，温乔开了门，整个人舒服多了。

在客厅里，她见到没穿上衣的晏孝捷后，脚步往后退了退。

晏孝捷举起手上的T恤解释："T恤被雨淋湿了，我没衣服可穿，不是故意在这里耍流氓的。"

"嗯。"温乔低下了头，然后从书包里掏出两百块钱给他，道，"内裤和那些吃的，这些钱够不够？如果不够，我只能过两天给你。"

晏孝捷将钱塞回她的书包里，道："你那点儿钱自己留着买点儿好吃的吧，瘦得身上都没几块肉了。"

温乔不喜欢欠人钱，况且，他们并不熟。

她执意将钱给他，道："不行，这些钱必须给你。"

她还差点儿和他急了。

晏孝捷就服温乔这性子，她这性子是一点儿都不柔软，硬邦邦，又冰冷。

钱他自然不会收。他跳过这个话题，指着桌上的米粉、炒饭、生煎包等，说："我不知道你喜欢吃什么，所以刚才把那条街上的小吃都买了点儿。你挑着吃两口，我看你饿得都快虚脱了。"

温乔愣在原地看着他，没说话。

晏孝捷又从一个袋子里取出一杯红枣茶和一包暖宝宝，说道："你吃完饭再喝点儿红枣茶，然后贴上暖宝宝，去屋里休息吧。"

突如其来的关心让温乔抛下了往日对他的成见，也关心起了他。

"嗯，那你呢？"她问。

晏孝捷走到温乔的身前，微微俯下身，逗她道："怎么？你舍不得我走？"

温乔懒得说话，心想：我就不应该给他一丁点儿好脸色。

不过，晏孝捷也懂得适可而止。他三两下套上湿T恤，拉开铁门，道："我出去转转，回不回来看心情吧。"

"……"

这一晚，温乔睡得格外安稳，不知道是因为折腾了一整天太累，还是因为这间屋子给了她安全感。

即使屋子里可能有她讨厌的人。

第二天，她走的时候外屋没人，也不知道后来晏孝捷有没有回来过。她转念一想：像他这种娇生惯养的人，又怎么会委屈自己窝在破旧的沙发里睡一晚呢？

中午，喜哥超市的地下室。

几个学生趁午休时间躲在角落里，看着当下流行的电影，一会儿指指点点，一会儿又兴奋地尖叫。

"砰"，一个硬物飞过去，砸到了架子鼓上，与金属撞击的声音让那些人耳膜发疼。

枕头正是趴在沙发上补觉的晏孝捷扔的。他被吵醒了，烦到想赶人。

"看电影就不能安安静静的吗？"他问道。

一个留着寸头的男生对他敬了个礼，道："我们闭嘴！孝哥，你睡，你好好睡。"

晏孝捷昨天在海边瞎转悠到凌晨一点多，最后还是没回家，回了老屋。他窝在老屋的破沙发里将就了一晚，浑身难受，勉强断断续续睡了两三个小时。现在，他浑身酸痛得像骨头散了架一样。

他闭上眼，继续休息。

电影播放完了，几人准备散场，走之前，那个留着寸头的男生想起了一件事。他蹲到沙发边,对晏孝捷说起了悄悄话:"对了,孝哥,今天上午上体育课时,温乔进医务室了。"

留着寸头的男生和温乔是同班同学。

晏孝捷翻了个身,怒道:"现在都中午了,你才想起来?!你怎么不晚上跟我讲?!"

留着寸头的男生不好意思地挠了挠头。

晏孝捷突然清醒,坐起来,弓着腰,手肘抵在膝盖上,问:"怎么回事?"

留着寸头的男生说:"温乔太猛了,来了例假还参加八百米跑步考试。结果,一跑完她就不舒服了,被几个女生扶去了医务室。"

"嗯。"晏孝捷火速扯起台球桌上的校服,往楼上走。他脚步很急,恨不得一脚跨三级台阶。

二中。

温乔在医务室里休息了一会儿后,准备去吃点儿东西。她本来就瘦得有些弱不禁风,此时唇上没有血色,看上去更虚弱了。她捂着小腹,慢吞吞地往前走着。

夏日的阳光都晒不暖她的身子。

这个时间食堂里早就没人了,菜自然也没剩几样了。

不过,温乔对吃的向来不讲究。她每天中午都是吃一荤两素三道菜,只要能填饱肚子就行。她刚吃两口,眼前就被一片黑影挡住了。男生的身上散发着她熟悉的气息,她不抬头都知道对方是谁。

晏孝捷刚去二班和图书馆里找了一圈,没见着温乔。最后,路过食堂时,他在窗外看到她一个人坐在里面。他低头,看着盘子里干瘪的白菜叶、寡淡的豆角,有点儿生气,道:"昨天晚上给你买了那么多好吃的,你一口没动,今天中午就跑来吃这些玩意儿?"

温乔有些惊讶地问道:"昨天你回去了?"

晏孝捷意识到自己说漏了嘴,别开目光,慢悠悠地道:"嗯,家里的钥匙落在桌上了,我回去拿。"

温乔没再说什么,确切地说,是没力气说话。

晏孝捷一只手抵在桌上,斜着身子看她,问她:"温乔,有时候我很纳闷儿,我家里人给你的继母开的工资并不低,她不给你生活费吗?你为什么不舍得吃点儿好的?"

温乔放下筷子。因为身体不舒服,她没力气同他争辩,所以声音有些小,只说着简单的道理:"首先,我的继母正常养育我,并没有虐待我;其次,全校师生都在食堂里吃饭,难道大家都很苦吗?"

晏孝捷哑口无言。

温乔重新拾起筷子,撅起一片白菜叶,沉着气说:"晏孝捷,我们生活的世界是很不同的。"

这是一针见血的实话,晏孝捷无法反驳。

温乔用仅剩的力气说:"让我好好把这顿饭吃完,可以吗?"

"嗯,好。"

晏孝捷在别人的面前桀骜不驯,不可一世,但在温乔的面前截然不同。只要她不和他抬杠,他就愿意好好和她相处。

温乔身体不舒服,所以没什么胃口,吃了几口就放下了筷子。

她见晏孝捷还没走,便虚弱地问他:"你还有什么事吗?"

晏孝捷抬起胳膊,看了看手表上的时间,挑眉,道:"还有一个小时,够睡个觉了。"

温乔还没来得及反应,就被晏孝捷扶了起来。她连盘子都没收拾,就被带出了食堂。

晏孝捷把温乔带到了喜哥超市的地下室里。

里面有几个人在台球桌边,像是在玩什么打赌游戏,黄安元老输。

男生们看到晏孝捷来后没惊讶,但是看到他带来了温乔,立刻收敛起来,整理好校服。有几个男生还是第一次见她,发现她果然和传闻中的一样,长得漂亮,但也冷得令人不敢碰触。

如果要他们形容,那她就是一朵带刺的冷玫瑰。

那些人走后,这里安静了许多。

晏孝捷把地上的课外书捡了起来,胡乱地塞到架子鼓旁的桶里。

温乔则静静地站在原地。她显然有些不适应这里的环境。

"你带我来这里做什么?"她问。

晏孝捷觉得这个问题很有趣，忽然想逗逗她。于是，他在朝她走过去后反问她："你觉得呢？"

温乔冷冷地瞥了他一眼，疲惫地坐在沙发上，问他："你是怎么考进全校前十名的？"

她总是不接他的玩笑话。

晏孝捷觉得没劲，将双手插到兜里，问她："你什么时候才能有趣点儿？"

温乔扯起旁边的抱枕，按在自己的小腹上，试着减轻疼痛感，道："我是否有趣，和你又有什么关系？"她又问了一次，"叫我来这里，有什么事吗？"

晏孝捷没再闹，回答道："我就是想让你在这里好好睡个午觉。"

"嗯。"温乔确实困，"那等会儿你可以叫我起床吗？"

"好。"

过了一会儿，温乔弯着腿，抱着夏凉被，安静地睡着了。

晏孝捷没走，而是坐在对面的椅子上玩手机。隔着一张长长的台球桌，他时不时地抬头去看看她。阳光从狭窄的窗口透进来，落在她纤瘦的背上，不冷。不倔时她很温柔。

阳光从直晒变成西斜，时间来到了傍晚。

温乔似乎睡了很久，久到像过去了一个世纪。

醒来时，她感觉自己整个人舒服多了，嘴唇、脸颊都恢复了血色，只是周身笼罩的是一片昏黄的光。

老板娘在扫地，看着温乔，笑道："醒了啊？阿晏说一会儿来接你。"

温乔惊慌地掀开被子，站起来，问："老板娘，现在几点了？"

"五点半。"

"……"

什么？

她居然因为睡觉，错过了一个下午的课！

她立即披上校服外套，往楼上走去。

这时，背着书包的晏孝捷慢慢地走了下来，问她："你这么着急，干吗去？"

· 17 ·

地下室被收拾得敞亮、干净，还有桃子味的空气清新剂的味道。

温乔又急又怒，对他说道："我不是让你叫我吗？怎么办啊？我缺了四节课。"

晏孝捷拦住了要跑的她，道："我和你们的班长打过招呼了，说你上午去了医务室还没缓过来，下午回家休息去了。你们班主任也知道，批准了。"

听完他的解释，温乔更生气了，问他："你为什么总是自作主张？"

她不喜欢别人贸然替自己决定任何事，况且，他们不是朋友。她是一个循规蹈矩的"三好学生"，从小到大没有缺过一节课。此时，她慌乱得呼吸越来越急促。

"温乔同学，"晏孝捷的手上钩着她的书包，他说，"身体是革命的本钱，你总得先养好身体才能上课吧？你中午那个样子，怎么上得了课？"

和温乔截然相反，他的成绩虽然拔尖，但他不是死读书的人。他在讲规矩的前提下，更多的是把自我放在第一位。

温乔做了一次"坏学生"，根本听不进他的话，紧张地拽着衣角，问他："怎么办？下午的课都很重要。"

晏孝捷反而笑得很轻松，道："这个你不用担心，你缺的课是两节语文、一节物理、一节数学。语文你随便补补就差不了多少；物理你快考满分了，也不必紧张；至于你最差的数学，我教你。"

"你教我？"

"嗯，我教你。"晏孝捷把书包递给温乔，单手插在口袋里，歪着头示意，道，"走吧。"

温乔抱着书包，迷茫地问："去哪儿？"

他俯下身，嘴角噙着笑，道："去我们的房子。"

"……"

晏孝捷打车到渔村附近的时候，天还没黑透。温乔一天没吃什么东西，他真怕她饿昏在路上。于是，他带她先去了旁边的一条巷子里，那条巷子里全是小饭馆。

这里靠海，所以这些小饭馆大多卖的是海鲜。

每间小饭馆的生意都很红火，外面支着一个摊儿，嘈杂不已。

晏孝捷的手指划过一排饭馆，他问："你想在哪家吃？"

温乔不挑食，而且不想再欠他，于是说道："我都可以。"

最后，晏孝捷选了一家最干净且最安静的饭馆。

温乔在塑料凳上坐下后，把书包揣在怀里，问晏孝捷："你不是要给我补习吗？"

"嗯，补。"晏孝捷拿起筷子将碗的塑料包装一捅，把拆好的碗筷用热水烫了烫，然后递到她的手边，道，"温乔，你是神仙吗？"

温乔一愣，反问道："什么？"

晏孝捷单手撑着脑袋，道："你昨天晚上没吃饭，今天上午跑了八百米，中午只吃了几片菜叶子，到了饭店一张口不说要吃什么，居然先问补习。"

温乔低头想了想，这两天她还真就只在昨天中午吃了点儿。不过可能是来例假闹的，她的腹部又痛又胀，导致她都感觉不到饿。

夜晚的海边，闷热，潮湿。

男老板热得边端菜边扇风。

满满一桌菜全是海鲜，什么红烧杂鱼、红烧豆腐鱼、红烧海虾……应有尽有，桌上都快堆不下了，盘子叠着盘子。

温乔被菜量吓到了，对晏孝捷道："就我们两个人，吃不了这么多。"

晏孝捷拿起筷子擫了一块油亮的鱼肉，道："我饭量大。"

他吃着吃着，见她没怎么动筷子，便往她的碗里擫了些鱼肉，开玩笑道："是不是我长得太帅，你坐在我对面紧张，所以不好意思吃饭啊？"

这句话果然管用，温乔立刻拿起筷子吃了起来。

中午那一觉确实管用，她恢复精神后，食欲也好了很多。她吃了满满一碗米饭，尤其是那盘红烧海虾，被她包了。

晏孝捷在装红烧海虾的盘里只捞到了一根葱，逗她道："让你吃不是让你猛吃，你可真是一只虾都不给我留啊。"

温乔这才意识到自己有点儿过分了，道："那我再给你点一盘，我请你。"

她想叫老板,却被晏孝捷拦住了。晏孝捷道:"和你开玩笑的,你还真是一板一眼。"

被说一次还好,次次被说,温乔就不高兴了。她语气不好地问:"那你为什么缠着我?"

"我……"他忽然被噎住,喉结上下滚动,别开了目光。

他们吃完晚餐是晚上八点多,天已经黑透了。

海浪拍击海岸的声音一阵阵响起。

烟海巷里很安静,年轻人都出去打拼了,老屋里住的都是老人。通常到这个时间段,有几户连灯都关了。

晏孝捷单肩背着黑色的书包,温乔规规矩矩地背着她的白色书包。这个书包是她在文具店里随便买的,边角都被磨破了也没换,反正她从不在意什么时髦。

年久失修的路灯发出的光很暗,底下的两道一高一矮的身影隔着被刻意拉开的距离。

晏孝捷拎着蓝色的校服外套,觉得无聊时会将它往空中一抛,再接住。十七岁的大男孩,偶尔却像个幼稚鬼。

温乔没理他,沿着墙走。

见他们之间隔了快一条银河的距离,晏孝捷想到了一个歪主意。他故意将长腿一伸,往温乔那边一迈,果然,她下意识地往墙边一躲。

他再挪,她再往墙边躲。

温乔快撞到墙上了,她的双手使劲地撑住晏孝捷结实的手臂,不让他再靠近自己。

"晏孝捷,你能不能不要这么幼稚啊?"温乔道。

他怕这姑奶奶真和自己急,赶紧举起双手,做投降状。随后,他挪了回去,给温乔留出她觉得舒适的空间。

忽然,后面一辆小电动车冲了过来,前照灯很刺眼。

紧急情况下,温乔本能地把晏孝捷往自己的身边拽。电动车开过去了,而她也不小心撞进了他的怀里。少年的身躯结实得像一堵厚实的墙,她的脑袋埋进了他的胸膛里。

心脏狂跳,温乔慌了神,以至忘了挣脱。随后,晏孝捷的声音响起。

"怎么?怕我被撞死啊?"

下一秒钟,她用尽力气推开了晏孝捷。

进了老屋,温乔打开灯,往沙发上一坐,将书本全掏了出来。

晏孝捷跟在她后面进来,先是把校服和书包扔到餐桌上,然后从书包里取出自己的数学书和笔记本,坐去了她身边。

温乔握紧笔,问他:"晏孝捷,你答应我,我们好好做作业,可以吗?"

晏孝捷斜着身子,慢慢地转着笔,道:"我今晚是你的老师,你就不能对我态度好一点点?"

温乔觉得委屈,道:"是你非把我带去地下室,又不叫我起床,我才旷课的。"

晏孝捷把笔握到指间,耸耸肩,道:"算了,算了,我不和女人吵架。和平相处好不好?"

"好。"她还真接了他的话。

小小的屋子里,只有那台老电风扇能给他们带来些许凉意。

本来就不够凉快的环境里,两个人就这样挤着,没过一会儿,都出了汗。

温乔嫌闷,用笔戳了戳晏孝捷的胳膊,对他说道:"你可不可以离我远一点点?"

晏孝捷一脸无辜地道:"我又怎么了?我这回可什么都没干。"

"我热,"温乔的额头上和颈项间都是黄豆粒般大的汗珠,她时不时地拿练习册扇扇风,"你的身子有点儿烫。"

"……"

晏孝捷乖乖地把屁股往旁边挪了点儿,风终于能吹进两个人之间的空隙里,温乔觉得凉快多了。

他又教了她一会儿,她便开始自己解题。

趁休息的时间,晏孝捷去外面透透气。

温乔在被他点拨后,迅速打开了解题思路。

这是她第一次看到晏孝捷的另一面。她承认,他真的很聪明。

"晏孝捷。"温乔放下笔,叫了他一声。

晏孝捷没看她,靠在墙上,看着夜空,问她:"怎么了?"

温乔:"其实我觉得以你的能力,你再努力点儿,考进前三名应该没什么问题。"

她听见了晏孝捷的笑声。

"这么看得起我?"晏孝捷问。

怕他多想,温乔闭上了嘴。

屋子里外都安静了许久,只有躲在草丛里的蛐蛐的鸣叫声,和屋里的电风扇的铁片扇叶转动的声音。

晏孝捷问温乔:"对了,你是什么星座来着?"

温乔回答:"天蝎,怎么了?"

不知道看到了什么,晏孝捷忽然笑得有些开心。

温乔好奇地抬眸,问他:"你笑什么?"

晏孝捷转过身,一边把在手机里搜索到的关键词给温乔看,一边说道:"我本来想搜搜我们的星座合不合,结果,随便搜了一下,大家都说……"

"说什么?"温乔还没意识到不对劲。

"说……白羊座的人和天蝎座的人忠诚度都极高,若能阴阳调和,会很幸福。"

"……"

## 第三章
# 浑球儿

那天以后，晏孝捷每天都会利用课余时间给温乔补习数学。

在此之前，他们水火不容。

温乔的继母在晏孝捷家里做家政阿姨。温乔与晏孝捷在学校里像是陌生人，私下却因为这层特殊的关系发生过一些交集。

他们对对方的态度并不相同。

虽然晏孝捷觉得温乔这朵白玫瑰的身上长满了冰冷的刺，但总喜欢有意无意地靠近她。

温乔没有什么朋友，也觉得自己不需要交朋友，只想通过学习改变自己的命运。因此，她对晏孝捷这个吊儿郎当的富家少爷没有一丁点儿好感，甚至反感。

补习的间隙，他们第一次意外地聊起了彼此的理想。

晏孝捷知道温乔和自己一样喜欢医学，不知道的是，自己想救的是活人，而她想替死人说话，成为一名优秀的法医。

在知道温乔怀揣着特殊又崇高的理想后，晏孝捷问她："你一个女孩子，为什么想做法医？"

温乔说："你想救活一个人，而我想让死去的人瞑目。"

他又问："你不怕吗？"

她摇头，回答道："不怕。"

他再问："为什么？"

她说："因为有些活着的人，比死人更可怕。"

那是晏孝捷第一次看见这个身子单薄的女生的身上蕴藏着比成年人更巨大的能量，她的格局、魄力震惊了他，也让他产生了更想与她靠近的理由。

一个周六的午后，烟海巷的老屋。

阳光如金线般穿过飘荡的白色纱帘，铺在低矮的茶几上，影子斑驳。海风从窗户外吹进来，伏在桌上的少年和少女正在认真地做题。

又是几道难解的大题，晏孝捷怎么教温乔，温乔都不会。这下，晏孝捷被逼急了。他再一次拿起笔，一边在草稿纸上迅速地写着公式，一边对温乔说道："你可能还真只能超过我，勉强考个全年级第十名。就你这逻辑思维能力，前面那九座大山，你根本搬不动。"

明明同样的题型他已经教了她七八次，可只要换个问法、数字，温乔就会在解题到一半时卡死。见晏孝捷都教出汗了，她从冰箱里拿了一瓶冰可乐，放到他的手边，对他说道："别生气了，我保证这是最后一次，下次我肯定做得出来。"

如果不是数学拖后腿，她进入年级前五名根本不成问题。

一台老旧的电风扇对着他们吹着。

晏孝捷的T恤都被汗水浸湿了一块，手肘抵在桌上，他转起了笔，道："你回忆一下，你骗了我多少次？至少有五次你说你会了！然后呢？你又次次求我。你说我不可信，你呢？不也一样吗？"

"这是两码事。"温乔立刻严肃地反驳道，"我说的是正经事，你不是。"

晏孝捷往沙发上一靠，"哼"了一声，说："有什么区别？不都是讲假话吗？"

温乔着急了起来："你这明明是……"

晏孝捷举起了手："我不和女人吵架，和平相处好吗？"

"好。"

他这种无聊的口头禅，也只有她会认真地接。

晏孝捷教得太累,于是推开铁门,想出去放松放松。

温乔则继续做题。

这间没人住的老房子里,不知不觉间竟慢慢地有了点儿烟火气。

晏孝捷在外面待了一会儿,又想去超市里逛逛。他刚进入院子里,便看到一个熟悉的女人朝这边走来。

"她八百年不来一次,今天来这儿干吗啊?"他赶紧往屋里跑。

"晏孝捷,怎么了?"看到晏孝捷像风一样跑进来,温乔被吓到了。

他没时间解释,赶紧将她的作业本放进书包里,使劲塞到了沙发底下。

温乔有点儿害怕,问他:"到底怎么了?"

晏孝捷慌张到脖颈上都出了汗,解释道:"我妈来了。我妈要是看到我俩在一起,我俩还有你的继母都得完蛋。"

"怎么办啊?"温乔也慌了。

温乔的继母徐蓉叮嘱过温乔,晏家有一条针对员工的规定:只解决工作日的住宿问题,周五下午要交回钥匙。所以,她必须躲起来。

她还没反应过来,便被晏孝捷拽起来往卧室跑去。

卧室很小,不到十平方米,放眼看去,能躲的地方只有一个木制的衣柜。

情急之下,晏孝捷拉开衣柜,里面还算宽敞,勉强能塞下两个人。他的个子高,所以他先坐了进去,艰难地弓着背,然后吩咐温乔:"你快点儿进来。"

身高一米八八的少年坐在里面后,空间立刻变窄。她如果也进去,就意味着必须跪在他的身前。

都火烧眉毛了,晏孝捷扯了扯温乔,道:"快点儿。以我爸妈那性格,你要是不进来,你的继母绝对被开除,还要被罚钱。"

听见脚步声离他们越来越近,温乔管不了那么多了,费力地钻了进去。

她本来想蹲着,可是发现头会顶到上面的木板,所以还是跪下了。

温乔就这样跪在晏孝捷的身前,悬空的双手不知该往哪儿放。

25

"抱着我。"晏孝捷提议。

温乔做不出这种荒唐的事,可整个人没支撑点,很容易倒出去。见她若再扭捏,马上就会一头栽出去,晏孝捷干脆直接抬起她的双手,向自己的脖颈后面一环,稳住了她的身子。

这样的姿势令两个人同时变得面红耳赤。

这时,晏孝捷的母亲曾连萍走了进来。

她好像是来找什么东西的,一直打着电话。

"妈,你几十年都没想起过要找这个发卡,怎么突然今天这么想要?"

那头是老人虚弱的声音:"就是很想要,帮我找找。"

曾连萍"嗯"了一声,道:"这房子我有几年没来过了,现在都给家政阿姨用。不过,你那发卡既不是金的也不是银的,应该不会被偷。"

房子里本来就闷热,躲在衣柜里的两个人更是闷到出不了气。

晏孝捷前额的碎发都被汗水打湿了,前胸、后背也湿透了。温乔也是这样,雪白的衬衫上是一块一块汗水的印记,晶莹的汗珠顺着额头、细长的脖颈,一颗颗滴进了衬衫里,少女的春光若隐若现。

晏孝捷立刻转开了视线。

曾连萍在外面找了一圈都没找到母亲的发卡,最后走进了卧室。她还在打电话:"妈,客厅里的抽屉我都看了一遍,都没有。你是不是放在衣柜里了?"

骤然间,温乔和晏孝捷被吓得魂飞魄散。

要是被母亲看到自己和家政阿姨的女儿以这样的姿势跪在衣柜里,后果不堪设想。忽然,晏孝捷看到温乔下意识地箍紧了自己的脖子,紧紧地闭着眼睛。她可能是太过紧张,指尖抠进了他的肌肤里,一张热热的小脸紧紧地贴在他的耳朵边。

暧昧的电流在他的身体里蔓延。

曾连萍站在衣柜边,手已经放到了衣柜的圆形把手上。突然,电话里的老人大声说:"萍啊,不在衣柜里,在床头柜里。"

她这才松开了手,转身去了床头柜那边。她抽开床头柜的第二格,果然看到了那枚玫瑰花造型的发卡。

曾连萍一拿到东西就走了。

听到铁门被关上的声音后，晏孝捷和温乔同时松了一口气。

"你妈妈走了，我们出去吧。"温乔想立刻出去。

但晏孝捷没动。少年血气方刚，身体里的那股燥热劲憋了太久，很难受。他身体像被火烧着，脑子里一时像充了血，听不见外界的声音。

温乔感觉到不适，对他说道："晏孝捷……"

可晏孝捷没有松手，抬起眼，与她对视时，喘气声变粗，对她说："温乔，今天是我第一次被女生抱。"

"……"

从衣柜里出来后，晏孝捷先走了。

在厕所里的温乔听到了晏孝捷离开的脚步声和铁门被关上的声响。她出去时，屋里彻底安静了。她本想去沙发底下找书包，却发现书包已经被放在了桌上，拎起来时，感觉还挺沉的。她拉开拉链，发现里面放了两盒饼干和两瓶饮料。

温乔收下了饼干和饮料，背着沉甸甸的书包，独自走在巷子里。

小巷里，透过房子与房子的空隙，她还能看见泛起一层层金色涟漪的海面。海浪拍击海岸的声音从她的耳边飘过，她的心却处在矛盾中。

让她心烦意乱的是晏孝捷的时好时坏。

如果他是个彻头彻尾的浑球儿就好了，但……他偏偏还有会照顾人的一面。

他们接触的次数并不多，但他每一次都会有意无意地朝她靠拢。他总喜欢用一种她察觉不出认真还是玩笑的语气对她说："温乔同学，不要总是一个人躲起来，要不要和我做朋友？"

生性多疑且冷漠的温乔并没有把他的话当真。

因为她总是带有偏见地认为：像他这种家境优渥又离经叛道的少爷，对很多人与事充满好奇心。他只不过是一时兴起，喜欢去逗逗家中家政阿姨的女儿，就是一种恶趣味而已。

随后，她没再多想，扯着书包的背带，飞快地往前奔，去赶末班公交车。

高瘦的少女,身影与飞扬的裙摆与夕阳一同渐渐消失。

那天之后,晏孝捷就像消失了一样,温乔与他没再碰过面。
她的世界恢复了宁静。
一天放学后,温乔回到家中和徐蓉一起吃晚饭。
徐蓉难得有空,还做了三道菜一碗汤,好像很开心,还给温乔买了新裙子。她掏出袋子里的裙子,一边在温乔的身上比来比去,一边对温乔说道:"乔乔,好看吗?花了五百多块钱呢。"
这是一条白色的长裙,领口是荷叶边,很适合她。
温乔有礼貌地收下,并对徐蓉道谢:"谢谢徐阿姨,很好看,我很喜欢。"
徐蓉是她的继母,她们虽然偶尔闹过矛盾,但她始终保持着应有的教养。毕竟是继母在养育她,供她读书与生活。
徐蓉一直在给温乔搛菜,温乔的碗里堆着满满的牛肉,徐蓉还一边给她搛菜一边说道:"多吃点儿啊,我得对得起在天上的建哥。你得把脸吃胖点儿,都凹进去了。"
她心情好,是因为打麻将赢了不少钱。
温乔微笑着"嗯"了一声,吃了起来。
目前为止,她们相处得很融洽。
不过,温乔的心里藏了点儿事,整个下午她都在纠结,以致上课时都分了心。忽然,她放下碗筷,胆怯地问徐蓉:"徐阿姨,你可以给我一点儿钱吗?"
徐蓉愣了一下,但还是从钱包里掏出了三百块钱,说道:"你们这个年纪的小姑娘是喜欢打扮的。没钱就问阿姨要,你可别因为没钱花就去搞什么网贷啊。现在这种骗子特别多,专挑你们这种小女孩下手。"
温乔没收钱,也没说话。
徐蓉把刚扣上的皮夹又打开了,问温乔:"怎么?不够?要多少,直接和阿姨说。"
温乔揪着衣角的手都出了汗,她将头垂得低低的,不敢看人,小声说:"我想要一千块钱。"

她之所以要这么多钱,只是因为想把这几天的饭钱、补习费全部还给晏孝捷。

听到温乔想要一千块钱,徐蓉立刻变了脸,扣起皮夹,问:"你要这么多钱干什么?"

温乔没敢说实话,只小声说:"徐阿姨,我有点儿急事。后两个月的生活费,你可以少给我一点儿。"

"乔乔,阿姨不是这个意思。"徐蓉板起脸来,道,"你要这么多钱做什么?买名牌产品?买手机?"

温乔慌张地摇摇手,道:"都不是。"

"那是要干什么?"徐蓉挑起眉,又问。

温乔找了一个最可信的理由,道:"我前两天把同学的手机弄坏了,着急赔给她,需要一千块钱。"

徐蓉端起碗,吃一口肉又吃一口饭,时不时斜着眼瞅她,就是不说话。

温乔以为徐蓉不会给她钱,但第二天早上出门时,徐蓉还是扔给了她一千块钱。徐蓉提醒她,仅此一次。

她拿到钱后,立刻奔去学校,四处寻找晏孝捷,但晏孝捷仿佛人间蒸发了一般。

四班教室里没有他的人影;喜哥和黄安元说有几天没见到他了;烟海巷里的老屋紧闭着大门;她给他发微信他不回,给他打电话他也不接。

温乔有点儿慌。

第二天,温乔在楼下做完广播体操后,无意间听到有人在讨论晏孝捷。他们说他好像要转学,可能参加完期末考试就要走了。

上楼的时候,她意外地收到了晏孝捷发来的微信。

YXJ:"这么着急找我,有事吗?"

Qiao:"有,晚上在老地方见吧。"

晏孝捷没同意,回道:"我没工夫跑那么远。下午我会来一趟学校,下了课你来操场上找我。"

第四节课的下课铃声响起后,温乔特意拖延了十几分钟,等同学们都走后才下楼。

操场上只有几个男生在打篮球。

温乔探着头东张西望,突然,晏孝捷从主席台后面的小树林里冒了出来,冲她喊:"温乔,来这边!"

她小跑着过去。

余晖洒在他们的身上,两个人的影子渐渐被拉长。

到了广播站放歌的时间,广播站的人今天放的第一首歌是周杰伦的《简单爱》。

树荫下,晏孝捷双手插在校服裤兜里,淡淡地问:"听说你到处找我?"

温乔没看他,低眉轻语:"嗯。"

晏孝捷一直看着她,又问:"什么事?"

温乔将手里的白色信封递给他,抬起头,对上了他的视线:"这段时间你请我吃饭,帮我补习,我欠了你很多。这里面是一千块钱,你必须收下。"

晏孝捷盯着信封,戏谑地笑了笑:"我听出来了,你是想用一千块钱买我滚。"

温乔的睫毛轻轻地颤动,她说:"我没这个意思,你不要每次都用这么偏激的词来形容……"

"不用这一千块钱,我马上就要消失在你眼前了。"晏孝捷打断她的话,仰起了头。

温乔错愕地道:"什么意思?"

晏孝捷往前迈了两步,半俯下身,将她身前的光影遮挡了一大半。他盯着她那双漂亮的眼睛,一个字一个字地说:"因为我要转学了。"

在晏孝捷说完转学后,学校的广播站也播放完了今天的最后一首歌,使得操场上这一隅的沉默更明显了。

天色渐渐变暗,四周也亮起了灯。

"怎么这么突然?"

"要转去一中吗?"

温乔接连问了两个问题,但眼神平静如水,就像只是同学之间普通的关心。

晏孝捷暂时没什么心思逗她,这两个问题他也没回答。

温乔从不勉强别人,他不回答,她也就没再问。她将信封又递到他的手边,对他说道:"这段时间你照顾了我很多,你若不收下,我心里会不舒服的。"

"你从哪儿弄来的这么多钱?"晏孝捷更在意这件事。

温乔答:"徐阿姨给的。"

"她能给你这么多?"

"嗯。"

温乔这个人总是冷冷淡淡的。他们相识一年来,晏孝捷就没见过她热烈的一面。

要么就是她没有热烈的一面,要么就是她不愿将这一面给他看。

温乔又问:"你不收吗?"

"嗯,不收。"晏孝捷扬起下巴,道,"心里不舒服就受着,反正我也没让你舒服过。"

温乔愣住了,片刻后诚恳地送上了祝福:"好,那祝你学业有成,顺利考上军医大。"

她还是那样无趣、乏味、没劲。

晏孝捷刚直起身子,温乔已经绕过他大步朝操场走去。

见她没走远,他喊了一声:"温乔!"

温乔回了头,操场上的高杆灯太晃眼,让她看不清晏孝捷的五官与神色,只听到他又冲她喊道:"这次期末考试我让你,你加油考进年级前十名!"

不知他是真心为她鼓劲,还是在玩闹。

她没回应,头也没回地向教学楼走去。她觉得没有必要去细究,因为他们只是不太熟的同学。

晚上,王业军修车行。

这个车行开了很多年头,墙皮都鼓了起来。锤子、螺丝刀、钳子、扳手堆了一地,满墙都是电线,反正是做街坊邻里的熟人生意,不讲究什么门面、排场。

尹海郡正在修一辆面包车的后备厢，黑色的背心上又是汗又是灰的。他正拿着扳手忙碌，手臂的青筋和肌肉隆起，看起来结实有力。

这是他舅舅的车行，他平时来这儿赚点儿零花钱。

这儿也是晏孝捷的第二个窝。

他坐在旁边掉了漆的长椅上，把校服胡乱地甩到一边，校牌都掉在地上了。

尹海郡两步走过来，替他拾起了地上的校牌，说："你还真以为自己要转学呢？校牌若丢在我这儿了，我可不管啊。"

晏孝捷根本不在意这事，对着外头的街道发呆，漆黑的双眸里是藏都藏不住的焦躁。

"我也是服了你了，"尹海郡边安装零件边讽刺好朋友，"用转学去刺激温乔，怎么？你以为她会求着你，说……"

他改用嗲嗲的语气道："孝捷哥哥，你不要走，留下来陪乔乔嘛。"

男生用这样的语气说话，谁听了都会反胃。

晏孝捷捡起地上的拖鞋就扔了过去。尹海郡敏捷地躲开，放下扳手，头一次正儿八经地问晏孝捷："你为什么这么喜欢逗温乔？你不会真的只想和她做朋友，一起奋发图强考名校吧？"

狭窄的街道上传来小孩的哭闹声，晏孝捷眉毛一拧，沉默下来。

尹海郡在旁边洗了洗手，随便擦了两下，往晏孝捷的身边一坐，说："我发现你也是想不开，你做的那些能让她感动的事你全部不说，坏事没少干。"

晏孝捷此时胸口堵得慌。

夜风吹来，两个少年的刘海儿被风轻轻掀起，长相皆是英俊的。

尹海郡钩住晏孝捷的肩，认真地问："对了，你为什么不和温乔说这几天发生了什么事？讲这件事，比骗她你要转学的效果强一百倍。"

"不想。"晏孝捷立刻说道。

尹海郡用力拍了拍他的胸，问他："怎么？不想让乔乔看到孝哥脆弱的一面？"

晏孝捷瞪眼，大声道："滚！"

尹海郡知道这位大哥心情不好，也不找事了，只提醒他："你记得好好感谢谢启政，要不是他去求你爸，你就真得和温乔同学分道扬镳了。"

晏孝捷嫌他啰唆，反问道："这要你说？"

第二日，下午第三节课下课后。

温乔是二班的物理课代表。她去老师的办公室里取完老师批改好的作业，怀里的作业高到遮住了她的半张脸，她小心翼翼地走在长廊里。

她刚走到教室门口，就被人叫住了。

她抬起眼，看到了一个不太熟悉的男生。

温乔见过他几次，几乎每次见他时他身边都跟着晏孝捷，所以她猜测，他是晏孝捷的好朋友。

她问："你找我有事吗？"

尹海郡直话直说："嗯，关于晏孝捷的。"

温乔愣了愣，问："关于他？什么事？"

尹海郡："我先声明，我今天找你说这些，并不是要帮晏孝捷说点儿什么，我只是想把最近发生在他身上的事告诉你。"

温乔"嗯"了一声，又问："你说吧，什么事？"

尹海郡想了想，说道："其实他这段时间过得不是很好，因为最疼他的外婆去世了。"

温乔怔住了，可又很费解，于是又问："所以，和我有什么关系吗？"

尹海郡想：温乔同学还真是冷若冰霜呢。

尹海郡的语气急了一些，他说道："他的外婆是上周六走的。那个下午，他原本是要去陪外婆的，但你拜托他帮你补数学，所以他没有见到外婆最后一面。"

温乔震惊之际，手忽然一软，最上面的几本作业本掉到了地上。

走廊里人来人往，尹海郡立刻蹲下身，帮她一本本地捡起作业本，然后放好。他没有再说话，离开了走廊。

从尹海郡那儿得知晏孝捷的外婆去世的消息后，温乔在上最后一

33

节课时心不在焉，有两次老师喊她起来答题，她都是被同学提醒才反应过来。

放学后，她站在楼梯口往上看，随后莫名其妙地来到了楼上的四班。

四班后门处，很多学生进进出出。

有些人认出了温乔，还有些人没见过她。

她从后门偷偷看去，视线绕了一周也没见到晏孝捷。

后来，温乔回了家。

老厂房的水泥路坑坑洼洼，里面还有下过雨后的积水。她拉着书包带，就这么走着，想着事，不小心踩到了水坑，白色的鞋子顿时溅上了脏脏的水渍。

她刚进家门，徐蓉就给她打来了电话。徐蓉说晏家办丧事，最近事比较多，她晚点儿才能回来，冰箱里有剩菜，让温乔自己去热点儿。

温乔放下书包，先把脏了的鞋子拿去阳台上，然后洗了洗手，打开冰箱，发现里面只有一碗辣椒炒肉。她将那碗辣椒炒肉拿出来，放到微波炉里热了热，随即想到家里好像还有点儿咸菜，便将咸菜也拿了出来。

她常常是这样解决晚饭的，习惯了。

没爸没妈的孩子的确像根草。

温乔吃饭很慢，一口要嚼好多下才咽。吃着吃着，她竟想起了那次在烟海巷的饭馆里，晏孝捷狼吞虎咽的样子。

她笑着对他调侃道："你家挺有钱的，你应该不至于还得抢饭吃吧？"

他撩着鱼肉，回道："是不用抢，但那个老家伙心情不好了，对我说打就打，我要是不吃快点儿，就得饿着被打，扛不住。"

那时，温乔第一次有一点儿心疼他。

温乔吃完饭，收拾完碗筷后去洗澡。她刚换好睡衣出来，就听到了开门的动静，还有徐蓉的声音。

"乔乔啊，晚上就那么一点儿剩菜，你没吃饱吧？快点儿出来，一起再吃点儿。"

温乔看着桌上满满的糕点,一惊,问徐蓉:"徐阿姨,你买的吗?怎么买这么多?"

"'御和轩'的糕点这么贵,我哪里有钱买这么多?"徐蓉笑着说道,"是晏家的那个儿子特意让我带回来的。"

晏孝捷?温乔又一怔。

御和轩的包装盒很精致,徐蓉拆开金色的绸带,翻开盖子,说道:"晏夫人的妈妈不是走了吗?他们都在曾家那边办丧事,晚上就那大少爷自己在家里吃饭。我走的时候,他说反正这些他也吃不完,就让我带回来了。"

温乔点了点头。

徐蓉小心地捧起一块桂花糕,咬了一口,感叹道:"真是甜而不腻啊,这贵的东西就是好吃。"她又拿起一块,递给温乔,说道,"你也吃点儿啊,这贵玩意儿咱们平时可吃不到。"

温乔将它放进嘴里,咬了一小口,的确甜而不腻,醇香可口。随后,温乔竟鬼使神差地问道:"晏叔叔的家里发生了这么大的事,那他的儿子还好吗?"

徐蓉没听出什么异样,回答道:"晏夫人的妈妈是真的特别疼这个孙子,两个人特别亲近。老人去世的头两天,这孩子的确很难受,都没吃过几顿饭,看着挺让人心疼的……"

徐蓉后面说的那些事,温乔都没听进去。

随后,温乔回了屋。

窗户没关,风从窗外吹了进来。生了锈的栏杆边,那塑料盆里的小花发了芽,让这小小的、破旧的屋里显得很温馨。

温乔坐在床边,手里拿着被攥得发烫的手机,犹豫着要不要给晏孝捷发信息。毕竟,那天他是因为给她补习,才没见到他外婆最后一面。

她也没有外人认为的那般冷漠无情。

这只是一条正常的安慰信息而已。

温乔没想太多,给晏孝捷发去了一条微信。

Qiao:"尹海郡今天来找我,告诉我你的外婆去世了,也告诉我,其实上周六你本来是要陪外婆的,但是我求你帮我补习,让你错过了见你外婆最后一面。我很抱歉。"

发完,她又补了一句:"你现在还好吗?"

大约十分钟后,晏孝捷还是没回消息。

突然,晏孝捷给她打来了视频电话。

温乔被吓到了,因为她不怎么接别人的视频电话。慌了几秒钟,她还是接通了视频电话。

镜头里,晏孝捷像是刚洗完澡,上身套着一件干净的白色T恤,头发应该是刚吃完,刘海儿柔软地散落着,看着比平时少了几分棱角。他身体向后一躺,整个人躺到了柔软的大床上,镜头晃了晃,画面刚好卡在他脖子以上的部位,五官看起来更精致了。

他在欣赏镜头里的少女:乌黑的长发垂在背后,前额没有碎发的遮挡,让她的眼、鼻、嘴看起来更美了。

看到他如此生龙活虎,温乔有了挂电话的想法,于是说道:"看样子你已经缓过来了,那我挂了。"

"我说能挂了吗?"晏孝捷故意凶了一点儿,抬起下颌,命令她,"把手机贴到你的耳朵旁边。"

"干吗?"

"叫你贴你就贴。"

温乔没再犟,把手机贴到了耳边。接着,她听到晏孝捷用一种温柔的语气对她说:"温乔,你能关心我,我好开心,我一点儿都不难过了。"

他还是说着那样不着边际的话。

温乔的心底毫无波澜。

镜头里,画面恢复了正常。

晏孝捷一只手枕在脑后,一只手举起手机,问道:"真奇怪,你说我怎么就这么喜欢逗你,这么想要你和我玩呢?"

温乔转过头,没有出声。

晏孝捷眯着眼,盯着屏幕上那张白净、清冷的鹅蛋小脸,说:"所以,我想和你玩游戏。"

"什么游戏?"她惊讶地转回目光,问他。

晏孝捷挑挑眉,认真地问:"你就这么肯定,我们不是一路人?"

"嗯，肯定。"温乔笃定地回道。

晏孝捷枕在头下的那只手，修长的手指弹着，他用慵懒的语气说出了自己的打赌游戏："我想和你打赌，就赌如果你在高中毕业时舍不得和我分道扬镳，你就要……"

"就要什么？"温乔紧张起来，急忙问道。

晏孝捷："吻我。"

"无聊。"温乔不觉得这有什么可赌的。

"胆小鬼，"他的玩心在作祟，长臂扯来一只枕头垫在脑后，他试图用激将法，"既然你这么肯定，为何又怕和我赌呢？"

"好，我赌。"温乔沉默良久后攥着衣角说道，说完又抿紧了唇。

她松口是因为她觉得自己一定不会输。

第四章

# 海浪与汽水

在期末考试开始前,温乔和晏孝捷再没有过任何联系。

期末考试放榜日到了,毫无悬念,二班的第一名正是温乔。

这引来了第二名倪晶的不满,偏偏她还很爱组建小团体,所以温乔被动地显得很不合群。一群人扔着小字条,议论声此起彼伏。

在整个祈南二中,温乔只有一个好朋友,就是孙舒与——游泳队队员。孙舒与个子高,五官算是耐看型。她为了进省队,前一个月一直在练习和比赛,所以不知道发生在温乔和晏孝捷之间的事。

刚公布完成绩,孙舒与和温乔去公告栏处看年级排名。

"小与啊。"走到一半,温乔紧张得手都出汗了。

孙舒与一边拽着她往前走,一边说道:"我有预感,这次你绝对能进年级前十名。"

可这个学期每次模拟考试结束后,温乔都没进入年级前十名。

虽然那天他说会让她,但是又有什么理由让呢?

她也不需要他为自己做出这种不负责任的行为。

"啊!"孙舒与挤进人群里,大叫一声,激动得手舞足蹈,"乔乔,啊,乔乔……你……你第十名!"

周遭忽然像被消了音。

温乔的脑袋里"嗡嗡"响,她还以为孙舒与是在和她开玩笑。直到被推到公告栏前,看到自己的名字前是红色的"十"字后,她才跳起来抱住了孙舒与。

"小与,我真的是第十名!"温乔激动地道。

孙舒与晃着温乔的肩膀,道:"恭喜你啊,终于打败了晏孝捷!"她按捺不住自己的兴奋之情,又道,"对了,乔乔,奖金好像放假前就会发。不如我们放暑假后一起去旅游吧?我们……"

温乔又一次听不清任何声音,因为她在想一个人。

她转过身,又扎进人群里,挤来挤去,终于艰难地挤到了第一排。她目光扫过第十一名到第二十名,但没有看到晏孝捷的名字。

他连前二十名都没进?

外婆的离世对他的影响这么大吗?

她有了一个不好的想法。

就算他真想让她,也不至于让到二十名之外啊。

突然,前面有一个女生大声说道:"天哪,晏孝捷竟然考到了第三名!"

一堆人迅速凑了过去。

温乔闻声踮起脚,仰起脖子,目光穿过人与人之间的缝隙,在第三名的位置真看到了晏孝捷的名字。

此时,温乔的身后响起了同学们的议论声。

"天哪,我们的校服这么丑,他是怎么穿得这么好看的?"

"要是二中的男生都照这个模板来长,我愿意早上五点来上早自习。"

…………

晏孝捷脱了外套,将外套抛来抛去,身上穿着印着校徽的白色T恤。越是款式简洁的衣服越是考验一个人的颜值,他完美地通过了考验。像他这种长相、成绩都出众的男生,无论走到哪里都耀眼。

此时,他眼睛直直地看向温乔。

不过,孙舒与立刻站到了温乔的身前。孙舒与身高接近一米八,气势不输男生。她从未觉得晏孝捷帅,因为他就是一个欺负温乔的浑蛋。

"哟,这不是我们二中的骄傲——未来的奥运冠军孙舒与吗?"

晏孝捷微微弓着腰，吊儿郎当地道，"孙姐，好久不见啊。"

他知道孙舒与是温乔在学校里唯一的朋友。

"你……"

"孙舒与，校长叫你。"

孙舒与还没教训晏孝捷两句，就被班长叫走了。

人群散开。

等人走得差不多后，晏孝捷走到第一排，拿出手机，镜头框住前十名的位置，拍了一张照片。拍完照片一回头，他发现温乔正在往楼下走。

晏孝捷几个大步就追上了她，双手插在裤袋里，笑着对温乔道："温乔同学，恭喜啊，如愿考进了年级前十名。"

温乔回过身，不知怎么了，竟有一种白替他担心的想法。

"我以为你说的会让我的意思是，你在转学前都不打算好好考了。"

"看来语文我也得给你补补。"晏孝捷又往下走了两步，楼梯口的阳光笼住了他一半的身影，"我是说过会让你，但没说过会让别人啊。"

温乔："……"

他脑筋转得太快，简直就是逻辑鬼才。

"那个第三名冯骞，老子很早就看不惯他了，"晏孝捷道，"小考就让让他，期末考试被我挤出前三名，有他气的。"

他幼稚得像五岁的小孩，温乔没搭理他。

楼梯间没人经过。

明晃晃的太阳渐渐向西落去。

过了一会儿，温乔看着晏孝捷，睫毛轻轻颤动，眼波平静，说道："也好，你带着二中第三名的好成绩转去一中，一中的老师们应该会更器重你。"

她是在认真地给他送祝福。

她真信了？

晏孝捷不禁一笑，故意"嗯"了一声，俯身过去，点了点头。他身体一斜，一只手撑在栏杆上，一只手抛起校服，问她："对了，马上就放暑假了，你有什么安排？"

听到暑假,再想到奖金,温乔心情好,竟有了闲心和他开玩笑。她将眼睛一眯,回了他两个字:"秘密。"

她转身,刚往下走了两步,背后就传来有人冲下来的动静。

晏孝捷比温乔跑得快,拦到了她的身前。

温乔扶着楼梯,问他:"怎么了?"

她的个头在女生里算高的,有一米六八,但在身高一米八八的晏孝捷的面前,偶尔还是有一种小白兔的既视感。好在她并不怕他,冷冷地瞪了他一眼,他便挪开身子,摊开双臂,让出了一条路。

放学后,喜哥超市。

尹海郡在打架子鼓,晏孝捷则在架子鼓旁边的沙发上慵懒地坐着,两个人有一搭没一搭地聊着天儿。

突然,黄安元站在楼梯上喊:"孝哥,有女的来找你,没在咱学校见过!"

晏孝捷:"谁啊?"

黄安元笑着回答道:"她说她是'一中韩佳人'。"

"……"

黄安元把人直接带了进来,晏孝捷看见那个女生后,震惊得从沙发上站起来,对她说道:"邱里?你来这里干吗?出去,出去!你爸要是知道你来这种地方,得打死我!"

女生的衬衫被塞在百褶裙里,腰肢纤细,一头长发及腰,小脸巴掌大,的确和韩佳人有几分像,尤其是鼻尖上的痣。她头上的发饰、手腕上的表、身上背着的包包都价值不菲,让人一看就知道她是被富养长大的。

她叫邱里,和晏孝捷算是发小儿。

当她走进来时,屋里的鼓声明显乱了节奏。

邱里往屋里看了一圈:"这儿就是你的根据地?挺酷的,竟然……"她眼一抬,对上了尹海郡的目光,笑了起来,笑容很甜,继续说道,"还有乐队在这里演奏。下次我要把我的小提琴也带过来。"

尹海郡迅速挪开了视线,继续打鼓。

"什么乐队?什么小提琴?"晏孝捷可不敢让她在这儿多待,拉起她就往外走,一边走一边说道,"这里不是你该来的地方,出去。"

随后,邱里跟着晏孝捷走出了喜哥超市。

现在正是放学时间,路过的同学都在往这边看。他们都在想:这个面生的漂亮女生和晏孝捷是什么关系?

在亮处看,邱里更美——她没有攻击性,属于温柔甜美型的美女。

见四周的人全在看自己,她拍了拍晏孝捷的肩,问他:"你在二中看上去还挺红?"

晏孝捷没工夫和她瞎扯,问:"要来怎么也不提前和我说?"

"和你说什么?"邱里的声音更甜美了,"我又不是来找你的,只是顺便来看看你。"

晏孝捷"哟"了一声,问:"二中还有你的朋友呢?"

邱里摇摇头,解释道:"不是,我下学期就转过来了,校长让我提前来看看。"

"转到二中?"晏孝捷震惊地问道,"你在一中念得好好的,还有一年就毕业了,跑来二中干吗?"

她逗他道:"想你啊。"

"讲点儿正经的。"

这些玩笑话,他们从不当真。

他们有说有笑的一幕恰好被温乔看到了。她和孙舒与一起走在后面,和晏孝捷他们只隔着几个人的距离。

孙舒与开心地搂住温乔,说道:"乔乔,今天真是你的幸运日啊。考了第十名,晏孝捷也有了新目标,但愿这个臭流氓、死浑蛋不再缠着你。"

温乔没说话,只是余光时不时地瞟向晏孝捷他们。

她竟然觉得,晏孝捷和这个女生在一起的画面挺养眼的。

她没走两步,手机响了。温乔低下头,解锁屏幕,是晏孝捷发来了微信。

YXJ:"下周要不要和我一起去玩?"

温乔冷漠地回道:"抱歉。"

YXJ:"那你要去哪儿?"

Qiao:"秘密。"

如果不提那堆暑假作业,暑假期间温乔过得倒是很悠闲。

温乔在放假前拿到了奖金,挑了一天去了银行,把钱都存进了自己的卡里。虽然才几千块钱,但这是她第一次"挣钱"。

她留了几百块钱在身上,想奖励自己疯玩一天。

于是,她约了孙舒与出来逛街。

下午三点。

两个人在市区的一家商场里逛得很高兴。

此时她们正在一家鞋店里试鞋,奶茶被搁在了旁边的小桌上。

孙舒与很喜欢温乔正在试穿的小白鞋,赞道:"乔乔,好看,显得你的脚腕特别细。不像我,腿比较壮,就穿不了这种鞋。"

温乔脚踝又白又细,穿这种鞋的确好看。

她凑过去,小声对孙舒与说:"可是要七百块钱。"

她就是心疼钱,舍不得。

孙舒与:"你不是有奖金吗?而且你一年都难得给自己买一双好鞋,买吧。它是真的好看,特别适合你。"

温乔盯着脚上的鞋,还在纠结。

销售员走了过来,对温乔说道:"这双卖得特别好,三十七码的就剩这一双了。如果后面你想要就得调货,怪麻烦的。"

"我再想想。"温乔有礼貌地暂时回绝了。

孙舒与劝温乔别纠结了,但温乔几乎没在一双鞋上花过那么多钱,所以看着盒子里的鞋左思右想,来回纠结。

鞋上的雏菊真的很好看,她超级喜欢。

这时,有顾客走进了店里,还传来了温乔熟悉的男声。

"同学,你买吗?不买的话我要了。"

不用抬头,温乔都知道说话者是晏孝捷。

出来玩的晏孝捷穿着白色的T恤、运动裤,还戴了一顶白色的棒球帽。那棒球帽虽然遮住了他的额头,但没遮住他高挺的鼻梁。他将双手插在裤子的口袋里,站在一旁,等温乔的答复。

温乔想了一下,还是没买——终究舍不得。

"都拿奖金了,还舍不得买一双鞋?"晏孝捷语气平淡地说完这句话后,拿起鞋子去付钱。

温乔的目光追到了他的背影上。

哪个女生不喜欢帅哥?女销售员的眼睛在发光,她问晏孝捷:"是要送给女朋友吗?"

晏孝捷没答。

女销售员从抽屉里取出一个小盒子,解释道:"哦,是这样的,我们现在的赠品是情侣钥匙扣。如果你是要送给女朋友,我就拿一对给你。"

两个钥匙扣上分别有一只小粉熊和一只小棕熊,很可爱。

晏孝捷的手指穿进铁环里,他将粉色的小熊拎起来看了两眼,说道:"还挺可爱的。我要了,你帮我放进去。"

"这个浑蛋是要送给昨天那个妹子吧?"后头,孙舒与贴在温乔的耳边激动地说。

反正也不买鞋,温乔站了起来,推着孙舒与往外走,一边走一边说:"走吧,我们去吃烤肉,好不好?"

"好。"

温乔没管买鞋的晏孝捷,挽着孙舒与往位于四楼的烤肉店走去。

她们刚从扶梯上走出去,身后又传来了晏孝捷的声音:"孙姐,我能借温乔两分钟吗?"

孙舒与本能地护住温乔,问他:"你要干什么?"

温乔跟她说了声"没事",然后和晏孝捷一同去了旁边。

她不耐烦地问他:"什么事?"

"你昨天为什么不接我的电话?"他不悦地质问道。

温乔想:这么高高在上的语气?

温乔心里不舒服,硬邦邦地回道:"我不想接。"

晏孝捷不是来和她吵架的,于是放低了姿态,好声好气地问:"你为什么不想和我去玩?"

温乔还没开口,他就又说道:"如果是因为钱,你别担心,我可以出。"

他再次踩到了她的雷区。

"我为什么要你出钱？"她皱紧眉头，说道，"我不想欠你的。"

晏孝捷的手用力地往栏杆上一撑，他屏着气说："我不是这个意思。我纯粹是想让你出去玩，开心一下，放松一下。"

温乔依旧摇头，并回绝道："不必了。"

孙舒与认定晏孝捷在欺负自己的好友，两个大步就走了过去。她听到了刚才他们说的话，推了推他，说道："乔乔暑假很忙的，我们下个星期就要去崇燕岛了，谁要和你一起玩啊？"

温乔蒙了。

崇燕岛是祁南周边的小岛，也是一处旅游胜地。

来这里的人，不是来玩水的，就是来环岛骑行的。

这里天空湛蓝，白云下是海水、草地，层层翻滚的海浪上是冲浪的人。

温乔和孙舒与又是坐大巴车又是坐船的，终于到了小岛上。浑身疲惫的二人在看到眼前的美景时立刻恢复了精神。

"乔乔，你站在椰树底下，我给你拍几张照片，快去！"孙舒与激动得就差在沙滩上打滚了，疯狂地喊温乔去拍照。

"马上，马上。"温乔放下行李箱，慌慌张张地往椰树底下跑。

孙舒与看着镜头，脸上是羡慕的表情，嘴里不停地说着话："乔乔，你怎么这么漂亮啊？你的脸怎么这么小啊？"

温乔习惯了孙舒与夸张的言行。

温乔今天特意穿了徐蓉买给她的白色连衣裙，小小的荷叶边领口随风摇摆，她的气质都由高傲变成甜美了。阳光很明媚，她那被晒红的小脸粉扑扑的，仿佛抹了粉色的腮红。

温乔不常拍照，不怎么会摆姿势，要么摆出剪刀手，要么规规矩矩地站着，总觉得自己拍得不好看。

"小与啊，我的姿势怪吗？"

"你长得好看，怎么拍都好看。"孙舒与真诚地道。

忽然，温乔皱紧了眉头，表情变得难看，因为她的视线里多了一个人。

远处，晏孝捷慢慢地走来。他穿着一件白色的T恤和宽松的工装短裤，手插在裤子的口袋里，反戴着棒球帽，高挺的鼻梁上架着一副黑色的墨镜——他的打扮很应景。

见晏孝捷来到自己的跟前，温乔说："我在拍照。"

晏孝捷就爱和她抬杠，问她："我眼瞎吗？我看不出来你在拍照？"

"你知道还打扰我？"

"也不算打扰吧，碰见了就合个影呗。"

"……"

晏孝捷对举着手机的孙舒与喊道："孙姐，把我拍得帅点儿！"

孙舒与看向温乔，温乔无奈，只想赶紧打发掉这个浑球儿。

合照拍完后，温乔跟着晏孝捷走到孙舒与的身边。只见他伸手拿起手机，看着照片，笑了笑："好，我挺帅的。"然后，他看向照片里板着脸的温乔，问道："跟二中的校草拍照，还把你委屈到了？"

照片里，温乔一张脸虽然很漂亮，但表情明显不情愿。

她懒得理晏孝捷，把旁边的行李箱推过来，叫孙舒与一起走。

"咦，"突然，孙舒与指着前面眼熟的女生，说道，"那不就是那天的女生吗？"

她的想法就是夸张，而且她越想越离谱儿。

在刺眼的阳光里，温乔看清了女生的模样。和一般的高中生不同，那个女生的长相、气质都很出挑，她手上拎着的包包温乔认得，是香奈儿的。

温乔没多想，挽着孙舒与，说："小与，我们先去买冰激凌，然后去民宿放行李，再……"

孙舒与听着温乔后面的计划，不停地点头。

温乔和孙舒与把行李放到民宿后，就马不停蹄地去找那家网红餐厅了。

那家餐厅的生意特别好，她们排了半个小时队才吃上。

吃完后，她俩就绕着海岸边玩边拍照。

拍了几十张照片后，温乔逐渐放开，表情、动作都自然了很多。她想走到海里拍几张，于是拎着鞋，赤脚踩在软软的沙子里，踩一次脚陷进去一次，余浪拍打到脚踝时，一会儿冰冷一会儿热。

"晏孝捷！"

孙舒与又喊出了这个晦气的人名。温乔被吓得赶紧往身旁看，但并没有看到他，孙舒与指了指她的身后。

温乔回头，看到了不远处的晏孝捷和那个女生。

晏孝捷赤裸着上身，穿着印花短裤，手上抱着冲浪板。戴着宽檐帽的邱里给他递过去一瓶防晒喷雾，劝道："还是喷一下吧，别被晒伤了。"

晏孝捷接过后，随意地朝腹部、手臂和腿部喷了一些。他把喷雾塞回邱里的手中后，走进了海里。

晏孝捷将冲浪板放在海水上，整个身子趴在板上，腹部用力，抬头挺胸目视着前方，有节奏地划着水，双脚始终并拢。感觉到冲浪板随着水流向前移动时，他迅速地跳到了冲浪板上，背脊挺得笔直。随后，他微微弯起膝盖，放低了重心，整个人变得松弛起来，跟着海浪玩起了花样冲浪。

一看他就经常玩冲浪，很熟练，胆子也是真的大。

阳光下，海水都是炽热的，泛着晶莹剔透的白点。

晏孝捷常年玩滑板、冲浪、骑行，即使没刻意去练身材，块状的胸肌、腹肌也很明显，穿衣服时看着显瘦，脱了衣服什么都有。

在层层叠叠的浪花里，他整个人在发光，引来了一些女生在岸边围观。

温乔都忘了自己在拍照。

她承认，像他这样家世、成绩、长相都出众的男生，的确有不可一世的资本。所以他什么都敢做，活得潇洒、肆意。

邱里躺在沙滩椅上，穿着一条沙滩裙，双腿白皙、光滑、纤细。她怕被晒黑，用丝巾遮住了身子，时不时喷点儿防晒喷雾。

旁边是卖冷饮的，有空调风吹过来，让她觉得没那么热。她拿下遮住光的手，本来是想看晏孝捷玩完了没，但抬眼间对上某道身影时，她的心颤动了一下。

尹海郡穿着无袖衫和牛仔裤走在沙滩上。他的帅和晏孝捷的不同，他的肌肤是小麦色，腿毛有些浓密，少年感不重。

"斌哥，我拿几根冰棒。"他好像对这里很熟，连商贩都认识。商贩笑呵呵地点头后，尹海郡推开冰柜，从里面挑了三根红豆味的冰棒。

因为和他离得很近,邱里还紧张了一下,以为尹海郡会给她一根冰棒。令她没想到的是,他一转身就朝另一头的女孩走去了。

尹海郡热情地向温乔打招呼:"拿着吧,替我孝哥照顾你的。"

"谢谢。"温乔接过一根。

尹海郡又给孙舒与递了一根冰棒。她头都没敢抬,立刻将冰棒抓到手里,紧张地攥紧,突然变成了羞涩的小女生。

"你和晏孝捷一起来的吗?"温乔好奇地问道。

尹海郡啃着冰棒,说:"确切地说是他跟着我来的。"

"什么意思?"

"崇燕岛是我的老家,我在这里出生。"

温乔恍然大悟。

想到晚上的计划,尹海郡问:"晚上孝哥想吃烤肉,刚好我家的院子里有烤架,你们要不要一起来?"

温乔还在犹豫,孙舒与已经兴奋地应道:"好,我们来。"

温乔:"……"

夜晚的半山处透着些许凉意。

尹海郡家的房子算是一座小三合院,有点儿老旧,很有年代感。他的奶奶、爷爷过世后,这里没人住,他一有空就回来住。

尹海郡在草坪上支着烧烤架,赶走了想帮忙的晏孝捷。

"别在温乔的面前装能干了,别碍事,滚一边去。"

晏孝捷没理他,走了。

温乔觉得来了不能不干活儿,于是在厨房里和孙舒与忙碌着,孙舒与在搬餐具,她在洗菜。

晏孝捷倚在门边看着勤劳的温乔,她知道他在自己的身后,于是冷冷地说:"不帮忙的话,你就别跟鬼一样站着。"

"我长得这么好看,能是鬼?"晏孝捷又逗起人来,"行,那你说说,我是什么鬼?"

温乔平静地吐出三个字:"幼稚鬼。"

晏孝捷差点儿笑出声来,突然觉得她一本正经的样子还挺可爱的。

厨房里安静了几分钟。

晏孝捷突然敲了敲瓷砖墙，对温乔说道："把手擦干，跟我去一个地方。"

温乔看了一眼外头已经暗下来的天，拒绝道："我不去。"

晏孝捷是不达目的不罢休的人，往温乔的身前站了一些，又问道："你是自己跟我走呢？还是让我拽你走？"

"晏孝捷，你敢胡来试试！"温乔不怕他的威胁。

晏孝捷斜着身子，比着手势，开始倒数。

"3！

"2！

"1！"

看样子，晏孝捷真敢在这里乱来。

"去哪儿？你先走，我再去。"温乔暂时投降。

晏孝捷指向窗户外："小树林里的土房子那儿。"他语气里带着一股痞气，"温乔同学，一会儿见咯。"

几分钟后，温乔擦干了手，趁大家不注意，悄悄地绕过房子，推开后面的栅栏的门，跑进了小树林里。小树林里有路灯，还算看得清路，但到了土屋这儿就暗下来了，屋子没人住，没任何光源，温乔只能借助旁边的路灯和月光寻人。

"晏孝捷？

"晏孝捷？"

温乔轻声喊着，但没人应。

树林里漆黑一团。

"喂！"晏孝捷突然恶作剧般冒出来，吓得温乔叫了一声。温乔惊魂未定，他站在她的身后，嬉皮笑脸地道："就这破胆还想做法医，你以后怎么去案发现场？"

温乔被他一吓，脸色更不好看了，没好气地问他："叫我来干吗？"

忽然，晏孝捷将她往土屋那边一拽，双手一伸，撑在了墙面上。

她被他完全罩住，缩在了他的胸前。

"暑假结束前，我们至少有一个月见不到面。我想，我必须做点儿什么，才能让你记住我。"晏孝捷笑得有些坏。

温乔指着他，警告道："晏孝捷，你别乱来。"

这种警告晏孝捷哪里会怕？他又将身子俯下去一些，温乔用双手推他的胸膛，但是根本受不住他的力气，手肘越来越弯，直到手背贴到了自己的胸口。

晏孝捷的气息已经来到了温乔的耳畔，温乔的脖子上一阵发麻，她的心都在抖。

他们就这样近距离地看着彼此，谁都没有说话。

海浪拍击海岸的声音很大，传进夜色，传进树林，与蝉鸣、虫叫一起，"嗡嗡"地响。

一抹光透过树的缝隙刚好落在了温乔的脸颊上。她的脸颊发红、发烫，她第一次害羞地低下了头。

晏孝捷笑了笑，伸手想去拉她，但被她甩开了。

晏孝捷跟在她的身后，双手插进口袋里，抬起下巴，说："温乔，我觉得你会输。"

他说这话时的模样嚣张又强势。

温乔忽然收住脚步，没有回头，笃定地回应："不会。"

隔日，温乔和孙舒与一大早就去环岛骑行。

她们租了一辆白色的电动车，孙舒与在前座骑车，温乔坐在后座上。她们沿着海岸兜风，为了赏景，她们骑得很慢。

狭长的海岸线蜿蜒曲折，护栏不高，显得海面更壮观、开阔，蓝得透明，波光闪闪，像是色彩明艳的油画。

"啊，啊，太漂亮了！"

没有人比孙舒与更夸张，她一路开一路喊。

不过温乔听不见她的声音，因为温乔的眼里只有风景，耳里只有海浪拍击海岸的声音。

这里气温高，阳光强烈，没过一会儿，她俩就被晒出了满头汗。

"来，给你吹吹。"温乔带了可爱的消暑小风扇，看孙舒与骑车太热,就将小风扇放到了孙舒与的脖子后,虽然起不了多大作用,但好歹有点儿风。

电动车继续缓缓前行。

一阵海浪,一阵海风。

"温乔同学。"在她们身后比较远的地方传来了熟悉的男声,男声迎着风而来。

一辆墨绿色的山地自行车停在了她们的车前。

晏孝捷穿着一身美式运动装。烈日下,他脸上的笑意永远那样既自信又张扬。他一只手撑在自行车的扶手上,脑袋一歪,看着戴着宽大的遮阳帽且缩在孙舒与身后的温乔,下巴一扬,问温乔:"你俩这车有电吗?乌龟跑得都比这快。"

温乔才懒得理这个无赖。

后头,尹海郡骑着山地自行车追了上来。他朝温乔招手,然后用手肘推了推晏孝捷,问晏孝捷"看够了没",随即朝晏孝捷比了个"继续"的手势。

随后,晏孝捷长腿一跨,上了自行车,飞快地骑走了。

阳光照进海浪里,少年的身影在飞驰,海风灌进了他们的衣服里,衣服被吹到鼓起,他们也不知道对着海浪在高喊什么,但就是亢奋。

青春总是恣意的。

温乔也不知道怎么来了劲,调整好坐姿,拍了拍孙舒与,指着前面即将消失的身影,对孙舒与说:"小与,我们必须超过晏孝捷!"

她就是要赢他!她就不相信带电的跑不过用腿骑的。

孙舒与气势拉满,按下开关,加快了速度。

电动车迅速往前冲,没过一会儿,就追上并超过了那两辆自行车。

"晏孝捷!"温乔扯着嗓子高声喊,"你输了!"

可是下一秒钟,电动车突然减速,还唱起了歌。

孙舒与一脸茫然地问:"乔乔,它唱歌了,是不是代表没电了啊?怎么办啊?"

温乔赶紧下车,检查起了小车,随后说道:"不是吧,没电了?"

· 51 ·

晏孝捷从旁边经过，带来一阵疾风。看着温乔着急的样子，他一直在笑，在前头嚣张地大喊："温乔，你赢不了我的！"

温乔快被气死了，但又顾不上跟他斗，只能想办法先回去。

折腾了一上午，温乔和孙舒与吃了饭后回民宿换装，准备去海边游泳。

来了崇燕岛不玩水，简直就是白来一场。

孙舒与本就是游泳队的，装备很专业。她换好装备后，敲了隔壁房间的门。

温乔出来时还有点儿不好意思，因为她很少游泳，更是很少穿这么暴露的衣服——一条鹅黄色的连体泳衣，背上有一处镂空。这件泳衣其实不算暴露，但她很少穿泳衣，所以有些拘谨。她披上黄色的印花衬衫，挽着孙舒与往海滩走去。

一路上，她们聊得很开心。她们都没察觉，一个男人尾随着她们。

沙滩上全是人，人头密密麻麻的，嬉戏、哄笑声不绝于耳。

越靠近沙滩越热，阳光刺眼，沙粒发烫。

刚玩完冲浪的晏孝捷戴着墨镜，躺在沙滩椅上休息，白衬衫就这么敞开着，时不时被风撩起，白皙又紧实的胸膛被晒得微微发红。

很快，他看见了一道熟悉的身影。他不自觉地摘下了墨镜，少女曼妙的身姿更是清晰地映入他的眼帘。

风一吹，带起温乔身上的衬衫，露出她纤细的腰肢、又白又直的长腿。她脚步轻盈地踏在沙粒上，虽瘦，但骨肉匀称。她的臀被泳衣紧紧地包裹着，浑圆上翘，像一颗诱人的水蜜桃。

晏孝捷也不明白：自己为什么一看见她，眼里就有光？

温乔在不经意间看到了晏孝捷，刚好看到一个陌生美人在向他索要微信，他还真拿出了手机，她立刻将头扭开。

她看事情总是看一半。

晏孝捷的确拿出了手机，但点开了一个微信头像，陌生美人就知趣地走了。

晏孝捷放下手中的冰可乐，起身走到温乔的身旁，抻了抻筋，问她:"要不要带你冲浪?"

"不要。"温乔冷漠地拒绝道。

"那带你游泳?"

"不要。"

"那带你走走?"

"不要。"

晏孝捷接连被拒绝,耐心快被磨没了。

温乔抱着游泳圈朝孙舒与走去,但被晏孝捷用一只手扯住了。

晏孝捷问她:"温乔同学,你五岁吗?游泳时还需要游泳圈?"

游泳圈被他扯住,温乔像一只东倒西歪的企鹅。她不满地问他:"晏孝捷同学,你五十岁吗?这么爱管闲事!"

晏孝捷松开了她,但没走,就站在沙滩上,看着像幼儿园里的小朋友一样边游边叫的温乔,被逗乐了。

直到看得有点儿无聊了,他才回到椅子上。

孙舒与带温乔带得也有点儿烦了,于是让她先上岸,自己痛快地去海里游了。

温乔走到沙滩上。身上湿透了,泳衣随之变沉,胸口处的布料就直往下坠,她不停地将衣领往上拉。她从包里拿出干毛巾裹在身上擦了擦。气温很高,她在太阳底下站了一会儿,头发、泳衣就干了。

旁边有一位卖冷饮的小摊贩。

温乔口渴,刚拿了一瓶果汁,付了钱,身旁便出现了一个陌生男人。她被吓了一跳。男人很年轻,穿着泳裤,看样子也是来玩水的,看着像个正常人,眼睛却一直往她的胸口处看。

温乔有些不舒服,想避开,但被男人缠上了。

男人开门见山地问:"你好漂亮,可以给我你的微信号吗?"

温乔一边躲避一边说道:"不好意思。"

男人没放弃,又问了一次。

温乔不知该怎么甩开这个诡异的男人,情急之下,看向了躺在椅子上闭目养神的晏孝捷,手朝他一指,说:"不好意思,我的男朋友在那边。"

这时男人才松开手,但还是盯着她。

温乔抱着果汁跑去了晏孝捷的身边,拍了拍他的手臂。他睁开眼时还被太阳刺到了,看到拍他的人是她后,他笑了笑,问她:"怎么?求我带你玩水?"

温乔看了一眼后面的男人,慌张地对他说:"帮帮我。"

"什么?"

晏孝捷虽一脸迷茫,但很快从她慌乱的眼神里察觉到什么,往旁边一看,立刻懂了。他站了起来,很自然地搂住温乔,往民宿的方向走去。

午后,小路上没什么人,地面被烈日晒得发烫。

晏孝捷低眉,看着温乔,放低声音问她:"怎么?这种时候想起我有用了?"

温乔抬起眼,瞪着他。不过,在这个节骨眼儿上,在他宽阔的胸膛里,她的确觉得很安全。

走了一半后,晏孝捷感觉身后有人。于是,他停下脚步,回头一看,看到了那个猥琐男。他冲那个猥琐男喊:"哥们儿,你这样就没意思了!"

真要干架他也不怕。

男人没吱声,默默地往前走去。

最后,晏孝捷搂着温乔回到民宿。上楼时,他们却发现那个猥琐男也在楼梯上。

那个猥琐男回身,幽幽地说:"我住楼上。"

温乔的心猛地一提,她紧张得手心都冒汗了。

晏孝捷拍了拍她的肩,试图安抚她,同时笑着对那个猥琐男说:"好好住,别多事。"

很明显,他在警告那个猥琐男。

随后,温乔被晏孝捷搂着迅速进了房间,把门反锁上。

晏孝捷松开了她。他有点儿渴,拧开桌上的矿泉水瓶盖,喝了几口后说道:"这种民宿里什么人都有,多的是猥琐男专门跑来看美女,专挑单身女孩下手。"

温乔还有点儿惊魂未定。

晏孝捷把矿泉水瓶往桌上一放,说:"你和孙舒与一会儿收拾一下行李,晚上我让尹海郡来接你们,你们把这房退了,剩下几天和我住。"

温乔觉得这句话比被猥琐男尾随更吓人,哪里会答应?

"两个选择,一个是去半山和我住,一个是我来这里陪你住。"晏孝捷坏笑着说道。此时,他衬衫是敞开的,露出完美的胸腹线条。

他每向她逼近一步,温乔的心就抖一下。

"谢谢你帮了我,但是让我想想,你先出去吧。"温乔垂着头,指着门,说道。

晏孝捷还赖着不走,甚至将温乔抵到了墙边。不过,他没有做任何过分的事,只是弓着背,轻声细语地对她说:"暑假很长,我们还会再见面的。"

从崇燕岛回来后,温乔便抓紧时间写暑假作业,空闲的时候就去游泳队找孙舒与玩。本来她只想换换心情,没想到换来了一朵桃花——游泳队的天之骄子章为盛,一中的风云人物。

这两天,章为盛时不时地就和温乔在微信上聊天儿。

他是一个阳光开朗的男生,他们聊的都是正常的内容。

周末,徐蓉在晏家工作,给温乔打了一通电话,说先生和夫人出了远门,晏家的儿子让她过去一起吃晚饭。温乔愣住了,不知道晏孝捷在玩什么把戏,但最后还是去了。

晏家不偏僻,是隐匿在市区的带院子的小别墅。

徐蓉给温乔开了门。这是温乔第一次来晏家。院里的花被蒙上了橘色的薄雾,院里时不时还有蝉鸣。

温乔跟着徐蓉去了厨房里,徐蓉揭开灶台上的砂锅盖,里面熬着龙骨汤。她吩咐温乔:"晏孝捷住二楼最里头的房间,你去敲门,叫他准备下来吃饭。"

温乔点头:"好。"

徐蓉扯了扯她的衣角,嘱咐她:"虽然你们的年纪相仿,但毕竟他是这里的主人,你说话、办事时都注意点儿身份。一会儿感谢他叫你过来吃饭,懂吗?"

温乔又点头，回答道："嗯，懂。"

别墅看着并不奢华，但是墙上的字画、柜子上的花瓶，都显露了晏家人的品位和地位。

温乔上了楼梯，穿过走廊，走到最后一间房间门口，用力地敲了敲厚重的实木门。

里面的人没出声。

她又敲了一次，喊了一声："晏孝捷？"

她又叫了两声，里面才传来了熟悉的声音："进来。"

温乔推开门，看到的却是刚洗完澡的晏孝捷。他穿着舒服的睡衣，正在喝水。

她语气淡淡地说道："徐阿姨快做好饭了，你把衣服穿好后就出来吃饭吧。"

晏孝捷放下水瓶，边擦头发边走了过去，凑到她的身前，挑眉，问她："你不想我吗？"

"我为什么要想你？"温乔并没觉得一次同目的地的旅行能让他们的关系变得亲近。

晏孝捷挑眉，轻笑着说道："可是，我好想你。"

"想你"二字，温乔根本没听进耳朵里，更别说听进心里了。

晏家的餐厅是中式风格的，高高卷起的窗帘旁还放着一座假山水景摆件，"潺潺"流水颇有禅意。

木桌是长方形的，晏孝捷坐在上座，温乔挨着徐蓉坐在一侧。

晏孝捷已经吃了好几口饭菜，却发现徐蓉和温乔都没动筷子，便抬了抬手，对她们说道："今天我父母不在，不用拘束，吃吧。"

听了他的话，徐蓉和温乔才敢动筷子，但也只捡眼前的菜。

晏孝捷咀嚼了几口后望向温乔，像看着陌生人那样看着她，问："你叫温……乔是吧？"

这句话是徐蓉帮温乔回答的："是。"

晏孝捷故意没看徐蓉，还是看着温乔，问："哪两个字？"

他装跟她不熟还装上瘾了？！

温乔看了徐蓉一眼，确认自己可以说话后，回答道："'温暖'的

'温'，'乔木'的'乔'。"

晏孝捷若有所思地"哦"了一声，捡起一片牛肉，平静地念道："南有乔木，不可休思；汉有游女，不可求思。"

徐蓉没读过什么书，听不明白，而温乔自然懂。

这是出自《诗经》的句子，意思为，男子想追求心上的女子而不得。

晏孝捷特意把温乔带到家里，带到自己的眼皮底下，除了想见她，还想逗逗她。他指着旁边的龙骨汤问她："温乔同学，能不能帮我盛一碗汤？"

温乔愣住，没敢动。

徐蓉用手肘抵了抵她，笑着对晏孝捷说："可以的。"

温乔照做了，接过晏孝捷手中的碗，拿着汤勺，小心地盛着汤。

他笑道："我喜欢喝汤，肉少盛点儿。"

"好。"她答。

晏孝捷故意冷下脸。徐蓉在晏家工作了这么多年，了解家里每个人的脾性。她用手在桌下拍了拍温乔的腿，小声叮嘱："有礼貌点儿。"

温乔一愣，把盛好的汤端了过去，递到晏孝捷的手旁，毕恭毕敬地说："谢谢您今天邀请我来您家吃饭。"

"嗯。"晏孝捷端过碗，淡淡地应道。

这顿饭大家只吃了半个小时。

晏孝捷吃得很开心，但温乔和徐蓉全程拘谨，挑了点儿眼前的菜，随便吃了两口。

饭后，徐蓉因为肚子疼去了洗手间，温乔则在厨房里洗碗。洗到一半时，她感觉有人靠近自己，背脊忽然颤了一下。

晏孝捷双手撑在水池两边，宽阔的双肩立刻将她环住了。

"晏孝捷，你要做什么？"温乔怒道。

晏孝捷并未往后退，两个人贴得太近，呼吸纠缠，暧昧在空气里发酵。

忽然，门外传来了脚步声。

徐蓉进来看到晏孝捷在里面，笑着赶紧干活儿，并对他说道：

"厨房里还没收拾干净呢，油烟重。你需要什么？我帮你拿。"

晏孝捷从冰箱里取出一瓶冰可乐，在手上掂了掂，慢悠悠地说："没事，别紧张，我就是突然很想喝可乐，你们忙吧。"走出去前，他还指了指柜子上的一些进口饼干，又说道，"对了，一会儿你们把那些饼干也带走。我不爱吃这些，女孩子应该比较喜欢吃甜食。"

他说完，目光落在温乔的背影上。

徐蓉微愣，而后点头道谢："谢谢。"

温乔紧张得心在敲鼓。

徐蓉还在收拾餐厅，让温乔去院子里等她。

温乔一个人站在小院里，欣赏着夜景。

旁边的蔷薇开得很漂亮，花倒映在喷泉的水中，扭曲的影子也很美。

章为盛给温乔发来了微信。

他每天都是训练结束后给她发消息，现在发来的是一段他自己练习时的视频。

她点开视频，身材健硕的少年在水中迅速地游动着，溅起朵朵水花。

视频的最后，少年从游泳池里一跃而起，上了岸，披上一条干毛巾，全身上下只穿着一条泳裤，肌肉很结实。

晏孝捷本来想吓温乔，所以走路时脚步很轻，但刚走到她的身后，无意间看到了视频里的男生，便收回了手。

感觉有人靠近自己，温乔身子一颤，赶紧将手机贴到腿边。

晏孝捷看向她的手机，冷笑道："新认识的？"

温乔坦诚地回答道："嗯，上周去游泳队找孙舒与时认识的。她在队里的好朋友，一中……"

"嗯。"晏孝捷明显不想听了，瞅了一眼她腿边一直亮着的手机屏幕，抬起下颌，对她说道，"快回吧，别让人家等太久。"

说完，他头也不回地进屋了。

一个小时后，温乔和徐蓉回到家。

徐蓉把大包小包放到桌上，然后把一个方盒子取了出来，往旁边一推,对温乔说道:"晏家把他们的儿子培养得是真好,之前听我说你也喜欢医学,刚才在我走之前,说把这几本医学书给你。"

温乔有点儿心不在焉,半晌才反应过来,抱起盒子,吞吞吐吐地说:"嗯,他人是……"她突然顿住,吸了一口气,说,"很好。"

有些话徐蓉憋了一路,她坐在椅子上,跷起腿,随手剥着橘子,言语稍显不客气:"乔乔啊,我今天看晏孝捷好像对你还挺热情的。"

温乔陡然变得紧张,问她:"有吗?"

徐蓉看着这个水灵灵的小姑娘,不怀好意地笑道:"建哥这女儿生得是标致,但你的心里也要有点儿数,脸漂亮的女孩多了去了,人家晏孝捷什么身份、地位?不要他给你点儿颜色,你就心花怒放地往上扑。"徐蓉最后那句才是重点,"你不要给我找事。"

说完,她扔掉橘子,往厕所走去,拉动椅子时弄出的声音很大,像是动了怒。

回到自己的小屋,温乔觉得身心疲惫。

她坐在书桌前,把盒子打开。

里面的书本叠放得并不平整,缝隙间却有一根白色的鞋带露了出来。她将书本取出,底下竟然是那双有着雏菊图案的板鞋。

她连忙拿起手机,给晏孝捷打去电话,可打了三次都没人接。十几分钟后,他发来了微信。

YXJ:"书和鞋子都送给你了。你想看就看,想穿就穿,不想的话就都扔了。"

隔了几秒钟,他又发来一条消息:"这个暑假我不会再打扰你,祝你玩得愉快。"

温乔摸着鞋,指腹像被细针扎着,隐隐发疼。她就这样静静地发着呆,一想到刚才在院子里,晏孝捷生了气,心里就陡然有种被扯住的不舒服的感觉,这是她从未有过的感觉。

过了一会儿,她点开微信,找到章为盛的头像。

离上一条他问她后天要不要出来玩已经过了四十多分钟。

她低头想了一会儿,打字回复道:"抱歉啊,接下来我要开始补习了,没有时间出去,谢谢你的邀请。"

第五章
## 屋檐下

日子很快到了九月初。

南方的海边城市秋天来得晚,树木还是郁郁葱葱的,没见几片落叶。满墙的花被阳光包裹着,叶片透亮。

祈南二中,高三(二)班。

过了一个暑假,大家聚在一起有说不完的话,几个人凑在一起聊着天儿。

"这个学期,我妈说我要是能进步二十名,寒假时就带我去日本旅游。"

"喊,我爸还说我要是能考进全校前一百名,就送给我一辆保时捷呢。"

……

几个男生在那头吹牛。

说着说着,那位"保时捷男生"朝旁边被围起来的漂亮女生吹了声口哨,说道:"倪晶,我让你第一个坐我的副驾驶座。"

倪晶不仅学习成绩好,也很会打扮,就是有些盛气凌人。

"不好意思,去年我生日时我爸就送了一辆保时捷给我。"倪晶回道。

男生觉得很丢脸。

旁边响起了一阵"嘘"声。

围着倪晶的人都是她在班里的小姐妹，特别崇拜她。

女生甲："晶晶啊，你放暑假时是去保养了皮肤吗？你怎么又白了啊？"

女生乙："晶晶，你这个香奈儿的耳环好漂亮啊，好适合你。"

倪晶习惯了被众人追捧。

女生甲又悄悄地问倪晶："晶晶，你真的要再试一次吗？"

女生乙说："不过，晏孝捷没有转学呢。"

倪晶的目光穿过人群的缝隙，望向了正对面的窗户旁的温乔，她故意放大声音说道："为什么不试？晏孝捷还没有女性朋友呢。"

班里的同学都知道倪晶一直试图接近晏孝捷，已经持续了一年。

声音都进了温乔的耳朵里，但她不在意，更不会理睬。她一直在激动地和孙舒与讨论秋季校服变得好看这件事——女生的是白衬衫和灰色针织衫，男生的是白衬衫和黑色针织衫。

从窗外经过的人引发了一阵骚动。

"晏孝捷。"几个女生指着走廊小声说道。

倪晶站了起来，想出去和晏孝捷打招呼，但发现他下楼的目的很明显——又是来找温乔的。

阳光落在晏孝捷修长的脖子上，勾勒得他下颌的线条很是清晰。他站在后排的窗边，刚好是温乔的座位旁边。他笑着轻轻地敲了敲窗户，没出声，可无声胜有声。

温乔早就知道晏孝捷没有转学，所以在开学第一天看到他时并不惊讶。如果是以前，她根本不会理他，但今天竟多了一份回应的兴致。

她拿起笔在纸上写了点儿东西，然后推开窗，把纸放到了窗台上。

晏孝捷觉得还挺有趣，随即拿起字条，打开。纸上的不是什么情话，而是"你裤子上的拉链开了"。

本能反应，他低头看了看自己的裤子，但发现上衣遮住了拉链。他这时才反应过来，自己被她耍了。

温乔和孙舒与在教室里一直笑,还击了掌。

晏孝捷怎么会让自己输?他把窗户推开了一些,伸手直接拿起桌上的圆珠笔,然后在刚才那张字条上写下了两行字。他手里夹着字条,推了推温乔的胳膊。

温乔接过字条,打开后,紧张得赶紧将其揉成一团。

他的字遒劲有力:"愿意和我开玩笑了,代表我离赢又近了一步。"

他们的互动,教室里外的同学都看在了眼里。

他们的背后是一阵议论声。

"怎么过了一个暑假,他们的关系更亲密了呢?"

已经坐下来的倪晶脸色越发难看,捂着耳朵,不想听大家的议论。

入秋了,天暗得比较早,不到六点,夕阳就快沉下去了。

尹海郡约了晏孝捷在喜哥超市里见面。在校门外,他看到了一个挺耀眼的男生,男生穿着一中的校服。

他还没进去,晏孝捷就冲了过来,钩住了他的肩,问他:看什么呢?"

晏孝捷顺着他的目光看过去,随后朝他的屁股用力一拍,问他:"难道你喜欢男生?"

尹海郡没再看那个男生,两个人有说有笑地进了喜哥超市。

没过一会儿,很多学生从喜哥超市往外钻。

从喜哥超市往外钻的学生里,温乔走得有点儿慢。在暑假的很长时间里她都在拒绝章为盛,但章为盛没放弃,始终坚持不懈地约她,甚至先斩后奏,人已经到了校门口。再加上孙舒与在一旁起哄,她实在没辙,只能答应与他一起吃晚饭。

章为盛个子很高,至少一米九,因为是练游泳的,所以皮肤很白。他背着挎包,也喜欢双手插在兜里,笑起来很阳光。

"温乔。"他挥手,朝她打了声招呼。

温乔朝他走了过去,有礼貌地笑着问他:"等很久了吗?"

他摇头,道:"还好。"

"那走吧。"

"好。"

随后,温乔和章为盛并肩走在人群里,不过一直没有说话。

她本来就话少,和不熟的人更是没什么话要说。

章为盛淡淡地笑道:"孙舒与说你很慢热,还真是。"

温乔只点了点头。

尴尬的气氛被从对面走来的黄安元打破。

黄安元问温乔:"温乔,孝哥在底下,要不要去见见他?"

黄安元在看到温乔身边的陌生男生后,眯起眼睛打量起对方来。

章为盛根本不把黄安元放在眼里,微笑着问温乔:"我听孙舒与说你喜欢吃川菜,那我们去旁边那家'渝庆小馆'?"

她又只点了点头。

黄安元看了一眼男生身上的校服,咬起了牙,瞪起了眼。

温乔对着黄安元使了使眼色,他才消停。在走之前,黄安元被章为盛故意推了一把,差点儿撞上一辆单车。

"哎哟!"

黄安元冲进喜哥超市,拿起台球桌上的一瓶没喝完的可乐狂灌。随后,他对坐在沙发上的晏孝捷说:"我恨……"

"你恨——你恨谁啊你?"晏孝捷嫌他吵。

黄安元气急败坏地道:"孝哥,有个一中的男生来抢温乔。我实在看不下去,刚瞪了他两眼,那人居然暗算我,把我往单车上推。"

晏孝捷忽然皱紧了眉,想起自己刚才去找温乔,约她一起吃晚饭,她却以晚上有约为由拒绝了自己。

没想到,和她有约的人居然是一中那个游泳的。

鼓声也停了。

尹海郡扔掉鼓槌儿,冲到黄安元的面前,问:"看到他俩去哪儿了吗?"

黄安元刚好听到了,于是回答道:"去了那个什么,渝……庆……"

黄安元还没说完,晏孝捷抓起手旁的校服和书包,起身就朝楼梯上跑。

63

渝庆小馆离祈南二中很近，过一条街就到了。

这是一家不大不小的餐馆，开了十几年了，最近重新装修过，变得敞亮、干净了很多。

章为盛和温乔坐在靠角落的桌边。

刚点完菜，章为盛笑着问温乔："你和刚才在路上遇到的那个男生很熟吗？"

温乔淡淡地答："不熟。"

空调的度数开得低，风吹过来，还有点儿凉。

章为盛的刘海儿被吹得动了几下，他就这么一直看着温乔。半晌，他又问她："他是不是晏孝捷的朋友？"

温乔不免一惊，反问他："你怎么知道晏孝捷？"

"别紧张，"章为盛笑得很温和，解释道，"是我想多了解你一点儿，所以多问了孙舒与几句。她说有一个叫晏孝捷的男生缠了你一年，缠得很凶，像……"

他刻意顿了下才接着说："不要脸的狗皮膏药。"

如果是以前，有人这样形容晏孝捷，温乔根本不会在意，但此时……

她发现自己变了。她会因为有人诋毁他而产生一点点不悦的心情，甚至还会不自觉地替晏孝捷说话："别这么说，他在二中是一个很优秀的学生。"

说完，她摸了摸水杯。

章为盛这人看着没脾气又阳光，但有时候眼神不善。

他像是看穿了什么，只不过没有说。

这个时间段刚好是用餐高峰期，餐馆里都是人。

抬眼的一瞬间，温乔看到了两道熟悉的身影。

那两个人正是晏孝捷和尹海郡。

晏孝捷的目光就没从温乔和章为盛的身上挪开过，他用力地将椅子抽出来，把校服和书包往旁边一扔。

温乔看到了他，有礼貌地朝他笑了笑。

章为盛朝右边的那桌看去。隔着几个人头，他看到了那个高、瘦、帅气，但看着很傲气的男生，随即问温乔："他就是晏孝捷吧？"

温乔有点儿吃惊，反问道："你怎么知道？"

章为盛小声笑道："我感觉他马上就要冲上来揍我了。这么在意你的人，应该就是他了吧？"

"你别乱说话。"温乔不喜欢别人说这种事。

"好，抱歉，我不说了。"

"嗯。"

章为盛倒是挺细心，边说边将服务员刚端来的菜摆放好。

温乔以为他会照顾她，却看到他用开水将他自己的餐具都烫了一遍，丝毫没管她。

他只说了一句："你也赶紧吃。"

另一头。

晏孝捷拿着水杯，眼睛却盯着温乔他们。看到章为盛刚才的行为后，他低头，不屑地笑道："真自私。"

尹海郡也看到了，笑道："希望温乔长点儿心。"

这顿饭，两头的人都吃得很不愉快。

饭后，章为盛坚持要送温乔回家，但她又连续拒绝了好几次。最后他没再强求，因为他在看到晏孝捷站在门口没走的时候猜到了什么。

最后，是晏孝捷送温乔回家的。

二十世纪九十年代的老厂家属院里，刚到九点就没了人声。初秋的晚风舒服多了，不再冒着烫人的热气，灌进了些许凉意。

晏孝捷一路没说话，还故意冷着脸。他在等温乔说话，看看她会不会主动解释一次。

等这朵冷玫瑰主动真快熬死他了，他性子又急。

还好，在晏孝捷没忍住差点儿先开口时，温乔定住了脚步。她望着他宽阔的背影，说："晏孝捷，章为盛在暑假期间一直约我，我都拒绝了。但这几天他一直让孙舒与约我，看在小与的面子上，我不能再拒绝，所以答应了今晚和他吃饭。你下午找我的时候，我的确和他已经约好了。"

月光穿过树梢落向地面，叶影稀稀疏疏的。

月光拉长了两个人的影子。

晏孝捷没急着转身，心底在窃喜。

不过，从温乔的视角来看，他不出声的样子很反常，她第一次有点儿紧张了，慢吞吞地问："你生气了？"

晏孝捷想借机逗她一下，于是冷漠地"嗯"了一声。

温乔从未遇到过这种情况，所以不会安慰男生。她只能本能地再解释一次："我没有骗你，你不要多想。"

晏孝捷憋着笑，但还在装冷漠。

"嗯，我没事。"

听他说了"没事"后，温乔又扯着书包背带继续往前走。高三开学的第一天她就全身疲惫，双腿有点儿酸，走得有些慢："我从不骗人，不喜欢和任何人有误会。"

晏孝捷一怔，他心里那灿烂的烟花像被浇上了一盆水，瞬间熄灭。

他以为她是在意他才解释的，原来，她对所有人都一样。

原来，在她的心里他并不特殊。

两个人肩并着肩，影子斜着，时近时远。

晏孝捷自嘲地一笑，说道："我还以为，你和这个游泳的在一起了。"

树影在晃动，温乔并没有顺他的意去否认，望着前面的小坡，眼里没有什么光。她吸了一口气，说道："念高三了，我只想好好冲刺一把，希望能顺利考上警校，但也想更努力点儿，考出祁南，去更优秀的学校，做一名优秀的法医。"

这一次，是晏孝捷停下了脚步。

她现在说的这些话简直就是在将他往外推，而且推得比以往任何一次都远。因为，那是她憧憬的未来，一个和他毫无关系的未来。

他那么拼命地往她的身边靠，以为靠近了一些，没想到还是离她很远。

她的心还是冷的，他焐不热。

晏孝捷没有说一个字，正经、平静得不像他。因为有那么一瞬间,他觉得没劲,没劲透了。

长时间的沉默后,他只轻声说了一句:"很晚了,早点儿休息。"

回头的时候,温乔已经看不到他的脸了,那道宽阔的背影渐渐消失在了梧桐树影里。几片掉落的叶子被微风卷起,吹到了他的后背上,轻轻贴住,又掉落。

她没有主动靠近过别人,可此时她的心莫名其妙地在一点点往下沉。

这两天,晏孝捷再没打扰温乔。当然,她根本不会去主动联系他。他们在崇燕岛愉快相处的时光恍若隔世。

他们回到祁南,回到二中,一切被打回原形。

他一想这些就烦,干脆不想。

早上,高三(二)班的倪晶来过喜哥超市。不过,他又一次拒绝了她做朋友的请求,并将她送的礼物扔了。

倪晶在走之前还不忘刺激晏孝捷。

"温乔读高一、高二的时候就心无旁骛,现在读高三了,只会更专心。这个学期,她每天来得比别人早,走得比别人晚,为高考努力着。"最后,她又想起了什么,补充道,"哦,我还听说,她想拼一把,考去北京。"

倪晶走后,晏孝捷冲去架子鼓边,拿起鼓槌儿一顿乱敲。那时的他像一头暴怒的野兽,没人敢惹。

大家都安安静静地坐在一边。

忽然,刚从外面吃了午饭回来的黄安元在楼梯处冲晏孝捷大喊:"孝哥,一中的那个男的来了,说要见你!"

外面的天渐渐变得阴沉,乌云成团状遮蔽了阳光。

狭小的窗户透不进光。

晏孝捷弄走了其他人,和章为盛站在台球桌旁。他们毫无善意地盯着对方,默不作声。随后,晏孝捷拿起台球桌上的打火机把玩着,蓝色的火苗燃起又被盖住。

他将打火机朝桌上一扔,打火机撞到了一颗台球,那颗台球慢悠悠地滚进了洞里。台球进洞时发出的声响让他更没耐心了。

"一中离这儿也不近,不知有何贵干?"他问。

"聊聊温乔。"章为盛开门见山地回道。

他这么直接,让晏孝捷很惊讶,但晏孝捷没急,而是又一次问道:"嗯,你想聊什么?"

章为盛先绕着室内看了一周,而后嘲讽道:"二中的这间地下室,在一中也很有名,我好几次听到女生提起,没想到不过如此。"

"有话直说。"晏孝捷没时间和他废话。

章为盛毫不客气地说道:"说你没用。"

屋里的气氛顿时变得紧张起来。

晏孝捷的胸口不停地起伏着,他眯着眼,死死地盯着章为盛。

章为盛就是故意刺激他的,所以看到他愤怒就更嚣张了。

"一年多了,都无法将温乔约出来。"

晏孝捷的理智还在,他没这么容易被激怒,说:"你暑假里一直被拒绝,跑到我这儿来嚣张个什么劲?"

章为盛往前走了两步,继续挑衅道:"可是,我还没真正开始发力呢。"

这句话激怒了晏孝捷,他迅速转身,咬牙切齿地盯着章为盛,两腮用力到鼓起,拳头一握,骨头都发出了脆响。

差那么一点儿,他就要动手了。

章为盛仰起脸,无耻地笑道:"她这种冷美人,肯定不一般。"

"你给我好好说话!"晏孝捷握紧了拳头。

章为盛却继续瞪眼挑衅晏孝捷。

晏孝捷不留情面地揪起章为盛的领口,将他按在了台球桌上。

听到动静的尹海郡和黄安元迅速冲了进来,后头还跟着喜哥,他们费了好大劲才将晏孝捷拉起来。

此时的喜哥超市里很是压抑。

后面两天发生了很多事。

校领导接到了举报,教导主任派人和喜哥谈了话。喜哥超市的地下室暂时被封,以晏孝捷为首的一群人,每人写了一千字的检讨书,并张贴在了公告栏里。

尹海郡和其他几个人被当众批评惯了，不怕丢脸，但这种事对晏孝捷这种优等生来说是耻辱。

上一次，晏孝捷的名字出现在这里，是因为他获得了年级第三名的好成绩。

这一次，晏孝捷的名字出现在这里，却是因为耻辱的检讨书。

一下课，整栋教学楼里的学生都挤在了公告栏前。

他们就是来看优等生晏孝捷的笑话的。

最侮辱人的是，有男生当众声情并茂地将晏孝捷写的检讨书念了出来。

他念一段，旁人就哄笑一次。

"能不这么无聊吗？"突然，温乔从楼下奔来，冲进了人群。

大家边议论边转过身。

"他们真的成好友了？她这么替晏孝捷说话！"

"听说有人在崇燕岛看到他俩了。"

"那就是了，都一起去旅游了。"

…………

温乔自动屏蔽掉没用的话，严肃地告诫道："把检讨书张贴在公告栏里，既是给他们的处分，也是在提醒我们要遵守纪律，并不是让你们以此为乐趣的。"

几个男生还真被她的认真劲吓得甩了甩手走了。

不一会儿，公告栏前就没了人。

温乔走到公告栏前，抬起头，阅读起晏孝捷写的检讨书。一行行的文字显得他态度诚恳，可她总觉得这件事没表面上看起来的这么简单。

温乔利用课间休息时间去四班找过晏孝捷，但四班的班长说他没来上课。她又去找尹海郡，同学说尹海郡也没来。放学后，她立马奔去喜哥超市，发现门关着，门上贴了字条："临时整改，开业时间待定。"

她发给晏孝捷的信息也石沉大海。

温乔头一次为了他的事紧张。

最后，她只能回家。她本来想等第二天再去学校里找晏孝捷的，但发现徐蓉回来得很早。

走到厨房门口后,温乔想试着从徐蓉这儿问问晏孝捷的消息。

"徐阿姨,你回来得好早啊,晏家不忙吗?"

徐蓉边炒菜边说:"哎哟,你可别提了。晏家的儿子好像在学校里犯事了,晏先生大发雷霆,打了他。还好有夫人护着,他被打了几下就跑了。"

温乔的心骤然一紧。

徐蓉又是叹气又是摇头,道:"唉,也不知道跑到哪儿去了……"

温乔的身体似乎不受控制,她丢下一句"我晚上要去孙舒与家里写作业,晚点儿回",然后拿起书包就往外奔。

外头忽然下起了雨,秋雨湿冷入骨。

温乔走得太急,只撑了一把旧伞冲进了大雨里。伞架生了锈,晃晃悠悠的,承受不住重重的雨滴,一下子就被压弯了。

一路上,她一直在给晏孝捷发信息,但他还是没有回应。她给他打电话,他的手机已是关机状态。她认为,他最有可能去烟海巷的老房子里。

下了公交车后,温乔连走带跑。雨水溅湿了她的鞋袜,校服裙在风雨里乱舞,她白皙的腿上贴满了水珠,她已不知是热还是冷。

见屋里亮着灯,她既欣喜又激动,推开院子的栅栏门,跑到屋门外。她收起伞,从书包里掏出钥匙,急切地转开了门锁。

她拉开门,果真看到了那个熟悉的少年。

晏孝捷赤裸着上身坐在沙发上,像是刚涂完药。桌上是带着药水的废棉签,他正在拧药瓶盖,面上少了点儿血色,神色也很冷漠。

他知道来者是她,所以压根儿没抬头,问她:"你来干吗?"

一连几天,他心里很烦。

温乔的心莫名其妙地微微颤着,她说:"知道你出了点儿事,想问问你……"

"干吗关心我?"晏孝捷觉得好笑,不想听她说那些无聊透顶的话。

此刻的他没有平日里吊儿郎当的样子,冷漠到极致,周身散发着骇人的凶狠气息。

温乔的声音很低，她问："关心一下你，也不行吗？"

晏孝捷抬起头，眉心拧起，涌到喉咙口的话被硬生生地压了下去。

雨使劲拍打着院子，那重重的雨声让屋里变得更沉闷。

"到底怎么回事？"温乔是来要答案的。

晏孝捷冷冷地回道："就是你看到的那样，我打了人，被通报批评。"

"事情真的是这样的吗？"她不信。

他嬉皮笑脸地反问："不然呢？"

外面的雨下得大，还带着一股咸、湿的独属于海水的腥味。

温乔放弃了追问。风伴着细雨斜斜地穿过窗户的缝隙，飘进来几缕。原本就被雨淋湿了的她，此时浑身发冷。

见温乔已经在抱臂取暖，晏孝捷的喉结用力地滚动了几下，他说："你去厕所里将身子擦干，秋天的晚上淋了雨容易着凉。晚上你睡在床上，我睡在外面的沙发上。"

见她待在原地迟迟未动，他将身子往后一靠，一只手懒懒地搭在沙发上，慢悠悠地说道："你如果再愣着，我们就一起睡。"

那晚，他们再次共处一室，度过了一夜。

那扇紧紧锁住的卧室门是他们之间的距离。

那一晚，温乔似乎又听见了开门、关门和再次开门、关门的声音。

她猜晏孝捷出去过。

往后的两天里，晏孝捷都没去学校，因为他发烧了。

傍晚，暮色四合，夕阳的光芒在水池里金针银丝般浮动着。

晏炳国去北京开会了，将有一周不在家里。

晏孝捷逃过了一劫。

徐蓉在厨房里忙活，又是熬汤，又是炒菜。

夫人要求她把少爷爱吃的那几道菜都做好。因为晏孝捷已经连着两天就喝了几口粥，可把曾连萍急坏了。

晏孝捷几乎把自己封闭在了卧室里，窗外从白昼到黄昏，再到夜晚。因为没怎么进食,他肉眼可见地瘦了一小圈,尤其是脸,轮廓更深了。

他不舒服地躺在床上,心里始终想着一个人。

手机就放在枕边,亮了又暗,却没有一条信息是她发来的。

至于其他人发来的信息,他无心回复。

曾连萍又来敲门了。这会儿,晏孝捷的确饿了,和她一起下了楼。

长长的桌上摆了十几碟菜,菜品应有尽有。

曾连萍对自己唯一的儿子疼爱有加,关切地道:"阿晏,我让徐姐把你喜欢吃的菜都做了点儿。你随便挑一样吃就行,但必须吃,好吗?"

晏孝捷漫不经心地点了点头,然后往厨房里走去。他想给自己倒一杯热水,顺便走一走,活动活动,却听见了徐蓉在门外打电话的声音。

徐蓉站在角落里,小声说:"乔乔啊,我今天要晚点儿回去,你自己随便吃点儿。"她又叹了一口气,接着说,"唉,晏孝捷发烧了,两天没吃饭了,我估计得照顾他到很晚。"

电话那边是温乔淡淡的回应声。

晏孝捷失望地回到饭桌边,却没吃几口。他好像做什么都没心情,提不起劲,心里堵得慌。

过了一会儿,他又回了房间。

曾连萍跟了进去。

"妈,我想一个人休息会儿。"晏孝捷不想被任何人打扰。

曾连萍太担心儿子,连连问道:"阿晏,你到底怎么了?那天晚上你到底去哪儿了?怎么一回来就发烧了?"

晏孝捷紧闭双唇,一个字都不想提。

曾连萍走过去,抱住了他,抚着他的背,劝道:"你爸爸是这样的人,所以我们只能尽量不惹他。但能帮的,妈妈一定帮你。"

晏孝捷站得笔直,脸色、唇色都略显苍白,整个人没什么力气。

曾连萍又摸了摸他的脸,每看一眼就更心疼一分。

曾连萍对儿子说道:"这次你打架,被学校通报批评,别说你爸爸了，我都有点儿生气。妈妈知道你有一些朋友，但是，那些不该交的朋友……"

"我有自己的独立意识，除了父母不能选，其他无论是朋友还是另一半，你们都无权干涉。"生病后，晏孝捷变得更容易焦躁。他很反感父母干涉自己交友。

他不是那种软弱的人。他知道妈妈说的"不该交的朋友"指的是尹海郡。

晏孝捷的语气很差，他问他妈："妈，我想自己休息，好吗？"

曾连萍知道他的脾气很火暴，尤其是别人踩到他的底线时，这点和晏炳国一模一样。

曾连萍出去前，又摸了摸宝贝儿子的脸，笑着摇头，说道："你这脾气啊，急起来连妈妈都凶，以后哪个女孩会喜欢你啊？连里里那么温柔的女孩都老和我说'阿晏太凶了，我不喜欢'……"

"妈，我累了。"晏孝捷不想听这些。

"好，妈妈走，妈妈不打扰你。"

"嗯。"

门被曾连萍轻轻地关上后，屋里又静了下来。晏孝捷刚坐到床上，又想起了妈妈的话。

凶？他凶吗？

所以，温乔喜欢温柔的男生？

因为这样，她才不喜欢靠近他吗？

他好像随时能想到温乔……

晏孝捷快疯了。

他又一次拿起手机，手机里依旧是那些不重要的人发来的微信。

置顶处，那个昵称是"Qiao"的头像，始终毫无动静。

外面，天黑透了。

服了感冒药后，不到九点，晏孝捷就躺进了被窝里，昏睡了过去，但他始终将手机放在指尖能碰到的地方。

那晚，他嫌老屋里闷，也怕温乔不自在，所以一个人坐在海边消磨时光，听着浪起浪落，两眼空洞地发着呆。周身是冰冷的海风，可是他似乎感觉不到冷，后来又下了小雨，打湿了他身上的衣服。

他就这么淋着雨。

或许,他就是想淋雨。

他的眼底无光,他就这样望着海,胸口的难受劲像是整个人在被活剥。

再后来,雨又大了一些。

他在点开打车软件之后,又把手机放进了口袋里,折回了老屋里。因为他还是担心温乔,怕她在这偏僻的地方的屋里出什么事。

他进屋后没开灯,悄悄地在沙发上躺下。他不舒服地蜷缩着,根本睡不着,半睡半醒地支撑到日出。

天亮了,她安全了。

他走了。


晏孝捷感冒好了,下午来学校时,整个人看起来也有了精气神。上楼梯的时候,他刚好碰见了抱着一沓练习册往楼下奔的温乔。

楼梯口,他们视线相对。

温乔往下走了走,关心地问他:"听徐阿姨说你发烧了,好些了吗?"

站在下面的晏孝捷仰起了细长、白皙的脖子,逆着光望着她,回答道:"嗯,已经没事了。"

温乔点了点头,说道:"那就好,注意休息。"

说完,她就继续往前走,准备去办公室送练习册。

"温乔。"晏孝捷忽然叫住了她。

温乔微微回身,问他:"有事吗?"

晏孝捷单手插在口袋里,低头,吸了一口气,将校服朝肩上一甩,回道:"没事,练习册有点儿多,你小心点儿,别摔倒。"

"嗯,好。"


下午,操场上有两个班的同学在上体育课,很巧,是高三(四)班和高三(二)班。

跑完八百米的温乔,额头上和脖颈间都是汗珠。她疲惫地坐在台阶上休息。

· 74 ·

忽然，她看到倪晶悄悄地朝右侧的台阶走去，双手背在身后，蹲在了晏孝捷的身边，还调皮地用手指戳了戳他被校服盖住的脸。

听到女生的笑声，晏孝捷有一瞬间欣喜地以为是温乔在逗他，开心地一把抓住了她的手。

被抓住手的倪晶害羞地笑了。

察觉不对劲的晏孝捷将校服掀开，看到是倪晶时，立即松开了手，低声怒道："谁让你碰我的？！"

他很凶，倪晶被吓到了，回道："我开个玩笑而已。"

晏孝捷坐直了，又吼："倪琴，别挑战我的底线！"

倪晶委屈的不是他凶自己，而是一年了，他连她的名字都没记住。她抿了抿嘴，再次介绍起了自己："我不叫倪琴，我叫倪晶。"

管他倪琴、倪静还是倪晶，晏孝捷都不在乎。

余光扫向另一侧，他感觉到一道熟悉的目光正看着自己。他猛然回头，直直地对上了温乔的视线，她还在冲他微笑。

他胸口起伏，有点儿慌。

放学后，温乔值日，不靠谱儿的男同学只扫了一会儿地就跑了，丢下她一个人在勤劳地打扫班级。

水泥地上还残留着未干的水汽，还有拖把留下的腥味。

把教室打扫干净后，温乔去拿书包，刚拿起，却发现晏孝捷站在外面。她背好书包后走到他的身前，问他："等我这么久，有什么事吗？"

晚上有点儿凉，他穿上了校服外套，双手插在兜里。他微微扬起下颌，说道："我不认识你们班里的女生，是个误会。"

"嗯。"温乔并没有很在意那件事。确切地说，她都忘了。

晏孝捷以为她不信，再次强调："真的是误会。"

温乔笑了笑，再次应道："嗯。"

她关好门后，朝楼梯口走去。

晏孝捷跟了上去。

太阳下山得早，路灯早早被打开，灯光照在几排樟树上，叶片看起来透亮。

他们并肩,一左一右地走着。

一辆单车从后面骑来,铃声刺耳。

晏孝捷下意识地伸出手臂,扯了扯温乔。可能是他太用力了,她整个人被扯到了他的胸前,被迫被高大的他罩住,抬头与低眉的他对视时,像有电流穿过了两个人的身体。

先挪开目光的是温乔。她刚回到原位,就听见了轻轻的笑声。

她问晏孝捷:"你笑什么?"

晏孝捷双眼平视前方,一边慢慢地走,一边回答道:"笑你这么高傲冷淡的人还会害羞。"

温乔扯紧包带,心骤然收紧。紧张让她忽略了向她投来的目光。

那日后,晏孝捷和温乔的关系变得和谐了许多。至少,温乔不再像以前一样排斥他。

早自习时,二班的教室里还没几个人,靠近走廊的窗户边,温乔在背古诗,书本一开一合。

忽然,窗户被轻轻叩响。

温乔顺着声音看过去,发现来人是晏孝捷,他还拎着一个漂亮的粉色袋子。他手往窗里一伸,将袋子递给了她,她低头看了一眼,里面全是吃的,有小笼包、豆浆,还有很多零食。

温乔怕其他同学听见,将声音压得很低:"我不用,你拿回去。"

晏孝捷半弯下腰,双手撑在窗台上,说道:"不知道你喜欢吃哪种,就都买了点儿。如果你吃不完,就和孙舒与分着吃。"

知道自己就是不收,晏孝捷也会强塞,她只好快速地将它藏进抽屉里。

"哎,"晏孝捷一直笑着看她,"中午要不要和我吃饭?"

"我中午打算随便吃点儿,想去图书馆里待一会儿。"

"那我也去。"

温乔拒绝道:"我喜欢一个人待着。"

晏孝捷做了一个"好"的手势,说道:"那我不打扰你。"

这时,二班的班主任杨贺拿着书本走到了讲台上,轻"喀"了两声,喊住了刚经过走廊的四班的班主任谢启政:"谢老师,把你的尖子生赶紧带走。"

谢启政老远就看到了晏孝捷,走过去就拿着书本朝他的屁股一拍,对他说道:"给我回去。"

同学们的目光过于灼热,温乔立刻关上了窗户。

晏孝捷跟着谢启政上了楼。

谢启政笑道:"你和二班的温乔的事,我也是知道一些的。"

晏孝捷耸了耸肩膀,问:"谢老师,和女生走得近不是也要被通报批评吧?"

谢启政摇摇头,没再理他。

中午来图书馆的学生并不多,空座位很多。

温乔喜欢挑角落的位置,晒晒太阳,安静地会儿书。她刚看了几页,忽然想起了上午去办公室时听到的事。

她听到谢启政正和年级主任聊晏孝捷打架的事。

年级主任一直在问谢启政,晏孝捷到底为什么会和一中的人打架。

谢启政无奈地说,晏孝捷宁可写检讨书,被通报批评,也不肯讲,只说和一中游泳队的男生有点儿过节儿。

温乔知道后,立刻去找了尹海郡,但他守口如瓶。于是,她只能利用吃午饭的时间去了一趟喜哥超市。超市门开了,但地下室还封着。喜哥一开始也嘴严,但最后还是受不了她的软磨硬泡说出了实情。

一些复杂的情绪压着她,她的心里沉甸甸的。

在温乔走神时,一双修长的手伸到了她的视线里,接着,一本蓝色封皮的书被放下。她熟悉这只手和男生身上的味道。

晏孝捷把厚厚的书推到温乔的手边,对她说道:"这是英译版本里最好的一版,中英文对照的,托朋友从中国香港带回来的,送给你。"

温乔定睛一看,是自己一直很想要的那本带彩色图谱的人体解剖学的书。

晏孝捷将双手插进兜里,身子懒懒地往椅背上一靠,抬了抬下颌，脸部线条在光影里很是流畅。

"别再说'不要'两个字了，让你拿着你就拿着。"

温乔犹豫了一会儿，最后还是将书收下了，并说道："谢谢，下次我请你吃饭，你想吃什么都行。"

晏孝捷没正经几秒钟，闻言又吊儿郎当地笑道："我对吃饭没什么兴趣。我对……"

他话没说完，就对上了温乔冰冷的眼神。他立刻做投降状，并道歉道："对不起，我闭嘴。"

图书馆里静得落针可闻。

"晏孝捷……"温乔轻轻地喊了一声。

"嗯？"晏孝捷在玩手机，微微抬头，问，"怎么了？"

温乔将手搁在书本上，指腹轻轻触摸着磨砂的封皮。虽然很想问他和章为盛打架的事，不过她知道，他只会三言两语将此事糊弄过去。对于那些无赖的事，他总是没皮没脸地认；而那些善意的付出，他一件也不提。

她纠结着，那些话呼之欲出时，桌上的手机振动了几下。

在她拿起手机之前，晏孝捷已经看到了手机屏幕上弹出的微信备注名——章为盛。

温乔拿起手机后，下意识地看了晏孝捷一眼，他将身子往后一靠，望向窗外，不出声了。

她想了一些事，过了几秒钟，回复了章为盛："好，明天晚上见。"

老厂房家属楼外种了几棵桂花树，一到九月底，秋风里就带着些许桂花香。

上高三后，温乔起得特别早，整理好校服，背起书包，随意地往兜里塞了一个面包就出了门。

这日，她刚走出单元楼，就看到了晏孝捷。

晏孝捷站在桂花树旁，穿着一身整洁的白色校服，在阳光下微微反光。他倚在砖红色的老墙上，偶尔有零星的桂花飘下，落到他的脖颈间。

他看起来那么英俊、恣意。

没那么厌恶晏孝捷后,温乔承认他的确长得很好看。

有那么几秒钟,她的目光穿过阳光,停在了他的脸上。

温乔走过去,问他:"这么早,有事吗?"

"没事,"晏孝捷站直身子,走到她的身前,回答道,"睡不着,起得早,想着干脆过来接你一起去学校。"

他一向如此,直白、坦诚。

温乔没有过度猜想。秋天的早晨风有点儿凉,她把手揣进了衣服的兜里,转身朝树下明亮、宽阔的路走去。

晏孝捷特意没和她并肩走,而是跟在她的身后。她走一步,他再走一步。

"你真的要去见游泳队的那个男生吗?"走在她身后的晏孝捷淡淡地问,一边问还一边无聊地踢了踢脚边的碎石块。

温乔没回身,扯着书包带,扎起的马尾辫轻轻甩动着。

"嗯。"她轻声回答道。

晏孝捷闷不吭声,只是拧起了眉。他盯着眼前脚步轻快的小姑娘,莫名其妙地产生了一丝占有欲,问:"你很欣赏他吗?"

温乔的脚步变缓,她低下头,突然也想逗逗他,于是回答道:"嗯,其实章为盛长得很帅,成绩也不错,还会游泳……"

忽然,一阵带着怒气的风从温乔的身边刮过,还有一句狂妄自大的话擦过她的耳畔。

"法医还是和医生比较配。"

这是温乔第一次去揣摩他话中的深意。

晚上八点半左右。

章为盛带温乔在附近的商场里吃了一顿泰餐。他原本打算送她回家,没想到她提出去一个地方走走,这让他喜出望外。不过,让他没想到的是,这个地方竟然是公安局。

祁南市公安局南城分局,再后面那条街上是南城分局刑警支队。

夜里,四周更显冰冷、严肃。

章为盛觉得这地方还挺新鲜,笑道:"第一次有女生带我来这里。"

温乔笑得很温柔，问他："所以，我很特别，不是吗？"

章为盛想：这清冷的小美人分明就是在钓我啊。

章为盛拽起温乔的胳膊就将她往公安局旁边无人的小道上带，虎视眈眈地盯着她："温乔，你果然和我想的一样。"

温乔抬眸，问他："哪样？"

或许是主动的她太容易惹人遐想，章为盛没能克制住自己的本性，低下头："只是看着冷，实际上很会撩人。"

温乔没有躲避他仿佛要吞人的目光，与他四目相对。

她的一颦一笑都让章为盛受不了，他急切地抬起她的下巴，问她："接过吻吗？"

温乔没有躲闪，直接回答道："接过。"

章为盛并没有发现温乔是在套话。他一惊，说道："听孙舒与说，你没谈过恋爱呀。"

温乔："谁说要谈恋爱才能接吻？"

章为盛又问得更直白了些："不会那件事也做过了吧？"

"嗯，"温乔点头，"做过了。"

她说话时神情很自然，章为盛完全看不出来她是在撒谎。

安安静静的小道上，章为盛骂了一句脏话，随后问她："这个人，不会是晏孝捷吧？"

温乔还在演，点点头："嗯，是他。"

章为盛彻底哑口无言。

温乔怒了，单刀直入地问："晏孝捷虽然坏，但并没有在二中闹出过通报批评这种大事，所以你做了什么，他才会对你拳脚相向？"

章为盛听了这句话后笑了，说道："原来你今天约我出来，是为了帮他出头啊？"

温乔没回应。

章为盛太高了，要费力地弓着背，才能与她平视，而他装可怜的样子实在是让人反感。

"我可没讲什么过分的话，只说了一句，'温乔这么美，真想拥有她'。我都没带脏字，是他脾气火暴，一上来就打我，我可到最后都没还手。"

这些话并没有激怒温乔,她始终保持着冷静。

"是吗?可是你知不知道,地下室里是有摄像头的?晏孝捷只是为了不让一众老师听到你侮辱我的那些下流话,才没将视频公开,甘愿认错受罚。"

直到这里,章为盛才慌了起来。

温乔借势逼章为盛,说道:"你说的那些话我全知道。"

说罢,她顿了顿,复述了一遍他说过的恶心话。

章为盛没敢看她,心虚不已。

温乔继续复述那些更恶心的话。

章为盛震惊地看着眼前这个外表柔弱的女生,没想到她竟可以如此冷静地说出这些话。

温乔眼神慢慢地变冷,问他:"这些话是你说的吧?"

章为盛被逼得烦了,索性不装了,双手一摊,说道:"是,我是说过。"

温乔怒道:"晏孝捷和你无冤无仇,你为什么要跑去二中找他?"

章为盛不屑地笑道:"谁让他那么爱装?还当什么老大,什么傻子都敢来当众挑衅我!"

此时,一辆警车缓缓从警局内部出来,驶向了马路,红色的警灯很晃眼。

章为盛发现温乔并没有因为自己的恶言而发怒,反而笑了。随后,他见她从口袋里拿出一支录音笔。

"章为盛,我手上的证据,足够让你在游泳队和一中身败名裂。"温乔语气平静地说道。

这时,他才意识到自己掉进了她的圈套。

地下室里根本没有摄像头,这只是她套话的手段。

章为盛顿时捏紧了拳头。

温乔盯着他的拳头,问他:"你难道还敢在这里动手?"

她指着警车。

章为盛捏紧的拳头又松开,他忍着怒气,问:"你想怎样?"

温乔毫不畏惧地说道:"我的条件很简单。"

"说。"

"向晏孝捷道歉,向我道歉。"

这个十七岁的小姑娘不光理智,气势也不输男生。即使与身强力壮的恶棍对峙,她也不怕。

章为盛:"如果我不同意呢?"

温乔再次举起手中的录音笔,眼中是难见的狠意:"我给你一周的时间考虑。"

章为盛愤怒不已。

在绕过他之前,温乔还特意指着公安局的门,说:"忘了告诉你,我的理想是考上警校,进南城分局工作。"

"……"


夜太静,月亮被云遮住了一半,光影藏进树缝里。

夜色朦胧。

温乔在南城分局门外等到章为盛走了才打车离开,但是老厂家属楼的道路狭窄,所以车只能停在坡下的石墩外。

这个地方一面是老楼,一面是围栏。

小区里的很多年轻人去新区买了房,早搬走了,剩下的几乎都是厂里的老人。

刚到十点,这里就漆黑一片了。

温乔的警惕性很高,下了车后她握着手机,手机的录音功能一直开着。她每走两步,就回头确认一次身后是否有人。

九栋,一单元门外。

晏孝捷和尹海郡靠着墙,一待就是一个多小时。

刚才吃饭的时候,尹海郡觉得不妙,和晏孝捷说了温乔找自己问真相的事。于是,两个人饭都没吃完就去找喜哥了,果然,温乔知道了实情。

晏孝捷打了很多通电话给温乔,但她一直没接。直到半个小时前,她回了电话,说在车上了,马上到家。不过,他依旧很担心。

尹海郡说:"要是温乔真跑去和章为盛对峙,像他那种垃圾玩意儿,真什么事都干得出来。"

晏孝捷越来越急,烦躁地道:"阿海,你替我在这儿等她,我去小区里转转。"

这个二十世纪九十年代修建的老小区,四处都能进人,什么人都能在里面乱跑,压根儿没保安,更别提什么安全性了,他担心温乔下车后会有危险。

另一头,温乔已经走过了斜坡。不过她刚到平地上,眼前就出现了三个身材迥异的流氓。

最高最壮的是领头羊。他拨弄着打火机,往温乔的身前一扑,"嘿"了一声,龇牙咧嘴地吓唬她。她极力让自己保持冷静,没理会,绕开他,往前走。

另一个瘦、高的流氓伸手钩起了她的书包,问道:"小妹妹,是不是有东西没有给哥哥们啊?"

温乔瞬间被三人围住,周身更没了光亮。她知道这三人是章为盛找来的,他们口中所说的"东西"是录音笔。

见这小姑娘没动静,领头羊朝其他两个人使了个眼色,几人用力地扯着温乔,怕她叫,还捂住了她的嘴,将她带去了一块菜地里。

这片地里没人,很荒,旁边没有楼房,只有一个老年社区,有几个老人就在这片空地上种了点儿菜,坡下是大马路,但这里太高,而且离马路太远。

三人将温乔按在了墙边。

借着点儿月光,温乔看到领头羊看起来很凶悍,手臂上都是文身。

他威胁道:"小妹妹,交出东西,我们立刻放你走,别不识趣。"

温乔向后退了半步,说道:"我不知道你们说的是什么东西,也不认识你们。"

这时,领头羊想起了雇主说的一件事,又朝旁边高瘦的男人抬头示意,高瘦的男人无礼地开始搜她的身,其间还隔着衣服摸了摸美人的腰。

温乔咬着牙挣扎,不过高瘦的男人还是从她的口袋里拿到了手机。

领头羊拿着手机,按亮了屏幕,发现她果然在录音。他按了"暂停"后,用手机用力地拍着她的脸:"小妹妹,别再给我明知故问了。"

"拿出来,快!"领头羊越来越凶狠。

这会儿,温乔害怕了,不过绷直了身子,没动。

"听说你想考警校?"领头羊这回用自己的手去拍她的脸,掌心冰冷、粗糙,"难怪嘴这么硬。"

温乔紧闭双唇,脑袋充血,脸都憋红了,拼命挣扎,但被三个人按住,无法动弹。

围着小区跑了一圈的晏孝捷连温乔的影子都没看到,尹海郡说她还没回来,他越发紧张了。他刚上了坡,站在老年活动中心那里,扶着双膝,弓着背,大口喘气,满头、满背都是汗,突然,石阶下传来了几个男人的声音。

晏孝捷本来不确定底下的人是不是温乔,但听到了熟悉的低吟声,那低吟声听着挺痛苦,还混着几声"救命"。

在下去前,晏孝捷先紧急给尹海郡发去了信息和定位。

"哥们儿,干吗呢?"

晏孝捷的双手插在兜里,走路的姿势吊儿郎当的,走到一半时,他轻轻瞪了温乔一眼,她立刻收住了喊声。

三人觉得莫名其妙,却也暂时收了手。

领头羊不悦地吼:"你是谁?"

晏孝捷慢慢地走到他们身边,左看看,右看看,吊儿郎当地笑道:"住这儿的,九栋的,跟海哥混的。"

领头羊一愣,又问:"海哥?"

晏孝捷没解释,只扫视着温乔的腿,还吹了一声口哨,问道:"哪儿找来的这么带劲的妞啊?"

说这话时,他看起来就是一个十足的流氓。

温乔在看到晏孝捷的那一刻的确不害怕了,却也担心起他的安危。她就这样提心吊胆地看着他演戏。

领头羊烦躁地拎起晏孝捷的衣领,吼道:"办正事呢,赶紧给老子滚!"

这壮汉力气挺大,把晏孝捷抓疼了。不过,他还需要拖延时间,索性示弱,从兜里掏出几百块钱塞给领头羊,说道:"哥,有话好说,我加点儿钱,带我一起呗。"

温乔呼吸急促,怕他单枪匹马会出事。

突然,晏孝捷的手机在裤子里振动起来,他知道是尹海郡带着警察来了。

果然,不远处传来了一阵脚步声。

领头羊慌了,愤怒地指着晏孝捷骂了一句脏话。

这时,晏孝捷顺势直接撂倒了领头羊。他不能让这浑蛋跑了,那三个人都得被送去公安局。

领头羊也不好对付,力气很大。

两个人拳脚相向,几乎是滚在菜地里厮打。

晏孝捷被狠狠地揍了几拳。

"敢动老子的人!"

晏孝捷越想越气,冲领头羊揍去了最狠的一拳。他的拳头很重,领头羊的嘴角流出了血,领头羊想喊人帮忙,但旁边的两个混混儿怕被抓,只想逃。

"晏孝捷……"

听到尹海郡的喊声,晏孝捷知道他和温乔安全了。晏孝捷奋力揪住领头羊的衣领,没让领头羊跑掉。

尹海郡比警察冲得还快。看到两个混混儿从土坡上仓皇而逃后,他几个大步过去,将两个混混儿挨个儿撂倒。两个混混儿一个直接起不来了,另一个起来后又被他按倒,他将膝盖用力地抵在被他按倒的混混儿的背上,抓着被他按倒的混混儿的手,问:"想去哪儿?不如去公安局坐坐啊。"

几个人全被带回了公安局。

两个民警挨个儿问话,另一个民警快速地做着笔录。温乔不慌不忙地将事情的前因后果以及每个细节都说了一遍。温乔说话时思路清晰,引得三位民警佩服不已。

那边,领头羊还在和晏孝捷较劲。领头羊踹了晏孝捷一脚:"敢搞老子，你小心点儿！"

晏孝捷没还嘴，夸张地摸着小腿，对民警大喊："警察叔叔，他踢我！"

领头羊指着自己破了皮、满是瘀青的嘴，吼道："把我揍成这样，你还觉得委屈？"

"别吵了！"

这句话不是民警喊的，是温乔。

她严肃地瞪了晏孝捷一眼，说道："你安静点儿，这里是公安局。"

她其实是不想让他再激怒领头羊了。

晏孝捷乖乖地坐正了，没再说话。

那边，两个混混儿听到温乔要告他们猥亵罪，被吓得直哆嗦，一直否认。

晏孝捷立刻暴怒地站了起来，刚想破口大骂，就被民警的喊声拦住了。

"你坐下！"

他忍着气坐下。

温乔未受旁人的干扰，将书包放在双腿上，坐得笔直，冷静地把他们欺负她的经过讲述了一遍。

众人震惊得陷入了沉默。

晏孝捷得意地笑了。

尹海郡拍了拍他的肩，赞叹道："温乔真厉害啊！"

笔录做完后，一个女民警利落地走到温乔的身边，拍了拍她，然后把录音笔给她，并问道："小姑娘，你的录音笔你要拿走吗？"

旁边的几个流氓都惊呆了。

晏孝捷也惊呆了。

几个小时前，章为盛走后，温乔走进了公安局。她担心录音笔会出问题，所以来报案，拜托民警替自己看管这重要的物品。

温乔特意看了那几个流氓儿眼，然后对女警说："还是麻烦你们帮我保管吧，等事情结束后我再来取。"

女民警一笑，说："可以。"

一切终于消停了,三个流氓被暂时拘留。

门口,尹海郡和晏孝捷、温乔道别,晏孝捷抱住他,用力地拍了拍他的背,说道:"谢谢你,兄弟。"

尹海郡将校服朝肩上一甩,挥挥手,走了。

此时,公安局外只剩下温乔和晏孝捷。

越晚风越凉。

晏孝捷脱了校服,裹在温乔的腰间,系好,让她的腿暖和点儿,看着她狼狈的模样很心疼。她望着他被打得满是瘀青的脸,眼眶不觉红了。她放柔语气,说道:"谢谢你,晏孝捷。"

她这么温柔,倒让晏孝捷害羞起来了。他扬起脸,说:"他们就算有十个人,我也会奋不顾身地冲下去。"

两个人没在公安局门口逗留太久,晏孝捷送温乔回家。他在路口拦了一辆车,刚坐进车里,开过一个路口,她却对司机说:"师傅,麻烦开去烟海巷。"

晏孝捷扭过头,发现温乔的脸藏进了暗影里,看不清她脸上的表情,只看到她在紧张地揪着书包。

烟海巷的老屋里,花草都枯了,早没了夏天时的生气,再过几个月,只会更萧条。

这是他们认识的第二个秋天,但好像什么都变了,当然,是往好的方面变。

因为把衣服给了温乔,所以晏孝捷被海边的夜风吹得发冷,时不时地搓搓双臂。

温乔冲到前头,赶紧掏出钥匙打开了铁门。

屋里的水泥地潮湿到冒着冰冷的、细细密密的水珠。

温乔把书包放下后,对晏孝捷说:"你先去洗澡吧。"

这句暧昧至极的话把晏孝捷逗笑了,他双手交叉在胸前,抬起下颌,问她:"你不让我回家,带我来这里,到底是什么意思?"

温乔愣住,手僵硬地垂在身体的两侧。晏孝捷慢慢地朝她走来,他身上滚热的气息慢慢地朝她扑来。

她立即躲开,说道:"我的意思是,给你上药。"

· 87 ·

可能是太高兴了，晏孝捷在洗澡的时候，又是吹口哨又是唱歌的，唱的是他最爱的一首歌——周杰伦的《简单爱》。

"我想带你回我的外婆家，一起看着日落，一直到我们都睡着……"

歌词很应景，因为这老屋正好是他外婆的家。

温乔局促地坐在沙发上等。

十几分钟后，水声和歌声都停止了。晏孝捷穿着崭新的T恤、运动裤走了出来，坐在了她身边。她将药水拧开，用棉签蘸了蘸。

"转过去。"

"嗯。"

晏孝捷害羞了，乖得不像他，背对着她，弓着背。

温乔有些不好意思地掀开了他身上的T恤，少年的背肌线条很优越，她斜着身子，用棉签涂抹着他身上的伤口。

伤不烧人，但少女手指的温度让晏孝捷觉得皮肤像被火烧着，他的脖子、背都红了。

不仅他，温乔也红了脸。

十七岁的少年与少女，只是一点点的肌肤接触，就能点燃烈火。

沉默了一会儿，温乔攥着棉签，低下头："谢谢你为我出头，谢谢你救了我。"

晏孝捷目光灼灼地看着她："温乔，我没想到你比我还勇敢。"

温乔抿着嘴，没吭声。

晏孝捷试着问了一句更为暧昧的话："你还讨厌我吗？"

"……"

从前，他们也像今天一样，近距离地听过彼此的呼吸声，但温乔从未心跳加速过，可此时，她的心跳加速了。

她的心中有一种懵懵懂懂又怪异的感觉。

温乔扔掉废棉签，抬起眼，不再闪躲，一个字一个字地回答道："我好像没那么讨厌你了。"

她从不说假话。

因此，晏孝捷的脸上有了获胜般的兴奋的表情。

那天，从烟海巷回去后，晏孝捷连做梦时都带笑。

一个周日，晏炳国和曾连萍要去中国香港一趟，五天后才回来。于是，晏孝捷趁着天气好，在厨房里研究起了做寿司。

因为家里的大人要出门，所以曾连萍让徐蓉来照顾晏孝捷。

徐蓉把厕所打扫完，回到厨房里，发现晏孝捷正在捏饭团。她本来想过去帮忙的，但看到他拿起手机拍了一张照片后，立即发了一条微信，又对着话筒说起了话。

"温乔，明天早上带给你，让你尝尝我的手艺，这可是我第一次做饭呢。"

徐蓉一惊，躲在门边继续偷听。

很快，温乔回了一条语音消息。

晏孝捷往后瞅了一圈，确定没人后，点了外放，不过声音并不大。

温乔："别毒死我就行。"

晏孝捷俯下身，一只手撑着桌沿，手指长按语音键，说道："毒死我们未来优秀的大法医，我可舍不得。"

语音消息发送过去后，他再也没有收到温乔的任何回复。

管她回不回呢，反正并不影响晏孝捷的心情，他放下手机，继续做寿司，边卷边哼歌。到最后一步了，他开始期待起来，用力按压了几次，小心翼翼地打开竹帘，寿司看着是有形状了，但跟外面卖的还是差了很多。

他扶着寿司的尾部，拿起刀开始切。一刀下去，他顿时没了笑容。他不信邪地切了第二刀，一个团子全部散开，寿司彻底失败。

他泄气地朝橱柜踹了一脚。

这时，他的手机响了。

是尹海郡打来的，因为知道这大少爷为了做寿司，拒绝了和他打篮球，他边运球边问晏孝捷："晏大少爷，寿司做好了吗？我是否有幸，明天和乔妹妹共享一下？"

晏孝捷看了看手边散了架的食材，手指在案板上弹了弹，问道："你舅的修车行附近，是不是有一个阿姨卖寿司来着？就是自家做的那种。"

"……"

隔天，温乔收到了晏孝捷送给她的两份寿司———一份烂掉的，一份好的。

她没有嘲笑晏孝捷的手艺，给足了他面子，将好的那份吃完了，坏的也带回了家。

一日过去，老厂里早上刚被扫去的落叶，晚上又飘了一地。

温乔和徐蓉的晚餐很简单———一道肉菜，两盘青菜。

洗碗的时候，徐蓉看到冰箱里放着一盒眼熟的寿司，便试着问温乔："这段时间你总是很晚回来，是怎么回事？虽然我不是你的亲妈，但也得替死去的健哥看好你啊。"

这段时间，晏孝捷总会在下课后去温乔所在的班级，教一会儿温乔数学，又怕她吃不好，非要带她在学校附近吃饱后再送她回家。

温乔边洗碗边搪塞："因为孙舒与家离二中比较近，现在读高三了，我想多上一会儿晚自习，所以时不时地去她的家里温习。"

徐蓉半信半疑地点点头，收拾完桌子，拎起桌上的钥匙和钱包，往门口走，边走边说道："我晚上去打麻将，可能要凌晨才回来，你把自己屋的门锁好。"

"好。"

把厨房整理完后，温乔回了卧室。她拿起手机，发现晏孝捷给她发来了很多照片。她靠在书桌边点开那些照片，发现几乎全是他在篮球场上的自拍。

她是内敛的人，或许是因为恰好和张扬的他不同，偶尔，她会从他的身上看到自己没有的一面，甚至在她察觉不到的地方，她正在一点点地被他吸引。

突然，她的手机响了起来。

是晏孝捷给她打来了视频电话。

温乔怕徐蓉听见，立刻将手机的声音调小了，随后才接通。

那头，晏孝捷揉了揉额头上那被汗水浸湿的头发，把镜头对准了后面的场地，说道："我在打篮球，和尹海郡，还有靳凡他们。"

温乔轻声"哦"了一声。

她想：他说的话明明并不暧昧，但怎么这么像是男朋友在向女朋友报备自己的行程呢？

她红着脸低下了头。

晏孝捷身后的靳凡抻着腿，吼："晏孝捷，你行不行啊？这就被乔妹妹管着了！"靳凡又离屏幕近了一些，喊："温乔，他等下约了几个妹子！"

尹海郡看不过去了，推了推晏孝捷的肩，问道："还打不打球了？"

晏孝捷拿起篮球，说道："打，当然打了！"

"嘟——"

视频电话被挂断了。

结束和晏孝捷的聊天儿后，温乔抱着睡衣去洗澡。想到刚才视频里靳凡的起哄，她不觉笑了。

像她这种喜静的人，也开始享受他带来的热闹和温暖了。

浴室里，水声很大，但温乔还是听到了有人进屋的动静。

她被吓得立刻关了花洒，迅速擦干身子，穿好衣服。

她悄悄地将门开了一道缝隙，果真看到了一个男人在客厅里晃荡。她想起来了，男人是徐蓉的一位前男友——一个身材干瘦又面露凶相的无业游民。

她暂时不敢出去，便在浴室里多待了一会儿。

她想等他走了再出去。但又过了十分钟，她发现男人不但没走，还坐在沙发上看起了电视。她闭着眼冷静下来，然后拉开了门，镇定地走了出去。

男人瞅了她一眼，跷着二郎腿，一只手剔着牙，一只手按着遥控器，活像个地痞流氓。

"我在这儿待会儿，你睡你的。"男人说道。

男人说话时那扯着眼皮的笑有些瘆人。

温乔直接进了屋，立刻反锁房门。她惊慌地拿起手机，给徐蓉发去了很多条微信，也打了电话，但正在打麻将的徐蓉根本没回应。

她本来想报警的，但没有理由。

此刻，她只能想到一个人，一个能给她带来安全感的人——晏孝捷。"

她躲在窗台边给他打电话，打了好几通他才接。

晏孝捷刚打完篮球准备走，看到满屏的未接来电后有不好的预感，问温乔："怎么了？出什么事了？给我打这么多电话。"

温乔抚着胸口，尽量冷静地说："徐阿姨的前男友在我家，她去打麻将了，不接电话，这男的好像不想走。"她第一次在外人的面前卸下了坚强的外壳，带了点儿哭腔说道，"晏孝捷，我有点儿害怕。"

"等我。"晏孝捷匆忙地边收拾衣物边叮嘱她，"你现在待在屋里，哪里都不要去，拿桌椅堵住门，一会儿我绕到你卧室的窗户边找你。如果我没到他就搞事情，你就对着窗外喊'着火了'，明白吗？"

温乔很信他，握紧手机，点头应道："嗯，好。"

挂了电话后，温乔先用板凳堵住了门，然后抱着电话靠着窗站着，等着晏孝捷来。

以前徐蓉即使再不顾及她，也不会让那些不正经的男人在只有她在家的时候来家里，可她也不愿往人性最丑恶的一面去想。

在等待的时间里，温乔听见门外时不时有男人路过的脚步声。男人还会停在门口问她："叔叔买了点儿卤味，你要不要出来吃点儿？"

温乔敷衍地答："不用了，谢谢。"

手机屏幕一直亮着，晏孝捷几乎每隔两三分钟就会给温乔发一条微信，告诉她他的行踪，安抚她慌乱的情绪。在看到那条"我到了"后，她欣喜地朝窗外探头看去。

窗外是一条死胡同，连路灯都没有，伸手不见五指。

"温乔。"寂静的巷子里突然出现了熟悉的声音。

这声音对温乔来说如同救命稻草。

不过巷子里的人不是一个，而是两个。

晏孝捷是带着尹海郡一起来的。

晏孝捷将手伸进窗户里，对温乔道："把钥匙给我。"

温乔从书包里翻出钥匙，隔着防护栏递给他。

尹海郡在一旁说："我和阿晏在你家门口等你，你先试着找个理由从客厅里出来。如果你察觉自己有危险，就对着门口喊一声，我们立刻开门进去。"

温乔听懂了，冷静地点了点头。

"别怕，"晏孝捷昂起头，说，"我俩还干不过一个男人？"

温乔笑了，是真实地觉得安心。

她收拾好书包，然后拉开板凳，打开房门，从容地走去客厅。

果然，男人叫住了她。男人一边嚼着花生米，一边问她："干吗去啊？这么晚了。"

温乔随便一答："去同学家。"

男人抖着腿，挠了挠后颈，立刻站了起来，抓住了她的书包带，将她往回扯，说了句吓人的话："你继母不就是打算卖你吗？"

"你胡说什么？"她震惊地问。

男人用舌尖抵了抵牙齿，反问道："如果不是，她为什么给我钥匙？"

男人没有将话说完，温乔就呆住了，她的胸口紧得发疼，但没工夫想这些了，她必须脱离魔爪。见形势不妙，她对着门口喊了一声："晏孝捷！"

铁门立刻被打开了。

看到两个高大的少年出现在屋里时，男人惊呆了。毕竟，这两个少年看起来就不好惹。

一见这番场景，他也就不敢动手了。

晏孝捷一把将温乔扯到了身后，她紧紧地挨着他，闻到他身上的气息时，她的心终于落了地。

晏孝捷根本没将一个干瘦无力的男人放在眼里。

里头的木门是虚掩着的，铁门又是镂空的，所以刚才在门口时，他听到了男人与温乔的对话。他直接往男人的身下一踹，怒道："你刚才说卖什么啊？"

被猛踹了一脚，男人没反应过来，捂着下体，疼得蹙起了眉。

"我看你欠揍！"一脚根本没解气，晏孝捷又朝男人的小腿踹了两脚。

男人连声呼痛。

要不是尹海郡及时拉住了晏孝捷，晏孝捷都没意识到自己火大到动了真格。

随后，铁门被用力地合上。

见事情解决了，尹海郡和他们打了声招呼就走了，这里离机电厂也不远，他就溜达着回去了。

温乔已经从刚才的险境里缓了过来，但晏孝捷明显还没消气。他恨不得立刻去麻将馆里，将徐蓉揪出来问清楚。

他站在电线杆旁，手肘撑在冰冷的柱子上，喘了几口粗气，缓了缓情绪，然后拉起温乔的小手，发现她紧张得都出了汗。他心疼地说："今晚跟我回家，明天我给你找房子。"

"不是去你外婆家吗？"见出租车没有往海边开，而是驶入了熟悉的别墅区，温乔扒着车窗，略显心慌地问。

等车停稳，晏孝捷付完钱后才慢悠悠地说："海边太冷了，不太想去。"

"但是……"

"下车，你没的选。"他反驳。

也是，至少今晚她确实没的选。

下车后，温乔扯了扯晏孝捷，胆怯地东张西望，并问道："你家有后门吗？我记得厨房旁边有个杂物间，一会儿我溜进去，明天早上五点我就走。"

晏孝捷单肩挎着书包，一边往院子里走，一边说道："我们清清白白的，你怕什么？"

"晏孝捷，我不是这个意思。"

温乔哪儿敢以家政阿姨的女儿的身份见他的父母？更何况她现在还要在这儿过夜！

"就是因为我们没有任何关系，我才不想被你的父母误会。"她紧张地揪住他的袖口，说道，"不然我们还是去海边吧，要不去酒店里住，我出钱……"

晏孝捷把温乔拽到自己的身前，扶住了差点儿摔倒的她。两个人视线相交时，他抬眉问道："意思是，如果我们是男女朋友的关系，你就不怕见我的父母了？"

他脑子转得快，逻辑也奇怪。

温乔真说不过他,只能好声好气地说:"要不,你放我去酒店里住吧?"

"不好,普通酒店里什么乱七八糟的人都有。"晏孝捷拒绝后,又换了一套说辞,"或者,我给你订五星级酒店……"

他把祁南的五星级酒店列举了一遍——他知道温乔不喜欢欠别人的东西,尤其是和金钱沾边的东西。

温乔想了想,上次的奖金,她拿了一半出来还给徐蓉,只剩下一千块钱了,只够自己住一家两三百块钱一个晚上的普通酒店。心有余悸的她,确实担心起了安全问题。

晏孝捷快没耐心了,说道:"好了,进去吧,我搞得定。"

最后,温乔跟着晏孝捷进了院子。

穿过院子,温乔在看到漆黑一片的别墅时才忽然想起来,前两天徐蓉提过一嘴,说晏先生和夫人去了中国香港探亲。

晏孝捷回身,讥笑道:"看你那点儿胆子。"

温乔本来想反驳回去的,不过想到今晚他是她的救命恩人,所以只淡淡地说道:"你今天救了我,是我的恩人。随便你怎么说我,我都不和你吵。"

听这意思,她还委屈上了?

她越是鲜活,晏孝捷就越是觉得她有趣。

两个人上了楼,晏孝捷打开了一间客房的门,里面的摆设整整齐齐的。他指着书桌,说:"你先去写作业,我下午写完了。我去洗澡。你要是有不会的,一会儿可以问我。"

温乔"嗯"了一声,然后站在书桌边,从书包里掏着本子、文具盒,然后对站在门边满身疲惫的少年道谢:"晏孝捷,今天谢谢你。"

晏孝捷倚在门边,笑了笑:"我很开心,因为你能在最害怕的时候想到我。"

不知如何回答他这直白又热烈的话,温乔索性换了一个问题:"我可以借你的电脑用用吗?"

"嗯,当然可以。"

晏孝捷去自己的卧室里把笔记本电脑拿了过来,告诉温乔密码后又折回了房间。

他走后，温乔坐在椅子上，打开了笔记本电脑。

椅子是真皮材质的，和她家里的木凳有着天差地别的质感。在家时，她经常久坐起来后腰酸背痛。此时的她，筋骨舒展，身体舒服，心情也很愉悦。

她本想在浏览器里找一些英文资料，光标却挪到了"浏览记录"那边，她突然有些好奇，想看看他平时都在看些什么。

于是，她第一次窥探起了别人的隐私。

在密密麻麻的关于临床医学的浏览记录里，夹了几条与临床医学毫不相干的词条——

"受欢迎的男生自带的三种属性，你有吗？"

"六招教你做一个受女士欢迎的人。"

…………

看到这些浏览记录，温乔差点儿笑出了声。她托着腮，一一浏览起来。

以前她总觉得晏孝捷这个人不可一世，成天讲着不中听的话，没想到他还有这样可爱又天真的一面。

短短的几秒钟里，那个英勇地伸出手并义无反顾地保护她的少年，像是一点点撬动了她不愿敞开的心扉。

第二天早上，不到七点，天边泛白。

环卫工人铲了一堆落叶倒入车里，扫帚刮着地面，"沙沙"作响。

快餐店里靠窗的位置上，少年靠着椅子，一边玩手机，一边喝奶茶；少女缩成一小团正在补作业，桌上的粥就被吃了两口，油条也只被吃了一半。

街道上，一辆黑色的奥迪汽车匀速驶过。

曾连萍抬头，看到了两道熟悉的身影，但隔了些距离，并没看清楚。

见她眉头皱紧，晏炳国问："看到什么了？"

曾连萍不太确定地说："刚才经过的那家快餐店里，好像有徐蓉的女儿和阿晏。"

晏炳国的平板电脑里播放着新闻，他并未恼火，心平气和地说：

"我见过徐蓉的继女一次。"

曾连萍一愣,问:"你什么时候见过她?"

晏炳国答:"阿晏读高二时,开学典礼上,她作为年级优秀学生上台发言。"说到这里,他还笑了一下,"在礼堂里,她对着整个年级的学生和家长发言,连稿子都没看,毫不怯场,有条不紊,落落大方。"

晏炳国这种心高气傲的人很少夸人,所以曾连萍还挺好奇,于是问道:"晏先生,您怎么还夸起她来了?"

他随手关上平板电脑,摊摊手,说:"温乔跟着继母生活,还能品学兼优,我找不出她看上我们家那个浑蛋的理由。"

这下,好脾气的曾连萍被气到了,不再给他面子,质问道:"晏炳国,阿晏是你的儿子,你的胳膊肘怎么能往外拐呢?对方还是一个给我们家做事的阿姨的继女。"

晏炳国哼了一声,中气十足地反驳道:"有志者不分性别,不分三六九等。反而是那个臭小子,从小到大就没做过一件让我顺心的事,上次还打了章旭的儿子。那次我要是真管了,所有人都会认为我滥用职权。你不是不知道,我现在的位置,有多少双眼睛盯着。"

这些话,曾连萍都听了无数遍了。

做母亲的依旧无条件地站在儿子这边。她先下了车,关车门时,怒道:"你要是对你的儿子这么不满意,那就趁年轻赶紧和别的女人再生一个,生一个你满意的,你自己好好教,别又一边说自己忙,一边说我教子无方。"

"小萍,我不是这个意思……"见妻子发火了,晏炳国慌了,"我为什么要找别的女人?我只爱你……"

"晏炳国,你闭嘴!"曾连萍根本不听解释,委屈地往别墅里冲。

晏孝捷这一整天都在看市中心的房源。

他费了点儿力,才让温乔同意搬出来。他精挑细选,最后定了一个繁华地段的公寓小区,里面都是 LOFT(小户型,高举架,面积在三十至五十平方米,层高在三点六米至五点二米)房型,很适合小女生独居,他准备晚点儿带她过去看房。

读高三后，温乔压力倍增，经常失眠。

她最弱的科目就是数学，这段时间，她不停地做各种模拟试卷。下课后，她本想在教室里多做几道题，但经期第一天，肚子疼得厉害。

下课铃声一响，晏孝捷直奔二班找温乔。

虚弱的温乔随意敷衍了他几句，难受地捂着肚子往女厕所里走，晏孝捷就这样跟在她的身后，也不管旁人的眼光。他单肩挎着书包，倚在女厕所对面的栏杆上等她。

有两个抱着试卷的女学生路过，偷偷地瞟了他几眼。

走过去时，她们难免议论几句。

"真好上了啊？"

"好上了又如何？高考后肯定散啊，晏孝捷的爸妈怎么可能同意温乔啊？"

回头时，两个人不小心对上了晏孝捷的目光，立刻仓皇溜走。

几分钟后，温乔走了出来，整个人跟被拆了骨一样，浑身无力，双手抱着暖宝宝，走起路来软趴趴的。

"走吧。"

"嗯。"

晏孝捷跟着她，慢吞吞地下了楼。

刚走到楼下，温乔从口袋里掏出手机，里面全是徐蓉质问她的微信。

她看完微信，停下脚步，对晏孝捷说道："晏孝捷，我还是得回去一趟。"

晏孝捷猜到了微信的内容，抢过手机，看了几眼，用力"哼"了一声，说道："出事时找不到人，出事后还怪你不回家，她不是你的亲妈，你又何必这么在意她？"

他摊开手掌，手机屏幕在掌心亮得刺眼。

忽然小腹传来一阵剧烈的绞痛，温乔按紧了暖宝宝，小声反驳："她毕竟养了我两年，我不能一声不吭就搬出去住，你明白吗？"

晏孝捷没吭声，仰头看了会儿天，眉毛拧得很紧，想起昨晚的事就来气。随后,他吸了一口气,说:"见可以,我和你一起见。"

温乔想了想,点头:"好。"

最后,晏孝捷陪温乔先回了一趟家。

徐蓉就像已经在门口等候多时,不过看到晏孝捷后,还是习惯性地毕恭毕敬地跟他打招呼:"晚上好。"

温乔想说话,但被晏孝捷伸手拦住了。他用眼神示意她站去他的身后。

她听话地将身子往他的身后挪。

晏孝捷先将铁门关上,然后走到徐蓉的身前,不客气地说道:"我猜,你应该知道我和温乔走得近,不然你也不会老偷听我打电话、发微信语音消息。"

心思被戳穿,徐蓉心虚地四处乱瞟。

晏孝捷根本没把一个家政阿姨放在眼里,架子摆得很足:"我知道你忌妒心强,但没有想过你会忌妒自己的继女。"

一听这话,徐蓉心慌地狡辩:"你误会……"

"我第一次邀请温乔来我家,并且送了她礼物后,你就不止一次地当着我的面贬低她。"晏孝捷直接打断她的话,根本不想听那些虚假的废话。

眼前的少年太过盛气凌人,徐蓉很畏惧。

站在晏孝捷身后的温乔探出了一半身子,目不转睛地观察着徐蓉的表情。

比起一起生活了几年的继母,她好像更相信晏孝捷的话,而如果他说的是事实,她会很寒心。

晏孝捷盯紧徐蓉,又说道:"温乔月底满十七岁,那我就要让她从十七岁开始都是好运。感谢你两年的抚养,不过,她以后由我照顾。"

徐蓉无法再开腔。过了会儿,她才看向温乔,问:"乔乔,这是你的决定吗?如果你点头,我就不再干涉你的生活。"

对于晏孝捷擅自做的决定以及那些誓言,温乔还处在震惊之中。胸口缩得很紧,她屏着气,抬头去看他。

此时,这个十七岁的少年眼神极其坚定。

屋里安静了半晌。

温乔看着徐蓉，认真地将心里话说了出来："昨晚不管是因为什么，你都不应该将钥匙给一个男人，让他和我独处一室。你抚养了我两年，我不想将你想得太坏，所以，我仍然将昨晚发生的事定性为意外。"

说完，她将视线移向晏孝捷，心莫名其妙地被安全感包裹，说道："读完高三，我就是一个成年人了，可以不依附任何人活着。只是在高考结束前，我很希望有一个安静的地方让我备战高考，但目前看来，这个家无法给我任何安全感。"

徐蓉有些惊讶，假笑着点点头："好，我尊重你的选择。"

温乔想从家里带点儿东西走，但晏孝捷一副阔少爷样，说那些旧衣服不是磨破边了就是皱巴巴的，他早就看不下去了。

看时间还来得及，他先打车带她去了附近的商场。

这家商场在祁南很有名，即便是晚上也丝毫不冷清，人流量巨大，一楼更是到了摩肩接踵的程度。

晚上穿校服来逛的学生并不多，所以晏孝捷和温乔在人群里显得很突兀，尤其是他们的长相还很养眼。

温乔每天两点一线，没什么娱乐活动，自然很少逛商场。晏孝捷则熟门熟路，哪一层卖什么，哪家店具体在哪儿，他仿佛闭着眼都能走到。

路过奶茶店的时候，晏孝捷问温乔喝什么。

小腹疼痛的温乔指着红枣姜茶说："这个就好。"

温乔以为男生都不喜欢喝甜的，却发现晏孝捷特别爱喝奶茶，半糖不行，就得全糖。

她偷偷抬头看他，他握着一杯草莓奶茶，悠闲地喝着。

她忽然有些想笑。那么不正经的人，竟然那么喜欢草莓。

两个人刚逛了一会儿，晏孝捷就拎了四五个袋子。

温乔不想欠他太多人情，拦住要走进服装店的他："晏孝捷，这些够了，你不能再给我买了。"她垂下眸，小声说道，"因为我没钱还你。"

晏孝捷边喝奶茶边笑着看了看温乔，然后不顾她的劝阻，走进了店里。转身前,他说了三个字:"还不够。"

还在忍受痛经的温乔暂时没力气继续阻拦他。

从未给女生挑过生活用品的晏孝捷看着手中的战利品,很满意自己的审美,觉得都很适合温乔。

从店里走出来时,他对她说:"哎,你知道给你买衣服有多容易吗?"

温乔有点儿迷茫,问:"为什么这么说?"

晏孝捷丝毫没有青涩少年的胆怯,反而连连夸起温乔来:"因为你又瘦又高,皮肤也白,长得还很漂亮,穿什么都好看。"

"……"

很少被人夸奖的温乔不好意思地低下了头。

晏孝捷弓着背,想去探寻她的目光,鼓励道:"温乔,你要自信点儿。你无论是外表还是内在都特别优秀,你值得别人的欣赏和夸奖。"

温乔心一震,抬头,和晏孝捷的目光只接触了短短半秒钟,他就直起身,朝电梯走去,她慢慢地跟了过去。

在她第二次被抛弃的这一天,她的世界里多了一个太阳般的少年。

买了一些日用品后,晏孝捷带温乔和中介人员会合。

这个公寓小区在祁南很有名,是 LOFT 户型,一层四户,住户基本上都是年轻人,公寓里还有健身房、游泳池、书店这些休闲场所。

从小就住在老厂家属院里的温乔对高级小区没什么概念,但光是看安保和绿化,她便猜到这里的租金不便宜。

她小声问晏孝捷:"这里的房子多少钱一个月?"

晏孝捷随口回:"看户型,价格有贵有便宜。"

听到有便宜的,温乔松了一口气:"好,你算好钱,我到时候还给你。"

晏孝捷没当真,"嗯"了一声。

中介人员是一个年轻男人,见外头风大,赶紧带着他们进了三栋。

公寓装修简洁，进楼需要刷卡，楼里配有一天二十四小时看守的保安。从外面一路走进来，看了一圈，晏孝捷挺满意的。不过，习惯了老厂家属院烟火气的温乔，突然走进冷冷清清的公寓，还有些不习惯。

晏孝捷在软件上挑了三套房，每套都是精装房，可随时拎包入住。

第一套是梦幻芭比粉的 LOFT，装潢和摆件都是可可爱爱的。

这套房子晏孝捷特别满意，因为他觉得女孩都不会拒绝粉色。

其实能被救济，温乔已经知足了，但晏孝捷察觉她的表情有点儿勉强，于是转过头对中介人员说："看下一套吧，我朋友不喜欢。"

温乔拍了拍他："我没有不喜欢，这套可以。"

晏孝捷盯着她的表情，说道："你若喜欢不是这种表情。"

"我只是太累了……"

"看下一套。"

温乔的解释被晏孝捷打断。

在这些事上他比较强势，也不想随便听从她的想法，因为他知道，这个小姑娘不愿说真心话。

第二套是偏中性的原木风。

晏孝捷本来对这套不抱希望的，没想到一开门，温乔的双眼都亮了。

一个人的眼神是骗不了人的。

晏孝捷就对中介人员说："那我就订这间。我可以不押一付三，直接付半年的房租吗？"

中介人员一听这话，知道这一单稳了，笑得更热情了，急忙说道："当然可以。"

中介人员说罢，立刻开始教晏孝捷如何在手机上操作。

"你直接从这里选'半年'，然后付款……"

晏孝捷简单操作了一番，便付完了款。

唠叨了几句后，中介人员就走了。

这间公寓温乔确实非常喜欢，可她的直觉告诉她，租金肯定不便宜。她边放书包边问："这套房子多少钱一个月啊？"

"五千五百元。"晏孝捷每次在说起过千的金额时,都像在说几十块钱那么随意。

"五千五百元?"温乔慌了,"你说我住在这里,一个月要五千五百元?我们换一套房子吧,要不我还是回去……"

"你是我的朋友,我不计较这些。"晏孝捷不喜欢被拒绝,尤其是都到这个节骨眼儿了,她还在拒绝他的好意,"你能去哪儿呢?你总不能随便找个筒子楼住吧?你如果非要还我,等以后有能力了还我就行。"

事实是,她的母亲跟着情夫跑了,父亲也过世了,在这座城市里,温乔举目无亲。她暂时只能接受晏孝捷的照顾。

"谢谢你,晏孝捷。"她真诚地道谢。

晏孝捷没有回应。他的脑子转得快,早就飞到了另一件更重要的事上,他朝温乔迈了两步。

温乔被吓得往后退,下意识地将书包抓起,挡在自己的胸前,问他:"你干吗?"

"干吗?"晏孝捷坏笑着问道,"怕我吃了你?"

温乔紧张地说道:"你……你好好说话。"

晏孝捷轻轻地吐出一个"哦"字。

被他高大的身躯逼得紧的温乔真想收回刚才夸奖他的话。他身上的热气朝她扑来,她害怕得想溜,当即一边往外走,一边慌张地说道:"我还是自己想办法……啊!"

她话还未说完,胳膊就被他的手抓牢了,少年的力气很大,他直接将她拽回了原位,甚至就差一点点,她就撞到了他的胸膛。

"晏孝捷……"她挣扎着喊道。

晏孝捷松开了手,双手插在兜里,俯下身,笑道:"温乔,我怎么觉得我要赢了呢?你不觉得我们之间的羁绊越来越深了吗?"

温乔的呼吸变得急促。

## 第六章
# 快快长大

走投无路的温乔只能先接受晏孝捷的好意,搬进了公寓。

她认真地思考过晏孝捷为什么对她这么好。

他单纯是因为少年幼稚的好胜心,想赢而已?还是有别的目的?

她暂时想不出一个确切的答案。

当然,她当晚就向晏孝捷表明,他们只是朋友,他为她花费的所有开支,等到有能力时她会慢慢还清。

晏孝捷又一次随意地回答了一个"嗯"字。

不管他怎么想,至少她不会越界。

远离了那个乌烟瘴气的家,温乔因日子顺心了许多,人也变得开朗起来。

中午,食堂里很热闹。

前两天,二中的学生们刚换了新的秋冬季校服,女生的是奶白色的毛衣配白色衬衫,男生的是藏蓝色的毛衣配白色衬衫,比以前的运动服洋气多了。

孙舒与挽着温乔在打饭。

"阿姨,我要西红柿炒鸡蛋、辣椒炒肉……"

点菜点到一半时，孙舒与突然害羞了，讲话的声音跟蚊子叫一样。

温乔侧头一看，原来是靳凡来了，还主动约孙舒与出去玩。

"上周五你不是说想看那部好莱坞制作的动画片吗？这周六要不要去看？"

"嗯，嗯，嗯，好。"孙舒与激动得快把菜盘甩出去了。

随后，他们有说有笑地去找座位，把温乔留在了原地。温乔无奈地摇头，从没想过自己的这位好朋友能如此重色轻友。

"温乔同学，这身新校服很适合你，好看。"

背脊忽然一寒，她回头，和晏孝捷简单地打了一声招呼，然后端着餐盘，向四周看了一圈，空座位很少，她只能与别人拼桌吃。

温乔坐下。

她的对面是一个胖胖的男生。男生刚吃了两口就感觉到头顶上不友善的目光，菜叶还挂在嘴边，他就端着盘子走了。晏孝捷腿一跨，坐了下来，一双长腿都没地方放。换上了藏蓝色的毛衣、白色的衬衫之后，他倒是显得很斯文了。

"怎么不和尹海郡去外面吃？"今天食堂里有她爱吃的青椒土豆丝，温乔闷头吃饭，都没抬眼。

晏孝捷将餐盘随手往桌上一搁，筷子来回翻着菜叶和肉片。

学校食堂里的菜是万年不变的几样，他一点儿食欲都没有。

"吃不习惯就……"

"虾还行。"

温乔以为晏孝捷下不了嘴，没想到他竟然慢慢地吃了起来。他单肘撑在桌上，又撷起几片青菜，忽然抬眼，问她："你快要过生日了，是不是？"

高三生课业繁重，温乔差点儿忘了，快到十月底了。

她点点头："嗯。"

父母离婚后，她的生日每次都过得很随意。徐蓉哪儿会记她的生日？只有她唯一的好朋友孙舒与，在她生日那天会陪她吃一顿好的，两个人再买一块小蛋糕，在公园里边聊天儿边分着吃。

"我给你过。"晏孝捷抬抬眉，说道。

温乔迟疑了片刻,回答:"不用了,你已经给我花了很多钱,我生日过不过都无所谓,说不定那天作业很多……"

她推托的理由,晏孝捷没耐心听完。他放下筷子,单手撑着脑袋,斜着身子看她,并说道:"首先,我不喜欢别人拒绝我;其次,我有钱;最后,这是你十八岁的生日。"

"……"温乔握着筷子,低下头,纠结不已。

忽然,四周变得闹哄哄的。周围的人像是闻到了八卦消息的味道,开始议论纷纷。

"二班的温乔"和"四班的晏孝捷"完全不是一路人,此时竟然坐在一起吃饭,与他们离得近的人还听到了晏孝捷说要给温乔过生日,顿时议论纷纷。

这帮人吵死了!晏孝捷直起身,靠在椅子上,眼神冰冷地将那些向他们投来的打量的目光硬生生地逼了回去。

在二中,没人敢惹他。

最后,温乔又一次接受了晏孝捷的好意。

当然,就算她不同意,这个生日,晏孝捷也给她过定了。

下午放学后,二班。

温乔打扫完卫生,问还在补功课的孙舒与要不要和她一起走。

孙舒与埋着头,一边做题,一边回答道:"不了。我上周去训练了,数学落了太多。我要疯了,大题全错。"

看上去孙舒与是要被公式折磨疯了。

温乔没管她,背上书包往门外走。她刚走到后门口,一抬眼就看到了靠在栏杆上的晏孝捷,他像是等了她一会儿。

"和你一起打扫卫生的男生总是先开溜,"晏孝捷弓背,盯着她的眼睛,说,"温乔同学,做人不要太善良。"

温乔没吭声。

晏孝捷直起身,一边往楼梯口走,一边说道:"走吧,我饿死了。"

"你要和我一起吃饭吗?"

"不然呢?"

温乔跟上去，说道："但是我真的不能再花你的钱了，除非你让我请你。"

晏孝捷站在楼梯口，想了想，摸了摸自己的脖子，说："也行，突然很想吃路口那家店里的炒粉，我想要加一个鸡蛋，可以吧？"

"嗯？"温乔有些错愕，随即赶紧说道，"当然可以，加三个都可以。"

随后，他们一起下了楼。在楼下，他们刚好碰到了刚值完日的尹海郡。

仨人一起往校门外走。

"晏孝捷！"

前方突然传来了女人的喊声，这是一道很成熟的女人的嗓音。

晏孝捷定睛一看，他姑姑正站在一棵树下。

晏蓓力穿着一件短外套站在大树下，不过她先注意到的是晏孝捷旁边那个高高壮壮的男生。

她对那个男生说道："尹海郡，好久不见啊。"

"晏阿姨好。"尹海郡走向前，客气地与她打招呼。

晏蓓力走上去拍了拍他结实的胳膊，还捏了捏他的肌肉，随后说道："你是不是比上次我见你的时候更壮了？"

尹海郡笑了笑，没出声。

"这是我第三次问你了，"晏蓓力很认真地说，"你要不要考警校，跟我干？"

第一次见尹海郡时，她就想把他往警队里带，恨不得让他第二天就入职。

晏孝捷就怕姑姑来这出，拉了拉晏蓓力。

他给尹海郡使眼色，尹海郡简单地与大家告别后就走了。

天已黑透，路灯全部亮起，晏蓓力刚好站在一盏路灯下，皮衣亮得晃眼。

晏孝捷猜到了姑姑此行的目的，但还是习惯性地调侃道："姑，你来是抓人呢？还是看上哪个弟弟了？"

晏蓓力一脚踢向晏孝捷的屁股："我是你姑，对长辈尊敬点儿。"

"哦，"晏孝捷还是开玩笑道，"那是看上哪个老师了？"

"去，闪开。"

晏蓓力注意到侄子身边那五官精致的女生。

她向温乔挥手打招呼："你好，我是晏孝捷的姑姑，你是他的女朋友吧？"

"我不是，"温乔立刻解释，"我和晏孝捷是朋友。"

晏孝捷斜着眼瞅了温乔一眼，小声哼笑："关系倒是撇得挺快。"他顺便解释："嗯，她叫温乔，二班的，我的朋友。"

"你不是四班的吗？你怎么交友交到二班去了，还是女生？"晏蓓力做刑警这么多年了，别的本事没有，洞察力极强。

晏孝捷笑道："晏队，交友广泛不犯法吧？"

晏蓓力服了这臭小子，笑了几声。她还想说两句，手机响了。她将手机放在耳边听完，表情立刻变得严肃，着急地要走。

见像出了大事，晏孝捷询问："姑，怎么了？没事吧？"

晏蓓力急得语速很快地说道："局里刚接了一个案子，说是一个高中男生强奸了同校的女生，女生的哥哥捅了这个男生一刀，现在一个要告对方强奸，一个要告对方诬陷和故意伤害。"

她几乎是像风一样奔出去的。

晏孝捷和温乔还没有从震惊里反应过来，就见孙舒与背着书包从教学楼里狂奔了出来。

温乔喊住了她，问道："小与，怎么了？"

孙舒与气喘吁吁地说："刚才游泳队的队友给我打电话，说章为盛被人捅了一刀，现在人在医院里抢救。"

晏孝捷和温乔跟着孙舒与赶去了祁南军医大学第二附属医院，这家医院的心胸外科在全国是数一数二的。

进去时，温乔问晏孝捷："这就是你想来工作的医院吧？"

"嗯。"晏孝捷点头。平时他看着不着调，但只要谈起心胸外科，他的眼里就会放光。

他们听孙舒与说，章为盛是被捅到了心脏，不过伤不致命，已经被抢救过来了。他们赶到住院部时，病房的门被两名警察守着，游泳队的几名队员围成了一团。

"怎么回事啊？章哥怎么会被捅啊？"孙舒与跑到人群里，急疯了。

一个留着平头的男生说："就那个什么琪来着，三中的，追了阿盛很久的那个女生。"

"杨琪。"另一个男生搭腔。

"对，对，对。"留着平头的男生接着说，"就上周六，杨琪说阿盛强奸了她，然后好像是杨琪的哥哥气不过，捅了阿盛一刀。"

孙舒与震惊到口吃："强……强奸？"她难以置信地说道，"不可能啊，章哥人这么好，平常连脾气都没发过，怎么会强奸呢？"

一个女生附和："对啊，上次有个混混儿盯上我了，训练完，还是为盛护送我回去的，他人真的特别好。"

孙舒与烦得拍了拍栏杆，说道："怎么会这样啊？"

章为盛这个人的口碑的确不错，在一中是绝对的优等生，无论是同学，还是游泳队的队友，都在极力维护他。

这里，只有极少数人见过章为盛丑陋的一面，那就是晏孝捷和温乔。

他们对望了几眼，然后在过道里的椅子上坐下，耐心地等晏蓓力出来。

医院的走廊里有很浓的消毒水味，还混着一股刚拖过地的潮湿气，不宽敞的过道里，只有护士推着车经过时滚轮发出的声音。

温乔将外套的拉链拉到头，把脸埋进去一半。

见温乔的手都被冻红了，晏孝捷起身走去旁边的饮水机前，用纸杯接了半杯热水，折回来后递给了她："捧着，能暖点儿。"

温乔接过，说道："谢谢。"

蓝色的长椅上，他们并肩而坐，女生的头刚过男生的肩，他们的身高差莫名地和谐，只是他们的身子之间隔着一条关系的"分界线"。

半个小时后。

与晏蓓力一同出来的是章为盛的父亲。从穿着打扮看，他不像是普通的工薪阶层，看着还有点儿官相。

果不其然，晏蓓力跟他说话时用上了尊称。

"章主任，您留步吧，有了进展我再联系您。"

被称为"主任"的章父清瘦，看着也温和，但笑起来时眼睛一眯，总透着一股虚伪劲。他对晏蓓力说道："我们阿盛从来没有犯过错，这强奸罪可不是闹着玩的，还请晏队你们好好调查。"

晏蓓力铿锵有力地应："好，您放心。"

章父笑得和气，说道："好，那就麻烦你了，辛苦了。"

干实事的人向来厌恶虚假的客套话。晏蓓力对外头的同事交代了几句，刚想走，却看到了一旁坐在一起的高中生。

"你俩跟过来干吗呢？"

晏孝捷带着温乔起身，嘴抹了蜜似的，说道："好久不见，想你了，我请你吃饭。"

晏蓓力怎么会信这臭小子的鬼话？

医院附近没几家像样的饭馆，晏孝捷就打车去了最近的商场。他坐在副驾驶座上，想到这会儿刚好是用餐高峰期，"井轩海鲜烧烤"肯定得排队，于是侧着头跟温乔说："温乔，你能不能帮我上大众点评看看，这家多少人在排队？我同时搜搜别家。"

"嗯，好。"温乔打开软件看了起来。

明明晏蓓力才是长辈，晏孝捷却摆出一副大人模样，她忍不住笑着调侃道："我哥和我嫂子都没你会照顾我。"

"那是，"晏孝捷说，"我跟你的关系，比跟我爸的都亲。"

"你哪儿来的钱？"

"我爸的。"

"你少花点儿，省得挨打。"

"他打我还少吗？所以我花光才爽。"

晏蓓力叹了一口气。

她和晏孝捷的感情很好，所以她常常心疼他因顽皮而被他的父亲打。她管过好几次，但根本没用。她伸手，摸了摸他的脑袋，说道："你如果想要钱，姑给你，咱不花他的钱。"

作为局外人的温乔认为偷听晏孝捷的家事是很没有礼貌的行为，于是缩到了车窗边，藏在了阴影里，不过眼睛会时不时地抬起，偷偷去看前座上的他。

她想起过去一年多来在烟海巷里多次撞见受了伤的他，不觉心疼起他来。

井轩海鲜烧烤刚营业一个月，是祁南最近特别出名的网红店。

店外排起了长龙，里面声音嘈杂，还好晏孝捷提前在网上拿了号，所以他们只排了十分钟的队。

店里装修得像一间水族馆，桌面上浮动着幽蓝的水光。这家店因环境特别而出名，至于味道，其实比不上那些老牌的大排档。

虽然晏孝捷嚷着要请客，但晏蓓力身为长辈，怎么能让一个毛头小子出钱呢？她将菜单推给对面的二人，对二人说道："你们随便点，随便吃。温乔，别拘束。"

温乔点点头，但双手、双脚有点儿僵。

晏孝捷真没和自己的姑姑客气，把评分高的几道菜都点了，但最先点的是温乔最爱吃的红烧海虾。

服务生先将饮料送了过来，并问他们："热茶是哪位的？"

"我朋友的。"晏孝捷接过热茶，将它放到温乔的手边，并对温乔说道："你经期刚过，还是喝点儿热的吧，对身体好。"

温乔捧着热茶，尴尬地垂下了头，对他说道："晏孝捷，你声音小点儿。"

意识到自己口不择言，晏孝捷道了歉。

这一幕，对面的晏蓓力看得津津有味——她头一次看到晏孝捷体贴的一面。

她满意地喝了一口汽水。

晏孝捷开门见山地问道："姑，刚才那个男生真强奸别人了？"

晏蓓力放下汽水，说道："案件怎么能随便和你说？"

"可以大致说一下吗？"

"你认识他？还是你认识那个女生？"晏蓓力一边说，一边将身子往前凑，"想要套刑警队队长的话，你还嫩了点儿。"

晏孝捷将身子往后一靠："没劲。"

同样想知道案件真实情况的温乔双手捧着茶杯，指腹在杯子上摩挲，说道："我认识受伤的男生，他叫章为盛，是一中游泳队的。他以前追求过我，如果晏阿姨后面有需要，我可以提供一些信息给你，有没有用你们来判定。"

比起晏孝捷的横冲直撞，她说话总是条理清晰且冷静。

不知为什么，晏蓓力刚见这个小姑娘就很喜欢她。于是，晏蓓力简单地讲述了一下案情。

"现在的情况比较复杂，女生说是被强奸的，但男生说两个人是你情我愿的正常性关系，还要告女生的哥哥故意伤害。"

听后，温乔和晏孝捷同时低下了头。

服务员端了一盆虾过来，晏蓓力攥起一只，剥开，随口感叹道："这案子还真有点儿难办，因为强奸罪是最难取证的。"

"是，"温乔同意晏蓓力的观点，并且进行补充，"需要在受害人的身上提取嫌疑人的毛发、皮屑、体液等，还要采集指纹、脚印等环境证据，所以如果要告强奸，一定要在第一时间报案，让法医和警察保全证据。"

晏蓓力一惊，问："你一个小女孩，怎么会这么了解？"

温乔还没开口，晏孝捷便插话道："温乔非常厉害，温乔的理想是当一名法医。以后她可能会跟你做同事，帮我罩罩她。"

"是吗？"晏蓓力称赞道，"女孩子愿意做法医，非常了不起！"

她抬颔一笑，又说道："回头我和老邓说说。"

"是邓兆良医生吗？"温乔顺着她的话问。

晏蓓力："嗯，是他，你认识啊？"

温乔兴奋地说道："他很厉害，是德国海德堡大学毕业的博士。之前他还出了一本关于法医和人性的书，我每天晚上都看，都能背下来了。我就是因为他，才想进南城分局的。"

说完，她双手合十抵着下巴笑。

晏孝捷将身子向后一仰，手指戳着汽水的吸管，眉毛拧得紧紧的。

这还是他第一次见到温乔花痴的一面。虽然她的偶像邓兆良医生是看着他长大的叔叔，但还是有一丝忌妒的情绪涌上他的胸口。

老说案子也没意思，晏蓓力和他们聊了些轻松的话题。吃完饭后，她给温乔送了见面礼——一件白色的长款棉袄，还夸温乔长得漂亮,穿什么都好看。

温乔不好意思收,但晏孝捷直接帮她接过来拎在手里,顺便替她向姑姑道谢。

晏蓓力走后,温乔跟着晏孝捷在附近散步。

周五越晚人越多,商场附近有很多家酒吧,很多酒吧在外面支起小高桌,成年男女正在拼酒,发出阵阵喧哗声。

晏孝捷往那边看,几对情侣的身影匆匆掠过他的眼底。走过一条小巷时,他看向温乔,问:"你有没有喜欢过什么人?"

问题敏感又突兀,温乔迟疑了片刻,摇摇头:"没有,我对那些事不感兴趣。"

"但是你刚才还挺花痴的。"

"嗯?你是说邓兆良医生吗?"

晏孝捷的双手插在裤子的口袋里,他慢慢往前走,"嗯哼"了一声。

温乔回答道:"那不一样,他是我的偶像。"

盯着她那双星星般的明眸,晏孝捷不觉笑了笑,回过头,望着脚下的影子,说道:"说实话,我还挺好奇的,你这么冷淡的女生,遇见喜欢的男生后会是什么样子。"

这个问题,温乔自己都不知道该怎么回答。

"你对我不好奇吗?"

"好奇什么?"

短短几分钟内,晏孝捷的问题频频让温乔感到错愕。

他停下脚步,刚好站在了一片树影下,泛黄的落叶飘向他的肩头,他看温乔的眼神和看其他人时不一样,总是炙热的。

"好奇我谈恋爱时会是什么样子。"他解释道。

温乔没想到他会这样说,笑了笑,没有回答,往前走了几步。她忽然扯住书包带,想了想,说:"别的不清楚,但你应该很会照顾人。"

这个答案令晏孝捷很满意,他追上去,顺着这话问:"喜欢吗?"

"……"虽有公交车驶过,但温乔依旧听清了他的话,呼吸一紧,脸颊红了一半。

晏孝捷笑道:"我发现你还挺容易害羞的。"

"晏孝捷,如果你把我当朋友,能不能不要总说这种暧昧的话?"遇到这种事,温乔总是一板一眼地去提醒他,"我很不喜欢。"

晏孝捷闭上了嘴。

这里离晏孝捷给温乔租的公寓不远。

晏孝捷将温乔送到了公寓楼下,问她还需不需要添置什么物品,她直摇头,说家里现有的物品完全够她用。

见时间有点儿晚了,晏孝捷也准备离开了。

温乔忽然想到了一件事,叫住了他,问:"晏孝捷,你明天上午有空吗?"

听见温乔竟主动约自己,晏孝捷也没问去哪儿,直接点头。

她说:"你姑姑在南城公安局做警察,所以,你能不能陪我去那儿一趟?可能会方便点儿。"

大周末去公安局,听起来有那么点儿扫兴,晏孝捷疑惑地问道:"怎么了?"

温乔解释道:"我上次把录音笔放在那里了,想拿回来。"

"行。"


第二日。

秋意渐浓,南城公安局的巷子里开始有落叶飘下。

晏孝捷和温乔到的时候是上班时间,他们刚走到门外,前面忽然停下一辆白色的奥迪汽车。从车上下来的男人穿着一件黑色的外套,看起来颇有学术气息。

"晏孝捷。"在公安局门口被喊住,晏孝捷还真被吓了一跳。他抬头看过去,发现叫他的人是他的熟人——邱里的舅舅邓兆良。

晏孝捷走过去,握住了他的手:"邓叔叔,好久不见。"

邓兆良和晏孝捷简单地寒暄了几句。随后,邓兆良看向晏孝捷身后的温乔,还朝她笑了一下,温乔既兴奋又紧张。

晏孝捷将温乔拉到自己的身边,对邓兆良介绍道:"这位是邱里的舅舅——南城公安局的法医。"说罢,他又附了一句,"你的偶像。"

温乔小心翼翼地伸出手,对邓兆良说道:"邓老师,您好。"

邓兆良握住那只有点儿发抖的手，对手的主人说道："你好。"

邓兆良因手头有两宗棘手的案子，便没和他们多聊。在他走进法医大楼前，温乔挺着胆子喊了一句："邓老师，我超级喜欢你！"

晏孝捷拍了拍她的肩膀，提醒她别忘了做正事。

取录音笔的过程很顺利。

温乔把录音笔装进书包的内胆里，拉好拉链，和晏孝捷一起走了出去。

"谢谢你愿意陪我来。"

"嗯。"晏孝捷摊开手，手指弹了弹，问她，"你有没有什么表示？"

温乔一笑："知道了，我请你吃饭。"

晏孝捷慢悠悠地下台阶，说道："算你有良心。"

"你让我见到了我的偶像，我要请你吃一顿大餐。"

"多大啊，自助海鲜？"

"这个请不起。"

"那还逞能说什么大餐？"

被晏孝捷挑刺，温乔泄气地垂着头往前走。

晏孝捷抻了抻筋骨，说道："起太早了，有点儿累。不介意的话，让我去你公寓里的沙发上躺躺，你给我点一份炒粉，加两个煎蛋、两瓶冰可乐，好吗？"

"好。"温乔开心地抬起头应道。

十月，秋高气爽。

两个人刚走到伸缩门旁，便有一个长相凶悍的男人迎面闯了过来。

男人怒道："老子就要捅死那个浑蛋……天下真没王法了……"

晏孝捷下意识地去保护温乔，让她站到他的身后。他真怕这疯子乱来。

这时，几个民警火速冲了出来，指着男人吼："杨光，你不要胡来！我们已经说过了，在家里等消息！"

男人一副绝望后天不怕地不怕的样子。

115

"等什么消息？要你们警察有什么用？是他儿子强奸了我妹妹，凭什么要我等？！"

几个民警控制住他，再次耐心地解释道："首先，关于你妹妹被强奸的案子我们需要取证，这不是一件简单的事。其次，你的确捅了章为盛一刀，章为盛的伤势还不轻，人家有权告你。"

民警就算解释一百遍，男人也听不进去，愤怒让他丧失了理智。他一个没文化的粗人，听不懂法律——他要的就是一个属于妹妹的公道。

他怒道："我告诉你们，如果姓章的没被判刑，我就算是赔上命也得砍死他。"

民警叹着气，没说话。

随后，男人咬牙切齿地离开了。

原来，他是捅伤章为盛的人——杨琪的哥哥。

晏孝捷还在保护温乔，但她勇敢地问道："我们跟过去看看，好吗？"

晏孝捷犹豫了一阵，点了头。

他们跟着男人上了一辆公交车——12路公交车是开去城中村的。十几站后，男人在沙村站下了车。沙村是祁南还没拆迁的村，住在这里的人都是比较穷的人。

村子里的路很窄，路上挤着出来买菜的人，路两旁都是卖水产品的摊贩。地面上到处是杀生鲜时溅出来的污渍和血迹，甚至还有跳出来的活泥鳅。

来来往往的人吵到晏孝捷头痛。

温乔见晏孝捷在此地难以下脚，故意笑话他："晏大少爷，你行吗？"

晏孝捷一脚踏在肮脏的淤泥里，说道："嗯。"

他们绕过两条小道，跟到一间平房前，噪声终于消失了。

灰白的低矮平房，墙角都是青苔和潮湿的污渍，扫帚、水桶被随意地扔在外面，几根电线绕在房子的外墙上，上面晾着女孩的衣物。

"别走了。"

温乔拉住了晏孝捷,他们躲在平房外的泥巴墙边,通过墙上的洞眼往里看。

晏孝捷太高,蹲得身子有些难受。

温乔扒着墙,白净的手指上都沾上了泥土和灰。

"我们在这里看了又能怎样?"晏孝捷一路走来一直在仔细研究她的举动。他话刚说一半,胸口开始剧烈地起伏,指着她的包说:"你不会是想……?"

"嗯,"温乔没瞧他,说道,"我的确想过,或许我的录音笔可以作为鉴别章为盛人品的部分证据。"

晏孝捷用力一扯温乔的书包,将她整个身子往下一拽,郑重其事地提醒她:"温乔,你知不知道?如果真开庭了,你拿着录音笔去替这个女孩做证,就相当于你在直接挑衅章为盛,他的家人可不是吃素的。"

他的喉结用力地一滚,眉头紧皱,他又道:"这种事不是开玩笑的,我不想让你有任何危险。"

温乔向来理智,知道做证人会有危险,所以也在犹豫,闻言说道:"谢谢你替我着想,我也知道后果可能有些严重,所以我也没说一定要这么做。"

晏孝捷松开手,他悬着的心暂时放下了。

半个小时后。

屋子的门依旧紧闭着,男人进去后就再也没有出来过,但曾有几个街坊邻居从这里经过。村里出了强奸案,几个邻居即使只是经过这条路,也忍不住窃窃私语。

这样干等也累,晏孝捷和她打了声招呼,刚准备去一旁的田地边转转,平房里就传来了大大的喊声。

"我不吃……饿死我就解脱了……我哪里有脸见人啊?……"

"我报警,他说我勒索他,有没有天理啊?……"

窗户没有完全合上,女孩的声音似乎能将玻璃震碎,她都喊哑了。

屋里的男人从窗户看到了走动的身影,怕邻居听到女孩的喊声,立刻走上前关紧了窗户。

晏孝捷和温乔听到少女悲愤交加的喊声，心情都陡然变得有些沉重。

他们想做些什么，却又无能为力。

"走吧，我们不是警察。"晏孝捷拽起温乔的手，知道她理智却又心软。他深知，正义虽可贵，但他们不能鲁莽。

毕竟，他要确保她的安全。

刚走两步，晏孝捷便看到了朝这边走来的几个人，其中一个很眼熟，像是章为盛的父亲。于是，晏孝捷一把将温乔拽到了对面的墙边，脱下外套，直接盖在了她的头上。

"你干什么？"温乔缩在墙角，不知道发生了什么事。拱起的衣服下，她被晏孝捷高大的身躯罩住。

晏孝捷拢着外套，挑眉："不想被章为盛的父亲发现的话，就别乱动。"

他们好不容易得到了线索，温乔不会坏事，乖乖地站在原地，一动不动。只是她从未和异性离得这么近过，身子绷得很紧。

几分钟后，她听见了脚步声，脚步声越来越远。

"他们是不是走了？"

"没有……离我近点儿，他们在看我们。"

..........

一紧张，温乔本来是想揪住晏孝捷的T恤的，没想到抱住了他的腰。

"哎，你吃我豆腐。"晏孝捷低头，盯着那双环住自己的胳膊。

温乔立刻松开："对不起，我不是故意的。"

被外套罩得喘不过气来，温乔小心翼翼地掀开衣角，从缝隙里往外看去，发现外面没有多余的人影，这才发现自己上了当，推开晏孝捷，质问道："你骗我？"

晏孝捷将外套甩到肩膀上，说道："逗逗你嘛，小气。"

温乔没和他计较，自顾自地往前走。

晏孝捷从后头跟上来。

突然，泥巴墙的拐角处跑来了一条土狗，应该是哪户村民家养的，个头有点儿大，看着还有点儿凶。

118

身后的脚步声断了,温乔回头,发现晏孝捷竟然一步也没往前走。

"你怕狗啊?"温乔问。

晏孝捷这样爱面子的人,怎么会承认自己怕狗?他想逞能,但那狗一向他靠近,他就双腿发软,额头冒汗。

这还是温乔第一次看到晏孝捷害怕。

她和狗打了下招呼,还摸了摸它的头,然后扯住晏孝捷的衣袖,带着他往前走。他慌张得不敢往后看,手臂都在抖,小心翼翼地问温乔:"温乔,你慢点儿。它有没有跟过来?"

其实狗狗早就跑了,但温乔想报仇,便故意吓晏孝捷:"怎么办啊?它跟在你屁股后面,可能是想和你回家。"

晏孝捷出了一手心的汗,极度恐惧的情况下,直接挽上了温乔的胳膊。

温乔笑话他:"没想到你这么怕狗。"

晏孝捷紧张得屏住呼吸:"怎么?不允许男生怕狗?"

"倒也不是,你怕狗的样子还挺可爱的。"

"……"

无意间被夸了一句"可爱",晏孝捷似乎忘却了被狗跟的恐惧,嘴角扬起。

温乔怕他害怕到昏过去,便不再逗他:"好了,它早就走了。"

"嗯。"

从沙村回去后,晏孝捷提醒温乔,正义归正义,绝不能舍己为人。

温乔也不是鲁莽的人,便答应了。

日子转眼又过了一周。

繁重的课程让晏孝捷和温乔暂时将章为盛的事忘了——他们有做不完的模拟试卷、补不完的课,尤其是温乔,她必须想办法在最后一年让数学成绩得到提升。所以,每周五放学后,她都会请晏孝捷帮她补习数学。

和靳凡、尹海郡等人在篮球场上打了一会儿篮球后,晏孝捷匆匆忙忙地往二班的教室奔。夕阳西下,教室里只开了一排白炽灯,坐在靠窗的位置上的少女,长发轻轻地被风吹起,纤细的手指将发丝拨到耳后,漂亮得像一幅画。

晏孝捷放下书包,把旁边的桌子拽过来,和温乔的书桌拼到一起。

他翻了翻她刚才做的试卷,点评道:"还行,与上次相比,有进步了。"

"嗯。"温乔指着旁边那本厚厚的数学笔记,说,"谢谢你的笔记,帮了我很多,这次考试进步了十分。"

晏孝捷淡淡地说道:"对你有用就行。"

教室里只有铅笔在纸上摩擦的声音。

晏孝捷耐心地替温乔解释每一个她不懂的公式。

不知不觉,八点一刻了。

时间有些晚了,温乔开始收拾书本。忽然,她想起了晏孝捷说过自己的理想,说:"晏孝捷,其实你再努力一点点,就可以考上更好的学校。"

"嗯。"谈到这个话题,晏孝捷总是很敷衍。

"我说真的,"温乔认真地说道,"人生就不应该设限,有能力就应该最大程度地发挥出来。我总觉得你可以站在更高的地方,祁南军医大不是你的最佳选择。"

晏孝捷反问:"所以,祁南警校已经不再是你的理想学院了,对吗?"

"嗯。"温乔点头,"我想考公安大学,去北京。"

晏孝捷扭头,看着窗外的夜空,沉默着。

理想、前途、未来,可能让人谈笑风生,也可能是忧伤的话题。

选择,就意味着分别。

后来,他们没再说这个话题。

温乔收拾完东西后,他们一起下了楼。

近段日子,晏孝捷每天很晚才回家,曾连萍每次问起,晏孝捷只会打马虎眼,不是说在教室里温习功课,就是说和尹海郡打篮球。可这一次她并不信，因为前两天，银行卡账单上有一笔大额开支。

晚上，她刚好经过二中，便想看看他到底在搞什么鬼，却没料到儿子竟和徐蓉的继女走在一起。

曾连萍吩咐司机悄悄地跟上他们。

二中离温乔住的公寓不远，没一会儿他们就到了那儿。

隔着不远的距离，曾连萍看得清清楚楚，儿子陪温乔进了公寓大门。

夜里十点，晏家的别墅里熄了灯，只有院子里的几盏壁灯还亮着。

曾连萍穿着一身丝绸睡衣坐在梳妆镜前涂抹护肤品，梳妆台上都是名贵的护肤品。曾连萍如今四十多岁，保养得宜，肌肤光洁、细腻。

加湿器里添加了檀木味的精油，有助眠的功效。

她挤了些护手霜，绕着手指涂抹，但心里装着事。

坐在躺椅上看书的晏炳国算是观察入微，将眼镜往鼻梁上推了推，问："晚上一回来就看你不对，怎么了？"怕她还在怀疑自己出轨，他的措辞激烈了点儿，他说，"我再说一次，我在外面没人。储物间里的避孕套都不是我的，有可能是徐蓉藏在里面的，听说她的私生活向来不简单。"

"不是徐蓉。"曾连萍轻轻地叹了一口气，说道。

晏炳国认为她以为自己在狡辩，准备解释最后一次，她却先转过身，惆怅地说："是阿晏的。"

房间里安静了几秒钟。

晏炳国震惊地问："你确定吗？"

她想了想，说："这段时间阿晏总是回来得很晚，一开始我相信他是和尹海郡在一起，但后来越想越不对劲……我总觉得他可能是谈恋爱了。"

"然后呢？"晏炳国表情变得严肃起来。

曾连萍缓了口气，说："然后我今天特意去了一趟二中，想看看他到底在做什么。居然……"

说到这里,她停下了。

"居然什么?"晏炳国有些急,"说。"

曾连萍撑着腿缓缓地站了起来,继续说道:"我居然看到他和徐蓉的女儿一起走出来,他们还一起进了同一个小区!"

晏炳国浓眉紧皱。

曾连萍继续说:"我查了一下他的银行流水,前两天刚扣除了一笔将近四万元的费用,收款方是某租房中介公司。"

晏炳国瞬间合上书,手指抓住椅子的边缘,盯着地板思索了许久,脸上有怒气,但怒气并不大。

随后,他望向曾连萍,问:"你想怎么做,拆散他们?"

曾连萍听了这话后笑了,反问道:"晏炳国,你觉得你儿子是听话的人吗?他和你一样,越不让他做一件事他越要做。"

她将腰带抽紧,她的腰依旧纤细。她走去衣柜边,打开衣柜时,忽然想起了一些旧事:"当年,你妈妈不也极力反对你娶我吗?"

"你扯这些事干什么?"晏炳国不悦地摘下眼镜,站到窗户边,双手背在身后,望着花园想了会儿,说,"他们俩的事你不用插手,我来处理。"

曾连萍正在收拾明天参加聚会要穿的衣物,听到这话,不乐意了,问:"我怎么了?你是觉得我这个妇人连孩子的事都处理不好吗?"

晏炳国"哼"了一声,说道:"你这副恶婆婆的架势,别吓到人家。"

"我是恶婆婆?"曾连萍更不悦了,"怎么?你以为你这样不吓人?"

他懒得理,拿起睡衣往浴室走,但被曾连萍一手拽住了,曾连萍说道:"我周六、日都在郊区泡温泉,你要是想找他们谈话,推后几天,我得和你一起去。"

晏炳国淡淡地瞥了她一眼:"你在只会妨碍我谈话,帮倒忙。这事我说过了,我来处理。"

"你要怎么处理?难道纵容他们就这样乱来?要同意温乔?"她没撒手。

晏炳国眉心一皱，笑道："温乔做了什么伤天害理的事吗？我为什么不能同意她？"

曾连萍没再说话。她虽然没那么喜欢温乔，但对温乔也称不上讨厌。除了家境问题，她找不出一个棒打鸳鸯的合理理由。

这一晚，晏孝捷彻夜未归，原因是，他留在公寓里，又帮温乔补习到深夜十一点。他心情好到不想回家，于是到机电厂找尹海郡。

两个人吃烤串，喝饮料，然后挤在尹海郡的房间里过夜。

第二天是周六，晏孝捷简单洗漱后，想起机电厂的菜市场里有一家早餐店卖的吃食味道特别好，便打包了两份肠粉和煎饺，带去温乔住的公寓。

公寓附近有一个公园，温乔每天早上都会早起去跑步锻炼身体，所以晏孝捷来的时候，她刚好在门口碰见了他。

他们的关系明显缓和了许多。

就是和温乔一起上楼的邻居在看到晏孝捷时，不免多打量了几眼。但对她来说，他们清清白白。

晏孝捷在男女关系方面还是很有分寸的。他不会随便进出女生的房间，规规矩矩地在沙发上坐着吃煎饺。

他隐隐约约听见温乔在楼上打电话，而且像是在发火。

等她将电话挂断下楼后，晏孝捷关心地问道："没事吧？看你表情不太好。"

"没事。"温乔握着手机，摇摇头。

"好。肠粉是我从尹海郡家那边买来的，超级好吃。"

"嗯，我试试。"

温乔刚在沙发上坐下，门铃就响了。

"你坐着吃，我去开门，"晏孝捷起身，"应该是我点的奶茶。"

晏孝捷几步走到门口，拉开门，见到的并不是送外卖的小哥，而是一个陌生女人。他怔住了，问："你是……？"

这位不速之客身材高挑，全身穿戴着名牌产品。当然，最惹眼的还是她手上的爱马仕包包。女人在大衣里套了一条丝绒长裙，一头长鬈发，看起来风情万种。

温乔有不好的预感,放下筷子,穿着拖鞋跑了过来,不悦地对门外的女人吼:"我是给了你地址,但是你不能不打招呼就来啊!"

女人没出声,对着温乔和晏孝捷不停地打量。

晏孝捷去看温乔,想寻求答案。不料,他看到楼道里多了一道人影,那道人影熟悉到让他恐慌,他颤着声叫道:"爸。"

晏孝捷这个人的确是天王老子都不怕,被打也不怕,因为这些事横竖都要面对。

他毫不犹豫地拉开了门,当过道里的光线投射进来的那一刻,温乔根本不敢抬眼。

乔岚和晏炳国一左一右地站着,毫无交流。直到听到温乔对着他旁边的女人叫了一声"妈",晏炳国才知道这是她的亲生母亲。

"要脱鞋吗?"乔岚仪态端庄,问。

见到母亲登门,温乔的脸上却没有笑容,她语气平静地回答:"不用。"

乔岚"嗯"了一声后,自顾自地走了进去。

"爸。"晏孝捷始终要面对自己最害怕的人,也知道自己会挨一顿打。

晏炳国穿了一件黑色的中山装,是老师傅给他量身定制的,称得他身材挺拔,精气神十足。他浓眉一拧,显得太过威严,没说话,双手背在身后走了进去。

"晏叔叔怎么会来?"温乔以为晏父会大发雷霆,没想到他不发一语,她突然有些摸不着头脑,只能小声问晏孝捷,但他也猜不透父亲的心思。

晏孝捷摇头:"鬼知道。他本事大着呢,查我,分分钟的事。"

晏炳国随意地看了一圈后,便站到了窗户边。他来之前是有话要与两个小辈谈,不料碰见了温乔的家长,便只能等等。

温乔想给长辈们各倒一杯热茶,因为这是基本的礼仪,但她发现家里居然只有晏孝捷买的两个杯子,一个她在用,另一个晏孝捷在用,让长辈用谁的好像都不合适。

"算了,别忙了,"晏孝捷走到橱柜边,带着温乔往那边瞅,"你看他们,像能喝下茶的样子吗?"

温乔透过客厅的光看去，晏炳国和乔岚一个在楼上，一个在楼下，全程互不理睬，都是相当有个性的人。

乔岚在楼上看了一圈后，觉得除了挑高有些低，这房子还算过关。她下了楼，抚了抚裙身，在沙发上坐下，从包里取出手机，看向晏炳国，说："您好，晏先生，我预订了晚上七点'宴珍楼'的翡翠厅，您可以带夫人来共进晚餐，我们两家人可以好好聊一聊。"

她早在回国前就得知女儿和晏先生的儿子走得很近，甚至还住进了他儿子租下的公寓。

听到乔岚在叫自己，晏炳国平静地回过身。他虽然对这位穿金戴银的女士印象一般，但还是客气地答应了："好，没问题。"

随后，乔岚又拿起手机走到晏孝捷的面前，问他："叫你'小晏'可以吗？"

晏孝捷有礼貌地点点头："可以。"

乔岚仔细地看了一眼眼前的少年。少年明明五官无可挑剔，外在形象接近满分，但她就是不喜欢他——少年那种不可一世的傲劲和桃花脸的面相，让她认为他并不是一个踏实靠谱儿的男生。

乔岚说："把你的微信收款码点开。"

"你要干吗？"温乔有点儿慌，问她妈。

晏孝捷还没反应过来。

乔岚笑了起来，说道："别害怕，阿姨不吃人。"

晏孝捷不再犹豫，打开了收款码。

乔岚给他转过去四万元钱，随后说道："乔乔和我说了，这间房五千五百元一个月。你付的全部房租，阿姨转给你。"

"……"

温乔惊呆了。

晏孝捷以为乔岚最多就是给他点儿"见面礼"，没想到是给他转房租——他收这个钱只会觉得自己窝囊。

"阿姨，温乔是我的好朋友，她遇到了困难，我照顾一下她是应该的。"

乔岚听后一笑，问他："小晏啊，你挣钱了吗？"

晏孝捷脸色一僵，话被噎了回去。

乔岚拍了拍他的肩,说道:"阿姨知道你人很好,助人为乐,想照顾乔乔,但是,等你真的挣钱了再说。四万元不是一笔小钱,这些都是你父母的血汗钱,阿姨不能让我们乔乔做个不懂事的孩子。况且……"她用炫耀般的语气继续说道,"阿姨很有钱。"

"阿姨,我不是这个意思,"晏孝捷着急地解释,"上次温乔在家里差点儿出事,我才带她出来住的。而且她自己暂时没有能力……"

"这个钱,我们不会收的。"这时,晏炳国走过来,望着这位态度傲慢的女士,打心眼儿里不舒服。尽管如此,他还是很客气地说道:"这位女士,这间公寓是我同意我儿子租下的,所以您不必太介意这件事。"

温乔和晏孝捷面面相觑,谁也不知道,事情到底会怎么发展。

随后,晏炳国和乔岚还聊上了,只是双方的笑容都过于虚假。

情况完全出乎意料,温乔和晏孝捷完全搞不清状况。

下午,听闻此事,曾连萍连忙从郊区赶回来,同晏炳国一起去了宴珍楼。祈南人都知道这家酒楼很难预订,且翡翠厅是这里最贵的一间。

曾连萍好奇:温乔突然冒出的亲生母亲是何许人也?她如果是阔绰之人,为何让温乔跟着继母过得如此拮据?

他们夫妻先到。

翡翠厅是中式包间,宽敞明亮,里面的家具几乎由上等檀木制成,横梁和屏风上的花纹都是手工雕琢的。

曾连萍换了一条墨绿色的旗袍。为了贴合这间包间的风格,她特意戴了翡翠。

等了十几分钟,她不悦地说:"邀请我们,自己却迟到这么久。"

晏炳国虽然心里也有意见,但想着得大度,于是说道:"耐心地等会儿,应该快了。"

温乔和晏孝捷是一起到的。晏孝捷说想在楼下打个电话,她想去洗手间,所以自己上了楼,但她又不敢独自面对晏孝捷的父母,于是从洗手间出来后就坐在走廊里的椅子上等晏孝捷。

晏孝捷则靠在酒楼门口的雕塑上打电话。他穿着棒球服、牛仔裤，这样的打扮特别适合他。

乔岚刚到，还是那身精致又有风情的打扮。

进去前，她刚好看到了在楼下打电话的晏孝捷。

这时，恰好有一个长得还算漂亮的女生走了过去，捧着手机索要晏孝捷的微信号码。他只是冷漠又随意地瞟了女生几眼，但女生有些执着，他把屏幕给她看后她才走开。

乔岚看到晏孝捷给了陌生女生二维码，当即又在心里给他扣了几分。

外面风大，她拎着包走得很快。

翡翠厅在五层，见电梯门即将合上，乔岚及时按住按键。电梯门打开后，她看到里面只有一个男人，穿着一件黑色的风衣，年纪与自己相仿，算得上气宇轩昂，还有些书生气。

电梯门是一面镜子。

乔岚一开始并没有和男人产生任何交集，直到见他的目光一直停留在自己的身上，还挺炙热。她很不舒服地说："先生，您这样有失礼貌吧？"

男人只笑笑，然后指着她大衣里面的丝绒裙说："漂亮的裙子上不应该粘着过多的猫毛。"

乔岚："……"

电梯门开了。

乔岚跟在男人的身后走了出去。这一层有四间包间，男人朝着翡翠厅另一头的包间走去。

这时，她听到温乔热情又激动地叫住了男人。

"邓老师！"

乔岚站在一旁，等温乔和男人聊完后才上前问了男人的情况。温乔只简单地说，邓老师是自己很敬仰的法医。

问完，乔岚便带着温乔往翡翠厅里走。

紧跟着，晏孝捷也进了包间。

完全不熟的两家人聚餐，气氛有些怪异。

温乔挨着母亲乔岚坐，对面是晏炳国一家三口。

温乔和乔岚这几年联系得不多，甚至有近两年没见过面。明眼人都能看出，她们母女中间隔着一道屏障。

包间的音响里播放着古典乐，声音不大，但很舒适。

服务员将菜陆续端上桌，有黑松露烤鸭、鹅肝、鲍鱼汤、雪花牛肉等，做法讲究，摆盘精致。

曾连萍看了看桌上的美食，又望向对面的乔岚，感慨：没想到温乔还有一个这样出手阔绰的母亲，的确给她撑足了场面。

曾家人和晏家人都是文化人，她的确有几分瞧不上乔岚这暴发户的做派，但她又不得不承认，更有钱的那一方的确占上风。

乔岚很客气地替晏炳国倒了白葡萄酒，递给晏炳国时还问："晏先生平时喝葡萄酒还是白酒呢？"

晏炳国拒绝道："今天没带司机，我自己开车来的，所以只能以茶代酒了。"

"哦，没事。"乔岚将另一杯酒递给了曾连萍，问："晏夫人可以喝两口吧？葡萄酒度数不高。"

曾连萍有礼貌地接过，说道："谢谢。"

她出身名门，仪态、举止大方得体。

其实，对这场饭局，温乔是很反感的。她倒不是觉得完全没必要见晏孝捷的家长，而是并不清楚乔岚此行的目的。她担心乔岚会胡来。

乔岚脱了外套，里面是一条黑色的丝绒裙，还有刺绣点缀。她站起身，说道："我先介绍一下自己，我叫乔岚，是温乔的母亲。我和她父亲离婚后，同后来的丈夫一起去了纽约，现在替过世的前夫……"讲到这儿，她立刻解释道，"这里的'前夫'指的是我再嫁的丈夫，他在去年五月去世了。我现在替他经营一家日化品公司。"

她顺手将自己的名片递给了晏炳国和曾连萍。

晏炳国和曾连萍愣住了。他们知道徐蓉的老公，也就是温乔的父亲去世了，没想到温乔的母亲再嫁的老公也走了。温乔的母亲还捞到了一家公司，难怪穿金戴银，行为高调！

乔岚客气地笑道："晏先生和夫人就不必自我介绍了。"

晏炳国起身一笑，以茶代酒敬了她一杯。

乔岚轻轻抿了一口葡萄酒后，坐回了椅子上，思索片刻后说：

"我这一次回来,其实是要带乔乔去美国的。"

曾连萍和晏炳国并不惊讶。

错愕的人只有晏孝捷。

温乔眉头锁紧,因为她对这些事全然不知,乔岚只说这次回来是忙公司的事。向来冷静的她,差点儿不顾场合地同乔岚对峙——她最反感别人安排她的人生。

晏炳国看出温乔的神色不对,可能是知道这个小姑娘的遭遇过于可怜,本能地替她说起话来:"这件事,是温乔决定的吗?"

乔岚放下酒杯,笑得温柔,但态度强势地道:"是我的决定,但对她来说是最好的决定。"

温乔很想反抗,但又不允许自己失控。

忽然,手机在兜里振动了一下,她掏出手机,看见了晏孝捷发来的微信。

YXJ:"你尝尝这个墨鱼汤,巨好喝。"

晏孝捷的思绪好像在外太空飘着。

温乔迷茫地看着他,他拿起一只空碗,往里面盛了墨鱼汤。然后,他将碗放到转盘上,慢慢转到了她的眼前。他懒懒地靠在椅子上,挑挑眉,示意她赶紧喝。

温乔虽然很烦,但还是听话地喝了几口。汤汁进入胃里,舌尖上依然萦绕着香味,墨鱼味很浓郁,口感顺滑,她连喝了好几口,还笑了。

接着,她又收到了微信。

YXJ:"如果你嫌闷,大不了本少爷陪你去美国。"

温乔"扑哧"一声笑出了声,差点儿被汤呛到。

突兀的笑声引起了旁边还在聊天儿的家长的注意。

温乔道完歉后立刻埋下了头,攥紧手机。

这餐饭吃了两个钟头,但谁都没怎么提温乔和晏孝捷的事。话题跑偏,三个大人东拉西扯。

晏炳国懂了乔岚的意思,她的目的再清楚不过——高考结束后带走温乔。

曾连萍万万没想到，棒打鸳鸯的人不是自己，而是温乔的母亲。乔岚除了太过高调，还有一点她不喜欢——话里话外总像在讽刺她的儿子。

饭局结束后，趁乔岚去了洗手间，曾连萍拎着皮包，对晏炳国表达不满："你看她那态度，还瞧不上我们的儿子？"

骂她可以，但绝对不能骂她的宝贝儿子。

晏炳国视线一转，定在了靠着墙玩手机的晏孝捷的身上，儿子身上那股痞气，他是看一眼就烦。晏炳国移开视线，对妻子说道："她瞧不上也是有理由的。"

晏炳国总是胳膊肘向外拐，曾连萍一听他这话就来气。

乔岚从洗手间里出来了，走过去问温乔："你今晚是和我住？还是回公寓？"

温乔并不想亲近她，冷漠地回道："回公寓。"

其实料到了答案，不过乔岚没阻拦，只说了一句："晚上我还有一个视频会议，后面再找你。"

她们除了长相相似，其他地方根本不像一对母女。她们毫不亲近，也毫无温情。

乔岚向晏家人简单说明了理由后，便先行离开了。

走廊里恢复了安静。

面对晏家的两位家长，温乔很拘谨地站着，双手、双脚都绷得很紧。

过了一小会儿，晏炳国像是仔细地斟酌了一下，走到温乔的跟前，笑着问她："温乔，今晚去我们家住，叔叔有话想和你谈，可以吗？"

话音一落，晏孝捷跨了一大步，高大的身躯直接挡在温乔的身前，将她保护在身后，勇敢地说道："你有话就和我谈，别吓唬她。"

晏炳国仅剩的好心情被这没礼貌的小子毁干净了，他语气不好地说道："你这边我迟早会收拾，不要急。"

晏孝捷有了一点儿紧张感，不敢再无礼。

虽然不知自己是否能应付自如，但温乔也做好了面对的准备。温乔用力推了推晏孝捷，但他就是一动不动。

眼见晏炳国马上要动怒,温乔戳了戳晏孝捷的背,小声喊:"晏孝捷,你让一下。"

晏孝捷这才不情愿地退开。他总是本能地想把她推到坏事以外。一发现有风浪,他就会第一时间挺身而出。

温乔从容地对晏炳国说:"晏叔叔,我也想和你谈谈。"

抛开儿子与温乔走得近这一点,晏炳国其实很喜欢温乔这个聪明的小姑娘,所以他才主动邀请她参加周末在北郊办的一场法医讲座活动。

这件事让温乔激动了整整一个星期。

周日,上午十点。

温乔和晏孝捷在公寓门口会合。

晏孝捷穿了件浅蓝色的牛仔棉服,看着有几分俊美。他靠在马路边的树上,瞅着紧张到来回踱步的温乔,说:"不就是个讲座吗?至于吗?"

温乔都没看他一眼,便说道:"你不懂,我懒得和你说。"

一辆黑色的奥迪汽车缓缓地停在了路边。

车窗被降下,晏炳国朝温乔招手:"温乔,跟我上车吧。"

"好。"温乔点头。

司机打开了后座的车门,晏炳国让温乔坐进去后,看到也准备上车的晏孝捷后,用一只手拦住了他,并对他说道:"我今天只带温乔过去。"

晏孝捷听后笑了,问:"爸,我是你的儿子,我为什么不能跟你过去?"

"没这个必要。"晏炳国拒绝后,以手势让司机关门,再一次对他说,"如果你想去,自己打车去。"

晏孝捷:"……"

不受父亲喜欢虽然是常事,但当着温乔的面被拒绝,晏孝捷觉得实在太丢面子了。

晏孝捷的火气上来了,他掏出手机,打开打车软件,刚输入完目的地,身旁就传来了女人说话的声音。

"小晏，你上我的车，我带你过去。"

晏孝捷转过头，原来说话的人是温乔的母亲乔岚。

晏孝捷跟着乔岚上了她的宝马车。她这人做什么事都不低调，这辆车也价值不菲。她脱了风衣随手扔到了后座上，然后启动了车子。

他向来识货，乔岚全身的穿戴都是奢侈品，身上喷的香水也是，但最吸引人眼球的是她手上的超大钻戒。

乔岚发现他一直盯着自己的钻戒，说："这是我前夫买的，"她又补了一句，"不是温乔的爸爸。"

晏孝捷觉得还挺好笑：结婚次数多，次次都要解释一次。

像晏孝捷这种开朗的人，和别人向来没有熟不熟一说，到哪儿都容易合群，和谁都不怕聊不到一起去，即使对方是长辈。

乔岚："小晏啊。"

"阿姨，您说。"晏孝捷很有礼貌地说道。

乔岚开着车，目视前方，问晏孝捷："你谈过几次恋爱啊？"

"我没有谈过恋爱。"晏孝捷立刻解释。

"哦，是吗？"乔岚有些不信，"你的家境这么好，你长得也帅气，想和你交朋友的女孩应该很多吧？"

"是挺多，但我都看不上。"晏孝捷倒是毫不谦虚。

乔岚："……"

看着这张扬肆意的小屁孩，她摇头一笑。

温乔住的公寓离北郊并不近，而且周日路上都是开车去郊区玩的人，路况不佳，有些堵车。

每次停车，乔岚都会找些话跟晏孝捷说。

"听说，你在学校里还挺有威信？"

晏孝捷一怔，反问道："阿姨，您这是什么意思？"

其实，他能感觉出来乔岚并不是很喜欢他，也知道她叫他上车一定别有目的。

乔岚让他放轻松，又说道："没事，阿姨就是听说你在二中有一些很另类的朋友，好像还曾因为打架被通报批评过。"

她终于谈到了重点。

关于打架这件事，晏孝捷不知该怎么说，暂时只能简单地应道："那次打架事出有因，不过动手的确是我不对。"

乔岚虽然在笑，但显然对这个回答不满意。她就是这样的人，面上总是笑脸迎人，但心底藏着针。

接下来的很长时间里，谁也没再开腔。

突然，晏孝捷看到了车前放着的一瓶白色的药。他有些惊讶地问："乔阿姨，您的心脏不舒服吗？"

乔岚愣了愣，问："你怎么知道？"

晏孝捷指着药瓶说："普罗帕酮是治心律不齐的。"

乔岚想起温乔说过，晏孝捷的理想是做一名心胸外科医生。可能是想着事，转弯时，她有点儿走神，一转方向盘，丝绸质地的衣袖滑到了手肘处。

晏孝捷无意间看到了她手臂上的疤痕——有三条，深浅不一，像旧伤。

察觉有目光盯着自己的手臂，乔岚慌张地将袖子往下扯，随即佯装镇定地继续开车。


祁南警察学院每年都会邀请南城刑警支队的人举办一次"法医大讲堂"。这一次晏炳国也会到场。

因为天气格外好，所以活动从室内转移到了户外。警察学院包了一片连着湖的草地，在正中间搭建了演讲台。

几个警校的学生时不时地来回忙活着，热闹但不吵闹。

看着英姿飒爽的警校生，温乔开始期待自己的大学生活。

数数日子，还有不到七个月，她就要奔赴崭新的未来。

头顶上刚好有鸟群飞过，在广阔的蓝天里，急切地拍着翅膀，慢慢飞远。

她看着蓝天，心生感慨。

"温乔……"男人声音很洪亮。

温乔回过身，同时看到了三个人。

一个是晏孝捷，一个是乔岚，还有叫自己的邓兆良。

乔岚穿着高跟鞋，时髦得和这里的一切格格不入。她上前朝温乔唠叨了两句:"体寒还穿这么薄的牛仔裤,不知道湖边风大吗?"说着,她往温乔的手里塞了一个迷你暖宝宝,又说,"拿着,能暖几个小时。我在外面待一会儿,等结束了带你去吃饭。"

乔岚像是在努力地当一个称职的妈妈,但温乔并不领情,收下暖宝宝后,拒绝道:"晚上和晏叔叔定好了,去他家里吃饭。我改天约你。"

她像是在和一个不熟的人说话,哪里像女儿对妈妈说话时该有的语气?

乔岚不想让场面变得尴尬,只好先走了。

邓兆良一眼就认出了这个女人。手里抱着演讲资料的他,好奇地问温乔:"你妈妈?"

"嗯。"她点头。

不过,明眼人都看得出来,她们不是正常的母女关系。邓兆良没多在意,只是招手叫来了不远处的警校学生:"成郁!"

温乔扭头,透过浅浅的金色光影望过去,一个穿着黑色挡风夹克的男生小跑了过来。男生很高,身材不瘦不壮,剑眉星目,整个人透着一股英姿勃发的劲。

邓兆良先简单地向温乔介绍:"他叫陆成郁,祁南警校法医系的优秀学生。"他又向陆成郁介绍:"这是温乔,祁南二中的尖子生,理想是做一名法医。"

"你好。邓老师过奖了,正常在校生而已。"陆成郁谦逊又有礼貌地说道。

"你好。"温乔看着不易接近,笑起来时却很温柔。听陆成郁的口音,温乔觉得他不像本地人。

邓兆良又对温乔介绍道:"成郁是北京人,以高分考到祁南警校的。"

陆成郁笑笑,说道:"邓老师是我的偶像,我特意为他考到了祁南,想日后和老师共事。"

温乔只能笑着点头。不善交际的她,在与别人初次见面时会显得有些拘谨。

邓兆良看了一眼手表,然后拍拍陆成郁的肩,说:"你给温乔安排一个最前面的位置。"

"好的，没问题。"

说完，邓兆良被晏炳国等人叫走了。

陆成郁已经二十三岁了，站在温乔面前时更像是一个大哥哥，沉着稳健。他指向前面的位置，说："我带你去前面的座位？"

"好，谢谢你。"

直到这一刻温乔才想起来，自己忽略了陪同自己而来的晏孝捷。

她转过身去找晏孝捷，恰好看见了消失在光影里的他。

## 第七章
# 草莓糖

温乔只能暂时目送晏孝捷离开。

她想：他的脾气向来来得快去得也快，估计一会儿讲座结束他的气也就消了。

见温乔走去第一排，晏炳国在路中间叫住了她，说道："温乔，你的位置在第三排。"

她刚准备解释，陆成郁恰巧路过，嗓音低沉地解释道："您好，晏先生，是邓老师让我将这位同学安排到第一排的。"

听到是老友邓兆良安排的，晏炳国也就没多问。

讲座即将开始，到场的嘉宾纷纷落座。

第一个演讲的法医是邓兆良。他不到四十岁就已闻名遐迩，的确是祁南的骄傲。他今天主要是分享自己对法医工作的认识及自己从业多年的心得体会。他为人随和，这些枯燥的学术稿子被他幽默地讲述出来，现场的氛围便轻松了不少。

正当温乔满脸崇拜地听着时，陆成郁弓着背悄悄走过来，指着她旁边的座位，小声说："我可以坐在这儿吗？"

她不敢出声，只拘谨地点了点头。

晏炳国坐在第三排，原本望着演讲台，此刻像看到了什么，将视线移到了前方的两道背影上。

陆成郁时不时地会和温乔聊几句，他们虽然保持着一定的距离，但有几次他偷看温乔还是入了晏炳国的眼。

三位法医依次演讲完毕时已过中午。

现场又响起了一片带着官腔的攀谈声。

晏孝捷像人间蒸发了般，一直没给温乔回信息。

温乔背上包就想去外面找晏孝捷，不料被邓兆良叫住了。他笑着慢慢朝她走来，热情地同她与陆成郁聊了会儿。

不过几人没聊多久，邓兆良就有事先走了。

陆成郁起身收拾资料，顺口对温乔说："对了，我们系会给这次参加讲座的人赠送一些法医学方面的书籍以及邓老师未公开的讲座合集。你加我微信，我到时候联系你。"

他在同人交谈时总是很自然，没什么攻击性。

不过，温乔攥着手机犹豫了。

"是不方便吗？"陆成郁怕她尴尬，问。

温乔想了想，然后将微信二维码点开，笑道："没有。"

"那到时候我联系你。"

"好的，谢谢。"

温乔并没有想太多，因为平时在外面办一些业务时也会加一些不认识的人的微信。

偏偏这一幕被晏孝捷看到了，他站在刚才与温乔分别时所站的位置，怒视着眼前的两个人，愤怒的情绪都写在脸上。

看到晏孝捷，温乔立刻跑了过去，走近一看又被吓到了——他像刚与人打过架，左脸青紫交加，嘴角也破了皮，有血印。

她很紧张地问他："你干什么去了？怎么都是伤啊？"

只是晏孝捷无心答话，目光始终锁在陆成郁的身上，刚才打架后未消的气又凝成一团，拳头攥起。陆成郁只是朝他温和又有礼貌地笑了笑。在一个成熟稳重的男人的面前，晏孝捷的确像一个顽劣、幼稚的小孩。

突然，温乔的视线里出现了久违的人影——章为盛。

她想到了一些事。直到他走过来，她才明了晏孝捷脸上的伤和血印是怎么来的。

章为盛像被人按在地上揍过一顿，白色的棉衣上都是泥，脸上的伤非常重。在外人面前，他总是一副三好学生的模样。

"好久不见啊，温乔。"他像是在和老友打招呼，还伸出了手。

温乔愤怒地想：人模狗样的畜生！

连他嘴角扯起的笑，温乔都嫌恶心，更别提握他的手了。

章为盛的声音太刺耳，晏孝捷立刻转过身，一掌拍开章为盛的手，竖起手指警告他："滚！"

怕晏孝捷又惹事，温乔用力扯回他的身子。

那头，在和章为盛的父亲章旭谈完话后，晏炳国怒气冲冲地走了过来。晏炳国的脚步声很重，他指着晏孝捷，命令道："向章为盛道歉！"

晏孝捷多次和晏炳国同事的儿子较劲，晏炳国只觉得这个难管教的儿子在外让自己丢尽了脸面。

晏孝捷咬紧牙关，就不说。

"道歉！"晏炳国再次大声命令他。

晏孝捷不但不道歉，还高傲地扬起了下颌，看章为盛的眼神就像在看垃圾。

道歉？他只想朝这垃圾的身上吐一口痰。

见晏炳国要动手了，温乔横到晏孝捷的身前，替他诚恳地向章为盛道歉："对不起。"

章为盛露出伪善的笑，说道："别这样。"他还替晏孝捷求起情来："晏叔叔，我们就是闹着玩的，没事的，别怪他。"

跟这种会伪装的烂人比，脾气急的晏孝捷的确吃亏。他想再揍这垃圾一次，但温乔及时拉住了他。温乔死死地拽着他，不让他动。

角落里陷入了混乱。

无人知晓方才发生了什么事。

从外头走来的女人走路带风，也浑身带着怒气。乔岚像是知情人，将温乔扯去一边，严肃地说道："明天早上九点，我去公寓里接你。"

"有什么事吗？"温乔很冷淡地问道。

乔岚不容拒绝地说道:"明天见。"

温乔迟疑了片刻，点点头:"好。"

最后，晏炳国与其说是给晏孝捷面子，暂时放过了他，不如说是让自己在众人的面前留点儿面子。他独自坐在前面的奥迪汽车里，后面紧跟着奥迪汽车的出租车里坐着晏孝捷和温乔。

知道到家后会被打一顿，晏孝捷懒懒地坐在后座上，脸色很难看，面对温乔的追问，回答一概避重就轻。

她不确定具体发生了什么事，唯一能确定的是，章为盛狠狠地刺激到了他。

周六回市区的路一路畅通。

不到半个小时，晏炳国便与晏孝捷、温乔一起进了晏家的大门。

没了外人，晏炳国的脸色变得越来越差。

曾连萍看一眼就知道发生了何事，支开家中的阿姨后，挽上晏炳国的胳膊，问他:"怎么了？阿晏又惹祸了？"

晏孝捷一点儿也不害怕，冲晏炳国喊道:"随便你怎么骂我！"

他想：横竖都是死，早死早超生。

他这种不知悔改的恶劣态度让晏炳国更来气。晏炳国指着晏孝捷，低吼:"我再给你一次机会，告诉我，为什么要打章为盛？"

晏炳国以为他至少会解释一下，没想到他只说了三个字:"他欠揍。"

晏炳国顿时怒不可遏。

每次教训这个不听话的儿子时，晏炳国都会控制不住力道。最后，他咬牙切齿地说道:"赶紧考出去，离我越远越好！"

晏孝捷忍着怒气，一个字也没说。

曾连萍并不清楚具体发生了什么事，所以不知如何劝阻怒火中烧的丈夫。

本来这是晏家的事，作为外人，温乔无权干涉，但不知哪儿来的勇气，让她忽然生出了保护晏孝捷的念头。她走过去，冷静地对晏炳国说:"晏叔叔，章为盛曾经挑衅和辱骂过我。我想，晏孝捷这次也是为了帮我出口气。他冲动是不对，但的确事出有因。"

晏炳国达到顶峰的怒气忽然消散，他看着身旁为晏孝捷辩解的女生，表情渐渐变得若有所思。

离开别墅后，晏孝捷说暂时不去公寓里休息，想在外头吹吹风。

温乔陪着他。

晒晒太阳，的确能晒化心底的一些污垢。

他们沿着树下的小道散着步，晏孝捷心底的压抑感少了一半，只是他还在气某件事。

"加那个老男人的微信了？"他一边讲着，一边假装漫不经心地摸了摸嘴角的淤青。

"老男人？"温乔真在思考，"你说谁啊？邓老师？"

晏孝捷不耐烦地说："那个男的，长得跟猴一样的那个。"

温乔想笑，问道："你说替邓老师帮我找位置的男生啊？"

"你提起他时还笑？"晏孝捷的眉毛跟打了结似的难看，他问，"你很满意他？你在回味什么？"

温乔掰着手指头数道："回味他长得好，回味他还是法医系的高才生……"

忽然，一道黑影光速般往前奔，显然，晏孝捷一句话都不想多听。

温乔担心他身上的伤，于是快步追了上去，说道："打车吧。我帮你涂药。"

"等一下。"晏孝捷拐进了分岔路里的一家便利店。他在零食区里翻来翻去，终于在最底下翻到了一包草莓味的软糖，在手里掂量了一下，才拿去结账。

走出去后，温乔笑道："你怎么这么爱吃甜食啊？"

晏孝捷往嘴里塞了一颗软糖，回道："以前每次被我爸打，我都会去烟海巷找外婆。她每次都会给我塞一包草莓味的软糖，还说'男孩子要多吃糖才会永远可爱'。"

温乔抬头看了他一眼，不禁笑了笑。

晏孝捷望着夕阳，叹了一口气，说道："后来外婆得病了，就搬去了市区和家庭医生一起住。烟海巷的老房子变得很冷清，只有我一个人，每次被打后也没人给我塞糖了，直到……"他将嗓音压低了些，又说道，"那天，我在屋子里意外撞见了你。"

少年一张被揍得青紫交加的脸上露出了灿烂的笑容，他说："我好像不吃糖也可以了。"

"……"

温乔怔住，脚步变缓，眼前闪过的白光里似乎浮现出过去的一些画面。

那是去年夏天的一个午后，刚下过一场急雨。

她拧开厕所的门，却对上了少年的视线，也看到了他赤裸的上身。她慌张地合上门，迅速穿回衣物。就在她背上书包准备出门时，少年套了一件T恤追了出来，头上的泡沫都没冲洗。

他倚在客厅的墙上，紧实的肌肉上全是未干的水汽。他对这个少女颇有好感，可一张嘴总说不出什么正经话。

"你有男朋友吗？"

虽然他拥有一张极为帅气的脸，但当时她觉得他是流氓、疯子或者小偷。她小心翼翼地问他："你是谁？你为什么能进这间屋子？"

她的问话刚好让他有空隙可钻。他直起身，步步紧逼，她差点儿撞上铁门，他及时伸手护住了她的后脑勺。他离近了看，发现她的双眼有致命的吸引力，湖水般澄澈，眼神却又有些冷漠。

慌乱中，她朝他踢了一脚，说道："我要报警。"

他用大手盖上她的手机屏幕，笑道："这套房子是我外婆的，我想来就来。"继而，他又伸出手，问她，"我叫晏孝捷，你呢？"

她不想答。

他抢过她手中的手机，说道："你要是不说，我就要报警了。我要告你私闯民宅，还有，偷看美少年洗澡。"

她想：他还真不要脸。

她就没遇到过这么不正经的男生。她想抢回手机，他却举着手机，又是绕着屋子走，又是摇头晃脑地假意凶她。

"你叫什么？快点儿说。"

"快点儿，我没什么耐心。"

拗不过这个浑蛋，她只能高声说道："我叫温乔！"

那是他们第一次相遇时的情景,着实荒唐。

走出老屋前,他强势地拉开了她书包上的拉链,往里面塞了一包东西——听声音像是塑料包装,还拍了拍她鼓鼓的书包,笑道:"初次见面,请你吃糖。"

那时她不明白的事,绕了一大圈,迷雾终于散开了。

"啊——"

烟海巷的老屋到了冬天更加潮湿,厕所里的墙皮脱落了一些,显得墙面凹凸不平的。

晏孝捷光着上身,宽肩窄腰,身材匀称、精壮。他双手撑在水池的台子上,疼得直叫。

只是过了一个夏天,面对同样的人,做着同一件事,温乔的心境已截然不同。她朝他的背上轻轻地抹着药水,习惯了他这副样子。

她像是在任他顽皮,任他闹。

想到今天发生的事,温乔还是问了一句:"晏叔叔问你为什么打人的时候,你为什么不说实话?"

"没必要。"

晏孝捷在某些事上很固执。他从镜子里凝视着她,说道:"就像他们不理解,为什么被你拒绝了一年多,我还是愿意迎难而上。我知道他们在看我的笑话,但是我不在意。我做事,只要我自己认为是对的,我就敢承受一切后果。"

温乔懂他,在这方面他们心灵相通,因为她也是这样的人。

她用最温柔的笑代替了回答,然后继续给他擦药。

忽然,晏孝捷拍了拍她的腰,挑起眉,问她:"我那么缠着你,你就从来没有主动向我靠近的想法?"

他太想知道答案了,即使有那么点儿忐忑。

"没有。"温乔摇摇头,回答道。

晏孝捷苦着脸,又失望,又生气。

"好像……也有一次。"

"什么时候?快说。"

温乔淡淡地说:"你唯一不理我那次。"

晏孝捷的眉头紧皱。

温乔将手向后一伸，指着沙发，说道："那次你好像拿着心脏模型在研究医学知识，我想向你借一支笔，你把笔随意地扔到桌角，一个字都没对我说。"

听后，晏孝捷仰起头笑了起来，问她："温乔，你是不是有受虐倾向啊？我热情的时候你讨厌我，我对你冷淡的时候你就想和我做朋友？"

温乔边收拾药水边嫌弃地说道："你热情的时候太惹人厌，做哑巴时稍微像个正常人。"

"……"

见他臭着一张脸，温乔还是哄了哄他。

"是因为我觉得你认真地做一件事的时候特别帅气，而且那次我真的偷偷看你了。"

那一年半的主动，对晏孝捷来说就是玻璃碎片，次次扎得他肉疼，所以，他此时像在玻璃碴里找到了糖一般兴奋。

曾连萍一天都没胃口，窝在房里足不出户。

晏炳国知道她在气自己打儿子的事。为了请罪，许久未下厨的他，在厨房里做了一碗她最喜欢吃的鸡丝米线。

进卧室后，他看到曾连萍正在织围巾。晏孝捷出生后，她每年冬天都会给他织两条围巾。

"拿出去，弄得房里一股醋味。"这次曾连萍是真没给晏炳国好脸色。

晏炳国还是把米线搁在了桌上，哄着老婆："结婚前你最喜欢吃我做的米线，你尝尝，我刚尝了一口，还是那个味。"

只是听到他的声音，曾连萍都会冒火，烦得将针线往椅子上一扔，连连发问："你为什么要打阿晏？你弄清楚事情的缘由了吗？你为什么总是这么不讲道理呢？"

晏炳国将双手往身后一放，长长地叹了一口气，说道："我知道他不是故意打章旭的儿子的。"

"那你为什么还要动手呢？"曾连萍听到这话后更生气了。

晏炳国高声解释道:"因为他不懂规矩,不知道在什么场合该做什么事!他总是一意孤行,冲动,毛躁!"

曾连萍心里那些偏袒儿子的话被堵了回去。

晏炳国说:"就是因为你们太宠他,他要什么就给他什么,惯得他一身坏毛病。十七岁了,他还没个正形,看看人家……"

他的话戛然而止。

曾连萍眼眉一动,问:"人家?谁?"

晏炳国刚才脾气上来,不小心多说了几句话。在妻子的追问下,晏炳国清清嗓子,说:"一个警校生,老邓的学生。"

"他怎么了?和阿晏有什么关系?"曾连萍听不懂。

晏炳国又叹了一口气,眼睛望向别处:"没什么关系,只是希望我们阿晏能早点儿成熟。"

"晏炳国,你说的话我怎么就这么不爱听呢?"曾连萍更不乐意了,"我们阿晏怎么就比不过了?"

晏炳国摊开手,"哼"了一声,说道:"那个警校生性情稳重,行为得体……"

"老邓的学生,那都是大学生了吧?"曾连萍气急,没等他说完,直接打断了他的话,"我们阿晏才读高三,你拿一个小孩和一个成年人比稳重。你是太讨厌自己的儿子呢?还是担心温乔做不成你的儿媳妇啊?"

她的脾气也上来了。

刚进来时,晏炳国就看到了篓子里的那团浅粉色毛线。他抬了抬下颌,指着那团浅粉色毛线,说道:"口是心非,嘴里说不喜欢温乔,怎么还在这儿偷偷地给人家织围巾呢?"

曾连萍下意识地挡住了篓子,有些心虚地辩解道:"这是给阿晏的。"

晏炳国只是笑了笑,没拆穿她。出去前,他指着桌上的米线,催促道:"吃了,快点儿。"

门关上几分钟后,曾连萍才坐到桌边。她拿起筷子,挑起几根米线,细嚼慢咽起来。的确还是那个味道,确切地说,是那会儿他们恋爱时的味道。

老厂家属院。

温乔只是搬出去了不到一个月,再回家时却觉得恍如隔世。快到十二月了,被寒风吹过的巷子里死气沉沉的,墙角和井盖上都盖满了枯叶,邻里做饭时腾起的油烟似白雾覆在一扇扇旧窗上。

温乔在校服外裹了一件白色的棉袄,棉袄崭新、干净。

自从接受了晏孝捷的好意,她的生活同过去截然不同,过去她一件衣服能穿几年,现在像是日日有新衣穿。

一开始,不喜欢欠别人人情的她也拒绝过晏孝捷好几次,说他老给自己花钱,她心里过意不去。可他觉得,她这是还没把他当朋友,所以每当她这样说时,他就会生气。甚至有一次,他怒道:"温乔,和我做朋友其实很简单,就是我给你什么你就拿着,不要老拒绝我,因为你拒绝了我,我还是会给你。"

…………

走到一单元门口,温乔又想起了这句话。她笑了笑,然后掏出钥匙打开了铁门。

她不知道乔岚为什么要把她约到老房子里,却发现家里的摆设竟变了样。

墙壁被重新粉刷过,家具也全部被换成了新的,令温乔觉得,它是一间新屋。

温乔去了一趟自己的卧室,发现床、衣柜、书桌都换成了浅桃木色的。随后,她又去了徐蓉的房间,里面已经没了任何家具,成了一间空房。

"乔乔,你帮妈妈拿一下醋,我刚买的,搁在外头的桌上了。"

乔岚的声音从厨房里传来,还是那么温柔,但让温乔觉得陌生。

温乔站在厨房门旁边,望着系着碎花围裙的女人。女人被白炽灯的光笼罩着,影子被灯光拉长,在袅袅的炊烟里,似是一幅温馨的画。

记忆一下将温乔拉回了读初中的时候。

那时,她每天放学回来后都会扒在厨房门边,嚷着让妈妈做红烧海虾,还特别喜欢吃醋,而那时,她有一个完整的家庭。

145

乔岚转过身，温乔的思绪被拉了回来。人是同样的人，她们之间的关系却再也回不到从前。

温乔将醋拿了进去。她猜到了，乔岚正在做红烧海虾，可她只淡淡地说道："我现在不喜欢加醋，喜欢多放点儿辣椒。"

乔岚一惊，问道："你不是不爱吃辣椒吗？以前只要菜里多放几个辣椒，你就会让我帮你挑出来。"

温乔冷漠地说："人是会变的。"

"……"

乔岚一怔，随后将虾倒入了盘中。乔岚刚要端起盘子，温乔却像从前一样，一趟趟来回，将菜全部端去了外面的餐桌上。

坐下后，温乔还有些不适应，问乔岚："徐阿姨呢？还有，你为什么把家里重新装修一遍？"

在她看来，这装修毫无意义。

乔岚边盛汤边说："给了她一笔钱，让她回县城了。"说罢，她放下汤勺，指着屋里说，"这是当年你外婆厂里分的房，被她弄得乌烟瘴气的。既然我回来了，就要将它全换了。"

见温乔表情冷淡，乔岚愧疚地说："乔乔，回来和妈妈住好不好？"

温乔只漠然地反问："你会在这里住吗？住多久？三天？还是三周？"

家变和过早的独立，让她拥有比大人更清醒的意识。

"你还记得当年，你从这里走出去时说的那句话吗？"她问乔岚。

乔岚轻轻皱起眉，不愿回想。

温乔直直地盯着她，说道："你说你讨厌这个家，说你永远不会再回来。"

一时，乔岚哽咽难语。

温乔语气激动地问道："你好不容易做到了，去了纽约，有锦衣玉食的生活，为什么要回来？为什么还要做这些多此一举的事呢？"

温乔没有发火，可这些话比扯破喉咙的叫喊更有力量，她的表情清冷得像是身体散发不出任何温度。

乔岚彻底心寒，连拿筷子的力气都没了。当年把女儿交给温健，自己跟随新欢去了纽约这件事带给温乔的伤害,她的确这辈子都弥补不了。

温乔懂事地替她将碗筷摆好,还给她搛了几只虾,慢慢地说道:"与其说你想让我回来和你住,不如说你不想让我和晏孝捷走得太近。"

乔岚有些惊讶地问道:"你猜到了?"

"嗯,"温乔点头,"我感觉到你不喜欢他。"

乔岚又放下了筷子,语气有些强硬地说道:"晏孝捷不是什么靠谱儿的男生。"

"为什么这么说?"温乔内心并没有被搅乱。

乔岚以长辈的姿态在谈看人的经验。

"他的样子一看就很爱玩。还有,他太冲动,脾气火暴,一言不合就动手……"她顿了顿,又说道,"脾气不好的男人绝对不能要,一定不行……"

忽然,她手握成拳,紧到发颤,一些噩梦般的回忆在任何时候想起来都会让她惧怕。

温乔握住了乔岚的手。因为做饭,乔岚把衣袖挽起来了些,一时之间忘了放下。温乔看到乔岚的手臂上有几道深浅不一的疤痕,惊讶地问:"何叔叔打过你吗?"

乔岚迅速扯下衣袖,逃避了这个问题,只是再告诫温乔了一次:"乔乔,你才十七岁,你的路还有很长。你很优秀,还有很多种选择。"

温乔顿时收回了手,又问:"你这三年都没有管过我,认为现在说这些我会听吗?"

乔岚默默地垂下视线。

温乔再抬眼,却看到妈妈的眼眶红了。

乔岚的心中卡着一根刺,她声音哽咽地说道:"不管你接不接受我,我都是你妈妈。我回来是想弥补我的过错,但也的确想给你底气,想让你不再因为家庭条件而自卑,可以骄傲地抬起头往前走,不要因为一个男人随便的施舍,你就把他当作全世界……"

这些话,温乔觉得刺耳又烦心。她重重地放下了筷子,同样认真地告诫她:"我永远感激你带我来到这个世界,赋予了我生命,但是我的世界和你毫无关系,我的依靠永远是我自己。还有,我和谁做朋友,接受谁的好意,你无权干预。"

乔岚再也讲不出一句话。

温乔没心情把这顿饭吃完,在离开前又说道:"晏孝捷是我见过的最纯粹和最坦荡的男生。"

晚上,天气突然变差,空中连半点儿星星都没有。

331路公交车内很空,温乔坐在靠窗的位置上,手机就这么搁在手心里。窗户开了一条缝隙,她想吹吹冷风,缓解闷得心发痛的情绪,直到有细雨拍向她的脸颊。

窗户被在她后面坐着的奶奶随手关上。

冬雨很小,窗户上的雨滴在车内的白光里刺眼地滑落。温乔最不喜欢下雨,无论哪个季节的雨。她心里又跟打了结似的,难以呼吸。

谁不想有一个可以依靠的妈妈?她想,很想,可是……她无法忘记被抛弃的痛苦。爸爸走后,她跟着徐蓉生活的这两年,她的生活乱糟糟的。太多个夜晚,她无助到崩溃,崩溃于找不到一个能求救的人。

温乔紧闭着眼,眼皮颤得厉害。她不想让车上的人看到自己在哭,便将脸埋到一侧,可泪水刚刚擦干,就又落了下来。

此时,她的眼前浮现出的只有那张洋溢着少年气的脸。

她拿起手机,立刻给那张脸的主人拨去了电话,颤着声音说:"晏孝捷,我想见你。"

十几分钟后,公交车缓缓驶入车站。

温乔提前站在了门边,那个撑着白色透明雨伞的少年慢慢地进入她的视线。门开后,她踩着雨水,走到他的身前,雨水溅湿了她的裤腿。

繁华的夜色在细雨里都失了光彩,冰凉的雨滴从雨棚上泻下,一颗颗雨珠从伞上滚落。

晏孝捷将温乔拉到了雨棚下,收起了伞。

知道她定在乔岚那儿受了委屈,晏孝捷说了几句安慰她的话。

过了很久，雨始终没停。

温乔忽然轻轻靠向了晏孝捷的胸口，像是想寻求一些温暖。她闷在他的怀里，用哭腔说："晏孝捷，我好想好想快快长大。"

晏孝捷低眉，试着握住她发抖的手臂，声音过分温柔地道："嗯，还有七个月，我们就是大学生了，我们就成了真正的大人。"

温乔的眼眶灼烧得发疼，她艰难地吸了吸鼻子，一次次将眼泪忍下。

晏孝捷温柔地安慰她："温乔，你一定会成为一名优秀的法医，不依附于任何人在社会上立足，前途定会一片光明。"

雨下个不停，公交车一辆辆地驶入又开走。

雨棚下，少年和少女的身影渐渐被雨水淹没。


被女儿拒绝后，乔岚暂时没有再打扰温乔。

这段时间，晏孝捷和温乔关系亲近，因此学校里流言四起。

不过，他们并不介意。

除了帮温乔补习，晏孝捷还在筹划她十八岁的生日会。

自从父母离婚，父亲过世，随继母一起生活后，温乔已经好几年没有正式过过生日。好在，她向来不在意这些虚头巴脑的事。10月30号这天，她和以往一样吃了早饭去上课，唯一和往常不一样的是，孙舒与对她说了一声"生日快乐"，还送了她一份小礼物。

有这些，温乔觉得已经足够了。

她并不认为十八岁生日需要过得多隆重。

下午最后一节课结束后，温乔又温习了一会儿知识后收拾好课本，背着书包往教室外走。虽然不讲究仪式感，但毕竟是自己成年的生日，她打算一会儿绕到学校后面的蛋糕店里去买一块小蛋糕。

只是在下楼时，她遇到了一个不速之客——乔岚。

温乔没跟她招呼，扯着书包带往校外走。

乔岚跟了上来，对温乔说道："乔乔，今天是你的生日，和妈妈吃顿饭吧？"

温乔并不想和乔岚走，两个人在学校里起了一些争执，刚好被晏孝捷撞见了。他本能地向着温乔，对乔岚说道："乔阿姨，今天是温乔的生日，我想还是以她的意愿为主吧。"

乔岚放开了手，将礼物递给温乔后便上了车。

温乔的心情一下子跌到了谷底。

晏孝捷叹了一口气，劝道："你这样，怎么和我过生日？"

"你要给我过生日吗？"作业堆积如山，再加上各种琐碎的事情，温乔早就忘记了晏孝捷当时的提议。

晏孝捷一边往前走，一边摇着头说道："我说过的话，你真是一句都记不住。"

最后，晏孝捷带着温乔去了烟海巷。

十月底，海边的夜晚已经凉了起来，穿着校服的少年和少女在沙滩边坐下。天色越来越暗，静悄悄的夜里，海浪拍岸的声音都变得温柔了。

少年先离开了一会儿。

再回来时，他手里拎着一个蛋糕盒，还捧了一束粉色的玫瑰花。他看着少女的背影，看着她被风吹拂的发丝，心里既有怜惜，也有心疼。

听到脚步声，温乔回了头，看到晏孝捷手里捧着的玫瑰花后，有些错愕又有些害羞地问："你这是干吗？"

"送你啊，不然一起吃吗？"第一次给女孩送玫瑰花，晏孝捷也有点儿不自在。他坐下后，将玫瑰花塞到温乔的怀里，眼睛看向海面，对温乔说道："拿着，生日快乐。"

花束将温乔的脸都遮住了一半，玫瑰花的香味萦绕在她的鼻尖。她忽然笑了笑，说道："你挺会的嘛，还知道送女生花。"

不想让她误会，晏孝捷认认真真地解释道："这是我平生第一次给女生送玫瑰花。你十八岁的生日，总不能连花都没有吧？"

温乔摸了摸柔软的花瓣，低着头，一直在笑。

不管如何，至少，她今天不孤单。

沙滩上的小蛋糕上已经插了蜡烛，温乔看着认真地为自己庆生的晏孝捷，心在此时变得柔软了许多。他替她将花先放到一旁，说道："许愿吧。"

温乔双手合十,闭着眼,微笑着许愿。很快,她就睁开了眼。

晏孝捷不满意地问:"怎么这么快?"

"就一个愿望而已。"

"一个?"

"嗯。"温乔笑着点点头,说道,"我许的愿望是,希望我喜欢和喜欢我的人都平安健康。"

晏孝捷眼眉舒展,嘴角微微上扬。

不管她愿望里的人是哪些人,至少听上去,他是其中之一。

海风吹来,烛光摇曳。

温乔将切好的蛋糕递到晏孝捷的手边,说道:"晏孝捷,谢谢你替我过生日,谢谢你。"

她动不动就道谢,晏孝捷听多了觉得很烦。

"别老谢我,说多了没意思。"

"当然要谢谢你。"温乔抱着自己的膝盖,眺望着海面,语气平静地说道,"我虽然独来独往,但也不是冷血无情之人。你为我做了那么多事,我怎么会感受不到你对我的好呢?"

晏孝捷也扭过头,和温乔一起望着海面。

忽然,温乔垂下了眼眸,疲惫的声音里夹杂着对未来的渴望:"我好想让自己变得更强大一点儿。我想要考出祁南,想去北京,想去一流的学府,看看自己到底能成为什么样的人。"

"听明白了,"晏孝捷咬了一口草莓蛋糕,说,"一毕业就要和我一拍两散。"

温乔拍了拍少年的肩膀,说道:"我不是这个意思。我只是希望,"她抬起头,平静的夜色落在她闪烁的眼眸里,"我们都先变成更好的人。"

他的喉咙里似有一团火在烧,她简单的一句话让晏孝捷感触良多。

那一晚的海水不停地翻滚,像是他们看不到尽头又迷茫的未来。

过完生日后,温乔把所有的心思都放在了学习上。下周四要月考,于是这一周她几乎一头扎进了成堆的试卷里。

周日下午。

晏孝捷和温乔说，他晚点儿会去公寓里拿上次落下的模拟试卷。温乔说"好"，反正她哪儿也不去，足不出户地窝在地毯上不停地做题。

不过，下午发生了一段有趣的小插曲。

这段时间和温乔走得近的邱里、尹海郡打来一通电话。他们知道温乔喜欢狗狗，恰好尹海郡老家的村民养的拉布拉多犬生了一窝狗崽，问她要不要养一条。

看完照片，温乔心动了。

下午三点多，邱里跟尹海郡一同进了公寓，两个人的手里都提着宠物包包。

两只萌萌的小脑袋从里面探出来，温乔的心都要融化了。

虽然知道晏孝捷怕狗，但温乔还是决定先斩后奏，将狗养在公寓里。

尹海郡蹲下身，将包包的拉链拉开，两条白色的小拉布拉多犬跑了出来，欢快地在屋里撒野。

邱里有点儿担忧地问："乔乔，你想好怎么和晏孝捷说了吗？我还是有点儿怕他会发火揍人。"

尹海郡抢答："应该不会。"

"你这么确定？"

尹海郡看着正抱着幼犬的温乔，说："换成别人可能会，但如果是温乔，他不会发火。"

摸着狗狗的温乔笑了笑，说道："其实我也不确定，毕竟房子是他租的，我没有提前和他说，确实有点儿害怕他看到狗狗后会发脾气。"

"没事，"尹海郡调侃道，"你只要撒撒娇说'孝哥，你好帅啊，我好喜欢你啊'，他就能兴奋得抱着狗睡。"

尹海郡和邱里"哈哈"大笑。

温乔让他们俩别闹了。

邱里也很喜欢狗狗，她和温乔坐在地毯上，交流起该怎么养狗狗，甚至已经想到狗狗生宝宝的事了。

女生聊天儿，尹海郡也插不上话，于是坐在沙发上玩起了手机。

只是养条狗，她们给人的感觉却好像是要养自己的孩子。

她们一聊就是一个小时。

忽然，门铃响了。

温乔去开门。

晏孝捷抱着滑板走进来，身上穿着的白色运动装快被汗水浸透了，他热到把袖子卷到了手肘上。他看到地上多了两双鞋，听到屋里不仅有女孩的笑声，还有他最厌恶的狗吠。

他一进来就指着家中的两位不速之客问："什么情况？你俩怎么没打招呼就来了？"

"跟你打什么招呼啊？"邱里说，"这房子是你租给乔乔的，我早和乔乔说了。"

晏孝捷皱着眉，问尹海郡："你呢？你怎么不和我说？"

打游戏打得正欢的尹海郡头都没抬，回道："哦，里里和温乔说了就行。"

晏孝捷想：我怎么一下就成了食物链最底端的那个？

晏孝捷太渴了，只能暂时忍下这口气。突然，他感觉到腿边有毛茸茸的活物，那活物还用湿漉漉的舌头舔他，他瞬间被吓得脸都变了色。

"让开……快让这两个玩意儿让开……"

他天不怕地不怕，偏偏就怕鬼和狗。他急得直吼。

"麻辣烫，过来——"

邱里叫走了自己的狗狗，麻辣烫一下子就奔去了她的怀里。

走了一条，还有一条，晏孝捷气得两颊鼓起，指着脚边这条怒道："还有这条！"

他紧张地低头看了一眼，一条憨憨的小狗在他的脚边绕来绕去就是不愿走。

"孝孝挺喜欢你的。"尹海郡懒懒地靠在沙发上，抬起头笑。

管它喜不喜欢，反正他不喜欢。

那毛茸茸的身子一靠近晏孝捷，晏孝捷就害怕得全身紧绷，跟木头人似的，一动不动。他忍不住凶了起来，怒道："尹海郡，快把它弄走!"

见他是真怕,温乔赶紧走过去抱起了狗狗,为难地说:"晏孝捷,这是里里送给我的狗狗,我想养在这里。"

"什么?"晏孝捷握住拳头,"它不可能在这里活着,我很不喜欢它。"

温乔把狗狗往他的身前递了递,说道:"你摸摸,孝孝不咬人的。"

晏孝捷用一只手挡在身前,成保护状,说道:"我第一次被狗咬的时候,我表姐也是这么骗我的。"

关于表姐的狗和他被咬这件事,全场只有邱里知道。

"哎呀,那是因为你表姐养的狗狗的确比较凶,而且是你非要和一条狗斗气,它才咬你的屁股的。"邱里说道。

一阵嘲笑声后,屋里的人陷入了沉默。

丢脸死了,晏孝捷气得指着邱里,说道:"你这个花瓶哪儿都漂亮,就是这张嘴得整整!"

邱里瞪了他一眼。

玩了一下午滑板,晏孝捷累极了,没力气和他们计较。他换好拖鞋,疲惫地去厨房里倒了一杯水,看着温乔怀里的幼犬,问:"它叫'笑笑'是吧?"

尹海郡憋着笑,点头:"嗯,孝孝。"

晏孝捷觉得这个名字不错,点评道:"嗯,还行,笑口常开,听起来挺喜庆的。"

尹海郡钩住晏孝捷的肩,打了个响指,说:"不是'笑口常开'的'笑'。"

晏孝捷问:"难不成'呼啸'的'啸'?那名字还挺猛的。"

他说完,又喝起了水。

尹海郡接收到两位女生鼓励的眼神后,情不自禁地摸了摸晏孝捷的后脑勺,说:"是'孝顺'的'孝',也是'晏孝捷'的'孝'。"

"咯咯……"

最后一口水刚被咽下去,晏孝捷差点儿被呛到,连忙抽了几张纸,擦了擦嘴角的水,朝屋里的人大吼:"谁起的?我需要一个合理的解释！"

房间里顿时变得鸦雀无声，没有人回答晏孝捷。

温乔默默地送走了邱里和尹海郡。

晏孝捷不喜欢狗身上的味道，不喜欢狗的叫声，不喜欢狗用爪子抓东西时发出的声音……跟狗相关的事情，晏孝捷统统不喜欢。他将双手叉在腰间，盯着地板，呼气声很重。

温乔走到他的背后，小心翼翼地解释道："其实我想养狗狗，因为学习压力很大，正好里里问我要不要养一条小狗。她说，以后如果我考去外地了，狗狗就放在她家里养，我才觉得可行的。如果你觉得放在公寓里不合适，我就让里里把它带走，我偶尔去她家里看它就好。"

"就放在这儿。"晏孝捷顿了顿，松了口，"房子是我给你租下的，就是你的。我没有任何权力干涉你在房子里做任何事。"

温乔开心地向他道谢："谢谢。"

晏孝捷微微侧着身，去看这条狗，说道："它有小鸡鸡，是个公的。"

温乔听得害羞了，皱起眉，说道："晏孝捷，你能不能不要说得这么露骨？"

晏孝捷指着孝孝嘱咐道："你是公的，也就是这个家里的男人。既然到了这个家里，你就必须保护好你的主人，知道吗？"

孝孝叫了几声，还真像在和他对话呢。

温乔无奈地笑了笑，蹲在地上收拾起狗窝来。

"晏孝捷，我以前以为你是那种特别难接近的人，但是和你接触多了以后发现，其实……"

"其实特别好，是吗？"晏孝捷得意地仰起头，问她。

"像个五岁的小孩。"温乔没憋住，笑出了声。

见狗狗跑到阳台上去玩了，晏孝捷才敢往地毯边走。他俯身，唇刚好凑到温乔的脸颊边，坏笑着说道："温乔，我发现你和我熟了以后越来越肆无忌惮，特别喜欢欺负我。"

他的气息就在她的耳畔，这暧昧的距离让温乔不适地起身，躲去了阳台上。她抱起孝孝，说："我的性格好像的确是这样。小与也说过，她刚认识我的时候觉得我很高傲冷漠，没想到熟了以后我这么喜欢欺负她。"

晏孝捷盯着少女和狗狗的身影许久，随后说道："可爱。"

温乔听清了他说的话，错愕地转过头，对上了晏孝捷的视线。

虽然逆光，视线不太清晰，但她还是看见了少年眼里那炽热的笑意。

这间冷冷清清的公寓因为有了一条拉布拉多而变得热闹了许多。

上小学的时候，温乔养过一条名叫小白的白色的小狗狗，它总是陪着她写作业、散步。后来小白走丢了，她哭了很久。

孝孝和小白很像，很乖，总喜欢赖在她的身边，陪她做任何事。陪它玩耍的时间，她刚好能活动筋骨，放松大脑。

虽然怕狗，但晏孝捷还是过来看过孝孝几次。

甚至有一次，见温乔要赶去参加英语角，他还主动提出带着孝孝去楼下散步。当温乔回到家里后，却发现晏孝捷的身上都是泥。

嫌丢人的晏孝捷哪里敢说是因为追不上孝孝摔在了草地里？他把锅都推给了狗，抱怨道："尹海郡带来的狗和他一样，野得很。"

温乔揉着孝孝的脑袋，偷偷地笑。

当日子不知不觉地过到十二月的最后一天的时候，温乔才发现，自从晏孝捷一步一步地走进她的生活里，她不仅收获了快乐，还收获了友情。

枯燥而孤独的生活像被一大片暖光笼罩住了。

跨年夜这天，晏孝捷提议让温乔带着孝孝去烟海巷。

温乔还没点头呢，孝孝倒是先兴奋地叫了几声。

孝孝在院子里和邻居家的狗狗玩耍。它皮得很，见人家小母狗长得好看就黏了上去，人家越不理它，它就越来劲。

屋子里，晏孝捷在教温乔做数学题。

他刚才花了一个小时给温乔讲解，结果她还是做错了。见她皱着眉，还在草稿纸上来回计算，他有点儿烦，问她："还没会？"

温乔抿唇，倔强地不想开口，笔下的公式又卡住了，题目就是解不出来。

"这道大题真的很难。"

"嗯,即使再难,教了四遍,也该会了。"

"哐——"

晏孝捷把易拉罐用力地蹾到餐桌上,汽水被震了出来。他两步走过去,跪在地毯上,夺过温乔手上的笔,替她做题。

"你再给我点儿时间,我自己能答。"温乔有点儿委屈,想抢回笔。

笔被晏孝捷握得很紧,他说:"你都做了二十分钟了。"

温乔性格好强,不喜欢被人看轻,坚持道:"我自己做!"

她将音量提高了一点儿。

院子里的孝孝听到了温乔的喊声,飞奔进来,直接咬住了晏孝捷的屁股。不过它有分寸,没咬到肉,只撕咬了裤子。

他有一半的屁股露在了外头。

晏孝捷因为之前被狗咬过,所以慌得不敢乱动,只能向温乔求救:"你快让它走开!"

温乔知道孝孝不会真咬他,动了动眉梢,说道:"谁让你看不起我?而且是你和它说,要好好保护自己的主人的。"

"求你,我求你,快让它松口!"晏孝捷紧张得额头冒出了冷汗。

温乔逗他:"那你学两声狗叫。"

"汪汪汪……"只要能让孝孝松口,晏孝捷做什么都愿意。见她没开口,他就一直叫,打算叫到她满意为止。

"孝孝,好了!"温乔喊了一声。

孝孝的确很听她的话。只是,松了口的孝孝还恶狠狠地盯着晏孝捷吠了几声。

他"噌"的一下站了起来,跑去厕所里,像个七八岁的小孩,指着自己的屁股,朝一条狗撒气:"我的翘臀要是出血了,你就给我等着!"

屁股就屁股,还翘臀?

温乔还在看晏孝捷的笑话,忽然,桌上的手机振动了两下。她拿起手机,看到手机屏幕上那有些熟悉的名字时,有些惊讶——她都快忘了陆成郁这个人了。

随后,她有礼貌地接通了电话。

听见温乔在电话里说要走,晏孝捷走到客厅里,问她:"你有事吗?"

温乔点头,回答道:"嗯,上次晏叔叔不是带我去参加了公安局的讲座吗?警校的学生陆成郁说可以给我一些法医方面的资料。他说不好意思,这么久了才整理好,问我是否有空,一会儿拿给我。"

晏孝捷吸了一口气,"嗯"了一声。见温乔开始收拾东西,他追问:"需不需要我陪?"

"不用,我自己可以。"

孝孝卧在沙发边,摇着尾巴。

晏孝捷去帮温乔整理狗狗用品,翻东西的时候,两个人的手不小心碰上了。

"我跟你去。"

"真的不用。"温乔缩回手。

晏孝捷假装警告她:"你再拒绝我,我就把你的心肝宝贝扔出去。"

"你……"温乔撇嘴,她的话被他凶巴巴的眼神堵了回去。

见面的地点是晏孝捷定的,他知道陆成郁是北京人,所以特意将地点定在了祁南最好的一家烤鸭店。

在去烤鸭店的路上,温乔一直问晏孝捷,为什么非要陪她去见陆成郁。

晏孝捷摆出一副慵懒的模样,反过来质问她:"他一个成年男人,你一个高中生,况且你们才见过一面,大晚上的,你单独跑去见他,就不怕有危险吗?温乔,你怎么只把我当贼防呢?"

温乔没想到他会提起过去的事,看向窗外,不说话了。

晏孝捷继续说道:"本少爷大发慈悲,做你的骑士,你还扭扭捏捏,不情不愿。"

"什……么……骑士啊?"

车窗外的一道光影扫过温乔忽然羞红的脸颊。

晏孝捷两指并拢，轻轻推了推她的后脑勺，调侃道："难怪你的数学成绩老是提不上去，你每天到底都在学些什么见不得光的知识？"

十分钟后，车停在了烤鸭店门外。

这家烤鸭店是一栋三层楼高的仿古建筑，位置很难预订，尤其是周末的用餐高峰期。

最角落的位置，有着镂空花纹的中式屏风立在一侧，稍微隔绝了外界的噪声。

陆成郁没有刻意打扮自己，上身只穿了一件和自己相衬的白色毛衣，身上散发着成熟的气息。

他只是单纯地想送资料给温乔，没想到她的"男朋友"会盛情款待自己。

桌上，瓷盘里的烤鸭肉片还冒着热气。

陆成郁放下筷子，笑得温和，说道："我特别想在读高中时谈一次恋爱，但很可惜，当时没成。所以，我真的很羡慕你们。"

一个"不"字刚从温乔的嘴里吐出，就被晏孝捷压了回去。

"嗯。"晏孝捷说道。

他不但不让她解释，而且顺着陆成郁的话点头。

温乔立刻给晏孝捷发去一条微信。

Qiao："你为什么要骗人？"

晏孝捷仿佛和她不同频。

"这么看来，我们还挺配？"他在微信上反问道。

温乔无语，放下手机。她刚想解释，陆成郁的电话响了。他有礼貌地去外面接听。

见陆成郁走远了，温乔表示了不悦："晏孝捷，我不喜欢这样，我们明明只是朋友……"

可晏孝捷没听进去半句。他攥起一片鸭皮，蘸了蘸白糖，说道："谁发明的鸭皮蘸白糖的吃法？入口即化，绝了。"

"晏孝捷，你到底有没有听我说话？"

"这一顿不便宜的，给我点儿面子，吃两口。"

温乔坐回椅子上，低着头，闷闷不乐。

晏孝捷拍了拍她:"你看我。"
"看你什么啊?"
"看我。"
温乔的肩膀被晏孝捷扭了过来,她看见他鼓着脸还皱着眉,读不懂他的行为,于是问道:"你干吗?"
"丑不丑?"晏孝捷只问。
"丑死了。"
"你刚才就那样。"
"……"
晏孝捷挑眉,笑了笑。
温乔气呼呼的,不再看他。

接完电话的陆成郁握着手机走进来时,恰好看见他们在甜蜜地打闹,便放慢了脚步,过了一会儿才坐回去。
最后,他们也没怎么聊。
作为年长一些的人,陆成郁提出这顿饭必须由他请,但晏孝捷执意要买单,先行一步,在前台结完了账。
晏孝捷在去洗手间时,很巧地撞见了陆成郁。
其实,这个警校生并没有做出什么出格的事,甚至长得也讨喜,但就是不合晏孝捷的眼缘,晏孝捷第一眼见他时就不喜欢他。
他们在洗手台处洗手时,有礼貌地相视一笑。
陆成郁擦完手后,又接了一通电话。
跟在他后面出去的晏孝捷无意间听见了电话的内容,眉头渐渐皱紧。
陆成郁像是在和家人聊天儿。
"嗯,机票已经买了……妈,我明年九月就回北京读研了,找女朋友的事咱现在甭提了,好吗?"
后面的话,晏孝捷就没听见了。
晏孝捷抓住了那句"明年九月回北京读研",他的神经突然紧绷起来。虽然温乔去北京读书的事八字都没一撇,可是,他的心就是揪得很紧。

晏孝捷默默地望着身前被淡淡的光笼罩着的身影。

他承认，陆成郁无论是外貌、学历还是素质都很出众。或许正因为如此，他才会莫名其妙地把这个凭空冒出的陌生男人当成了"假想敌"。

从烤鸭店打车回公寓的路上，晏孝捷心不在焉，差点儿忘了去蛋糕店里取跨年蛋糕。见到可爱的草莓蛋糕时，温乔瞬间不生气了。

他还是一个非常细心的人嘛。

蛋糕店离公寓不远，他们决定走回去。

每年到了十二月底，祁南就特别冷。

晏孝捷拎着蛋糕，风刮得脸有些疼。

温乔朝旁边看去，站在街边等车的女孩们应该是要去庆祝跨年夜，一个个妆容精致，有说有笑。

再过半年，她也要高中毕业了……她有些期待真正的独立和自由。

她想：那时候我的生活一定也很精彩吧？

可晏孝捷和她似乎并不同频，连手里的蛋糕打到了腿他都没察觉。

他到底在怕什么？怕温乔明年九月真考去了北京，和陆成郁会有交集？

他想止住自己的胡思乱想，但那些杞人忧天的念头疯狂地绕上心头，导致他心里跟打了结一样难受。

温乔叫了他好几声，问他："你在想什么？"

晏孝捷拉回思绪，回答道："没事。"他也逐渐看向了旁边的年轻男女，问她，"怎么？你在幻想自己以后谈恋爱的场景吗？"

"嗯，有一点点。"温乔一边拨开贴在脸颊边的发丝，一边说道，"不知道为什么，以前我从来不会去想这些事，但这段时间，偶尔看到街道上、商场里、公寓里进出的情侣时，也会想一想，我以后会和什么样的人谈恋爱。"

风吹来，又卷走了落叶。

安静的小道上，晏孝捷加快了脚步，说道："以后你谈恋爱了，记得屏蔽我。"他又自嘲道,"说不定,你一考到北京,就把我删了。"

"我温乔不是这种忘恩负义的人,"温乔喊住他,"你对我的好,我都记在了心里!哪怕我们以后不在同一座城市,交往变少了,你依旧是我的朋友。"

晏孝捷不知道自己在气什么,问她:"哦,朋友?"

隔了一会儿,他听见温乔应道:"嗯,朋友。"

对面的街道上落叶纷飞,枯树下是情侣拥吻的影子。

这条小道上的人影被衬托得更为落寞了。

少年奔走的身影很急,像是想屏蔽这世上一切和自己无关的浪漫的事。

他身后的少女慢慢地往前走,一双眼睛盯着那道高大的背影,直到那背影消失在公寓门外。

青春里的一切本就是摇摇欲坠的,就像他们脚边的落叶,不知会被风带去何处。


晚上十一点半。

公寓里关了灯,投影仪是开着的,白色的墙上是电影画面。孝孝和晏孝捷、温乔窝在一起,孝孝趴在地毯上睡着了——它安静的时候很乖。

祁南的年轻人都喜欢去河滨夜市跨年,因为那里有一棵据说很灵验的许愿树,还有热闹的酒吧与市集。

以往的跨年夜,晏孝捷不是在国外,就是和尹海郡在一起;而今年的跨年夜,他想到的第一个人就是温乔。

温乔从来没有跨年的概念。况且,她不喜欢扎在闹哄哄的人群里,只喜欢独处。所以晏孝捷约她的时候,她拒绝了所有外出玩耍的项目,说想在公寓里看电影。

电影是温乔挑的——经典影片《阿甘正传》。

看这部电影,晏孝捷并没有意见。他只是很好奇,她为什么一定要选择从十点三十八分开始看。

她只说:"零点你就知道了。"

时间慢慢流逝。

在接近零点时，温乔紧张地握起了拳头。

晏孝捷还不知道会发生什么事，只是他的血液也跟着沸腾起来。

屏幕里是一群人在狂欢倒计时。

"九、八、七……三、二、一——"

屋外，远处突然燃放起绚烂的烟花，声响有些大。

孝孝被惊醒，跑到窗户边，欢乐地摇着尾巴叫着。

电影里，主演汤姆·汉克斯被朋友们拥抱着，丝丝缕缕的荧光彩带落在他们的头顶上、肩上。

电影里的人一起欢呼"Happy New Year……"，而背景音乐的歌词刚好是"怎能忘记旧友……心中能不怀想……"

温乔想：卡点成功。

晏孝捷终于明白了温乔的仪式感，他们同时激动地抱住了对方。

他们之间没有任何暧昧，只有朋友间的温情。

他们同时说道：

"新年快乐，晏孝捷。"

"新年快乐，温乔。"

随后，两个人窝在桌边，点燃了草莓蛋糕上的彩色蜡烛，一起切开了蛋糕。

这是新年的第一块蛋糕，他们要一起分享。

后半夜，温乔和晏孝捷聊了很多事。她从他们第一次见面时的窘境聊到后来每一次考试时争年级前十名的趣事，不知不觉中，他们从死对头变成了慢慢融入对方生活的老友。

最后，疲倦不已的晏孝捷没力气打车回家，便在地毯上睡着了。

温乔在楼上休息。现在的她很相信晏孝捷的为人。


第二天早上不到九点，客厅茶几上的手机就不停地振动起来。

晏孝捷迷迷糊糊地拿起手机，接通，是姑姑晏蓓力打来的电话。听了两句后，他清醒了。

晏蓓力打这通电话是问温乔愿不愿意带着那支录音笔，替被章为盛强奸的女孩出庭做证。

## 第八章
# 《七里香》

晏孝捷将晏蓓力的想法传达给了温乔。

温乔毫不犹豫地说了三个字:"没问题。"

晏孝捷问了温乔三次,是否真的决定这么做。

温乔都态度坚决地说:"是。"

晏孝捷也只说了一句:"我陪你。"

温乔虽然满了十八周岁,但目前还是一名高中生,所以关于上庭做证一事需要经过家长的同意。

于是,晏蓓力喊了很多人在晏家集合。

除了晏炳国、曾连萍和乔岚,邓兆良也来了晏家。

邓兆良和乔岚几乎是同时到晏家的。

因为初次见面时对方的不礼貌行为,乔岚对这位男士的印象并不好,连邓兆良跟她打招呼,她都没理。

捡了前夫所有的资产,一夜暴富,她高调又高傲。不过,她得给女儿长面子,所以手里拎着昂贵的礼物。

对男人来说,乔岚的确很美,风韵犹存,可最吸引人的,是她身上的故事感。

邓兆良没有太过排斥她的原因:一是她是温乔的亲生母亲,二是她很漂亮。

见她手中的礼物很沉,邓兆良走上台阶想帮忙:"我帮你拿。"

因为此前对他有较差的印象,乔岚将手抬起来,冷漠地拒绝道:"我对你没兴趣。"

邓兆良觉得她很有意思,饶有趣味地笑道:"我没别的意思,只是单纯想帮你而已。"

两个人站得很近。

乔岚的身上像长满了刺,她语气不好地说道:"男人在想什么,我看一眼就知道。"

"……"

冬日的小院里,草地上的霜都没化去,泛着晶莹剔透的光泽。

晏孝捷和温乔早早地来了,坐在沙发上,等家长到齐。

晏家新请的阿姨拉开了门,在气场强大的乔岚面前,邓兆良成了背景板。

阿姨接过乔岚手中沉甸甸的礼物。

乔岚看向坐在沙发上的晏炳国和曾连萍,说道:"知道晏先生喜欢喝茶,这五盒上等的太平猴魁是我的一点儿心意。"

不能空手登门,这是做客的礼节。

茶叶还好,曾连萍惊讶地看着另一份给自己的礼物——一个爱马仕皮包。

乔岚对她笑了笑:"小小心意而已。"

小小心意?!

曾连萍觉得她是在侮辱自己,拿钱压人。曾连萍知道她是在给女儿撑场面,但心里就是不舒服。

现在正是吃午饭的时间,曾连萍邀请大家先落座,吃完午饭再谈事。

晏孝捷起身前拍了拍温乔的腿,调侃道:"你亲妈真是嚣张啊,一上来就送爱马仕。"

互看不顺眼的两家人硬凑在了一起,这顿午饭,没人吃得舒坦。

吃完后,晏炳国带所有人进了书房。

他泡茶，让晏蓓力说正事。

花了十几分钟，晏蓓力将案件说了一遍，也表明了温乔的录音笔对揭露章为盛的人品有很大的帮助。

"我不同意。"

温乔刚想答应，就被乔岚抢先拒绝了，她看上去不是很乐意女儿做这件事。

"首先，你也说了录音笔只有辅助证明他人品的作用。其次，为了我女儿的人身安全，我坚决反对。"

最后一个理由，温乔难以反驳。

乔岚："我不是不想配合你们警方，但你们能确保章为盛以及他的家人不会刻意报复我的女儿吗？尤其是他之前要跟我女儿交朋友未遂。"

晏蓓力纵使希望温乔能上庭做证，也的确要考虑她的人身安全。毕竟，证人被报复的事并不少见。

乔岚虽然过去是一个不称职的母亲，但她不能拿女儿的人身安全做赌注。

她一脸严肃地对晏蓓力说道："晏队，你刚才也说，只是猜测章为盛的父亲拿钱压事，但没有任何证据。我非常担心，最后章为盛判刑不成，反而让温乔陷入危险的境地。"

她的话音刚落，书房里变得一片安静。

谁也不知该说些什么。

"我能说两句吗？"突然，晏孝捷举起了手，问道。

大家都望向晏炳国，他坐在矮木椅上，揭开茶壶盖，茶水在翻滚。他边倒茶水边说："说。"

晏孝捷站了起来，表情认真地说道："上次我和温乔在公安局门口碰见了杨琪的哥哥，而后一路跟到了杨琪的家里。虽然没见到杨琪，但是听到了她在屋里大叫，她的精神状态似乎很不佳。"他看了温乔一眼，继续说，"我们走之前还碰到了章为盛的父亲章旭，跟他同行的男人手里拎了一个黑色的帆布袋，我猜，里面是现金。"

众人一惊。

晏炳国也抬起了头。

晏蓓力冷静地说:"你和章为盛有过节儿,你的话很容易被驳回。"

"我就知道你会这么说。"晏孝捷边从兜里掏手机边说,"所以,我拍了照。"

照片被展示出来的那一刻,所有人都吓到了。

温乔也蒙了。她不知道那天他什么时候拍了照片。后来,她想:应该是他用衣服盖住她的时候拍的照片。

晏孝捷转头朝温乔挑眉,就像一个做对了事要奖励的小孩。

不过,她的确想再次赞叹他的脑子够聪明,悄悄地朝他做了一个"棒"的手势。

晏蓓力看完照片,欣慰地拍了拍晏孝捷的肩:"行啊你。"

晏孝捷并不满足于这点儿褒奖,问:"这就行了?"

"不然呢?"晏蓓力有些愣,反问他。

他指着她掌心里的手机说:"你点开录音。"

晏蓓力切换到录音界面,里面就一段录音,晏孝捷点头后,她点开了录音。

里面是两个男生的声音,环境很空旷,像在无人的偏僻角落里。

大家都听出来了,其中一个男生是晏孝捷,另一个是章为盛。

晏孝捷先开的腔:"你真是垃圾。你知不知道强奸犯在牢里地位是最低的?小心被打啊。"

章为盛不敢乱说:"正常发生性关系而已,对方事后用强奸的罪名敲诈我,我有权维护自己的正当权益。"

晏孝捷:"你知不知道夜路走多了会遇到鬼?"

章为盛还在强撑:"我不明白你在说什么。"

录音里是有人踩着草地离开的脚步声以及晏孝捷的声音。

"怎么办啊?我就是特别看不惯你,就是想搞垮你,想断了你的前程,"他像在故意逼对方,"一个人渣,凭什么入国家队?"

他还在说狠话逼人:"你就只配活在阴沟里……"

"阴沟里的一只老鼠……"

"砰",是有人用拳头打别人的声音。

这一拳是章为盛打的。他终于被逼急了,露出了真面目:"你要是敢搞我，我就敢搞死你。"

录音里并没有传来还手的声音，晏孝捷语气平静地说道："也是，你这种强奸犯有什么不敢的呢？"

录音里很久没声音。

直到又传来了挥拳的声音，章为盛才说漏了嘴："所以，你最好给我安分点儿。"

听到这里，晏蓓力按下了暂停键。

在这段录音里，章为盛虽然没有直白地承认自己的犯罪行为，但这段录音算是一份有力的证据。

晏孝捷又一次得到了晏蓓力的表扬。

"不愧是从小跟我混大的，聪明，胆子大。"

原来，那天晏孝捷消失和打架的原因，竟然是去做了一件"大事"！

在座的大部分人震惊了，尤其是温乔和晏炳国。

晏蓓力钩着晏孝捷的肩，说道："有温乔和阿晏的两份录音，再加上我们目前已有的证据，已经足够向法院提起公诉。"

她特意看向乔岚，又说："我很有信心将章为盛绳之以法。"

乔岚没出声，但显然还是不赞同。

这时，温乔站了起来，走到晏孝捷的身边，看着在座的长辈，慢慢说道："《刑事诉讼法》第六十二条规定：'凡是知道案件情况的人，都有做证的义务。生理上、精神上有缺陷或者年幼，不能辨别是非、不能正确表达的人，不能做证人。'我的年龄已经满了十八岁，我可以为这件案子出一份力。"

所有的大人都露出了佩服的眼神，尤其是邓兆良。他想起了第一次在南城公安局里看到她时的画面。

那次，他去交材料，虽只是匆匆一瞥，却记忆深刻：一个小小的女生，竟运用法医学知识吓退了侵犯自己的男生。

晏孝捷都不知道，温乔什么时候把《刑法》背得这么熟练了。

这让乔岚陷入了困境，好像所有人在盯着自己，在指责自己不够正义，她只能烦得吐出一口气，妥协道："温乔，你想做就做。"

晏孝捷举起手说："有一份录音是我的，我要陪她一起。"

温乔朝他笑了笑。

曾连萍却担忧地看向晏炳国，毕竟章旭同他在一个单位里做事，章旭是什么人，她很清楚。

晏炳国不紧不慢地喝了一口茶，撑着腿站了起来，对晏蓓力说："既然他们的证据对这件案子有帮助，我认为应该去做。到时候你提前把开庭的时间告诉我，我好空出时间，陪他们去法院。"

温乔和晏孝捷对视，笑了笑。

过了会儿，大家陆续离开了书房。

等他们走后，曾连萍关上了书房的门，疾步走到晏炳国的身后，说道："你难道不知道章旭盯你盯得很紧吗？如果阿晏让他的儿子坐了牢，他肯定不会放过你的。"

晏炳国一点儿也不紧张，反而笑得好像对一些事释怀了。他拍了拍曾连萍的肩，让她放轻松，但他的笑惹来了她的不满。曾连萍瞪着他，问道："你笑什么？你不害怕吗？"

晏炳国笑道："你不是常常说我心里只有升官那点儿事，没有儿子吗？怎么？我现在向着他，你又说我不要前途？你们女人怎么可以这么矛盾呢？"

曾连萍被他弄得哭笑不得。

晏炳国抱住她，轻轻地拍着她的背，欣慰地说道："这些年辛苦你了，把他教得不错。他知善恶，懂正义。"


乔岚即使心里再不愿意女儿做这种事，从抛下温乔的那年开始，她就没资格干预温乔的选择了，更何况，温乔非常有主见。

同温乔、晏孝捷道别后，乔岚先走了。

只是很巧，邓兆良紧随其后。

本来晏蓓力害怕自己劝不动晏炳国，想让邓兆良来做说客，但事情出奇地顺利，邓兆良也就做了一回旁观的哑巴。

看着要上车的乔岚，邓兆良叫住了她，问："有空吗？"

她单手扶着已被打开的车门，不屑地笑道："我是不是说过，我看一眼就知道男人在想什么？"

邓兆良的手里攥着车钥匙，他耸耸肩，回道："我是单纯地想请你喝一杯咖啡，说说温乔出庭做证的事，以及解决一下你的后顾之忧。"他又笑着补了一句，"我暂时还没想追你。"

乔岚蒙了。不过她也没什么闲心纠结这种事，坐进车里后，说："跟着我的车。"

邓兆良应："好。"

另一边。

温乔跟着晏孝捷进了二楼的卧室里。

或许是知道他独自承担了很多压力，她严肃地问："这些事你为什么不告诉我？而且上次晏叔叔打你时，你为什么不说？"

跟被念了紧箍咒一样，晏孝捷揉了揉脑门儿，说："关于为什么不和我爸爸说，上次我和你说过了，而且我并不知道这录音能派上用场。"

温乔忽然笑了："你确实聪明，考不过你，我认了。"

晏孝捷靠在窗户边，双手撑在身体两侧，认真地夸温乔："温乔，你是我见过的最勇敢的女生，我很佩服你。"

温乔耸耸肩："多谢夸奖。"

"怕吗？"

"不怕。"她摇头。

他更认真地提醒她："我说的不是上庭，而是即便章为盛被绳之以法了，他爸在祁南也很有势力，你不怕被报复吗？"

温乔当然明白自己可能遭遇什么，不过她更明白，把法医当作自己的理想职业，就注定了在面对邪恶时，她不能有"惧怕"两个字。

"晏孝捷，你知道吗？今天就算我软弱，不站出来帮杨琪，未来我也要替无数的受害者说话。被威胁、被报复不可避免，如果我怕，我就不会坚定地选择学法医。"

晏孝捷的眼睛紧紧地盯着她，他为她的人格魅力所吸引，不想将视线挪开。

卧室里，谁也没有说话。

半晌，晏孝捷抬起手掌，做出与她击掌的手势，说道："温乔，我支持你。"

温乔笑着隔空和他击掌。

无声的击掌后，是漫长的等待。

最终，开庭的日子定在了二月中旬。

那时候正在放寒假，并不会耽误温乔和晏孝捷的学业。

二月初，祁南的天气渐渐变暖，春意扫去了冬日的沉重。

温乔、晏孝捷在各自的家长的陪同下，一起去了祁南南城中级人民法院。这是他们第一次踏进法院，在肃穆的环境里，两个人都有些紧张。

由于强奸案不公开庭审，所以除了受害者和被告人以及证人，其余人包括家属都不得旁听，只能在外等待。

游泳队的人听闻章为盛被告强奸罪，都大为震惊，尤其是孙舒与——寒假里，她终于从温乔的嘴里得知了一切，特别自责。

这天，她也风风火火地赶来了，握着温乔的手，安抚道："乔乔，你别紧张，我还是那句话，一定要让他下地狱。"

温乔反握住她的手："我和你说过，我和晏孝捷手里的证据只能作为辅助鉴别他的人品的证据，更有力的证据是警方所提供的。但是，我相信人在做天在看。"

那头，晏炳国对晏孝捷嘱咐了两句后，目送他和温乔被法警带走。

证人不能旁听，所以他们在后面等待被传唤。

他们也不知道，检察官和章为盛所聘请的知名律师会如何对簿公堂。

晏孝捷问温乔："虽然没有人旁听，但要在那些男人面前公开章为盛羞辱你的录音，你怕吗？"

温乔镇定地摇头："不怕。"

她并不胆怯。

他们平静地对望，然后安静地等待被传唤。

几分钟后，法警先叫走了温乔。

在庄严的法庭里，温乔被带到了证人席上。第一次身处如此威严的环境，她心里还是有些紧张的，尤其是当她正对着被告席上的章为盛时。

章为盛看起来憔悴了许多,但这种人渣根本不值得被同情。

温乔很快看到了受害者杨琪,杨琪胆小地缩成一团坐着。

站在这里,她才更明白,为什么有那么多女性在遭到强奸后不敢报案——让她们将自己的受害经过公之于众,甚至连细节都不放过,这是一件很残忍的事。

在第一次险些遭到麻将馆里的下流男人猥亵后,她奔去了派出所报案。

那次之后,她就开始背诵《刑法》,也下定决心要做法医。

她要用法律去保护自己和所有受害者。

在检察官的发问下,温乔开始撕开章为盛丑陋的皮囊,即使他正如一匹凶狠的狼盯着她,她也不怕。

所有人都看着温乔。

"章为盛是一名很优秀的游泳运动员,我和他是通过朋友介绍认识的。他追过我,但我一直没有同意。"温乔有条不紊地说着。在说到章为盛说过的最侮辱她的话时,她虽然顿了顿,但还是将那些话说了出来,并强调:"这些话不是我瞎编的,录音里,他承认了。"

在场的人基本是男士,但在众目睽睽下说出那些话时,温乔一直盯着章为盛。

章为盛的律师从录音笔和温乔的言语中找不到破绽。

温乔出去后,和晏孝捷换了位置。

不一会儿,他就出来了。

他们被法警带到了一号法庭的大堂里。

乔岚走上前抱住了温乔。

晏孝捷则走向了晏炳国。

在半个月前,晏蓓力就告诉了晏炳国,晏孝捷两次打章为盛的真实原因——

一次是为了温乔,一次是为了正义。

他们父子好像不太适合温和地对视。

晏炳国叫来了温乔,同时揽着温乔和晏孝捷两个人的肩,笑着夸道:"做得很好。"

章旭表情难看地看着晏炳国。

晏炳国带孩子走之前，特意看了章旭一眼，章旭笑着向他道歉："晏先生，实在不好意思，我也没有想到我的儿子会犯这么大的错，给阿晏添麻烦了。"

章旭看似诚恳地朝晏孝捷鞠躬，并对晏孝捷说道："是叔叔没有搞清楚情况，叔叔给你道歉，还害得你被通报批评。"

晏孝捷有礼貌地扶着章旭的肩："没关系，我希望章为盛能在出狱后改过自新。"

章旭忍下气，笑着送走了他们。


外面，天色还没暗下来，正值傍晚。

春天的黄昏是刮着暖风的。

晏孝捷和温乔一直在后头欢快地打闹，那是他们庆祝在十八岁时一起做了一件大事的方式。

这是他们的人生里无法替代的共同经历。

走下长长的阶梯，乔岚问温乔要不要和她回家。不出意外，乔岚依旧被温乔拒绝了。于是，她驾车先走了。

心情不错的人不只温乔和晏孝捷，还有晏炳国。

他第一次觉得他的儿子挺帅的，竟想多看儿子几眼。

司机将车门打开，晏炳国上车前看到后面的两个小孩没挪脚，指着后座，说："上车啊。"

晏孝捷边打车边对温乔说："我爸叫你上车，快去，我自己走。"

温乔愣住了。

晏炳国对着这个臭小子喊道："我是让你们一起上车！"

晏孝捷难以置信。刚才来法院时他是自己打车来的，都忘了有多久没坐过晏炳国的车了。

温乔上了车。

晏孝捷刚走到车旁，还未上车的晏炳国，手指搭在玻璃车窗上，说："快点儿上车。我让阿姨买了些新鲜的猪肚，我给你做你爱吃的猪肚面。"

晏孝捷觉得，眼前这个装慈父的人他根本不认识。

高三下学期开学后，为了全身心备战高考，晏孝捷和温乔商量好，退了公寓，他带着孝孝回别墅住，她则同意了乔岚的提议，回到了自己的家里。

自从上庭后，晏孝捷和晏炳国的父子关系缓和了许多，所以，他在别墅里住得还算舒心。

孝孝由阿姨看管，长得越来越大。

乔岚也尽职尽责地在"还债"，几乎不离家地照顾着温乔，工作都是在家里完成的。

温乔压力很大，脑子里的弦绷得很紧，于是乔岚每天带她做半个小时的冥想，让她放松放松。

章为盛的案子也在五月初传来了好消息：章为盛上诉被驳回，最终被判刑四年零两个月。

晏蓓力在带着队友庆功时，也叫上了晏孝捷和温乔。

可能是喝得有点儿多了，晏蓓力当场给队友介绍温乔，说这个小美女日后就是他们支队的法医。

或许真是人逢喜事精神爽，温乔和晏孝捷在高考前的最后一次摸底考试中考出了极佳的成绩。

晏孝捷考了年级第三名。

温乔考了年级第六名。

很久很久以后，他们依然记得，那一晚，他们在烟海巷的海边，喝了饮料，吃了蛋糕，带着孝孝在海滩上狂奔，疯狂庆祝。

这也是他们在高考前的最后一次狂欢。

二班的黑板上，红色的粉笔字过于亮眼。

高考倒计时从"100天"变为了"10天"。

日子每少一天，他们的青春就溜走了一天。

六月一日。

晏孝捷和温乔去了一趟寺庙。他们虔诚地拜了佛，希望他们能如愿以偿地考上最向往的大学，也希望他们可以永远在一起。

六月五日。

晏炳国和曾连萍让阿姨做了一桌丰盛的晚餐,让两个孩子吃饱吃好了再迎接人生中最重要的考试。

六月七日。

这一天,温乔起床后,晏孝捷在刷牙时给她打来了电话,提醒她,除了文具和手表,一定要记得带准考证。

早上八点。

在家里吃过早饭的他们,约好了在学校门口见。

考场外全是送孩子来考试的家长。他们摩肩接踵,既紧张,又忐忑,还有一些憧憬。

晏孝捷和温乔并肩走进了校门。

他们彼此打气:

"加油,晏孝捷。"

"加油,温乔。"

六月天,树上的叶子绿得像被刷过一层绿油油的漆,翠绿,晃眼,也像是一种人生的希望。

他们奔赴各自的考场。

六月九日,下午六点十五分。

铃声响起的那一刻,坐着高三生的教学楼里充满了前所未有的高喊声,看到冲出考场的学生,抱着密封袋的监考老师们全部笑而不语。

高三生解脱了,他们的青春也落幕了。

温乔、晏孝捷、尹海郡、邱里先后到达约定的三楼。

夏天的傍晚很长,烧红的云挂在天际,那湿热的风吹起了他们的衣衫和裙摆。

他们趴在栏杆上聊天儿,他们的脸上洋溢着最纯真和愉悦的笑。

楼下,一群肆无忌惮地发着疯的男生,和楼上的人一起高喊"三、二、一",试卷和书本一同从高空飞落。憋了三年,他们终于就要成为大人,拥有自由自在的人生了。

从楼下经过的学弟学妹们即使被砸到头,也都没发脾气,反而和他们一起闹。

高考后的第一周,因为杨贺和谢启政关系好,于是二班、四班的班长决定一起举办谢师宴。他们精挑细选,最后定了祁南的一家老字号酒楼——"唐楼阁",包下了最大的包间,开了整整六桌。

这大热天的,两位班长忙前忙后。

当晚七点,同学们陆续赶来。

高三下半学期,温乔和乔岚的关系渐渐回温,温乔到哪里都是乔岚车接车送。她到的时候,晏孝捷也刚赶来。

乔岚对晏孝捷说:"照顾好乔乔,听到没?"

晏孝捷做了一个"好"的手势。

穿过一楼的大堂,温乔跟着晏孝捷上了楼。

包间的门都不用推,里面有两个男同学搂在一起撞开了门,见到门外的绯闻情侣时,朝身后的人喊道:"各位,两位主角登场了,给我灌醉他们,让他们说实话。"

原来,温乔和晏孝捷早就成了今晚谢师宴上大家议论的中心人物。

谢师宴还没开场,包间里面就已经热闹到不行。

毕业了,大家的话题百无禁忌。

二班的几个男生冲晏孝捷吹口哨,并问道:"晏孝捷,你和我们班的温乔到底好了多久了?成天看你俩腻在一起!别否认啊,否认会遭雷劈。"

晏孝捷懒懒地坐在对面,本想喊温乔坐到自己旁边,可她为了避嫌,跑去和孙舒与挨着坐了。

他倒了一杯茶水给自己,反问道:"男生和女生之间,就不能有纯友谊?"问完,他又说道,"想法真脏。"

对面的男生做了一个"呕吐"的表情。

杨贺此时推门而入,拍了拍晏孝捷的肩膀,问道:"你是四班的,坐在我们班这里干什么?怎么?你是我们班谁的亲属吗?"

毕业了,班主任也变得不再严肃,不正经地打趣起学生来。

包间里的人开始起哄。

女生们的目光都投向温乔。

"温乔,你和晏孝捷到底有没有好啊?"一个女生问。

温乔缩在孙舒与的身边,摇头,回答道:"我们只是朋友。"

"你的脸红了。"一个女生指着温乔的脸，笑道。

温乔摸了摸自己热热的脸颊，解释道："是因为里面闷。"

看到一旁的温乔被女同学议论，晏孝捷将身子往后一靠，一斜，瞪了几个女生一眼，她们立刻安静下来。

下一秒钟，西装革履的谢启政进来了，大家的注意力这才转移。

"谢老师，今天这是谢师宴，不是结婚宴啊，穿得这么帅！"

"哇，谢老师的身材真不错呢。"

…………

包间里的男生全部站起来，开谢启政的玩笑。

谢启政扯了扯自己的领带："平时私底下，我都这么穿。"

杨贺毫不客气地说道："是，我做证，你们谢老师平时和老婆买菜时，都穿西装打领带的。"

"哈哈哈……"

包间里，大家哄堂大笑。

两个班的学生和老师到齐后，酒菜也陆陆续续上齐。

正式脱下高中校服的他们，就要成为独立的大人了。谢启政和杨贺这两位班主任也没了平日里的威严形象，从家长里短聊到学校里的八卦消息，最后开始畅想未来。大家随心所欲，无所顾忌。

从班长给两位班主任敬酒开始，桌上的空酒瓶越来越多。

晏孝捷作为谢启政最喜欢的学生，自然没少陪老师喝。谢启政搂着他，一口一口地喝，没过一会儿，两个人就都红了脸。

话题被引到填报志愿上，谢启政红着一张脸，拍了拍晏孝捷的肩膀，问他："上次开家长会时，我听你妈妈说，你外公很想让你回中国香港读书，想让你进港大学医，是吗？"

他喝了酒，声音比刚才大了一些，旁边的同学都听见了。

有人羡慕地问："晏孝捷，你本来就是在中国香港出生的吧？我听说你的外公是港大医学系的教授，而且你的成绩那么好，你肯定能考上。"

"真好，我也想去中国香港读书，但没那个脑子。"

温乔自然听见了，她的呼吸忽然变得急促。她从来没有听晏孝捷提起过，他的志愿从祁南军医大变成了港大。她只依稀记得有一次，他们在遛孝孝的时候,她听他用粤语接了一通电话,其中有个词的发音好像是——"外公"。

此时,她正在等他的回答。

晏孝捷看了一圈,看见了正看着自己的温乔,点了点头:"嗯,是,如果这次发挥理想,分数够的话,我会去读港大医学系。"

他以为温乔会失落,没想到她却露出了微笑。

晏孝捷要去港大读书这件事在包间里引起了不小的轰动。一群人把椅子拖过去,围着他聊东聊西。

中途,有点儿闷的晏孝捷以上洗手间为由,躲到了后门口呼吸新鲜空气。此刻的风柔和了许多,一盏高高的路灯下,他身上的棒球服、牛仔裤被照得反光,他整个人都被灯光罩住了。

他的身上永远散发着张扬的少年气。

忽然,他的视线里闯入了一个少女。

那少女是温乔。她穿着舒服的卫衣、牛仔裤,双手插在口袋里,慢慢地往他的身边走去。

温乔仰起头,笑道:"听见你说要考去香港大学,我很开心。"

晏孝捷转过了头,显得有些不开心,问她:"这么想摆脱我?"

"不是。"

"那是……?"

"我希望你能成为更好的人。"

"……"

两个人视线相对,没有人移开目光。

晏孝捷知道温乔对他有很高的期待,而在和她相处的这段时间里,她的品质也潜移默化地吸引着他,并改变了他原本求稳的心理。在答应外公努力去考香港大学时,他就知道,这个女生在他的心里已经是非常特殊的人了。

"温乔。"晏孝捷忽然低声呼唤她。

温乔:"嗯?"

"我有话和你说。"

温乔愣住。她见过晏孝捷认真的样子,可此时这样带有强烈占有欲的眼神还是第一次见。她下意识地变得紧张起来。

"什么话？"其实，她心里已经有了预感。

夜色如墨，后门口的小巷里安静极了。

晏孝捷望着温乔的双眼，喉结无声地滚动。他说："我喜欢你。"

他终于把憋在心里的话告诉了她。

预感是对的，可温乔一时间还是难以消化这句话。她低下头，只说："晏孝捷，你喝多了，别说胡话。"

"我没有说胡话。"晏孝捷坚定地说道，"从我替你租下公寓，每天都想和你在一起时，我就知道自己喜欢上了你。但后来，我又仔细想了想，我也许不是那时候才喜欢上你的，可能更早。"

"更早？"温乔怔在原地。

"嗯。"晏孝捷点头。他没有醉，真诚地说道："确切地说，是第一次在烟海巷的老房子里见到你时，我就对你一见钟情了。"

"……"

风明明又轻又柔，吹在温乔的脸上、脖颈间时，却像是热风。

之前那些追求她的男生都是打鱼的心态，随便说一句"喜欢"就跑了，从来没有一个男生如此认真地站在她的身前，与她面对面地说出那些令人面红耳赤的话。

晏孝捷笑道："其实有几次，我快憋不住了，想直接和你表白，但又怕你因为这种事耽误学习，所以等到今天才敢告诉你。"

他没有紧张、畏惧，也没有害羞，他的态度无比坦诚。

可与勇于表达自己心意的晏孝捷不同，温乔终归是内敛的。她暂时没有缓过神来，也不想盲目地去回应他。

"你给我时间想想。"

晏孝捷又笑了笑，说道："我不急。我有的是时间等你。"

温乔想起了一件重要的事，问："可是，如果我考去了北京，你考去了中国香港，隔着那么遥远的距离，你不觉得这样的恋爱毫无意义吗？"

晏孝捷的脑回路似乎总和一般人的不同，他俯下身，双手撑在她薄薄的肩上，盯着她的双眼，说："温乔，你知道吗？对我而言，做不成一件事，只有一种原因，否则没什么能打败我。"

"什么原因？"温乔迷茫地抬起头，问。

呼吸加重，晏孝捷一个字一个字地说道："原因就是，生与死。"

"……"

他的想法很极端，可逻辑又没毛病。

"温乔……"忽然，二班的班长从楼梯上跑来，终于找到了温乔，还看到了消失的晏孝捷，顺便对晏孝捷说道："晏孝捷，你也在这里啊？聚会要收尾了，我们一起去向两位老师敬酒。"

"好，就来。"

晏孝捷和温乔跟着二班班长上了楼。

撞破了他们搞暧昧的二班班长时不时地偷笑。

包间里，酒味很浓，桌椅乱摆，混乱不堪。

喝多了的谢启政话格外多。被学生包围的他，单手撑在椅子上，抒发起了情感："以后，你们各奔东西，天南地北，我再见到你们的机会就不多了，你们再见到其他人的次数也会减少，但这就是人生的常态。大家都会毕业，都会成长，都会拥有不一样的人生。"

他说着，几个同学垂下头，擦起眼泪来。

谢启政也红了眼眶。他搂住一旁的好战友杨贺，说道："我和杨老师呢，从小镇上的学校一起打拼，走到了祁南二中，培育了一届又一届的莘莘学子。虽然我们平时有点儿严厉，但在我们的心里，学生没有好坏之分，你们都是我们的宝贝。"

站在门边的晏孝捷和温乔也被谢启政的话感染了，眼角变得湿润。尤其是温乔，偷偷地哭了出来。

晏孝捷抽了几张纸给温乔："擦擦。"

"嗯。"温乔接过，抹掉了眼泪。

谢启政放下酒杯，向学生们深深地鞠了一躬："老师呢，希望你们都能勤勤恳恳、踏踏实实地做人，不做违法乱纪的事。"

同学们不舍得老师离开，纷纷跑过去抱住了他们。

最后，谢启政和杨贺还是得走。他们站在门口，对学生们挥挥手："祝你们前程似锦，也希望你们在还能看到对方的时候不留遗憾。"

谢启政用幽默的话语收了场："想表白的，赶紧表白啊。"

这句话，有意者听了，自然知道该怎么做了。

还真有几个男生跑去和女生表白了。

在起哄声里，温乔望着挤进人群里去和几个同学打招呼的晏孝捷。短短的几分钟里,她看着他的背影、侧影,发着呆,想着事。

她想着他向她表白的事。

谢师宴上,谢启政最后说的那句玩笑话点醒了迟钝的温乔。

是,他们就像住在青春这只笼子里的鸟,当笼子被打开,所有的鸟都会朝着各自想去的地方振翅高飞,也许他们的联系会从此刻的紧密慢慢变淡。

晏孝捷是勇敢的。

他但凡怯懦、纠结、犹豫一点点,温乔都不会去戳破他们之间的暧昧,会让时间降低他们关系的温度。

在等待成绩的二十天里,晏孝捷和尹海郡出了省。

温乔则和孙舒与去了一次海南岛。

收到录取通知书那天,温乔和晏孝捷在烟海巷的老房子里重聚。

晏孝捷最终考了 682 分,被香港大学录取。

温乔考了 633 分,被中国人民公安大学录取。

人生的一大步,他们已成功迈出。

八月,海边的椰树迎风摇曳,海天一色,海水时涨时退,细软的沙滩上是细碎的银光。

"孝孝,过来。"晏孝捷拍拍掌,对孝孝喊道。

快一岁的孝孝长大了许多,早已不是那只小奶狗了,又粗又厚的爪子将沙滩踩出了深深的印记。

它一直住在晏家,所以和晏孝捷的关系亲近了许多。它奔去了他的脚边,他用大掌胡乱地揉揉它的头,叮嘱道:"跟着我,别乱跑。"

孝孝听话地跟在他和温乔的脚边。

沙滩上停着一辆自行车,篓子里放着两只草莓熊。

晏孝捷对温乔说一人一只,他的他带去中国香港,她的她带去北京。

他说这叫"望熊止渴"。

他们并肩沿着沙滩走。

温乔身上的粉色长裙泛着细碎的粉色的光。一阵阵海风吹红了她白皙的脸和耳垂,她未施粉黛,却嘴唇嫣红。

他们从午后走到了夕阳西下。

"你约我,就是为了散散步?"晏孝捷像是在有意提醒,"还有一周,我们就要各奔东西了。"

"嗯。"温乔点点头。

"你还'嗯'?答案也不给我一个。"晏孝捷又小声抱怨,"不主动,不拒绝,原来你才是高手啊?"

温乔将双手背在身后,望着他笑,问:"我和你玩一个游戏,好不好?"

"什么游戏?"

"你转过去。"

"为什么?"

温乔学起他来,说道:"叫你转你就转。"

晏孝捷有时候拿她挺没辙,所以听话地转过身去。

温乔喊道:"我在你的背后写字,你来猜,好吗?"

"比我还幼稚。"

"你玩不玩?"

"玩,玩,"虽然不知道她要搞什么,但他屈服了,举起手,说道,"你即使写一万个字,我也猜。"

温乔来到晏孝捷的身后,手指用力地在他的背上写了四个字。

他有点儿不悦,问:"'你是浑蛋'?"

温乔笑道:"嗯。"

晏孝捷回头,看了她一眼,问:"能不能写点儿我喜欢听的?"

"好。"

随后,温乔又写了三个字。

这次,晏孝捷开心了:"你很帅。"

她写了好听话,他高兴了,催促道:"你再写写。"

于是,温乔又写了三个字。这三个字的笔画有点儿多,她写第一遍时晏孝捷没猜出来。她又写了两次,他才有点儿不耐烦地说道:"我说了,不要再说'谢谢你'三个字。"

她"哦"了一声:"好,好,好,我再换四个字。"

这是温乔想写的四个字,她在写每一笔时都非常用力,想让它通过他的肌肤传到他的心底,让他实在、真切地感受到。

晏孝捷念出了第一个字:"我。"

温乔又写。

他念:"喜。"

她再写。

他又念:"欢。"

还没等她写完最后一个字,晏孝捷狂喜。他转过身,温乔瞪他:"我还没写完。"

他紧紧地抓住她的手,坏笑着说道:"温乔,这四个字不能写出来,要说出来。做人不能耍赖,懂吗?"

温乔迟迟没开口。

晏孝捷拉着她朝海边奔去,海浪轻轻地触到他们的脚,他拉起她的手,朝大海呐喊:"我喜欢你,温乔!"

说完,他看着她:"表白是这样的,要大声地喊出来。"

性格本来就内敛的温乔哪里做过这种大胆的事?她怕,很慌,不敢做,想躲,但被他拉到了身边。

"快,对着海喊出来。"他催促道。

她知道他不会放过她的。于是,她试着对着大海喊了一声:"我喜欢你。"

她语速很快,声音很小。

晏孝捷都快要翻白眼了:"姑奶奶,你这声音连蚊子的叫声都不如。这就算了,'喜欢你'?'你'是谁啊?要具体说出喜欢谁。"

他命令道:"再来!"

温乔犹豫了一会儿,又试了一次,这次嗓音大了一些。

"我喜欢晏孝捷。"

晏孝捷听到这句话,其实已经满足了。不过,他还想索要更多,于是说道:"海里的虾兵蟹将都听不见,声音再大点儿。"

这次,温乔甩开了晏孝捷的手,声音在两掌间,竭尽全力地从喉咙里冲出。

"我喜欢你,晏孝捷!"

她这一次的声音,连浪花都卷不走。

日落时分，海平面静谧、安逸，海风很轻柔，海水温柔地推着沙粒，又缓缓地退回去，偶尔远处传来船笛声。

晏孝捷终于牵上了温乔的手。

第一次与异性牵手，青涩的她紧张得仿佛能听见自己的心跳声。

他带着她钻进夕阳里，孝孝跟在后头。

温乔拨开被海风吹乱的发丝，担忧地说："你知道，我们要面临至少四年的分别，你在中国香港，我在北京。"

"有什么问题吗？"晏孝捷不觉得这有什么问题。

他好像天不怕地不怕，对想要做的事都有一股执着劲。

温乔问："你不怕吗？"

晏孝捷笑着反问："怕什么？"

"一开始谈恋爱就是异地恋。"

说不怕是假话，但晏孝捷有信心维系好一段异地恋。至少，他非常明白自己就是非她不可。

"从中国香港去北京，坐飞机不过几个小时而已，我可以经常去看你，你要是很想见我，我每周都去找你。"

他的笑有点儿坏，温乔推开了他。两个人在沙滩边闹了闹。

听见孝孝在叫，晏孝捷一把搂住了温乔，警告它："我跟你说，我现在是有名分的人了。也就是说，我现在是你的爸爸，明白吗？"

孝孝甩着尾巴，跑到了另一边。

"没礼貌……"

"好了，"温乔拍了拍晏孝捷的手臂，问他，"和狗狗较什么劲？"

晏孝捷："等我把它带去中国香港，好好治治它。"

他们又沿着沙滩走了一小段路。

温乔说："晏孝捷，你知道吗？如果你没有打起精神，为考去港大而奋斗，我可能不会接受你。"

"为什么？"晏孝捷好奇地问。

温乔抬头，笑道："因为我是一个有理想的人，我希望我的另一半和我一样，对生活永远有斗志，永远不给自己设限。"

风将他的刘海儿吹起来，晏孝捷的半张脸在光里。他笑道："温乔，你只管飞，我永远跟在你的身后。我想要你成为更好的人，也想

184

要一直参与你的人生。"

这是比表白更让她心动的话。

温乔听见了自己心颤的声音。两年来的接触，让她相信这个少年一定能信守承诺。至少，此刻她敢笃定。

突然，晏孝捷奔到海浪边，双手挡住脸颊，冲着翻滚的海浪、天际高喊："我喜欢你，温乔——很喜欢你——"

其实，在过去纠缠她的两年里，他不止一次悄悄跑来这里，对着大海表白。他每泄气一次，就来这里喊一次，再重整旗鼓。

那时，他希望她有一天能听到他最真挚的心声。

现在，他做到了。

可是，他还不满足。

他还要更多，要她的一辈子。

于是，海浪里又响起了他的喊声，那喊声比方才的更大，似乎要划破天际。

"我要和你结婚，温乔——

"我要做你的老公——"

温乔哭了。她时常想：眼前的少年怎能如此热烈？热烈到一次次震撼她的心。

她是内敛的人，可此时竟不想收着心，也想要学他那般热烈。她冲到海浪边，站在他的旁边，再一次大喊：

"我喜欢你，晏孝捷——

"你要喜欢我一辈子——

"你这个浑蛋只能是我的——"

再次转身时，温乔被晏孝捷紧紧地搂住了，他温热的唇覆了上去，两个人的舌头辗转着，厮磨着，又顶入喉。

激烈又缠绵的吻不知持续了多久。

后来，他们并肩坐在了沙滩上，两只草莓熊被放在身旁，孝孝也玩累了，趴在一旁。

海边的日落很浪漫。

夕阳的光笼罩在他们的身上，将他们身上的白衣染成了橘色，他们的影子浅浅地映在沙滩上。

温乔靠在晏孝捷的肩上,被这日落的景象迷住了。

海风将她那轻柔的发丝吹拂到他的鼻尖上,他闻着她的发香,轻声问:"你最喜欢周杰伦的哪首歌?"

她想了想,说:"《七里香》。"

随后,晏孝捷将手机打开,从歌单里找到了《七里香》。

熟悉的旋律在沙滩上响起,飘进夕阳里,飘进云里,飘进海里……

他们一同哼唱起来——

"初恋的香味就这样被我们寻回

那温暖的阳光像刚摘的鲜艳草莓

你说你舍不得吃掉这一种感觉……"

太阳慢慢下山。

他们舍不得走,因为他们马上要奔赴各自的城市,开始新的旅程。可他们想要赖皮,想一直一直抱在一起,一直一直做无忧无虑的小孩。

静谧的沙滩上,《七里香》一直循环播放。

"你出现在我诗的每一页

雨下整夜我的爱溢出就像雨水

窗台蝴蝶像诗里纷飞的美丽章节

我接着写

把永远爱你写进诗的结尾

你是我唯一想要的了解……"

夏天会结束。

秋天会来。

他们的故事还会继续。

## 第九章
## 2190 千米

"女士们、先生们,下午好,您所乘坐的 CZ1428 航班将于三十分钟后抵达北京首都国际机场……"

"女士们、先生们,晚上好,欢迎乘坐中国香港航空 HX448 航班,飞机将于三十分钟后抵达香港国际机场……"

九月初的同一日,两架飞机分别飞往北京和中国香港。

晏孝捷想送温乔去北京,然后独自去中国香港,不过被她拒绝了。她的理由是"太远,太折腾,没必要,而且我妈会跟过去",但她其实是怕离别。

当然,他们约好了一个月见一次。

温乔在去了北京这个陌生的城市后才知道,原来自己以前生活在很狭小、密闭的世界里。她一面担心自己的适应能力,一面又期待自己的新生活。

乔岚不仅跟过来了,还在四环边租了一间高档公寓,公寓离温乔所在的西城校区也不远。乔岚告诉温乔,要是在学校里住得不开心,或者在外面玩晚了不方便回校,就去公寓里住。

不过,温乔去得不多。

来北京读书,最让温乔兴奋的一件事是,孙舒与和靳凡都考到了北京体育大学,她在这里不孤单,依旧有关系很好的伙伴。

但晏孝捷总是不放心她,觉得她怕生,担心她会害怕陌生的环境。于是,刚开学的一个月里,他几乎每隔几分钟就会给她发微信。

温乔好几次被他弄烦了,说:"真没必要如此夸张。"

她一急,晏孝捷也急。他老阴阳怪气地说自己多么多么可怜,没人疼。

温乔才不惯着他呢,因为她知道他在中国香港的生活可以用"多姿多彩"来形容。

晏孝捷刚到中国香港那晚,他的一帮小学同学在机场接机,随后直接将他拉去餐厅里庆祝。他外公和曾连萍早就在中环给他选好了一套公寓,不是租,而是买。

港大开学后,他不是上课,就是和同学去健身、爬山、攀岩、玩滑板……一切他喜欢的刺激运动,他都在尽情地开展。

马上就是国庆节了,温乔拒绝了晏孝捷来北京的请求,说回祁南见。

位于中环的高层公寓,1401,是一间装修得极为简约的屋子,在中国香港这种寸土寸金的地方,面积不算太大,但"五脏俱全"。

米白色的沙发靠着落地窗摆放,旁边立着一盏白色的台灯,是月初温乔来中国香港时买的。家里的茶具和鞋子都是情侣款的。

房间里的一面空白墙上贴满了温乔与晏孝捷的亲密照。

外面下雨了,晏孝捷懒得出门,在家里随便煮了一碗面条,坐在沙发上吃。

孝孝吃完狗粮后,摇着尾巴跑到沙发边,用爪子抓沙发,冲着他叫。

他放下碗,敷衍地拿起球扔到门边。见孝孝奔了过去,他嫌弃地说:"一个破球,有什么好玩的?"

忽然,屋里仿佛出现了温乔的声音——

"一个滑板,有什么好玩的?"

他每次这样说孝孝时,她就这样说他。

太诡异了,她不在,但家里处处是她的影子。

188

孝孝都成了一条懂事的狗。它知道主人不爱和自己玩球，脾气也差，干脆在屋子里自娱自乐起来。

晏孝捷没管它，面吃了两口就没什么胃口了。他横躺在沙发上，单手垫在脑后，抬起另一只手玩手机。

他最近迷上了一款社交软件，还开通了一个账号，不过不是上传自己的照片，而是分享异地恋情侣的恋爱心得。

他给他的账号起了一个自我感觉良好的名字——晏甜甜与温小纯。

这件事，晏孝捷暂时没有告诉温乔。他想悄悄地自己做着玩。

虽然到目前为止，他还没有上传过温乔的正脸照片，但一个月下来，已经收获了两千名粉丝。

他每天打开软件后，都会发现有很多人给他留言。大多数人是羡慕他们的。

当然，也有人挑刺。

"秀恩爱，分得快啊。"

"首先说明，我并没有对博主进行人身攻击。博主长得很帅，但看面相感觉桃花很多，也很会玩，还谈异地恋，后面感觉很难说呢。"

…………

晏孝捷就是一个听不得负面评论的人，每次看到负面评论都想和对方吵一架，但他还是做了一个有素质的人，客客气气地回复每一个对他进行负面评价的人。

他翻开日历，想：还有一个多月就是温乔的生日了，我得给她一个大大的惊喜。

九月底，北京的天气最舒服，秋高气爽，风很轻柔、舒适，就连夜风也宜人。

四环边的公寓。

比起晏孝捷的公寓，温乔的这间公寓宽敞、明亮了太多。

读高中时一直穿运动服的孙舒与，破天荒地穿了一条亮片裙和小外套，还化了全妆。看得出来她是第一次化妆，眼线都飞了。

她在指挥温乔："你就穿这条白色的吊带裙啊，好看的。"

温乔在孙舒与的帮助下,第一次化了淡妆。化完全妆时,她吓了一跳,但擦了口红后,感觉还不错。

才到大城市两个月,她还是有些保守,指着床上那条白色的吊带裙,小心翼翼地问孙舒与:"小与,会不会太暴露了?"

孙舒与扯开自己的外套,还拍了拍自己的臀,反问:"你那算暴露,我这是不是下流了?"

温乔被她逗笑了。

孙舒与急死了,从衣柜里取出一件奶黄色的针织衫,扔到白裙上,说道:"把它套在外边总可以了吧?"

见温乔还没动,孙舒与边回微信边催了起来:"快点儿,快点儿,靳凡说人到齐了。"

"到齐了?"温乔脱去睡衣,边换吊带裙边问,"不是只有我们仨吗?"

孙舒与往椅子上一坐,说道:"三个人去酒吧有什么好玩的?靳凡叫了几个北体的同学。"

温乔怕生,换衣服的动作都变慢了。

孙舒与又站了起来,说道:"乔乔,你不是害怕晏孝捷吧?只是去酒吧而已,不算出轨啊。"

温乔白了她一眼。见时间真来不及了,她赶紧穿上衣服,问孙舒与:"我会怕他?"

她穿好衣服后,有些骄傲地说:"我想怎么玩就怎么玩,他在中国香港,又抓不到我。"

两个人相视一笑。

这件吊带长裙的确适合温乔,腰部还有一小片镂空设计,不过尺度刚好。温乔身材高挑、纤瘦,穿上这条裙子后特别好看。

孙舒与痴迷般看着镜子里的温乔,赞叹道:"乔乔,你太漂亮了,绝对能迷死那几个男的,晏孝捷知道了真得疯!"

温乔拎起小包包,然后搂住孙舒与,催促道:"走,走,走,我们快打车。"

三环内的一间酒吧。

这是一家清吧，十点这会儿还好，人不算多，不吵闹。酒吧里环境稍暗，只有吧台有明亮的光源，帅气的调酒师正在调酒。

孙舒与挽着温乔有说有笑地进来了。靳凡和他的同学早到了。

"小与、温乔。"靳凡朝过道里的熟人打招呼。

靳凡的身边坐着两个同样帅气的体育生，一个是游泳系的，一个是网球系的。

靳凡自然地向众人介绍起来："孙舒与，不用介绍了吧？我女朋友。温乔，我好朋友的女朋友。"

接着，他又反过来介绍："温乔，你别多想啊，我就是想着多几个人出来热闹点儿。这个是游泳系的冯余，这个是网球系的路腾。"

温乔虽然怕生，但与别人打起招呼来还是客气的。

"你们好，我叫温乔。"

孙舒与都站累了，拉着温乔坐下，说道："渴死了，先点杯喝的再聊。"

两个人在菜单上挑来挑去。

孙舒与最后挑了一杯不含酒精的莫吉托，温乔则点了一杯长岛冰茶。

路腾笑着指着菜单，问温乔："长岛冰茶的度数不低，你可以吗？"

温乔点头："没事的。"

靳凡弓着背一笑："别怕，尽管喝，这顿我请。如果喝醉了，我跟小与送你回去，保证让你那位在香港安心。"

温乔轻轻一笑。

桌上的烛光和台灯微弱的光刚好覆在温乔的身上，光影里，她这张立体的小脸很是温柔。

那两位体育生的确眼都看直了。

路腾的话似乎比较多，他老在和温乔说话。

"你和你的男朋友是异地恋？"

温乔并不想聊私事，所以只是敷衍地回答道："嗯，他在中国香港。"不过，她又很骄傲地补充道，"中国香港大学，医科专业。"

路腾："挺厉害。"

靳凡拍了拍他的肩，说道："温乔也很厉害。她就读于中国人民公安大学，是未来的大法医，女中豪杰。我晏哥和我嫂子，都是我们祁南二中的学霸。"

"挺厉害。"路腾钩着靳凡的脖子，说，"但是你怎么不带几个单身的美女出来？你这让我和老冯都不敢和美女聊天儿。"

"就是。"冯余附和道。

靳凡烦得甩手，说道："下次，下次。"

鸡尾酒被端来后，温乔捧起自己的长岛冰茶，紧紧地挨着孙舒与，小口地抿着。她根本不知道要跟不熟的人聊什么。

孙舒与也有点儿不知所措，小声说："下次还是我俩出去喝好了。"

温乔开心地点头："好。"

靳凡他们几人聊得不亦乐乎。

这边，温乔忘了自己的酒量并不好，一口接一口地抿，脸慢慢地红了起来。她浑身热，想脱外套，但又不敢。

她依稀听到那两个陌生的体育生聊到了什么露骨的话题。

温乔根本不想听这些。她放下酒杯——一大杯长岛冰茶几乎被她喝完了，懒洋洋地靠在沙发上，无聊地开始玩手机。

她发现晏孝捷给她发了好多微信。

YXJ："在干吗？"

"乔乔，我想你。"

"你人呢？"

"是不是在洗澡啊？"

"说话。"

"快回答我。"

他语气越来越急，还用夸张的表情包挤满了屏幕。

温乔好热，热到头晕。指尖在键盘上停留了很久，她在纠结到底要不要告诉他她在酒吧里。

她刚输入"我在酒……"，又立刻删除了这三个字。她能想象到晏孝捷一定会冲自己发火，然后以装可怜、求亲亲结束。

温乔又输入了一行字："和小与在外面。"

不过，她还没有将这行字发出去，胃里就传来一阵灼烧般的痛，还犯恶心。

孙舒与赶紧扶着她去了洗手间。

隔间里，温乔跪在地上对着马桶干呕。

孙舒与捂着鼻子，说："你要是喝不了，以后就学我喝无酒精的。"

温乔捂着胸口，没吐出来，只是难受得挤出了生理性眼泪。而后，孙舒与扶着她去洗了手，擦了眼泪，擦了嘴，又补了补口红。

她们走回座位时，孙舒与问温乔："要不要回去啊？"

温乔捂着胃的手忽然松开，她摇摇头："刚来一个小时不到，别扫了靳凡的兴，我好一些了。"

温乔坐回沙发上后，并没有彻底清醒，头还是晕的，胃里头的难受劲也是一阵一阵的。她想：再坐半个小时就回去。

不知聊到了什么，靳凡他们兴高采烈，笑得前仰后合。

温乔靠在沙发上都快睡着了，整个人迷迷糊糊的，再睁开眼时，发现靳凡和孙舒与不见了，视线里是路腾的脸。

他笑着向她解释："靳凡的妈妈打电话来了，他俩出去接会儿电话就回来。"

温乔轻轻"哦"了声，突然好渴。她往桌上一看，没有矿泉水，迷迷糊糊地拿起那杯长岛冰茶，咬着吸管，将快见底的酒水几乎吸干了。

路腾都不知怎么阻拦。

喝完后，温乔又靠在了沙发上，嗓子是湿润了，但头好像变得更晕了。

直到她的身边出现了一个男人的声音，那个男人的手里还拿着什么，他拍了拍她的手臂，有礼貌地说："温乔，你的电话响了好几次。"

温乔听见了，但是没力气接。她辨清了和自己说话的人是路腾，他看着来电显示上的名字，皱起眉问："'晏甜甜'？是你妹妹吗？"

"嗯？"温乔此时状态很差，抓过手机，含混不清地说道，"嗯，妹妹，我妹妹……"

她开始说胡话，就代表她真醉了。

路腾也不敢乱碰这个小美女，怕引起误会，将身子缩了回去。

这时，孙舒与先回来了，见温乔的手机还亮着，定睛看了一眼名字，笑着推了推温乔的肩，对她说："你老公找你。"

意识丢失，温乔控制不住自己的胡言乱语："老公？我小女孩一个，哪儿来的老公？"

这逗能的姑奶奶是真醉了。

孙舒与慌得开始替温乔收拾东西，然后和路腾、冯余简单告别，想自己先送这个醉美人回家。

孙舒与刚把温乔扶起来，沙发都没离开，就撞见了进来的靳凡。他像是在打电话，同样显得很慌张，指着手机对孙舒与说："晏孝捷……"

孙舒与一时慌乱得不知该怎么办。

这么小的声音竟然进了温乔的耳朵里，她像完全变了一个人，抓着靳凡的手腕往下压，对着手机说："甜甜……是我的晏甜甜吗？"

最后，她抱着靳凡的手机，缩在沙发的一角，开始煲电话粥。

"甜甜，我刚才喝了长岛冰茶……"

"甜甜，你是不是想我了？……"

说到一半，她还指着对面的两个体育生，嘴唇上的口红都蹭到了屏幕上。

"还有两个超级帅哥在这里陪我喝。"

在送温乔回公寓的路上，靳凡一五一十地将事情的来龙去脉向晏孝捷交代了，晏孝捷一句完整的话都没说出来，只不停地吼脏话。

到了公寓后，孙舒与将温乔放到卧室里的床上，给她换上了舒服的棉质睡衣。靳凡则在客厅里等，同时拼命地给发怒的晏孝捷发微信。

孙舒与给温乔盖好被子，又将她的手机放到枕边，然后凑到她的脸边，问："乔乔，要不要我陪你？"

温乔裹着被子摇头，都没睁眼："不用，你赶紧和靳凡回去吧。"

这会儿，她感觉好多了，意识清醒了一点儿。

"确定？"孙舒与还是有些担心，问道。

温乔："嗯，睡一觉就好了。"

孙舒与给卧室里留了一盏台灯，然后合上房门，朝靳凡做了一个"走"的手势。

她轻声说："我们应该进不去宿舍了。"

他紧紧地揽着她，挑挑眉："谁要回宿舍？房我都开好了。"

随后，两个人抱在一起走了。

可能这就是恋人在身边的好处。

就在温乔快进入梦乡时，她的手机开始振动。她清醒了一点儿，滑开手机屏幕，发现是晏孝捷给她打来了微信视频电话。

她接通后，视频电话那头是他布满怒气的脸，他好像在盯一个罪人。刚才发生了什么事？她好像没印象了。

"干吗啊？"

温乔都懒得坐起来，干脆窝在被子里和他聊，手机被竖立在枕头旁，镜头里，她的脸只从被子里露出了一小半。

那头，孝孝听见了熟悉的声音，欢快地来抢镜，但被晏孝捷一掌无情地推开。

"爸爸要和你妈聊点儿正事，你去吃你的狗粮。"晏孝捷对孝孝说道。

这话似乎也没错。

温乔小声问："有事吗？没事我就睡了，我很困。"

"睡？"晏孝捷直接怒了，"你不打算和我解释一下你今天晚上的行为吗？"

他一直在说，她听得好烦，于是不耐烦地说道："哎呀，不就是去酒吧里喝了酒吗？我和那几个帅哥又没做什么。"

晏孝捷双手抱胸，抬眉用力一哼："帅哥？你挺会形容嘛，难道你还想……？"

"我没有出轨，晏孝捷！"温乔可能还有点儿酒劲在身上，直嚷。

晏孝捷烦躁地说："我没说你出……"

温乔："如果你不信我，那就是你不够爱我。"

什么鬼逻辑？

晏孝捷被绕晕了。他刚想再说两句，镜头里的画面让他突然从怒气冲冲变成了面带笑意。

温乔嫌穿着睡衣热，坐了起来，开始脱衣服。手机的镜头刚好朝上，衣服从腹部被慢慢往上卷起，这样的角度让她更迷人。

棉质的长袖衫从腹部卷到胸口，温乔那洁白、平坦的小腹和柔软的腰肢裸露在外。

晏孝捷看痴了，双眼逐渐眯起。

带着些许醉意的温乔，连甩衣服的动作都如此性感撩人。

温乔的一只手钩着内衣肩带，喝醉了的她特别爱撒娇："甜甜，我想你了。"

晏孝捷的胸口烧得发热，他一个热血少年，哪里受得了女朋友这样调戏自己？

突然，温乔躲进被子里，露出半截脑袋，朝着镜头喊："看屁！"

视频电话被她无情挂断，一切画面戛然而止。

温乔和晏孝捷刚入学，课程都不多，所以双方都有大把的时间来培养感情。

国庆节，他们一起回了祁南。

市中心的公寓早退租了，所以烟海巷的海边老房子成了他们回祁南后共同的小窝。头几天，约晏孝捷的人特别多，他几乎每晚都玩到深夜才回来。

温乔担心他的安危，他立刻做乖乖仔的模样，说后面几天都不出去了。

虽然他们已经谈了一个多月的恋爱，其间，晏孝捷也去北京找过温乔，但两个人没有发生过实质性的关系。晏孝捷在北京能住在酒店里，挤在老屋里时就不想一直憋屈地窝在沙发里睡了。

某天，他们带着孝孝在海边散完步回来，已经是晚上九点多了。

温乔先去洗澡。就算恋爱了，她好像也没往那件事上想。可晏孝捷自然想，毕竟是血气方刚的年纪，和自己的女朋友共处一室，哪儿能控制住本能的反应？

洗完澡后，晏孝捷给孝孝喂了点儿零食，然后想和温乔一起进卧室。

温乔下意识地害羞躲避，问他："你不睡在外面了吗？"

"我求求你，让我过一个舒服的国庆节。"晏孝捷卑微地请求道。

温乔同意了。

他们此前从来没有同床共枕过。晏孝捷钻进被窝里，和她紧紧地挨在一起，他们肌肤相贴，温乔被暧昧的氛围裹得有些无所适从。

卧室里只开了一盏台灯，晏孝捷问："要是没准备好，我可以继续等。"

他始终尊重她。

出乎意料的是，温乔只是小声地问："第一次，是不是会很痛？"

这话弄得晏孝捷也羞红了脸。他舔了舔下唇，紧张地说："我可以轻点儿。"

窗外，树影婆娑，依稀能听见海浪拍岸的声音。被子因为两个人急促的呼吸而轻轻起伏，温乔揪着被子，说："那试试吧。"

已经成年的两个人，没有过恋爱经验，在这件事上更没有经验，生涩得有些呆头呆脑。

其实刚才听到温乔在浴室里洗澡的声音时，晏孝捷已经起了反应。他翻身，想替她脱下身上的睡裙，不过手指刚碰到她的肌肤，她就瑟缩了一下。

他们毕竟都是第一次，都紧张。

"那你自己脱。"晏孝捷又转过身。

温乔确实害羞，他们牵过手，接过吻，但从来没有赤身相对过。她脱了裙子后，迅速钻进了被窝里，露出了小半张脸，说道："我好了。"

见她把被子裹得紧紧的，晏孝捷边笑边脱T恤。他才去了中国香港几个月，户外运动玩得很勤，身材比读高中时精壮了不少，紧实的肌肉线条很完美。

温乔把脸埋在被窝里偷偷看他。看他脱下裤子后，她被吓得闭上了眼睛。男性的器官，她只在医学书上看过。第一次见到自己男朋友的，她有一点点被吓到。

晏孝捷俯下身，想掀开被子，但温乔揪得太紧，他开玩笑说：

"乔乔宝贝,我很冷。"

被窝里的温乔已经面红耳赤了。

慢慢地,她松了手,没想到这浑蛋一下子就压到了她的身上。她紧张地双手握在一起,不敢去触碰他炙热的眼神。

身体的贴合让他们都难耐。

晏孝捷的双手撑在枕头的两侧,他注视着这个让他发疯的女人,像珍惜一个来之不易的宝贝般,拇指轻抚着她的脸颊,说:"我会很温柔的。"

温乔羞涩地应:"嗯。"

可一个浑蛋的话哪儿能信?

温乔低估了晏孝捷的体力,他像一个被困住的野兽,抓着她就是不放手。他们连着缠绵了两次,每一次的时间都很长。

有一瞬间,她不知道是床要散架还是她要散架。

第二日,温乔醒来时,身边已经没了晏孝捷的人影,她想动,但双腿软到没力气。

又躺了二十分钟后,温乔才拖着疲惫的身子起了床。她洗澡时,晏孝捷回来了。他除了带了一堆吃的回来,还买回了一袋草莓味的软糖。

他们的相处模式和其他小情侣的没有两样。

他们会换情侣头像,也会给对方起昵称。

"晏甜甜"这个名字的由来,就是温乔发现,很爱吃甜食的晏孝捷,谈起恋爱来有时候比女孩子还甜。

一开始,晏孝捷是非常反感这个名字的,觉得太女性化,但在温乔的软磨硬泡下,他同意了。奇怪的是,被叫的次数多了,他觉得还挺顺耳。当然,这个名字只能她叫。

晏孝捷扔下手中的袋子,坐到沙发上,将双腿打开,身子往后一靠。

温乔穿着晏孝捷的外婆留在这里的碎花裙,光着脚走了过去,细、白、长的腿一跨,直接坐到了他的大腿上。

他眯起眼,说道:"我终于知道你谈恋爱时是什么样了。"

他随手拿起桌上的烟盒,将烟叼在嘴中,按动打火机,点燃烟。

温乔跪坐着,她的腿也长,盘得憋屈,歪着头拿毛巾搓着几缕湿发,问他:"你一个人把沙发全坐了,除了你的腿,我能坐在哪儿呢?"

晏孝捷把烟递给她:"帮我拿着。"

"干吗?"

"我帮你擦会儿头。"

这是温乔第一次拿着被点燃的烟,夹烟的动作还有些生疏。

晏孝捷的两只手掌隔着毛巾揉搓着她的脑袋,他力气大,没两下就把她弄疼了。

"你怎么做什么都这么凶呢?"她问。

"宝宝,你怎么老玩失忆梗啊?昨晚是谁在那儿喊,"晏孝捷将脸向前一凑,轻轻地刮了刮温乔的鼻尖,继续调侃道,"'阿晏'……?"

话还没说完,温乔一只手夹着烟,另一只手捏紧晏孝捷的下巴,吻了上去。她捏他下巴的力度并不小,她紧盯着他,问:"你这张嘴,怎么这么口无遮拦呢?"

晏孝捷眯着眼笑。

他们不愧是学霸,谈起恋爱来,在某些方面也能无师自通。

烟还在手指间,温乔不知道为何,盯着烟琢磨了会儿,随后,居然试着吸了一口烟,当然,被呛得直咳嗽。

"你的求知欲怎么这么强呢?"晏孝捷一把抢过烟掐灭,然后拿起桌上的水杯递给她。

她被呛得脸红,眼泪都挤出来了,边喝水边呼吸新鲜空气,那模样虽然看着可笑,但又着实有些可爱。

晏孝捷一急起来就显得有点儿凶:"你别什么都尝试,听到没?烟、酒统统不许碰。"

温乔也被自己刚才那胆大的行为吓到了,乖巧地狂点头,并保证道:"知道了。"

随后,晏孝捷抱起她就往卧室里走,边走边说道:"好了,干正事。"

温乔推了推他的胸口,指着沙发说:"我懒得动了。"

"那破沙发太憋屈了。"

"我坐在你身上就不憋屈了。"

"……"

国庆节假期的后四天,温乔和晏孝捷整天待在一起。自从尝过一次甜头,晏孝捷每晚都缠着温乔,精力旺盛到不知疲倦。

七天假期结束后,他们在机场分别,又开始了一南一北的求学之旅。

假期结束后,公安大学的课程变多了。

温乔和晏孝捷发消息的时间明显变少了——她只要一开始学习,就什么都进不了她的世界,读高中时如此,读大学时更是。

开学一个多月了,温乔在寝室里住的次数不多。她本身就比较内向,所以和三个室友的关系很一般,甚至有些被排挤。

女生心思敏感,大学里的女生也容易抱团,尤其是她们见过温乔的妈妈开豪车来接她,也知道她在校外有一间高级公寓,便很刻意地做任何事都不带她。

其实读高中时,温乔也没几个朋友。一来,她性子慢热;二来,她气质高傲冷淡。当时,孙舒与也是靠着那股黏糊劲,才和她成了无话不说的好朋友。

所以,有没有朋友她都不是很介意。

下午有一节刑事心理学的课,结束后,温乔都没发现教室里有一个她熟悉的人。

直到下课,那个人才出现在她的身旁。

那个人是陆成郁——他总是穿着舒服的黑色毛衣。

在这里见到陆成郁,温乔有些恍惚,问他:"你是研究生,为什么要来听本科生的课?"

陆成郁边走边说:"程老师是我的偶像,刚好我下午没事,就过来听听了。刑事心理学的课,多听几次有百利而无一害。"

想想这话也有道理,温乔便没说什么。她背着舒服的帆布包,走在陆成郁的身旁。不过,她始终同他保持了一些距离。

陆成郁发现了,笑了笑,问:"你男朋友应该很有安全感吧?"

温乔一愣，身子还是不敢靠他太近。

或许是因为刚好提及异地恋的话题，陆成郁第一次拉近了与她的距离，和她说起了私事。他语气平静地说道："我的上一段恋爱就是异地恋。她在上海，我在祁南，没熬过三年之痒。"

温乔顺口问："读高中时谈的吗？"

"不是，"陆成郁一边慢慢往前走，一边说道，"是高中毕业后去西藏旅游时认识的，我们当时住在同一家民宿里。"

听着，温乔感慨道："还挺浪漫的。"

陆成郁只是笑笑，没再说话。

看见树影下站着的情侣，温乔才想起来，她晚上约了孙舒与和靳凡吃晚饭。孙舒与说后海那家菜馆的菜味道不错，吃完还能一起散散步。

其实，温乔哪儿想做电灯泡？

靳凡和晏孝捷关系好，来北京前，晏孝捷这个占有欲强的家伙就给靳凡发过一个男人的照片。靳凡探头看去，发现和温乔一起走来的男人很像晏孝捷说的陆成郁。

温乔对孙舒与和靳凡介绍道："这位是我的学长，叫陆成郁。"

果然是他。

朋友的敌人，靳凡自然不会给对方好脸色。

陆成郁走后，孙舒与挽住温乔，两个人聊起要不要去听一场演唱会。

一旁的靳凡却悄悄地给晏孝捷发去了微信。

三个人吃完晚饭后，温乔怕打扰宿舍里的同学休息，于是选择回公寓住。

她到公寓的时候，晏孝捷给她打来了视频电话。

他在电话里东拉西扯，连温乔去洗澡，他都没有挂断。

她出来时，手机屏幕上覆上了一层水雾。温乔穿上睡衣，走去厨房里接水喝。这时，晏孝捷才切入正题，问她："你是不是见到陆成郁了？"

其实温乔有预感，晏孝捷晚上打电话是来问她这件事的，因为她从电话里听出来,他情绪不佳。

"嗯,他来公安大学读研,算是我的学长。"她很坦诚地说道。

晏孝捷没再说话,只是胸口像被堵住了,呼吸不畅。

见他小气到脸色变冷,温乔解释说:"阿晏,我和陆成郁清清白白。"

"那为什么我下午问你和谁在一起时,你只说和一个学长,不提他的名字?"晏孝捷抬起眼,盯着手机屏幕。

温乔心虚地低下头:"因为我知道我如果提了陆成郁,你就会生气。"

"可是我不喜欢你骗我。"

"我没有骗你。"

"但是你没有告诉我实话。"

"……"

温乔不想吵架,更不想隔着手机屏幕吵架,疲惫地坐在了沙发上。

晏孝捷冷静了一点儿,看着手机屏幕,说:"读高三那会儿,你在活动上第一次见到陆成郁,我在活动上打了章为盛,回家后,我爸爸就劈头盖脸地骂我,拿我和陆成郁进行比较,说我不如他。后来,他找机会单独约你出去,你迟钝,但是我不迟钝——我知道他对你有点儿意思,所以才陪你去。在洗手间里,我听到他给他的家人打电话,他说第二年的九月要回北京读研,我就开始担心,你们以后会不会碰见。"

这些事,温乔是第一次听晏孝捷说。她怔住了。

晏孝捷缓了缓情绪,压低声音说道:"乔乔,其实我是一个很简单、很容易满足的人,但是我谈恋爱的前提就是公开、透明。我不希望从别人的口中得知实情,你明白吗?"

撒谎终归是不对的,尽管她是出于好意。这次是温乔疏忽了,恋人之间,尤其是异地恋的情侣之间,更需要透明。

她点点头,说道:"对不起,我不会再骗你了。"

"嗯。"

第二天醒来后，温乔去厨房里喝水。

她靠在厨房的墙上，打开微信，"YXJ"这个名字从昨天视频挂断后未弹出一条消息。

她噘着嘴"喊"了声，自言自语道："不会真生气了吧？"

接着，她给晏孝捷拨去了电话，但是连着打了两遍都没人接。她呆呆地望着手机屏幕，第一次慌了。

她又点开微信，第一次低声下气地哄他。

三十秒钟后，他未回复。

Qiao："阿晏，你生气了？"

Qiao："我昨天喝醉了，和你开玩笑呢。"

三十秒钟后，他依旧未回复。

Qiao："阿晏，你别生气了。"

…………

十分钟后，他还是没回消息。

这下把温乔惹急了，说了句"爱回不回"，然后，她重重地放下手机，将长发绾起，走去了浴室——她的身上还有点儿酒味，她需要冲澡。

浴室里的水声"哗啦啦"地响了半个小时。

水声停止后，温乔穿着舒服的睡衣走了出来，一张洁净的小脸被阳光照得雪白、透亮。她边歪着脑袋擦头发，边走到餐桌边，点了一下手机。

他既没给她回微信，也没有给她回电话。

"晏孝捷，超过两个小时不回，你给我等着。"

温乔气得跑到沙发上坐下，顺便把手机扔到了旁边。

她倒要看看，他能犟多久。

忽然，大门上的密码锁响了。

"啊——"

温乔看到门口的人后被吓了一跳——她刚才还以为是晏孝捷连夜坐飞机过来和她理论了。当看到来人是乔岚时，她在笑自己：怎么会有这种可笑的想法？

晏孝捷就算再喜欢她，也不可能疯到这个地步。

乔岚将几个购物袋放在地上，然后脱了高跟鞋和风衣，对温乔一笑："即使不喜欢我，也没必要像见到鬼一样吧？"

其实，在迎接高考的那半年里，温乔有一点点被乔岚的细心照顾感动，但还是无法忘记乔岚曾抛弃过她。

乔岚从卧室里取出一套家居服，将长发扎了起来。她站在虚幻的金色光影里，身材、长相、气质，连同动作，这对母女都像极了。

温乔解释道："我是因为昨天晚上玩得太晚，才过来住的。"

她还是下意识地想拉开两个人之间的距离。

乔岚先将头发盘成高高的丸子头，再回过身，轻轻一笑，说道："你小时候，你外婆问你要不要吃糖，你说糖太甜，不好吃，但每次都会偷偷跑去翻糖罐子。"

温乔知道她想表达什么——说自己口是心非呗。

温乔穿上拖鞋，去放毛巾，态度冷淡地说道："你不要给我强塞这种我完全没有的记忆。"

乔岚认为继续这个话题没意义，长舒了一口气，说道："其实，我想了一下，你叫不叫我'妈妈'都无所谓……"她指着这间公寓，说，"你能接受我的钱，我已经很开心了。"

温乔放完毛巾走出来，说："我不用厕所了，你去洗澡吧。"

乔岚点点头，然后指着门口的袋子说："我昨天去逛街了，给你买了几件秋天的衣服。你都来北京了，得穿得像样点儿。"

温乔看了看门边的袋子，没出声。

乔岚双手抱胸，盯着眼前日渐成熟的少女，笑得很得意："还好你的长相、身材都随我，真是越来越美了。"

说完，她关上了浴室的门。

虽然心底抗拒，但温乔还是打开袋子，随便拎起一件衣服的吊牌。那衣服的品牌是她认得的，一件外套就要上万元。

她赶紧又将衣服塞到了袋子里。她读的学校可是公安大学，她要是穿这种衣服去上课，得被同学们指指点点。

忽然，木桌上传来手机的振动。

温乔瞬间转身，以为是晏孝捷给她回的电话，但凑近一看，发现是乔岚的手机在振动，并且来电显示的名字让她震惊——邓兆良！

下午。

孙舒与为了弥补昨天的错误，决定请温乔去吃一顿烤鱼。不过，温乔说要先去一趟公大的图书馆，去借几本书。

公大是为数不多的坐落在二环边上的高校，木樨地校区的图书馆也算是闹中取静。北京的秋天，是银杏从浅黄变成金色的最美时节。

在第四排最靠角落的位置上只有温乔的身影。她很喜欢在秋天穿暖色系的针织衫配牛仔裤。她长得漂亮，身材也好，随便穿穿都好看。

她最近想研究犯罪心理学，所以正在寻找与刑事侦查心理学有关的书，不过她的心里藏着事，怎么都不舒服。

她虽嘴上说着"爱回不回"，但一直把手机攥在手里，每隔几分钟就看一次手机屏幕，但晏孝捷跟失踪了一样，彻底没了音信。

"搞什么啊？"

她被磨得快没耐心了，冲动之下想发微信对晏孝捷吼一顿，但还是忍下了。

人一急，手也跟着发抖，温乔用右手扶着的书不小心掉在了地上。她刚想弯腰去捡，却看到了一道有些熟悉的身影蹲下，替她捡起了书。

捡起书的人是陆成郁。他穿着一件黑色的毛衣，有大部分警校生具有的精神气，也有他自身的儒雅气质。

陆成郁将书本递给温乔。

"谢谢。"温乔含笑点头，接过书籍。

陆成郁抬头看了看书架上密密麻麻的书，抽了两本出来，递给她："这两本是我看过的关于刑事犯罪心理比较不错的书，我推荐给你。"

他讲话、做事总是很有分寸。

温乔小心翼翼地将书抱到怀里，说道："谢谢你。"

陆成郁没多逗留，取了两本自己要看的书就走了。

温乔对陆成郁并不上心，心里只有晏孝捷闹失踪的事。

她从图书馆里走出去后，又给晏孝捷打了几通电话，均无人接听。

就算是十月,中国香港的气温也有二十多摄氏度,适合一切户外运动。

湾仔海边的小公园里,一群喜欢极限运动的年轻人钻到午后的阳光里,踩着滑板,与身后光斑耀眼的海面融在一起。

众人的旁边还放着小音箱,音箱里播放的歌曲是 Armani White 的《Billie Eilish(比莉·艾利什)》。

节奏感极强的歌曲能让年轻人滑得更起劲。年轻人有男有女,喜爱这种运动的人都很有个性。其中最引人注意的人,是冲得最快、花样最多的晏孝捷。他穿着白色的卫衣、浅蓝色的牛仔裤,反戴着棒球帽。

当然,他全身上下吸引人的,除了那张过分帅气的脸,还有脚下价值不菲的限量版滑板。

他玩起这些来很疯。

他在读高中的时候,有几次因为玩滑板而摔断过腿,曾连萍下了狠令不让他碰,在祁南时他便只能偷偷玩。来了中国香港后没人管,他三天两头就出来玩。

"Jerrie——"

"Featherflip(羽毛翻)!"

旁边的男子抱着滑板冲晏孝捷高喊。一听到"Featherflip",年轻人都开始起哄,毕竟这个动作不简单。

音乐强劲到像要将音箱震裂。

这个动作晏孝捷的确会,且做得很完美,但他两次受伤都是因为这个动作。

他刚准备跃起,脑子里就出现了一道尖锐的女声:"晏孝捷,你要是敢玩,你试试!"

这声音不是曾连萍的,而是他的女朋友温乔的。在他们分别的前一周,他差点儿因为这个动作受伤。

最后,晏孝捷在一阵嘘声中抱着滑板坐到了旁边的台阶上,抓起身旁的矿泉水,仰头狂喝起来。他喝得太快,水顺着他的嘴角、下颌流下，滑落到他性感的喉结上。

一个身高不高但长得算帅气的男生朝晏孝捷比了一个"失败者"的手势，不过是在开玩笑。他叫伍家凯，是晏孝捷在中国香港最好的朋友，也是晏孝捷的小学同学。

玩了一下午，晏孝捷满身是汗。他虽然玩得尽兴，但明显心里藏着事，脸色看着不大好。

伍家凯知道他在愁什么，问："还不回信息吗？"

温乔上次来中国香港时，他们见过面。

晏孝捷淡淡地瞥了他一眼："关你屁事？"

他们是一起长大的，伍家凯太了解晏孝捷的脾气了。晏孝捷很容易急躁，心情不好时，看什么都不顺眼。

晏孝捷从包里掏出手机——他真有一个小时没看手机了。他看到温乔给他发了许多微信，也给他打了几通电话。他弓着背，一只手握着水瓶，另一只手随意地点开微信。

温乔发来的密密麻麻的微信挤满了聊天框，从道歉到哄人再到威胁。

晏孝捷是真脾气上来了。他不想回，就想任性一回。他退出了置顶的微信头像的聊天框，看到下面的群里有新的微信消息。

微信群名叫"祁南情报局"。

微信群里，孙舒与连发了八条微信，语气特别急，甚至用上了"请你务必重视"等夸张的字眼。

晏孝捷本来心情就糟糕，看完这些信息，更是心里直冒火。他用力一捏矿泉水瓶，瓶盖立即飞出，瓶里的水喷到了地上。

伍家凯抢过被他捏扁的水瓶，说道："中国香港是一个文明城市，你不能因为个人情绪就破坏公共卫生啊。"

他将瓶子扔进了垃圾桶，又折回来，踢了踢晏孝捷的鞋，说："不就是见了个学长没报备吗？小女生刚去大城市，对什么都陌生，好不容易在校园里碰到熟人，聊两句也正常。而且，她给你发了一天信息了，你人高马大的，不会这么小心眼儿吧？"

晏孝捷又瞪了他一眼。

伍家凯就愁这位少爷的脾气，劝诫道："你这暴脾气要是再不改改,还谈什么异地恋?别说五年,五个月都撑不下去。"

最后,他冒着生命危险说道:"小心被甩。"

晏孝捷站起身,不知从兜里掏出了什么,全塞到了伍家凯的嘴里。

那玩意儿在伍家凯的嘴里不停地跳,跳到他舌尖发麻。他一边着急地朝垃圾桶里狂吐,一边问晏孝捷:"什么东西?"

晏孝捷拎起运动包和滑板,拍了拍伍家凯的背,嘲笑地说:"跳跳糖啊。"

"……"

伍家凯真是头大:晏孝捷都快十九岁了,怎么还跟五岁时一样幼稚?

烤鱼店里人声鼎沸,小小的屋子里尽是香味,烤盘上热气蒸腾。

这家店是孙舒与特意从大众点评里挑的,烤鱼的味道的确不错,就是全程只有温乔在说话,孙舒与要么没听见,要么有一搭没一搭地回。

温乔拿起筷子在孙舒与的面前晃了晃,问她:"小与,你在干吗呢?你约我出来,就是坐在我对面玩手机的吗?"

"啊……乔乔……我马上……"

孙舒与跟日理万机一样,手指就没从屏幕上挪下来过,屏幕都要被她敲坏了。

到现在,温乔都没有收到晏孝捷发来的消息。她本来就够烦了,结果这位游泳健将也心不在焉。她又看了一眼手机,刚才给他发的消息又石沉大海了。

温乔干脆扔了筷子,吃什么烤鱼?她恨不得把晏孝捷放在锅里煮!她靠坐在椅子上,隔着腾腾的热气,看着忙碌的孙舒与,说:"小与,要不我扫码买单吧。"

"啊,再等等,我还没吃。"

孙舒与拿起筷子往烤盘里一伸,筷子都要被烤煳了,也没见搛起一块鱼肉。

温乔触亮屏幕,看了一眼时间,都快晚上九点了,她有点儿急,说道:"小与,我真的要走了,晚上得回宿舍。"

"啊!"孙舒与喊了一声,随后说道,"你不能回宿舍。"

温乔皱眉,问:"什么?"

孙舒与紧张了一下,咬了咬下唇,眼珠一转,说:"因为,我刚想起来,靳凡送我的耳环,不小心落在你家里了。"

"什么?"温乔觉得莫名其妙。

孙舒与肯定地点头,说道:"嗯,应该就是落在你家里了。"

"行,"温乔说道,"那我们赶紧买单,一会儿你跟我回去一趟。"

"我不能去。"孙舒与抱着手机摇头。

温乔把包包往怀里一塞,不耐烦地说道:"那个死男人不回我信息,我今天心情已经很不好了,你知道的。我拜托你就别耍我了,好不好?"

"好。"孙舒与应道,然后解释说,"我不能去是因为老师让我去一家饭店,好像要说比赛的事,有点儿急。但是明天是靳凡的生日,我得戴那对耳环,所以只能拜托你帮我找跑腿小哥送给我了。"

温乔虽然不知道她在搞什么鬼,但同意了。温乔扫码买了单,拎着包就打车走了。

她要赶在十点之前回西城校区,所以下车后走得很急,几乎是健步如飞。

她想起早上看到的天蝎座的今日运势是排在末位的闪电星座,说要注意身边的人带来的糟心事。

有两次,她觉得星座运势很准。

第一次是快高考的那几天,天蝎座是晴天星座,说会有改变未来的事发生。第二次,就是今天。

以前天天和晏孝捷黏在一起,就算有不愉快的事发生,温乔也能与他当面说清楚。他们分开刚两个月,她就感受到异地恋带来的窒息感。

何况,晏孝捷还是一个脾气暴躁的人。

电梯门一开,温乔就赶紧冲了出去。刚才三环路上堵了会儿车,现在都九点三十五分了,她得抓紧时间找耳环。她快速地输着大门的密码。

门开后,温乔都懒得脱鞋,背对着客厅,摸黑在墙上找灯的开关,手指刚触到那个凸点,一道黑影快速地向她奔过来,将她死死地压在墙面上。

"救命!"她下意识地大喊。

可温乔一喊,那个高大的身躯肆无忌惮地再往下压了一寸。

她知道入室抢劫和强奸的案例并不少,但没想到这栋安全性算高的公寓里也能发生这种恐怖的事。

温乔被压得死死的,脸都被墙壁挤到变形了,却还是强装镇定地警告道:"就算动了我,你也跑不掉。"

忽然,一道极为熟悉的男声响起——

"不愧是公大的学生啊。"

这过于熟悉的声音令温乔大惊失色。

"晏孝捷?"她震惊地问。

晏孝捷还是死死地压着她,一只手还不安分地探进了她的毛衣里。

"看来,这异地恋真的谈不得啊,才分开一个月,你就记不住我身上的气息了?"

对于晏孝捷的突然出现,憋了一肚子火的温乔哪里开心得起来?她踹了他一脚,大声说:"你挺行啊,一天不出声,晚上直接出现在我家里。我明天就改密码!你赶紧走,我要回宿舍。"

晏孝捷"啧"了几声:"别的女人看到男朋友玩惊喜,早就感动死了。我家宝宝还要赶我走,真是没点儿良心呢。"

温乔在他的怀抱里疯狂挣扎:"晏孝捷,松手!"

晏孝捷就是不松手。

温乔的衣服和头发凌乱不堪,她怎么都挣不脱,烦得干脆不动了。

晏孝捷捏了捏她的小脸,眉一挑,问:"怎么?委屈了?想哭?"

温乔的呼吸渐渐加重,她警告他:"晏孝捷,我今天心情非常不好,你别惹……"

"巧了,我今天心情也特别不好……"晏孝捷一耍起无赖就是个不讲道理的浑蛋,嘴唇贴着她的脸颊,说,"我玩了一天滑板,又赶紧飞过来,你要……"

他故意顿住。

"要什么?"她不耐烦地问。

晏孝捷握住温乔的手腕,将它拽进了自己的卫衣里,在他的腹肌上滑来滑去。

"好多汗啊,你要帮我洗干净。"他说。

"啪",温乔伸手按下开关,客厅里立刻变得灯火通明,两个人的眼睛都被光刺得发疼。

她挣不脱,干脆踢人,对他说道:"厕所在右边,自己洗。"

她真使了狠劲,晏孝捷疼得摸了摸腿。见她想逃,他伸手又把她拎回了胸前,说道:"我说得很清楚,你帮我洗。"

温乔是真的烦了一整天,闻言没好气地说道:"怎么?你的手是废了吗?"说罢,她还讽刺道,"你刚才抓我时那么有力,洗澡就没力气?"

他见不得她挑衅他,于是箍住她的脖子,头朝前一低,强势地吻了上去。

这吻磨得温乔嘴皮疼。

对晏孝捷的千里现身,她没有感动,还在生他一天未回自己信息的气。

她用尽力气推开了他,说道:"别惹我。"

可晏孝捷也生气。他买了时间最近的机票飞过来,作为男朋友,已经付出够多,索要一点儿关怀,不觉得哪里过分。

他有点儿生气地摸了摸唇角,问她:"怎么?亲都不让亲了?"

这是他们第一次发生争执。

也因为不在同城,他们错过了解决问题的黄金期。

他们都不高兴,互不相让。

窗户留了些缝隙,好在秋夜的冷风缓解了点儿两个人的脾气。

温乔并不想吵架,尽量控制住自己的脾气,说道:"明天是周一,我有课,你自己洗完澡在我屋里睡,我得赶回宿舍。"

晏孝捷怒了,问她:"我从香港跑来找你,你让我独守空房?"

温乔一急,提高分贝道:"一条微信或一通电话就能解决的事情,你非要拖一天，还大老远地跑来北京！你能不能不要这么任性？"

说完，她意识到自己的措辞好像有些过激，但她就是因为他一天未回微信这件事而不高兴。

温乔尽量让自己的情绪缓和下来，随后又说道："我一起床想到这件事，就向你道歉了，可是你一整天不回我的微信，也不接我打去的电话。你扪心自问，到底是我不在意你，还是你不在意我？"

她越说越觉得委屈。

晏孝捷："我人都出现在你眼前了，你说我不在意你？"

"可问题就是你出现在了这里！"温乔高声反驳回去，"你什么时候才能做事沉稳一点儿，不要这么任性呢？当我知道自己错了向你道歉的时候，你为什么不回我？如果早上你接了我打去的电话，我们好好谈谈，现在是不是……？"

"因为，想见你。"

晏孝捷抢了话，没急，没喊，甚至语气很平静，但温乔哑了口，心仿佛被什么钳得很紧，紧得有点儿发疼。

他像要透过她的双眼将她看透，心像灌了铅般沉，说道："我们刚开始谈恋爱就是异地恋，我承认，我没有那么勇敢，我没有安全感。"

温乔怔住，吸了吸鼻子，说道："你就这点儿心理承受能力？那你一开始还一副无所畏惧的样子？"

一个在煽情，一个在不识趣地打破氛围，甚至是挑衅。

似乎从认识那天开始，他们就习惯了互相拆台的相处模式。

晏孝捷手一抬，猛地朝瓷砖上一撑，将温乔圈在了身下。她从他青筋紧绷的手臂看得出他又恼火了，他的眼神太具有侵占性。

"那件事，不如今晚解决。"他说。

温乔又一次推开了他："我说过我明天有课，必须回宿舍。"

跟一个无赖说话是最累的，因为他根本不会听。温乔低声喊："我说了今天不想做！"

最后，晏孝捷自然没做成他想做的事，并且被温乔惩罚写一份一千字的检讨书。

十五分钟后。

在洗手间里吹完头发的温乔穿着舒服的睡衣回了房，棉质的面料显得她更清瘦了。她看着正趴在桌上写检讨书的男生，不禁笑出了声。

能让晏孝捷这种脾气暴躁的大少爷乖乖投降，不要面子地写检讨书的人，这个世界上还真有且只有温乔一个。

看上去，他写得还挺认真。

温乔走近了些，像老师教育学生一样，手背在身后问："写完了吗？"

晏孝捷落下最后一笔："嗯。"

"站起来。"

"好。"

她指着右边的墙："过去，对着墙站。"

他算是反应过来了，问她："你是想让我面壁思过？"

温乔点头："嗯。"

不哄好她，他就别想睡觉。晏孝捷还算有点儿自知之明，二话不说，立刻站到墙边，对着冰冷的墙面，只是身子不禁打了个寒战。

见他站好了，温乔在床沿上坐下，稍稍抬起下颌，对晏孝捷说道："大声朗读检讨书。"

女朋友说什么就是什么。

晏孝捷将手中的纸一展，还像模像样地抖了抖，清了清嗓子，念道："本人晏孝捷，作为温乔的男朋友，不仅聪明、帅气，还……"

"晏孝捷！"温乔真被他折磨烦了。

晏孝捷侧过头，朝那张鼓起的小脸一笑："对不起，没忍住，即兴发挥了一段。"

她皱紧眉心："正经点儿。"

"好。"晏孝捷又转过身，继续对着检讨书念道，"本人晏孝捷，作为温乔的男朋友，不应该因为个人情绪就不及时回复乔乔宝贝的消息，忽略了乔乔宝贝的感受，让她生了整整一天气。我也不应该在不知会她的情况下，擅自飞来北京。更不应该强迫她，企图和她发生关系……"

这会儿他的语气认真了许多，温乔也听舒心了。

"请乔乔宝贝原谅我。如果还有下次,你可以随便责罚我,也可以不要我……"晏孝捷说到这里,停住了。

他刚才在浴室里有多狂,此时就有多像一条被驯服的猎犬。

温乔算是满意了。不过估算没到一千字,她又故意刁难道:"甜甜,字数不够呢。"

晏孝捷将手朝后一伸,比了一个"好"的手势:"我还没念完呢。"

"继续吧。"

"嗯。"

"窗外的麻雀在电线杆上多嘴,

"你说这一句很有夏天的感觉。

"手中的铅笔在纸上来来回回,

"我用几行字形容你是我的谁……"

晏孝捷用朗读的声调念歌词,温乔不悦地吼道:"你在耍我吗?抄歌词充字数?"

他将身子向后微微一仰,朝她挑挑眉:"温乔同学,有点儿耐心嘛。"

行,那就让他继续。

温乔压下怒意,继续听着。

晏孝捷:"雨下整夜,我的爱溢出就像雨水。

"窗台蝴蝶,像诗里纷飞的美丽章节。

"我接着写,

"把永远爱你写进诗的结尾。

"你是我唯一想要的了解……"

他真的念完了一首歌的歌词。

在温乔再次动怒前,晏孝捷说道:"今天是我们认识的第三百七十七天,也是我和你分开的第五十二天。每天睡前,我都会听好几遍《七里香》,回想我们读高中时黏在一起的美好时光。我的确比你更怕异地恋,我的脾气在与你分别后变得比过去更差,甚至变得更小气。因为我怕你被人抢走,很怕失去你。乔乔,请你原谅我的任性……"

晏孝捷的喉咙忽然变得很紧，他顿了顿，哽咽地念完："我只是很想很想很想见到你，很喜欢很喜欢很喜欢你……"

手背上有泪花溅起，濡湿了肌肤，温乔抿着唇，掉了泪。她害怕认真起来的晏孝捷，因为这样的他总能让她越陷越深。

他太坦诚了，坦诚得像一块洁净的玻璃，从任何角度看，都是透明的。他也总是将心里最真实的话告诉她，即使按他的话来说，这样有点儿不酷。

并不想在半夜过分煽情，温乔整理好情绪，爬上床，钻进被窝里，说："好了，检讨书念完了，接下来，你面壁思过十分钟吧。"

"什么？"晏孝捷恼火地说道，"我这么声情并茂地朗诵完一篇满分作文，你还让我罚站？你真是没良心啊。"

他才不要站呢！他要去被窝里。

温乔一挥手臂，说道："给我站回去！"

算了，十分钟就十分钟，晏孝捷不情不愿地又转过身，对着墙罚站去了。

刚入秋，北京还没到开暖气的时候，但是北方的秋夜有点儿凉，尤其他还是对着墙站着。

五分钟后。

晏孝捷有点儿站不住了，试探着问床上的女主人："乔乔，可不可以让我穿上外套？"

为了穿外套，他都撒娇了。

温乔侧着身窝在被子里看朋友圈，刚看得"咯咯"笑，听到他的请求后脸色就一冷："不能。"

"但是，"晏孝捷摸了摸自己冰凉的胳膊，眉一皱，"我的胳膊好冷。"

"……"

看着他可怜兮兮的模样，温乔有点儿不忍心了。她一放晏孝捷自由，他就赶紧从衣柜里取了外套和长裤，迅速穿好，然后孩子气地扑向床面，隔着棉被，抓着她的腿："乔乔宝贝，我来了……"

这浑蛋真是正经不过三秒钟。

温乔没理他，放下手机，关上台灯，将被子一压，侧着身休息。

"晚安。"她说。

晏孝捷腿一抬一压，用力地锁住了她的身子，手也不安分地伸进她的睡衣里，说道："睡不着，再聊聊天儿好不好？"

温乔一边不停地打那只讨人厌的手，一边说道："晏孝捷，睡觉。"

"好，我睡。"

他刚安静了一秒钟，手又缠住了她，说："让我抓着睡，不抓我睡不着。"

"松手。

"松手。

"松手。"

温乔急得大喊："才写完检讨书，你又这样！"

他毫无动静。

她烦躁地动了动，顶了顶身后重重的身子，叫他："晏孝捷？"

她连喊四声，他都没反应。

不久，她的身后传来了均匀的呼吸声，他像是睡着了。温乔彻底没办法了，只能任由他像流氓一样抓着自己睡。

第二日。

纱帘不挡光，不过秋日的晨光并不刺眼，给洁白的屋里覆了层浅浅的金色。

"阿晏……"

一醒来就要叫他，还要抱抱他，这是温乔的习惯，只是她摸了一圈都没摸到他。

她几乎是被惊醒的，睁开眼后没看到晏孝捷，心里慌了，害怕他是不是赶飞机，不告而别。她打开手机，没看到他给她的留言，掀开被子，穿着拖鞋就飞奔了出去。

她刚走出卧室，就闻到了面条儿的香味。

厨房和客厅连在一起，逆着光，她看到了穿着灰色的运动裤、赤裸着上身的男生。他正在切葱花，旁边的锅里是煮沸的面条儿。

晏孝捷此前只下过一次厨，做了一盒不成形的寿司。此时他对着手机里的教程，边学边做。

忽然，一双柔软的手从身后环住了他，温热的小脑袋贴在他的背上，轻轻的呼吸扫过他背后的肌肤。

"阿晏，我以为你走了。"温乔说道。

晏孝捷像带着一只无尾熊，艰难地移动着。他揭开锅盖，将面条儿搛到碗里，笑了笑，说道："我是要走，不过是坐下午一点的飞机走，还能和你在一起待几个小时。"

温乔不喜欢离别，连"要走"两个字都不想听。她不说话了，就这样抱着他，像小猫一样，手还在他的前胸挠挠、抓抓。

公寓门外也不安静。

乔岚像是刚睡醒，看起来有些疲倦。她身旁的男人是邓兆良，他的手里拎着她的皮包。

"我说了你在楼下等，我进去换件衣服就下去。"

"想跟你一起。"

答应和这位法医试着谈谈前，乔岚以为他是一个斯文儒雅的人，没想到被他骗了。他对外和对内真是判若两人。要不是男人对她不错，她也不会和他继续在一起。

乔岚刚推开厚重的门，邓兆良就迫不及待地将她推到墙上。"哐当"几声，鞋架上的鞋都被晃到地板上了。

就在这时，乔岚看到了厨房里的两个孩子，一把推开邓兆良。

四个人面面相觑。

看到突然到访的晏孝捷，乔岚指着他，问："你不是在香港吗？你们在这里干什么？"

温乔才想起晏孝捷没有穿上衣，情急之下，随便从台子上拎起一块抹布扔给他，并对他说道："挡住。"

晏孝捷很嫌弃地说道："乔乔，这是抹布。"

温乔站到他的身前，语气坚定地命令道："你先挡！"

他听话地用两只手捏起抹布，挡在了胸口处，表情迷茫，笑容尴尬。

撞见妈妈和邓老师的激情一幕，温乔脑子里很乱。过了一小会儿，她还是想问个明白，于是问邓兆良："邓老师，你和我妈妈在一起了吗？"

他以为温乔是暂时无法接受自己做她的后爸，和乔岚对视交流了一番，得到默许后，答："嗯，是的，我和你妈妈在一起四个月了。"

"……"

四个人在公寓里吃了早餐。

邓兆良和乔岚进房间里谈事，温乔等晏孝捷收拾好后，和他一起下了楼，准备送他上车，然后回西城校区。

楼下的秋风吹在人身上很舒服，轻轻柔柔的，也不凉，被阳光照着，还有些暖意。

晏孝捷揽着温乔慢慢走，感叹道："让女儿的偶像做自己的后爸，乔阿姨真是厉害啊。"

她却没精打采地说道："我觉得她配不上邓老师。"

晏孝捷听笑了，戳了戳她的头："温乔，听你这话，不知道的人还以为邓老师是你爸，乔阿姨是你后妈呢。"

温乔就是很不开心："她比后妈还差劲。"

晏孝捷这会儿才想起她家的事。不过，他没时间和她多待了，抬起手，看了看手表，说："我要走了。"

温乔的脸色沉了下来。

晏孝捷将运动包背好，另一只手拉着温乔。他们都不愿意分开，可异地恋就是这样，匆忙地见面，又匆忙地分开。

谁都没有说话，他们的两只胳膊就这样荡来荡去，直到一辆黑色的专车停到了路边。晏孝捷的手机里来了提示，是他约的车到了。他即使再不舍，也还是松开了那只软绵绵的手，又说了句："我走了。"

温乔忍住难受，点点头："嗯。"

晏孝捷也讨厌离别，但只能心一横，撒了手，然后坐进了车里。他隔着车窗朝外面的温乔挥手，示意她快点儿回学校。

不想目送车离开，温乔立刻转过身，朝公交车站走去。微风一吹，树干晃动，银杏叶飘了一地，还有几片落在了她的白色毛衣上。

她不想听街道上的声音，于是颤着手戴上了耳机。可不巧，耳机里正在播放的是周杰伦的《一路向北》。

"你转身向背

侧脸还是很美

我用眼光去追

竟听见你的泪

在车窗外面徘徊

是我错失的机会

你站的方位

跟我中间隔着泪

街景一直在后退……"

公交车站里,一切仿佛都消了音,温乔的世界里只有歌声。她走着走着,哭了出来。不想让路人看到她崩溃的模样,她边哭边擦眼泪,毛衣的袖口处被泪水浸湿。

她不得不承认,她习惯了晏孝捷围绕在她身边的生活,她受不了他突然消失。

突然,有一只手绕过温乔的肩,伸向前,将她的耳机扯了下来。那是带着风疾步追来的身影,身上还有海洋般的气息。

下一秒钟,她的唇猝不及防地被人吻住,那人吻得很用力。是晏孝捷,他舍不得走,也知道她舍不得他走。他下了车,狂奔过来。

"阿晏……"

比起接吻,温乔更想要拥抱他,想钻进他的怀里,想被他霸道又肆意的爱包围。她在哭,过了半天才说出一句完整的话:"你快赶不上飞机了。"

就算再舍不得,她还是得让他回中国香港。

晏孝捷没撒手,还是紧紧地抱着她,他的喉结滚动了几下,有些哽咽,但还是带着笑说:"我不走了。"

温乔有些紧张地推开他,问道:"什么意思?你别胡来,快回去上课。"

在恋爱里,晏孝捷更像一个小孩,更贪婪,更依赖她。他轻轻地抚着她的脸颊,一点点地替她抹去眼泪,说道:"这一周我都待在北京,一直陪你到周日,陪你过完生日再走。"

温乔："……"

晏孝捷真没有回香港。他向老师请了一周假，不过并没荒废学业。白天，他都在温乔的公寓里线上学习，晚上和她甜甜蜜蜜地待在一起。一连几天，他们一起去了很多地方。

周五，温乔生日的前两天。

晏孝捷又摆出了阔气样，说要请靳凡和孙舒与好好吃一顿，把地址定在了故宫旁边的烤鸭店。其实是他知道温乔一直挺想去故宫旁边的饭店，想知道在里面吃饭是什么感觉。

下午五点。

去国贸转悠了一圈的晏孝捷打车去西城接温乔下课。见她还没出来，他便一个人坐在椅子上玩起了手机。

温乔下午有一节刑事心理学的课。

下课后，她又一次撞见了来本科部上课的陆成郁。

都遇见了，温乔也不好完全避开他，两个人并肩往同一个方向走去。

白云散开，晚霞出现在天际，夕阳的余晖从树枝间落下，晏孝捷的白色外套被染成了暗黄色。他早就收起了手机，站在小路上看着教学楼。

当夕阳下的两道身影由模糊变得清晰时，晏孝捷看清了，一个他不认识的男人居然和他的女朋友有说有笑地一起走着。

像是担心的事真发生了一样，晏孝捷的占有欲开始作祟，心间的怒气使劲一拧，他的情绪根本藏不住。

看到不远处高大的身影，温乔紧张地扯着包带飞奔去了晏孝捷的身边，想拉他走。不过他没走，反而折了回去，和陆成郁客气地打起了招呼。

晏孝捷伸出手："你好。"

陆成郁握住他的手，问："你好，你是……？"

温乔走过去，挽住晏孝捷，大方地对陆成郁介绍道："我男朋友，晏孝捷。"

随后，他们竟然聊上了，且语气很平和。两个人寒暄了几分钟，不知道的人还以为是老友相遇。

这怪异的一幕让温乔紧张死了,她不知道向来小气的晏孝捷在这里装什么大度。她牵着晏孝捷往校门外走,在等车来的时候,站在马路边笑他:"刚才不像你的作风啊。"

晏孝捷晃着身子,"哼"了一声:"我又没有躁狂症。"

"你有——"温乔故意说道,"你就是那种有躁狂症的小气鬼。"

晏孝捷指着她:"你再说一句试试。"

他没发脾气,就是想逗逗她。

"小气鬼。"

"躁狂症。"

突然,温乔呜咽了一声,因为这浑蛋居然在校门口,当着那么多师生的面吻了她,还是舌吻,不撒手那种。

吻完,晏孝捷捏着她的小脸蛋说:"你认识我两年了,还敢挑衅我,我可是不要脸的。"

温乔双腿乱踢:"幼稚死了。"

"哦,我就是幼稚,八十岁了我都幼稚!八十岁了我都敢在外面强吻你!"

"你是不是有病啊?"

"温乔同学,你一个高考时语文能考一百四十分的人,词汇量不见长啊。这么多年了,你骂我时还是……"晏孝捷掐着嗓子,学她说话,"'晏孝捷,你有病啊?''晏孝捷,我才不会和你这种人好呢'……"

温乔真要被他气死了。

晏孝捷一把抱住她,将她使劲往怀里塞,并嘲笑道:"温乔同学,自己打自己的脸,疼不疼?"

她没力气和一个长不大的浑蛋计较。

四季民福故宫店。

这家餐厅特别难预订,他们算幸运,订到了靠窗的位置,窗户外面不远处就是故宫。

温乔摆了好多姿势,晏孝捷不厌其烦地给她拍了一百多张照片。

"我的好兄弟,好久不见啊。"靳凡牵着孙舒与进来了。他讲话中气十足,一来就摸晏孝捷的背,并问晏孝捷:"你是不是练壮了啊?"

孙舒与打趣道:"壮没壮,那得问乔乔。"

温乔都懒得理这两个不正经的人。

四人坐下后,很快点完了餐。其实烤鸭店里的菜大同小异,他们主要是来聊天儿的。这是他们从祈南二中毕业后第一次聚餐,还是在北京聚餐,老友重逢,格外兴奋。

靳凡像听到了什么趣事,问温乔:"什么?他非要早上三点拉你起床去看升旗仪式?"

温乔点头,提到这件事,还是一脸倦意。

晏孝捷将胳膊撑在桌上,慵懒地喝着茶,吐槽道:"你们真没劲,来北京这么久了都不看升国旗。"

靳凡:"我怎么不知道,原来你这么积极向上呢?"

一阵哄笑声响起。

这边的欢乐场景被对面那桌的人看到了。

很巧,对面是陆成郁和几个朋友在聚餐。其中一个男生摇着手腕,晃着杯子,看着温乔,笑着问陆成郁:"老陆,这你都不追?"

陆成郁很严肃地说道:"老冯,你别胡说,人家有男朋友。"

"别和我扯那些。"男生说,"她和那男的不是异地恋吗?异地恋有几对能成的啊?你自己也清楚。"

说起失败的恋爱,陆成郁没吭声。

男生的目光一直在温乔的身上,他说:"去年你说在活动上认识了一个女孩,长得特漂亮,那么激动地给我们发微信的时候,我们还以为你要做点儿什么呢。"

陆成郁再次严肃地解释道:"那是因为那次活动结束前,我不知道她有男朋友,算我瞎激动了。但人家是真的很恩爱,你别再胡说了啊。"

这个男生又说:"有一说一,这姑娘是长得挺水灵的。说句不道德的话,我真希望她分手,你去追。"

"老冯,"陆成郁是真要生气了,"给我好好讲话,再多讲一句,我就点十只烤鸭,你买单。"

冯翊做了个"封嘴"的动作。不过,他时不时地还往那桌看,不仅看温乔,还看她身旁的男生。

烤鸭店里热闹非凡,待久了发闷,温乔和孙舒与、靳凡却聊得很起劲。

吃了满手油,晏孝捷去了趟男厕所。洗手的时候,他察觉旁边有人看自己,但又确定这个穿着黑色外套的男生自己并不认识。他没多想,突然想抽根烟,于是走出了烤鸭店。

北京昼夜温差大,晚上的风还挺凉。晏孝捷裹了裹外套,拐到了后巷的墙角边,从兜里掏出烟和打火机,娴熟地抽了起来。烟圈缭绕,又呼吸了点儿新鲜空气,他觉得舒服多了。

手机响了,是温乔发消息问他去哪儿了。

晏孝捷刚回复完,便听到那头有人提到了"温乔"两个字。他虽然以为是同名,但还是好奇地走了过去,做了偷听这件不道德的事。

两个抽烟的男生在说话。

穿着黑色衣服的男生:"老陆看上的这姑娘是真不错,名字也挺好听——温乔。"

穿着黄色衣服的男生:"老陆就喜欢这款,他的前女友琪琪不也长这样吗?高高瘦瘦、清清秀秀的。"

穿着黑色衣服的男生吐了一口烟圈,说道:"不是,这个温乔要比琪琪漂亮多了,尤其是腿,那么长,那么细,还倍儿直。"

穿着黄色衣服的男生笑了,又说道:"不过人家真有男朋友了,你一直让老陆去追,是不道德的。"

"什么道德不道德?"穿着黑色衣服的男生瞥了穿着黄色衣服的男生一眼,"异地恋就不是恋爱,几个月见一次。就算没有老陆,也有老马、老李。那姑娘长得那么漂亮,在公大都能算校花了,等着吧,她那个男朋友也就是个摆设。"

穿着黄色衣服的男生赞同地说道:"也是,异地恋谈起来跟丧偶一样,搞不好没两天就吹了。"

烟抽完了,穿着黑色衣服的男生去垃圾桶那边扔烟头,刚抬起头,脸上就被揍了一拳。巷子里没什么光,但在月光的照耀下,他看清了打他的人的样貌,是那仙女的男朋友。

要不是真忍不了火,晏孝捷是绝对不会动手的,还是在北京动手。他揪起穿着黑色衣服的男生的衣领，又揍了过去，男生接连挨了三拳。

穿着黑色衣服的男生怒了，问他："不是随便说两句都不行吧？"

晏孝捷狠狠地揪着他不撒手，怒道："你这张嘴，刚才就应该在厕所里塞点儿屎！"

穿着黑色衣服的男生也壮，挨了几拳后开始还手。他猛地将晏孝捷推到墙角，朝晏孝捷的脸颊挥去了两拳。穿着黄色衣服的男生不敢惹事，一直在劝，但两个身材高大的男生力大如牛，他根本扯不动。

拳挨皮肉的声音很响。

一片混乱中，一个女生说道："晏孝捷，住手！"

说话者是温乔。她刚绕到这边，就看到晏孝捷在惹事，立刻严肃地叫住他。

就算根本没消气，晏孝捷还是听话地收回了拳头，喘着粗气，怒视着穿着黑色衣服的男生。

温乔走过去，在昏黄的路灯光下，看到他的嘴角流了血。

晏孝捷知道打架不对，怕她生气，诚恳地向她道歉："乔乔，对不起，我……"

他话还没有说完，就见温乔走开了。

"你好。"温乔叫住了往前走的穿着黑色衣服的男生。

男生错愕地转过身，抹着嘴角，疼得蹙眉，问温乔："什么事啊？"

面对两个身材高大的男生，温乔并没有畏惧。她又往前走了两步，脚步声很重。

她冷冷地说："向我和我的男朋友道歉。"

## 第十章
## 387 天

几个人就这么在墙角僵持着,直到陆成郁出来。

他大致了解了事情的前因后果后,替自己的朋友向温乔、晏孝捷赔礼道歉。

一场闹剧结束,众人都散了。

公寓里,晏孝捷赤裸着上身,坐在浴室里的板凳上。本来还在气那男的,但一看到温乔凑过来给他涂药,他就开始装娇气。

"哎呀,"他就爱故意这样装柔弱,"好痛,乔乔宝贝,你轻一点儿。"

他就这样。

温乔可没将动作放轻,该用什么力道就用什么力道。她用棉签蘸了蘸药水,又朝他嘴边的口子涂去,冷冷地说:"那每次我让你轻点儿的时候,你怎么越来越重呢?"

她一讲到这种事,晏孝捷就不觉得疼了,不怀好意地说道:"宝贝,这两件事怎么能一样呢?"

他话音刚落,就被一团棉花糊了一嘴。他感觉难受死了,朝地上狂吐。

给他上完药后,温乔站在水池边收拾药盒。

她刚洗完澡,穿着一条棉质的睡裙,裙子不长,刚过大腿根。晏孝捷盯着这双玉腿,琢磨着什么。

温乔的腿的确太完美了,又长又细。她那极细的、雪白的脚踝,还有骨肉分明又光滑细腻的膝盖,也让他挪不开视线。

他一想到那两个流氓说的话,占有欲就又涌了出来。

他喊道:"你过来!"

他这语气还有点儿凶。

不知道自己这位任性的男朋友又在发什么脾气,温乔扣好药盒,走到他的身前,问他:"干吗?哪儿又疼了?"

晏孝捷直勾勾地盯着她的大腿,不安分地摸了摸。

温乔身体很敏感,细细的腿颤抖着。

晏孝捷坏笑着,不说话,掌心又往下滑。他摸着她的大腿,她的腿部皮肤太嫩。

浴室里放了香薰精油,那味道让人闻了后觉得很舒服。

晏孝捷还盯着这双腿。他就是一个幼稚鬼,本能地认为这是他的私有物,绝对不允许别人碰,也不允许别人拿它当话题瞎聊。

晏孝捷霸道起来真挺不好惹。

"你身上就是这双腿长得太引人注目了,读高中那会儿,男的都说'二班温乔的腿太完美了'。"接着,他话锋一转,骄傲地说,"要不是老子替你出了头,你都不知道会被哪个混账缠上。"

如果是平时,温乔真懒得搭理他,甚至会反驳他,但此时,她坐到了晏孝捷的腿上,两条长腿朝两侧一伸,性感极了。她用双手环住他的脖子,说道:"那我要谢谢孝哥看得上我。"

这个高傲冷淡的美人偶尔撒起娇来,还真让他招架不住。

晏孝捷认真地问:"我好像从来没有问过你,后来,你为什么会向我表白?"

其实,温乔自己都不知道原因,只记得当时有一股力量,把她往他的身上推。她身体向上一伏,在晏孝捷的胸上蹭了蹭,说:"因为,想要看看你到底有多厉害。"

就是一句情话罢了,但晏孝捷似乎要将温乔看透。

他承认，比起煽情的话，他更爱听这种话。

如果不吵架，他们的甜腻是粘牙的程度。

那一晚，晏孝捷和温乔温存了两次。

周日是温乔的生日。

很不巧，那天北京下了入秋以来最大的雨。

晏孝捷本来还想给她制造一份独一无二的惊喜呢，最后两个人窝在公寓里煮火锅，吃了一个蛋糕，看了两部电影，就这样平平淡淡地过了一天。

他喜欢高调，但温乔相反——她就喜欢两个人窝在一起做喜欢做的事。

不过，晏孝捷背着她悄悄地做了一件事。

周一下午三点，首都国际机场。

晏孝捷要回中国香港了。在北京的这一周，他开心到差点儿以为不会和温乔分开了。快乐总是太短暂，他拖到今日凌晨五点才愿意去睡。

他不想让温乔来送他，但她还是跟来了。

她上次要离开中国香港是被晏孝捷送，而送人和被人送的感觉天差地别。温乔讨厌家里热闹了一周，又突然冷清那种落差感。

这一周，好像北京的每个街头、角落都有过他耍无赖的身影，她的右手也总被他大大的手掌牵着。

这一刻，她很讨厌异地恋。

港澳台出发安检口人来人往。

"证件都带了吗？"

"没落东西吧？"

温乔在唠叨，但晏孝捷看出她想哭。他一直轻轻地抚摸着她的脸颊。鼻子很酸，她带着鼻音又开始嘱咐："你记得陪孝孝玩……"

"还有滑板，不要玩那些刺激的动作……"

她有点儿说不下去了，晏孝捷摸到了她眼角的泪，说道："乔乔，我有东西给你。"

温乔惊讶地问:"什么东西?"

"你的生日礼物。"

温乔整理了一会儿情绪,看着晏孝捷从包里取出一个红色的盒子。他轻轻地将盒子打开,里面是一对卡地亚的情侣对戒。

温乔有点儿惊讶地问:"你干吗啊?"

晏孝捷边取出女款的那枚,边笑着说:"别紧张,不是婚戒,只是情侣戒指而已。"

"哦。"她还害羞了。

晏孝捷将盒子放进包里后,托起温乔的右手,她的五根手指白净、细长。他将戒指缓缓地戴到她的中指上,然后将自己的那枚戴到自己左手的中指上。

戴好后,他牵住她的右手,问她:"喜欢吗?"

温乔羞涩地盯着戒指,问他:"你什么时候买的啊?"

晏孝捷答非所问,有点儿烦躁地说道:"我问你,喜不喜欢?"

"嗯,"温乔笑道,"喜欢,很喜欢。"

她是真的很喜欢这份生日礼物。

晏孝捷扣住她的手,想起了一些事,有些难受地说:"乔乔,我接下来的课程会很紧张,应该不会来得这么频繁了。"

她的心猛地一沉,瞬间跌落谷底,她低头,眼眶红了。

晏孝捷的心里也不好受,他紧紧地握着那只小小的手,问她:"知道我这次为什么会这么任性,说来就来吗?"

温乔哽咽地问:"因为想见我?"

"是。"晏孝捷点头,"还有,你知道的,我们要成为优秀的外科医生和法医有多难,接下来我们都不会轻松。所以,我只是想在我还有资格任性的时候,不管不顾地跑来见你。"

温乔不想听这些,一把抱住了他,整个身子扑在他的怀里,说不出一句话,只想藏起来哭一会儿。晏孝捷只是轻轻地拍着她的背,也没有说话。

他们的周围很吵,这里的大多数人也是在分别。

时间真的来不及了,晏孝捷叫了温乔一声,她好像还不愿意撒手,就赖着不动。过了几分钟,她才慢慢地从他的怀抱中出来,眼睛都哭肿了。

他马上要登机了。

晏孝捷捧着温乔的脸吻了吻，然后不舍地走了。

温乔看着那道只属于她的高大背影挤进人群里，在电梯里一点点地消失。她转过身，迈着沉重的步伐，无力地走到椅子边坐下，低着头，一直哭。

飞机上，晏孝捷在头等舱里坐下，一瞬间的安静后，他的心更难受了。他望向窗外，不停地哽咽。忽然，他收到了一条微信，是温乔发给他的。

这条微信很长。

Qiao：“阿晏，那两年辛苦你了。我们在一起后，你还是好辛苦，因为，我好像算不上一个合格的女朋友，总是你在付出，在包容我，谢谢你。以后，我也会义无反顾地奔向你。”

晏孝捷用拇指抹掉了眼角那滴泪。他说不清自己的心情是喜悦，是感动，还是感慨，他的背脊随着抽泣颤抖着。

他又收到了一条微信。

Qiao：“阿晏，你看我的头像，还有朋友圈。”

晏孝捷刷新了一下微信。

温乔的头像变了，从她的背影变成了他们的合影。他又点开朋友圈，发现她发了九张照片——他们从开始在一起到现在的合影。

她给这些照片配文："和我家晏甜甜认识的第 387 天。"


今天的北京暴雨如注。

这场暴雨到下午四点时终于渐渐减弱了。密云某水库的一个桥洞口外被拉上了一圈警戒线，此处支着一把黑色的大伞，伞下有几名穿着防护服的法医。

他们在思考如何将卡在桥洞里的尸体挪出来。

法医中，两名是刑警队的正式法医，两名是实习法医。温乔作为公大的优秀学生，这是她第二次破格跟现场。站在她旁边的人是刚研究生毕业的陆成郁。

"小纪，一起把他抬出来。"老法医思考过后，对旁边的年轻法医吩咐道。

陆成郁跟了上去，对老法医说道："付老师，我也一起。"

老法医点头："嗯，小心。"

死者是在死后四天才被发现的，还是死在气温接近四十摄氏度的盛夏，尸体已经高度腐败。

三个男人正在桥洞边抬尸体，见他们抬得有些吃力，温乔便走了过去。

老法医皱起眉，问温乔："能行吗？不怕？"

温乔摇头，声音从口罩里传出："不怕。"

一整套防护服将她裹得严实，只露出一双眼睛，而这双漂亮的眼睛，在三年后变得异常冷静。

她明白，要做法医，首先要克服的就是对尸体的样貌和气味的恐惧。

真有人天生适合做法医，温乔就是。

她好像没有刻意地去克服什么。第一次见到尸体时，她并没有像其他同学那般害怕得发抖，除了的确对尸体的腐败气味有些反胃。

温乔、陆成郁与两位法医一起将尸体抬了出来。其他的事，两位法医没让实习生跟进太多，毕竟此行的目的主要是让实习生感受真实的案发现场。

说来也怪，尸体被抬走后，雨立刻停了。

温乔和陆成郁在一旁将防护装备脱掉，卷好放进垃圾袋里，然后递给了一位女警。

三年过去，温乔变了些样。

她以前是小家碧玉型的，在大城市里待了几年，长相和气质都变得大气了许多，一张巴掌般大的脸上，既有英气，又不失幼态，而且更沉稳、冷静了。

他们不用跟着回公安局。

陆成郁用消毒纸巾反复擦拭完手后，随口问温乔："这里不容易打车，不介意的话，我送你回去？"

温乔将消毒纸巾扔掉后，低头想了想，然后点头同意了。

他们一前一后地走到了马路上。

出现场时温乔穿得很简单：一件白色的T恤，一条蓝色的牛仔裤。她的腿像又长长了一些，笔直、纤细。陆成郁没变样，穿着黑色的T恤、牛仔裤，还是那副英姿勃发的模样。

陆成郁的车是一辆黑色的奥迪车。

温乔拉开车门后，忽然大惊失色地说道："完了！"

她着急地摸了摸口袋，又使劲掏包。

陆成郁关上车门，攥着车钥匙，小跑过去，问她："怎么了？"

温乔四处看，慌张地说："我的戒指可能落在现场了。"

很快，他们折回了水库边。

暴雨下了一天，这儿满是水雾，视线有些模糊，他们绕着草丛、石子路、垃圾桶看了一圈。

最后，陆成郁从一块石头后捏起一枚金色的戒指，对温乔喊道："温乔，我找到了。"

那头，一直蹲在草丛边找戒指的温乔，突然站起来时还有点儿头晕。她小跑着过去，把戒指捧到手心里："好险，要是不见了，晏孝捷肯定会骂死我。"

陆成郁笑得有些勉强。

陆成郁的车在郊区行驶着，晚高峰期间，回到四环估计要两个多小时。

陆成郁握着方向盘，平稳地开着车。他用余光看着温乔，发现她一直在用纸巾擦拭戒指，就像在对待稀有的宝物。他笑着问她："你和晏孝捷都谈这么久了啊？"

好像只有提到晏孝捷时，温乔才会笑得特别温柔。

"嗯，四年了。"

她捏着戒指，感慨了一小会儿，然后缓缓地戴上，笑得很甜蜜。

陆成郁转过头，没再出声，像是有些失落。

温乔和陆成郁在这几年里其实一直有交集。在公大，他们是同一个活动组的，也有共同的以及关系好的老师。活动组时不时的大聚会，他们都会参加。

这些，温乔都告诉了晏孝捷。

晏孝捷的确不舒服，但还是很相信温乔，相信他们的感情。

车行驶了大概一个小时,车上的人终于看到了点儿城市的风景——几条马路被堵得水泄不通。

忙活了一整天,温乔疲惫地睡着了。

忽然,陆成郁推了推她的胳膊,她惊醒。他指着她手中的手机,说:"电话。"

晏孝捷给她打来了电话。

温乔立刻接通。

晏孝捷所处的地方很安静,他是来报备的。

"乔乔,我晚上就不给你打电话了。我在康教授家里吃饭,一会儿还得陪他聊会儿,估计回到家都十二点了。"

听到他在康教授家里,温乔突然变了脸色,心情一下子低落了许多,闷闷不乐地回道:"哦,好。"

晏孝捷知道她在介意什么,安慰道:"乔乔,你不要想多了……"

他刚解释,却突然被打断了。

"Jerrie,宝姨做好饭了。"

电话里出现了敲门声和温柔的女声。

温乔知道这个女人是谁。她揪着包包,压下不悦的情绪,大度地说:"快去吃饭吧。"

晏孝捷没时间解释,就用一个亲吻结束了通话。

电话被挂断后,温乔盯着手心里的手机,思绪放空——有些事,如果非要多想,就会折磨自己。

车终于能顺畅地往前行驶了,陆成郁问:"温乔,你怎么了?"

温乔顿了顿才应:"没事。"

说话时她明显有气无力,心事重重。

其实刚才陆成郁看到了,给她打电话的人是晏孝捷。不用问他都知道,应该是小情侣闹了点儿不愉快。

一个小时后。

陆成郁终于开到了温乔租住的公寓门口。他送温乔下了车。北方有一点好:夏天要是下过雨,夜晚气温能降下一些,没祁南那么燥热。

陆成郁语气温和地叮嘱道:"今天碰了尸体,一定要再好好清洗。"

温乔扯着包带，点点头："嗯，你也是。谢谢你送我回来，辛苦了。"

他指着后面，一笑："我住的地方离你这儿不远，顺路的事，别想太多。"

一句"别想太多"，反而让温乔怔住了。

这些年，陆成郁虽然并没挑明过，但她知道他对她有意。尤其是那年在烤鸭店外，她得知其实在祁南的法医活动上，他就喜欢上了她之后，这些年，他们虽然无法避免地产生了一些交集，但基本不会单独相处。

二人简单地告别后，温乔走了。

不过，陆成郁又追了上来，叫住了她："温乔，我有点儿话想和你说。"

温乔隔着一段距离望着他，心里有些紧张："嗯，你说。"

陆成郁握着车钥匙，往前走了几步，话在嘴里转了几圈，才说："其实，我的确对你有些好感。"

突如其来的表白，将温乔吓了一跳。

"你别紧张，"陆成郁笑了笑，解释道，"我绝对不会做破坏别人的感情的事——我没有抢别人的女朋友的癖好。"

她听完，安心了一些。

陆成郁说："你看，平时我也不会找你瞎聊天儿，也没单独约过你。"

他换了更真诚的语气，继续说："我把这些话说出来，是想和你说，我们有很多必不可少的交集，我不想让你误会我的一些行为。比如上次大家聚餐，我是见已经凌晨一点了，担心你的安危，才说送你回来的，但你好像觉得我图谋不轨。"

她还是第一次听他说这些话，他的态度很坦诚，不过的确打破了两个人之间的尴尬。

温乔轻轻地笑了笑："放心，我从来没有把你往坏处想。只是，我有男朋友，我需要避嫌，请你见谅。"

她比过去更善于直接地表达自己的想法。

她说了句"再见"后,挥了挥手就走了。

陆成郁一直望着她的背影。直到她的背影消失,他才转过身上了车。

可他的心情的确是失落的。

中国香港,夜里十二点半,浅水湾的一幢高楼里。

住在这里的人非富即贵,二十五楼的客厅里静悄悄的。

晏孝捷刚才陪康教授喝了酒,胃受了些刺激,吐了。他洗了洗手,扯了两张纸,对着镜子擦着手。他身材又变得精壮了一些,衬衫里的白色T恤贴着胸膛,肌肉结实,线条清晰。

他变得成熟了许多,不过那双眼还是很清澈,有着难得的少年感。

见晏孝捷从洗手间里走了出来。康博笑他:"Jerrie,你才喝了三杯而已。"

晏孝捷甩了甩手,说道:"是我太差劲了。"

"爸,男人酒量太大不是好事。"

这时,一个女人从屋里走了出来。她穿着一条绿色的收腰裙,看上去比晏孝捷大几岁,留着一头过肩的直发,长得明艳,身材高挑。

她是康博的女儿,康芷晴。

康博笑着点头:"也是。"

康芷晴走到晏孝捷的身边,将手里的金色戒指塞到他的手里,轻声说:"小心乔乔收拾你。"

晏孝捷慌得脑子里一片空白,颤抖着赶紧收好戒指,对康芷晴道谢:"Jane,谢谢你。"

他刚才洗手时取下了戒指,居然忘了戴上,他真想扇自己一巴掌。

康芷晴笑了笑:"我送你走。"

"不用麻烦了,"晏孝捷客气地拒绝道,"我叫车。"

他们认识一年了,康芷晴每次好心地想要送他回家,几乎都被他拒绝了。她知道,他这是在避嫌。

"好,"她耸耸肩,"那我送你下去。"

晏孝捷拎起背包，抱了抱康博和宝姨后，有礼貌地跟大家道别。康芷晴对康博说，她会看着晏孝捷上车。

电梯缓缓下降。

虽然他刚才吐出来了，但胃里还是不舒服，眩晕一阵一阵的，视线一会儿清晰一会儿模糊。

康芷晴察觉他状态不对，于是问他："Jerrie，你还好吗？要不要今晚住在我家里，明天一早再走？"

一开始，晏孝捷还在逞强，直到出了电梯，没走两步，他的手死死地按着头，那难受劲似乎要将他吞噬。

"Jerrie。"

"Jerrie。"

…………

最后，康芷晴扶着晏孝捷折回了家里。

宝姨给晏孝捷安排了一间客房，然后去煮醒酒汤和养胃的粥。

康博是真把晏孝捷当作亲儿子对待了。晏孝捷可以说是他在港大教书近五年来最看好的一个学生，天生就是做心胸外科医生的料子。

当然，他们的关系这么亲近，也缘于康博是晏孝捷的外公曾庆风的学生。

客房里开了加湿器，缕缕柔雾喷出，很舒缓。

晏孝捷脱了衬衫，穿着T恤平躺在被窝里，睡得很沉，呼吸声有些重，看来是真不胜酒力。

康芷晴进去给他送热水，轻手轻脚的，不敢吵醒他。转身前，她看到桌上他的手机在振动。

是温乔给他打来了电话。

她本来没想接，但见温乔一直打，怕温乔担心晏孝捷出事，于是，她接通了电话。

那头，温乔又急又气地问："晏孝捷，你在干什么？怎么才接电话啊？你到家了吗？"

她并没有得到及时的回应。

"喂，晏孝捷。"

"喂。"

............

正当温乔急得要发怒时,电话里传出了女人的声音,还是她熟悉的声音。

"温乔,你好,我是康教授的女儿,康芷晴。晚上,晏孝捷和我爸喝了一些酒,他有些不舒服,然后我们替他安排了一间客房。请你放心,他很安全。"

那通电话让温乔彻夜难眠。

半夜两点,温乔在床上翻来覆去,憋得透不过气,于是起床去了餐厅。餐厅里只开了一盏吊灯,静悄悄的,她伏在木桌上,盯着手机发呆。

她的男朋友喝醉了酒,在教授的家里睡了,夜不归宿就算了,教授的女儿和家里的阿姨还对他百般照顾——听上去,他们可真像一家人。

其实康芷晴的解释既大方又得体,但温乔还是会胡思乱想。

虽然这三年他们每天都打视频电话,分享发生在他们身边的事,但那2190千米是实实在在的距离。

画面能解相思,但终究没有拥抱的温度。

因为距离,她变得敏感了,他也是。

理解与信任,在远距离的恋爱里变得更难。

这一年,因为康芷晴的出现,温乔失落过很多次。尽管知道康芷晴是晏孝捷的教授的女儿,也知道他们之间清清白白,可她就是产生了危机感。

或许是因为,康芷晴真的太优秀了。

温乔打开社交软件,又找到了康芷晴的账号。

康芷晴很喜欢户外运动,和晏孝捷一样。攀岩、登山、冲浪,都是她很喜欢的项目。

相同的爱好是一方面,温乔认为自己比不上康芷晴的是,康芷晴是剑桥大学医学系的高才生。那段康芷晴在剑桥大学的演讲视频她看过好几遍,每次看到一半,她的自信就会被压下去了一大截。

温乔将下巴搁在桌子上,自言自语道:"康芷晴那么完美,我要是男人我都喜欢她,更何况晏孝捷还那么好色。"

236

她烦死了，干脆一头栽到桌上，头发被她自己揉得乱糟糟的。她一想起晏孝捷追她时那副没皮没脸的样子，就觉得他会抵抗不住诱惑。

　　她总不受控制地乱想，认为以前他能撑住，是因为他们还在热恋期，但现在都三年了，他也差不多腻了。

　　…………

　　趴着趴着，温乔点开了一个监控软件，监控软件连接的是晏孝捷在中国香港的公寓。摄像头转了一小圈，孝孝从窝里摇着尾巴跑到镜头前。

　　"汪汪……"

　　孝孝都快四岁了，被晏孝捷养得很不错。

　　温乔三个月没去中国香港了，但孝孝还是和她很亲。

　　温乔贴着屏幕，噘着嘴，痛斥某人："孝孝，你爸爸现在可厉害了呢，都会夜不归宿了，还有一个美女照顾他。"

　　"汪汪……"

　　孝孝叫得很凶。

　　温乔对孝孝的表现很满意，说道："明天你爸爸回来后，你要帮妈妈教训他，凶死他，吓死他，咬他的屁股，知道吗？"

　　孝孝又叫了几声，像是答应了。

　　温乔赶紧调小了音量，但为时已晚。孝孝的叫声的确引来了乔岚。她像是刚处理完工作，戴着眼镜走出卧室，问温乔："乔乔，都几点了，你还不睡？"

　　温乔关了监控软件，收起手机，懒懒地走回去："嗯，就睡了。"

　　乔岚察觉出她的不对劲，想到这几个月她几次半夜在厨房里发呆，便问道："又是因为晏孝捷的教授的女儿吗？"

　　温乔低着头，没答。

　　之前，乔岚以为他们谈不到两年，没想到竟坚持了四年。她并不想打击女儿的信心，换了个委婉的方式，说："异地恋也是正常处对象，该怎么处理情绪就怎么处理，别压着。"

　　温乔只是疲惫地点了点头。

　　"还有，"乔岚叫住了她，说，"我的女儿很优秀，而且越来越优秀，她不比任何一个人差。"

她不想女儿因为原生家庭而自卑，于是继续说道："虽然我和你爸爸不是从大城市里出来的，也没什么文化，和那些教授比不了，但至少妈妈现在过得不差，你想要什么我都可以给你买。所以，你要再大胆点儿、自信点儿，知道吗？"

温乔悄然回过头，半暗半明的光影里，乔岚依旧漂亮，却也的确老了一些。

她将乔岚的话听进去了，抿着唇，点点头："嗯。"


中国香港。

酷暑难耐，气温接近四十摄氏度，即使到了傍晚，风也似热浪扑来。

一辆宝马X5匀速行驶。车是伍家凯的，他下午去康博家里接晏孝捷。

晏孝捷睡了个好觉，胃里舒服多了。只是，此时的晏孝捷正握着手机，一脸不解地问："哪儿没老婆饼卖？干吗非要跑到元朗去买？"

他是不懂为什么伍家凯不送自己回家，跟拖延时间一样，非要绕去元朗，弄得傍晚都没到家。当然，他的心情不好更重要的原因是，温乔已经一天不理他了。

伍家凯根本没有愧疚，解释道："我妈就想吃元朗的。"

他又瞅着这位满面愁容的少爷，笑道："乔乔肯定是因为Jane接了电话，知道你夜不归宿，生气了。"

晏孝捷没心思和他说话，只盯着手机。

这位姑奶奶微信不回，电话不接，他真要说脏话了。闷死了，他降下车窗，想透口气，结果这风更黏人，他又关上了车窗。

伍家凯都看笑了。

车里正放着莫文蔚的《呼吸有害》，他跟着节奏晃着脑袋，对晏孝捷说道："我记得你小时候就喜欢莫文蔚。"

晏孝捷点点头，随后跟着唱了起来："床边有你，厅有你，进出于脑海，寂寞充斥空气内，抑郁吸入来……"

他心情不好，连歌词都应景得欺负人。晏孝捷烦了，干脆不唱了,又开始给温乔发微信。

YXJ:"乔乔,别生气了。"

温乔未回复。

YXJ:"你来中国香港揍我行吗?求你了,你不要不说话。"

他真急了,但温乔还是没回复。

晏孝捷烦得朝车的中控台揍了一拳,指关节处都红了。

伍家凯光是看着都觉得疼。他转过头,目视前方,对晏孝捷说:"我一直以为你很花心,没想到你这么专一。"

晏孝捷听完更烦了,吼道:"滚!"

折腾了一天,伍家凯终于把晏孝捷放到了晏孝捷的公寓楼下。身心俱疲的晏孝捷上了楼,慢悠悠地按开密码锁,推开了门。

"孝孝。"

他习惯一进门就叫孝孝,但今天叫了好几声,孝孝都没应。

屋子里有些暗,只有落地窗外如星火的光点映在玻璃上,还算明亮。

晏孝捷刚准备开灯,忽然,餐桌上亮起一根蜡烛,他皱起眉,顺着烛光往前走。模糊的光影里,是一个穿着红色吊带裙的女人。她单手撑在桌上,点着蜡烛。

四根高矮不一的香薰蜡烛旁是一瓶香槟,还有一簇新鲜的玫瑰花。

晏孝捷抬起眼,看清了,那个女人是温乔。

这真是要了他命的惊喜。

他头一次见温乔穿得如此性感:绸缎贴着她的身体,称得她的身材玲珑有致,尤其是那腰,盈盈一握,跟水蛇一样。长发好像还特意被烫成了大波浪,侧披在右肩上,竟有些风情万种的味道。

烛光摇曳,隐隐约约。

温乔吹灭了火柴,将火柴扔在桌上,然后走出餐厅。她一露出全身,晏孝捷就看痴了:绸缎贴在她的身上,轻盈地摆动着,裙下是一条黑色的网格丝袜,密密的碎钻一闪一闪的,魅惑死了。

晏孝捷不知吞咽了多少次口水,喉结一直在上下滚动:"乔乔,你……"

他惊喜得说不出话。

温乔穿着细带高跟鞋，缓缓走到晏孝捷的身前。她很适合穿红色的衣服，显得她的肌肤更白，那细细的胳膊一抬，手指挑逗似的绕着他的头发打圈。

这轻轻一撩，晏孝捷就受不住了，他的两只手掌直接覆在她的臀上，狠狠一掐。

晏孝捷就是性子急，尤其是在做这件事上，他的眼里都被勾起了欲火，真来劲了，眉一挑，问她："沙发上？餐桌上？还是窗户边？"

长相变得大气了的温乔，笑起来时就真不像小女生了，更妖娆了。她懒懒地挂在他的身上，撒娇道："都行。"

正当晏孝捷准备抱起她干正事时，他的裤子突然被孝孝咬住，他又被咬了屁股。

他吼道："孝孝，松口，松口！"

孝孝根本不听他的。当然，它也只是咬着他的裤子而已。

温乔猛地推开晏孝捷，拉开一把餐椅，坐下，还跷起了腿，细细的腿优雅地叠在一起。她变了脸色，冷冷地说："检讨到我满意，孝孝自然会松口。"

晏孝捷："……"

孝孝一直咬着晏孝捷的裤子没松口。

模糊的烛光覆在温乔的身上，使她看起来有些冷漠。她跷着腿，手肘撑在桌角上，托着小巧的下巴，朝眼前可怜的男人挑眉："继续。"

晏孝捷刚才已经将能说的话都说了，但她好像还是不满意。他扯着快被孝孝咬掉的裤子，重复道："乔乔，我知道你是在气我夜不归宿，但这次真是意外。"

"什么意外？"温乔反驳，没有生气，反而温柔地问他，"难道是康教授逼你喝的酒吗？"

晏孝捷别开头，答不上来。

忽然，她脸色变冷，说道："两个月前，你和一帮同学玩到深夜，喝醉了，我给你打了十通电话，最后也是康芷晴接的。"

她终于提到了重点。

240

晏孝捷心虚地低下了头。

虽然他和康教授的女儿清清白白,但也要承认,他和温乔三年的异地恋一直风平浪静,而康芷晴的出现影响了他们的感情。他也知道温乔很大度,从未发过脾气。

所以此时,他哑口无言。

温乔叫了一声"孝孝",孝孝跑去了一边。她起身走到晏孝捷的身前,双手伸向他的衣领,绕着扣子玩了玩,忽然十指用力将衣领一扯,说道:"我知道你和康芷晴没有乱来,但是,我就是讨厌有女人替你接电话。"

头一次,她的眼神如此犀利,像要将他活剥。

晏孝捷抬起头,注视着她充满占有欲的双眼,忽然笑了。以前,他觉得自己是霸道的那一个,没想到,他敌不过她。

可是,他好喜欢。

目光顺着那细腰往下扫去,晏孝捷被黑色丝袜下的美腿彻底勾了魂,那骨肉停匀的膝盖只要稍微动动,就性感得要命。

他根本压不住欲火,炽热的呼吸覆向她的额头,问道:"三个月没见,怎么想着穿成这样来勾引我了?"他拨了拨她鬓角的发丝,继续说道,"看来,我们乔乔宝贝的醋劲很大啊?"

温乔一直没回应他。

直到晏孝捷的手伸进她的裙子里,钩住了丝袜的网格,她才喊停:"今晚,我们去外面住。"

"……"

曾家几代人都富,曾连萍也是真的宠儿子,所以去年满足了晏孝捷的要求,直接给他买了两辆车,一辆奔驰迈巴赫S级,一辆保时捷。

不过,今天开车的人是温乔。她开走了那辆宽敞的迈巴赫。

读大一时,她就考了驾照。虽然中国香港和内地的驾驶习惯相反,但她并不怕,开得很稳。

吊带裙、黑色的网格丝袜、高跟鞋……

这些足以让晏孝捷的眼睛没法往别处瞟,他只能盯着开车的美人。读高中时,他真没想过,这位邻家小仙女长开后,稍稍打扮一下,能不输女明星。

温乔平稳地开着车,将车窗降下一点儿,湿热的风拂过她的一头长发,使她更风情万种。她笑道:"你身边何止一个康芷晴啊?你在港大有多受欢迎,我都略有耳闻。我要是每个都吃醋,不得被醋淹死?"

晏孝捷往真皮椅背上一靠。他这边的窗户也开了一小半,中国香港的夏夜,就是吹会儿风都热,汗透过薄薄的白衬衫渗出来,细密的汗珠挂在他的胸膛上,竟有些性感。

他哪儿是什么安分的人呢?他就爱耍流氓,一只手直接朝温乔伸去,将她的裙子撩到大腿根上方,五根手指压了下去,粗糙的指腹压到她的大腿上,指尖伸进网格里,在她的软肉上摸来摸去。

温乔敏感得双腿颤了颤,差点儿没开稳,紧张地喊:"晏孝捷,我在开车!"

当然,晏孝捷也只是想刺激那么一会儿。他收回了手,双手枕在脑后,就这么看着她开车,看痴了。


元朗的村屋。

这里有一栋三层的自建房,是晏孝捷的外婆在中国香港的老房子,自从外婆搬去内地后,屋子一直空着。

这偏僻的村屋里静悄悄的。

他们将车停到了角落里的空地上。这里四周都没房屋,后面就是山,茂密的树叶遮住了一大片月光,漆黑得有些恐怖。

他们下车,换了位置。

温乔去了宽敞的后座,跪坐在晏孝捷的身上,他的双掌撑在她纤瘦如纸片的背上。他看了看窗外,想吓她,说道:"这附近可死过人,敢待在这儿?"

她的臀又往前挪了挪,往他的大腿上一压,她反问道:"我昨天才抬了一具男尸,你说呢?"

跟公大的学生谈这些,他的确是搬起石头砸自己的脚。

太美了,今晚的温乔美到,晏孝捷多看她一秒钟,就想立刻将她吃干抹净。

背后山高树茂，村里实在太寂静了，晚风吹过树干，发出"沙沙"的声音。幽静的环境里，角落里的那辆奔驰在动，格外打眼。

地上的暗影在剧烈地起伏。

影子的晃动已经持续了十几分钟。

三个月里的第一次释放，他们都止不住。

三十分钟早就过去了。

"还要吗？"晏孝捷用牙齿叼起温乔的手，问她。

温乔的眼里有水雾，她点点头："嗯，要。"

夜越深，山下的雾气越重。

车子像被笼罩在了月色里，动得厉害，不知过了多久。

温乔的全身软成了泥，她真的一点儿力气都没有了，但晏孝捷还没停。

许久后，后备厢合上，车里恢复了平静。

后座上，温乔跪坐在晏孝捷的身上，抽了几张纸巾，替他擦拭着额头上和脖颈间的汗水。擦着擦着，她不知是在笑还是在哭。

"我们阿晏啊，真的长大了。"

余韵过后，晏孝捷恢复了理智。他知道他们之间还卡着问题。他没动，静静地看着温乔替他擦汗。她突然停下手上的动作，吻了吻他的鼻尖，说道："其实，你比我刚认识的晏孝捷成熟多了，是我要得太多了，是我总想你变得更成熟。"

他知道她想说什么，一把抓住了她悬着的手腕，撑开她的手掌，同她十指相扣，哽咽着说："乔乔，我知道我很爱玩，这几年没少让你担心，尤其是康……"

温乔打断了他的话："这么浪漫的夜晚，我不想听到其他女人的名字。"

他点点头。

温乔继续说："记得吗？我第一次隔着屏幕乱吃醋时，你明明解释了很久，但我还是很凶地骂了你，虽然你没有发脾气，但我知道你不好受，你只是在忍。"

她的眼里渐渐有了泪水，她又说道："那次后，我怕伤到你，怕会骂走你，所以，我告诉自己一定要大度。可是，装大度又让我很憋屈。"

晏孝捷听着听着,鼻尖红了。他将温乔死死地抱在怀里,轻轻地抽泣着说:"乔乔,对不起。不是你的要求过分,而是我做得还不够好,是我还太幼稚,才让你没有安全感。我会变得成熟的,你相信我,好吗?"

温乔发不出声,背脊轻轻地颤着,只点了点头。她的身子又被晏孝捷更用力地抱紧了,他不停地向她道歉:"从明天开始,我一定不会再让你担心。

"一定不会……

"对不起……

"乔乔,对不起……"

深夜无边。

那个长大了的少年,在面对他十六岁时就喜欢的女孩时,依旧真诚。

## 第十一章
# 十八岁的约定

那次分别后，晏孝捷的确改变了许多。

滑板被他放在柜子里都快落灰了，他再没有十二点后回过家，更没有夜不归宿。康芷晴也渐渐地淡出了他的生活，即使去见康教授，他好像也没再和她碰过面。

直到学医科的最后一年，晏孝捷在仁港医院实习时，他们才又有了交集。康芷晴是心胸外科的主治医生，刚好带他。

又是一年夏季。

中国香港的雨总是来得突然。

医院的电视机里滚动播放着一条关于突发事件的新闻：大巴车司机酒后驾驶，导致五人受伤，三人死亡。最后，大巴车司机与车上的乘客一起被送往了离出事地点最近的仁港医院。

医院的急救室里乱成了一锅粥，所有的护士都抽不开身，一人被当成三人用。帘子后是一片凄惨的叫声，护士耐着性子哄着患者的亲属，让他们在一旁等候，忙得焦头烂额。

一间手术室里亮着灯。

正在被抢救的人是大巴车司机，胸部撞击严重，失血过多。

主刀的是主任顾问医生庄言和专科医生康芷晴。晏孝捷是这一批实习生里庄言最喜欢的,庄言便让他做了第一副手。

手术已经进行了很久。

由于这次事故造成的伤亡人数过多,庄言被一通电话叫走了。他在走之前看了看康芷晴,问她:"你好吗?"

康芷晴点了点头:"好。"

庄言很信任康芷晴,毕竟她的父亲是医科教授,她本人也资历较深,手术经验也算足。但这到底是大手术,她深呼吸了一下,缓解了一下紧张的情绪,然后手掌利落地伸向晏孝捷,说道:"手术刀。"

晏孝捷虽立刻将手术刀递了过去,但他充满怒气的眼神还是被康芷晴捕捉到了。

康芷晴在进行手术前,对晏孝捷严肃地提醒道:"别分心,注意力集中。"

晏孝捷也不允许自己在手术室里闹情绪,调整好状态后,开始认真工作。这是他第一次跟着专科医生做大手术。

他平时这么浮躁的一个人,将严谨都用在了手术台上,和平时简直判若两人。

做一场手术太耗费精力。一个小时已过去,明晃晃的手术灯照得手术室里的医护人员的额头上冒出了细汗。

庄言没有回来,将给患者做手术的重担交给了康芷晴。她全神贯注了这么久,拿着手术刀的手从来没有抖过。晏孝捷悄悄地看了她几眼,的确佩服她,但立刻回过神来,继续做好自己的工作。

手术又持续了半个小时后,助理在仪器前及时向康芷晴汇报:"康医生,病人的血压恢复正常。"

康芷晴的手依旧很稳。手术基本成功,只剩收尾的部分时,她看向晏孝捷,问他:"Jerrie,你做缝合,好吗?"

"好。"晏孝捷点头。

康芷晴退到了一边,抬起双手,手套上都是血。

晏孝捷弓着背,盯着被从鬼门关前救回来的患者,压着心底的怒气,一丝不苟地进行缝合。

手术灯熄灭。

手术成功。

晏孝捷在水池里疯狂地搓着手，然后脱下手术服，几乎是朝地上甩去。手术成功了，他却很不开心，推开门，疾步穿梭在走廊里。

周围的声音他都听不见。

"砰——"

有人将一罐被打开的可乐直接扔到晏孝捷的身上，晏孝捷的衣角和裤子全被浸透。紧接着，朝他扔可乐的人怒吼："你就是给杀人犯做手术的医生吧？我刚才看见你进去了。年纪轻轻做这种缺德事，是要遭报应的！"

妇人忽然无力地蹲在地上哭，边哭边喊："你们医生不是人，救杀人犯，不救我儿子……"

医院的保安跑来，带走了妇人。

长廊里都是哀怨、痛苦的哭声。

晏孝捷朝门外奔去，康芷晴跟了过去，一路跟到了天台。

一场雷雨刚停，水泥地上是湿热的蒸汽。

康芷晴站在门边，看到情绪无处发泄的晏孝捷只能疯狂地踢着水泥墙，踢还不够，手也紧握成拳，朝墙上砸了好几拳，很快就破皮流血了。

他从没这么痛苦过。

康芷晴抽了两张湿纸巾递给晏孝捷，说道："每个人都有活着的权利。对我们医生来说，谁的存活率最高，我们就先救谁。"

"是吗？"晏孝捷还陷在愤怒的情绪里走不出来，几乎是失去理智地咆哮，"我只知道我没日没夜学的知识，第一次却用给了一个肇事司机！这场事故三死五伤，我、你却救活了一个杀人犯，你懂吗？"

康芷晴提高了分贝，喊出了声："医生不是法官！谁有错，要如何判刑，那不是我们的职责！"

晏孝捷一时哑口无言。他还是很烦，跑去围栏边，撑着栏杆，好想对天吼，可又忍住了。仅仅一天，他人生固有的认知好像就被颠覆了。

康芷晴的双手插在白大褂的口袋里，她缓缓说道："Jerrie，想要做一个成熟的医生，不只要有高超的医术，还要有一颗随时都能保持理智、清醒的头脑。"

247

一场手术结束，晏孝捷终于可以暂时缓缓。连着值了二十个小时的班，他打算先回家补个觉。

　　身上的白衬衫被吹出了褶，他背着拎包往前走。他不打算开车，医院离家不远，他打算走回去，顺便散散心。

　　这么多年来，他在最脆弱的时候，想到的人始终是温乔。他此刻只想听她的声音。

　　不过，他拨了好几通电话，温乔都没接。他打开微信，看着昨天下午她发来的微信。

　　Qiao："甜甜，对不起啊，我突然要跟两个案子，下周来不了中国香港了，杰伦的演唱会也不能去听了。"

　　她还发了一堆委屈巴巴的表情包。

　　晏孝捷将手机扣在掌心，然后放进包里，叹了一口气，继续往前走，背影稍显孤独。

　　好像，他们真的都长大了。

　　繁忙的工作，日夜堆积的压力，让他们都忘了上一次好好约会是什么时候。

　　同日，北京。

　　公安局的解剖室里阴森冰冷，透着入骨的寒意。解剖室里的法医虽然都穿着和医生同样的手术服，但做的事和医生做的截然不同。

　　一个是起死回生，一个是替死者说话。

　　银色的解剖台上摆放着一具男尸。

　　老法医纪医生站在一旁，让两个得意徒弟主刀。他的两个得意徒弟一个是已经在刑警支队入职的陆成郁，一个是在刑警支队实习的温乔。

　　温乔拿着手术刀切开男尸的胸腹。"一字切开法"她已经运用得非常熟练，切线从下颌下缘正中线开始，沿颈、胸腹正中线绕脐左侧至耻骨联合上缘切开皮肤和皮下组织。

　　她表情淡定，动作稳定，对尸体从未有过恐惧。

　　温乔切开尸体的胸腹后，陆成郁接手。

　　而后，温乔的目光移到了尸体的下体，死者的阴茎被凶手切掉了。手在死者的阴茎部位检查了一圈，她说道："不像是被一刀切下的，至少被切了五刀，估计凶手的力气不大，或许凶手不是男性。"

陆成郁抬眼，目光在她的脸上停留了很长时间。

纪医生满意地笑了。

四十分钟后，解剖结束。

从解剖室里出来后，温乔似乎很生气。她洗了三遍手，冲洗了三次胳膊后关上了水龙头，扯了几张纸就走了出去。

陆成郁不敢和她说话。

外面还在下大雨，走廊里显得很阴暗。

温乔越走越气，觉得连擦手纸都脏，将它揉成了一团，奋力扔到垃圾桶里。

这时，陆成郁还是跟了上去。

"你还好吗？"他问。

温乔没回身，冷冷地说："我没事。"

上个月，她刚将一头及腰的长发剪短，现在头发的长度刚过肩，显得干练、英气了许多。她叹了一口气，又说道："我只是一时半会儿没办法接受，我要用我所学的知识，替一个强奸犯找凶手。"

"温乔，其实我们……"

"我有点儿累，先回去了。"

陆成郁想安慰她几句，但被温乔打断了。因为她真的很疲惫，只想好好睡一觉。

外面的雨没有停的意思。

温乔撑着伞，冲进了雨里，准备去路口打车。她还是穿着白T恤、牛仔裤，但是她长得漂亮，身材也好，最简单的打扮都令人惊艳。

她站在公安局外，想到还没看手机，便从包里将手机掏了出来。看到晏孝捷给她打了数十通电话后，她立刻回拨过去，不过一直无人接听。

雨太大，她得先回去。

公安局门外的路口不太容易打到车，温乔打算绕到前面的便利店去。不过，她没走两步，便发觉有人在跟踪她。她反应速度算快，立刻回头寻人，却不见人影。

视线停在旁边岔路口的巷子里,她提高警觉,趁天色不黑,快步往前走。

"温乔。"

忽然,有人从大雨里走来,叫住了她。温乔回头,发现叫她的人是陆成郁。

他将手中的戒指递给她:"你的戒指,落在纪医生的办公室里了。"

温乔快被吓死了,赶紧将戒指戴在了中指上:"谢谢你,我可能这两天忙晕了,记不住事。"

陆成郁犹豫了一会儿,问:"你要是不介意,我送你回去吧?你这状态,感觉很危险,而且北京一下大雨就打不到车。"

也是,他说得有点儿道理。

自从两年前陆成郁将话说开后,温乔便没再多想,就当普通同事送自己一程吧。

大雨天堵车,车子行驶了半个小时都没到温乔租住的公寓。

温乔一直在给晏孝捷打电话,一直无人接听。她想:他估计在忙,或者睡了。她没再打扰他,觉得等晚点儿他会回电话的。

陆成郁一直在偷瞄她,没出声。

二十分钟后,车终于到了温乔住的公寓的地下停车场。

温乔想到了一件事,说:"你要不要跟我上去一趟?你上次给我的三本国外的法医书籍,我都看完了,刚好还给你。"

陆成郁自然没拒绝:"好啊。"

二人到了楼层。

温乔输入密码,门打开后,孝孝就站在门边等她。去年,她把孝孝接到了北京。

她笑着对陆成郁说:"你不怕狗吧?我们家孝孝很乖的,基本不叫,不咬……"

"汪汪汪——"

孝孝就差朝陆成郁扑过去了,平时即使是物业管理人员、维修工上门,它也没有这么凶过。

温乔扯住了孝孝,对陆成郁道歉:"对不起啊,它最近可能因为没见到它爸，心情不好。"

陆成郁摊了摊手，开玩笑道："它很有可能只是因为不喜欢我。"

温乔没接话，将孝孝带到了阳台上。她说了它两句，它还特委屈地"哼"了两声，然后趴到了地板上。

陆成郁坐在沙发上，环顾四周，茶几上放着一张温乔和晏孝捷的合照。他瞟了两眼那合照，像是有些不悦。直到温乔叫他，他才扭过头，温和地笑着。

"还给你，谢谢了。"

"不客气。"陆成郁接过书籍，"下次如果还有需要，随时找我，我有一柜子的书可以借给你。"

她笑了笑："谢谢。"

陆成郁觉得一直坐在这里也不好，起身准备走，到门边了又问了一句："你什么时候搬家？"

温乔："下周二吧。"

这间公寓被业主收回了，乔岚这一年都在洛杉矶，在线上给温乔挑了一间新公寓，都打点好了，温乔直接拎包入住。

陆成郁问："需要帮忙吗？"

温乔摇头："我朋友来帮我，谢谢你啊。"

陆成郁没再多说，走了。

这会儿已经七点多了，加上大雨天，天色暗得早，屋里一片漆黑。

温乔随手按开了灯。就是因为乔岚去了洛杉矶，她才把孝孝接过来陪自己。她再胆大，终究是个女孩子，怕长时间的独居，尤其是这一年她接触的案子越来越多，碰触尸体的次数也越来越多。

刚才那具男尸看起来的确很凄惨，她一闭上眼还是会想起，又是这种阴沉的雷雨天，她把灯都打开了，让孝孝在浴室门口等自己。

温乔将头发用皮筋随意一扎，刚准备洗澡，手机就响了。她看到手机屏幕上的"晏甜甜"三个字，像是找到了安全感，立刻点了"接听电话"。

"甜甜……"

本来疲惫的晏孝捷直接从床上坐了起来。他单手垫在脑后，看着手机屏幕里穿着吊带裙的美人,喉咙发紧。

"温乔,这么多年了,老子怎么还是只隔着屏幕看你一眼,就会起反应呢?"

温乔朝他做了个鬼脸。

刚看得入迷的晏孝捷,被一通电话中断了视频。

温乔刚想坐下来与他聊会儿。

"甜甜啊,我最近好不开心啊……"

她说了一半,发现身后没了声音。她回头,才发现电话被挂了。她拿起屏幕上都是水雾的手机,发现晏孝捷给她发来了微信消息。

YXJ:"乔乔宝贝,我被医院的人叫走了,又要去待命了。"

温乔简单地回了两句,然后放下手机。她不想跟晏孝捷说太多负面的事,因为他这一年实习压力很大。而且,晏家出了点儿事:晏炳国被调查了,在等待结果。

温乔擦干身体,穿好睡衣后,和孝孝一起蹦蹦跳跳地去了厨房里,准备随便做点儿晚餐。

她刚打开冰箱门,就听到门铃响了。她走到门口,从猫眼里并没有看到任何人,而孝孝一直咬着她的裤子,把她往里拽。

这时,她的手机在厨房的台面上振动了起来。

温乔着实被吓了一跳,小跑着过去,拿起手机,发现陆成郁给她发来了微信消息。或许因为是警察学院毕业的,他也有较强的警惕心。

陆成郁:"我刚才进电梯下楼时,看到了一个鬼鬼祟祟的陌生男人。本来觉得没什么,但还是想和你说一声,独居女孩一定要注意安全。如果有事,随时给保安打电话,或者直接报警,再或者如果把我当朋友,你也可以联系我。"

温乔过了好久才回复:"谢谢你,我会注意的。"

中国香港。

狭窄的街道上人流密集,劳累了一周的年轻人终于能在周五的晚上脱去重重的壳,去各处放松。

挤在人群里的高个子男人穿着白衬衫,领口处系着一条黑色的领带,斜挎着他最爱的运动包。就算过了五年,那张英俊的脸上依旧有着无法磨灭的少年感。他的眼睛始终清澈、明亮,眼神同他十六岁时一样意气风发。

晏孝捷走进了一家酒楼。

即使再忙,他也会每个月和外公一起吃几顿饭。不过他到的时候,包间里不仅有曾庆风,还有康教授和庄言。他放下背包后,挨个儿跟大家打招呼。

当年,外公和外婆离婚后,外婆就回了祁南。他们离婚的原因很简单,外公性格差,太强势。

老人家年过七旬,依旧精神抖擞。几人像刚聊过一番,曾庆风笑道:"孝捷,以后就留在中国香港了。"

"外公……"晏孝捷轻喊一声,但考虑到场合不对,只得暂时咽下了那些反驳的话。

对将他留在中国香港一事,外公非常执着,甚至有一种从他的父母手里"抢人"的感觉。

曾庆风瞧了晏孝捷一眼,知道外孙在想什么。眼睛微微一瞪,他说:"你本来就出生在中国香港,要不是当年我和你外婆离了婚,我也不会让阿萍带你回祁南。如我所愿,你考到了港大,这回,我不会放你走了。"

外公的语气不容置喙。

见晏孝捷想犟嘴,曾庆风指着身边的康博和庄言说:"康教授和庄医生都很看重你,在从医这件事上,你有比别人更好的天赋,也有比别人更好的运气。现在外面的竞争有多激烈你也清楚。"

讲到这儿,他没忍住,说了句气话:"脑子里只装着女人,你能有什么出息?"

他这样的责骂很让人伤心。

庄言见气氛不对,立刻给曾老斟茶,并转移话题:"哎呀,今天出来呢,是来品品这里的鲍鱼的。别吓着孝捷了,留院的事,我以后和他聊,他最近一直随时待命,压力……"

后面的话,晏孝捷一句也听不进去。

他找了个去洗手间的理由出了包间。然后,他发现康芷晴在门口听了很久。

夜晚的中环已经处处是霓虹灯。

晏孝捷靠在便利店的栏杆上,心里烦躁得不行。他随手点燃了一根烟,问康芷晴:"不介意吧?"

康芷晴摇头:"不介意。"

街道上,各种声音此起彼伏。

沉默了许久,康芷晴问了一个不知是否越界的问题:"你想过让乔乔来中国香港吗?"

"没有。"晏孝捷弹了弹烟灰,答得果断,"温乔从小的理想就是做法医,而她赴港进警署做法医几乎没有可能。我更不会让她放弃自己的理想来这里,只为陪我奋斗,陪我成家。如果是这样,我们当初就不会选择异地恋。"

康芷晴点了点头,又问:"所以,你一定会回祁南?"

晏孝捷依旧没犹豫,回答道:"嗯。中国香港的医疗水平很先进,也不缺顶尖的医疗团队,但祁南缺。关于这一点,我在选择报考港大时就已经想得非常清楚了。"

他抬眸,看向康芷晴,笑了笑,继续说道:"这与你不留在英国,而选择回中国香港是一个道理。"

他们接触的时间长了,康芷晴不由自主地陷进了晏孝捷很特别的个人魅力里。

他不是那种让旁人在看见他的第一眼就喜欢他的人,但旁人只要与他相处,就会不自觉地被他身上的发光点吸引。她也是第一次感受到,幼稚与成熟竟可以同时出现在一个人的身上。

饭局基本就是围着晏孝捷留在中国香港的事来回说。

曾庆风在上车前想起了最近发生的事,眉头紧锁,说道:"阿萍当年如果没跟你爸爸走,做什么贤妻良母,早就在中国香港成了一名优秀的脑外科医生,你看看现在……"他又气又心疼,"当时我就和她说,那些当官的,能安稳退休的有几个?她现在搞得觉也睡不好,饭也吃不下,就担心晏炳国能不能熬过去。我当年就不同意她嫁过去,她非要……"

他说不下去了。

康芷晴走过去，抚着曾庆风的背给他顺气。他到底年纪大了，着不了这样的急。

晏孝捷始终没吭声。

等几个长辈都走了，康芷晴拿着车钥匙，问晏孝捷："你没开车吧，需要我送你吗？"

晏孝捷指着另一条街说："你忘了？我就住在中环，走几步就到了。"

康芷晴想起来了，与他告别后就走了。

现在已经是晚上九点多。

晏孝捷沿着狭窄的街道没走多远，脖子后便都是细汗了。自从去实习，他就很喜欢散步。

忽然，他的眼前冲过来几个充满活力的抱着滑板的年轻人。晏孝捷这才意识到，自己已经二十三岁了。

他再也不能做那个幼稚的顽劣少年了，要肩负起自己人生里的每一份责任，也要学会分担父母的压力。

最近发生的事，似乎都在推着他迅速成长。

爸爸出了事，被调查，应该是被人在暗地里摆了一道。妈妈嘴上说"没事"，但上次和她打视频电话时，他能看出，她瘦了一圈。

这一个月以来，晏孝捷在高负荷地运转。

好几次，他想找人抒发情绪，但打开微信群后，他看到"二中小分队"这个群里的最后一句话还停留在四个月前。

尹海郡进了警队后，作息基本日夜颠倒；邱里在紧锣密鼓地演出；温乔除了日常的实习，还在准备公安局的编制考试。

和温乔谈恋爱的头几年，晏孝捷并不赞同"异地恋很难""异地恋必分手"的观点。直到这一年，他和温乔变得忙碌起来，他们之间像有了一道屏障。

他们不是对对方失去了热情，而是产生了无法及时知道对方的生活的"时差感"，她生活里的很多事他不知情，或者晚知情。

他假装不介意，实际上只是把介意都压在了心底。

他走到公寓楼下，但不想上楼，于是绕到后面的街道上。街面是由大石板铺成的，两侧没店铺，算是闹市里最幽静的一条小路。

最近,他老爱待在这儿透气,一待就是一个小时。

晏孝捷靠在生了锈的栏杆上,修长的腿撑在前面的石阶上,从包里掏出烟盒和打火机,点燃了一根烟,每抽一口,就重重地叹一口气。

烟雾缭绕。

他还是很烦闷,眉头皱得紧紧的。领带卡在脖颈间,憋得慌,他干脆单手将领带扯落,塞进了包里,衬衫的领口半敞着,白皙、修长的颈部都是汗。

这时,温乔给他打来了视频电话。

晏孝捷立刻接听。

画面里,温乔疲惫地躺在被窝里,只开了一盏小夜灯。孝孝听到了爸爸的声音,在床上趴着"哼唧",跟撒娇一样。

她将头窝在松软的枕头里,手机靠在书上。

看到晏孝捷又在台阶边抽烟,连对她露出笑容都很勉强,温乔很心疼。知道他顶着压力,所以她只说了一些高兴的事去安慰他,她并没有说最近遇到的糟心事,包括被人跟踪。

二人聊了很久,久到连街道上都没了杂音。

温乔已经十分困倦,但还是想和晏孝捷多聊一会儿,于是她轻轻笑了笑,说:"阿晏,我想听你唱粤语歌。"

晏孝捷:"还是那首吗?"

"嗯。"

晏孝捷将烟扔进垃圾桶里,单手撑在栏杆上,特意清了清嗓子,哼唱了起来。

他唱的是陈奕迅的《岁月如歌》。

温乔总说,她特别爱听他唱这首歌,他一唱这首粤语歌,她就能再爱他二十年。

"爱上了看见你如何不懂谦卑
去讲心中理想不会俗气
犹如看得见晨曦才能欢天喜地
抱着你我每次回来多少惊喜

也许一生太短陪着你……"

晏孝捷唱得越来越投入。他在唱粤语歌时的确很有魅力。

"天气不似预期但要走总要飞
道别不可再等你不管有没有机
给我体贴入微但你手如明日便要远离
愿你可以留下共我曾愉快的忆记
当世事再没完美可远在岁月如歌中找你……"

他的歌声缓缓停止。

唱完最后一个字,晏孝捷忽然抱歉地说:"乔乔,对不起啊,下周我要参与两台手术,去不了北京……"

可他还没说完,就看到温乔已经睡着了。

他没挂电话,而是情不自禁地伸手去摸了摸镜头里她的脸,好像真摸到了那细腻的肌肤。他轻轻地笑了笑,这是最近他最愉悦、最轻松的笑容。

"乔乔,还有半年,我们就回祁南了。"

第二天,温乔是被孝孝叫醒的,因为电话响了好几次她都没听见。这几周,只要能休息,她就会一觉睡到中午。她慢慢坐起来,靠在床头,揉了揉睡得乱糟糟的头发,随后看看有没有收到晏孝捷发来的微信消息。

YXJ:"乔乔宝贝,抱歉啊,下周我要参与两台很重要的手术,还是跟着庄医生做第一副手,没办法去北京了。你别生气,再熬半年,我们就回去了。"

这条微信消息后,他还发了好多亲吻的表情包。

温乔的手瞬间垂到了被子里,手机屏幕亮着,但她一直没有回复。她知道晏孝捷很忙,本来并没有期待最近能见面,但前两天他突然说,订了下周二来北京的机票,她开心坏了,可一觉醒来,希望突然落空,她心里并不好受。

不过，她理解对方的忙碌，没闹情绪。

温乔给晏孝捷回消息后，发现有未接来电，是自己的老师纪医生打来的，她立刻拨了回去。

电话接通后，纪医生语气温和地说："温乔啊，你晚上有空吗？要不要和我一起吃晚饭？我想让你留在北京，继续做我的徒弟。你直接考北京的编制，我做你的推荐人。"

纪医生是北京人，他们将吃晚饭的地点定在了二环内的一家老北京菜馆。来北京好几年了，温乔已经吃习惯了北京的美食，纪老师就记得她爱吃炸酱面和豌豆黄。

邓兆良陪温乔坐在一边。几人一边聊天儿一边吃饭。

他们聊的话题对温乔来说有些沉重。不过，她很懂事，不会不分场合地给别人甩脸色，而是笑脸相迎，给两位老师倒茶，顺着他们的意接话。

晚饭结束时是晚上八点半。

送走纪老师后，邓兆良陪温乔回了公寓。到了家中，温乔去倒热水，孝孝跟在她的屁股后面。邓兆良笑笑，问她："你把孝孝带过来，孝捷不孤单？"

温乔将茶水放在茶几上，说道："他孤单什么？他在中国香港有一堆朋友，之前还夜不归宿。"

邓兆良一边用球逗孝孝，一边说道："他从小就贪玩，比好多男生贪玩，不过人还是很靠谱儿的。"

温乔的心里藏着别的事，她只"嗯"了一声，显得有气无力。好像这一年，尤其是最近这半年，她花在感情上的时间少了许多。

邓兆良把球扔远，弓着背，摩擦着手掌，笑道："纪老师的确很欣赏你。确切地说，像你这么优秀的学生，到哪儿都招老师喜欢。"

温乔有些无力地说道："谢谢。"

刚才在吃饭，邓兆良没好好看看温乔的变化，此刻打量了她一番，脸上都是欣赏的表情："你把头发剪短后更像法医了，干练、大气。"

温乔摸了摸刚好及肩的头发："嗯，我就是想这样，才忍痛剪短的。"

邓兆良:"孝捷喜欢吗?"

温乔耸耸肩:"我喜欢就好了,干吗要他喜欢?而且,我怎样他都喜欢。"

这的确是实话。

前几个月,她很忙,晏孝捷也很忙。把头发剪短是她一时兴起的决定,她挑了个空闲的下午就去了。当晚,她同晏孝捷打视频电话的时候,他一看见她就有些惊讶,但也很喜欢,兴奋地感叹道:"老子真是挑了个无死角的美人,乔乔宝贝怎么可以怎样都好看呢?"

他还是一副犯浑的幼稚样。

"关于纪老师说的,你怎么想?"

温乔的思绪被邓兆良的声音拉回,这个问题偏沉重,压得她不知怎么回答。

这时,有人给她打来了视频电话。

给她打来视频电话的人是乔岚。

洛杉矶现在是白昼,别墅的落地窗旁是明亮的光影。乔岚穿着轻柔的丝绸睡裙,边榨果汁边问:"乔乔,我让你考虑波士顿大学的事,你到底怎么想的?"

温乔坐在沙发上,眼眉未抬起。这也是最近困扰她的事。

乔岚刚想继续说话,手机却被邓兆良转了过去。她看着那张两年没见的脸,脸色瞬间冷了下来,问:"邓兆良,你坐在我的公寓里是怎么回事?我们早就分手了!"

温乔凑过去解释:"晚上,纪老师约了我和邓老师一起吃饭,邓老师送我回来的。"

乔岚暂时没赶人,听温乔提到了纪老师,便好奇地问:"纪老师找你说什么了?"

温乔实话实说道:"纪老师说,让我直接考北京警队的编制。"

虽然不及去美国进修好,但乔岚觉得也不错,便说:"我见过纪老师几次,纪老师人是挺不错的,对你也挺关心。如果你不愿来美国,我觉得留在北京也不错。"

温乔沉默了。

乔岚一看女儿的表情就知道女儿在想什么。乔岚将玻璃杯用力地放在桌上,不悦地说:"我还是那句话,人往高处走,绝不能往低处回。你好好想想,你高考时那么努力地考到公大,到底是为了什么?那么多年的感情固然可贵,但如果非要做出选择,你永远要把自己放在第一位。"

每次谈到这件事时,乔岚就格外严肃。

温乔垂着头,呼吸很沉,话语都卡在了喉咙里。

邓兆良不想场面变得尴尬,劝乔岚:"你冷静点儿,别吓到乔乔了。"

他这保护温乔的态度,着实有几分父亲的模样。

乔岚怒道:"邓兆良,你管得真宽啊,还在这儿教育起我来了!"

本来重心在温乔的未来上,两个人却越说越没边,邓兆良也急了,说道:"乔岚,我没有和那个死者的家属搞在一起,是你太敏感了。"

温乔忽然抬起头,像是看起了戏。

乔岚懒得和他说那件事,只说:"我不在意你和谁搞在一起。我没想要和你结婚,你别在这里跟我东拉西扯。"

邓兆良往前一坐,说:"是,说白了,你一开始就没有结婚的心思,玩玩而已嘛,随便找个理由,一声不吭地溜去美国……"

屋子里只剩下两个中年人激烈的争吵声,二人将话题越扯越远。

乔岚气得果汁都喝不下去了。她把话题绕了回来,缓了缓,说:"乔乔,还有一个办法。"

温乔轻声问:"什么办法?"

乔岚:"晏孝捷肯定知道你没法儿在中国香港做法医,那你问他,愿意来北京陪你吗?"

温乔:"……"

夜深了,北京的昼夜温差大,就是夏天到了夜里,偶尔还有几缕凉风,这和南方的海边城市祁南完全不同。

去关窗户的时候,温乔闻到空气里干燥的气息后,有那么一瞬间,竟忽然记不起祁南的空气是什么味道了。她快两年没回去了,那边本来也没什么亲戚,这两年的春节,她都是跟着乔岚在北京过的。

人在一座新城市里待久了，的确会偶尔忘掉家乡。她想：中国香港对晏孝捷来说也是一样的吧？

离开祁南时，他们商量好了，大学毕业后一定会回去，可真面对人生的抉择时，谁又肯为对方牺牲繁花似锦的前程呢？

床头柜上的加湿器发出微弱的噪声，水雾萦绕，使相框里亲密的人影变得模糊。

温乔靠在床头，身后垫上了两个松软的枕头。她拿起相框，照片是晏孝捷挑的，是毕业那年，他们和孝孝在海边拍的一家三口的合影，那时他们的眼里只有对未来的美好憧憬。

那年，他们刚满十八岁。

一转眼，五年过去了，时间猝不及防地将他们的青春啃噬得一干二净。那年，少年和少女冲着大海喊出的声声誓言萦绕在她的耳畔，又随着模糊的海浪拍岸声消失殆尽。

异地恋的五年里，温乔最不喜欢前两年，那是她最患得患失的一段时间，她最厌恶的敏感、脆弱、多疑她全有。可也是那两年，她明确了晏孝捷在自己心里的分量。

她在想：又是什么时候开始，她不再患得患失了呢？

答案好像很现实——

是从她疯狂地忙碌开始，她有看不完的书，研究不完的案子，出不完的现场。直到夜里，她翻看着晏孝捷给她发来的关心她的信息，才会想起，原来自己还有意中人。

可是，忙碌让她在与晏孝捷的相处中，大多数时候是机械地运转的。

Qiao："我在忙，一会儿要出现场。"

Qiao："我好累，先睡会儿。"

Qiao："阿晏，下个星期，我去不了了。"

…………

自从村屋那次谈心后，晏孝捷似乎长大了，她没再见过他不讲道理、任性的一面。他收敛了最差的一面，将最后一年的异地恋细心地维护好。

温乔翻开微信。那一长段一长段的信息都是晏孝捷发来的，给了她足够的安全感。

XYJ："乔乔宝贝还没醒吗？那我先去忙了。我看了天气预报，北京今天的气温都零下几摄氏度了，你记得多穿点儿。"

XYJ："你上次说想要那两本解剖学的原版书，我拜托英国的朋友给你寄过去了，你记得收一下。"

XYJ："我打算把烟海巷里的老房装修一下。等我们回去了，没事时可以过去住。你有空了研究一下喜欢的装修风格，我听你的。"

XYJ："老子抢到周董红磡演唱会的票了，你不许放我鸽子啊。"

温乔的手指朝上滑动着手机页面，忽然，晏孝捷给她打来了视频电话。

画面里，他还是站在老地方抽烟，不过看上去很疲惫。隔着小小的屏幕，他们对望了许久，始终没人出声。

晏孝捷先开了口："你有没有话要和我说？"

睫毛轻轻垂下，温乔摇摇头："没有。"

他又问了一次："真的没有？"

她没迟疑，笑笑："嗯。"

晏孝捷没再说这个话题，仰头看着夜空，风吹起了他的刘海儿，他还是一张少年脸。他抬起自己的左手，说道："我已经想好了，要在哪里向你求婚。"

他的笑容纯粹至极。他脑海里的画面像播放过一万次。他低下头，看向手机屏幕里那张漂亮的脸，问温乔："乔乔，你会嫁给我吗？"

"嘀——"

是加湿器突然缺水的声音。

温乔一怔，然后边拔掉电线边说："等你真的求婚了再说。"

时间像静止了，晏孝捷很久很久没有出声。

他们没聊太久。十分钟后，视频被挂断，温乔将手机锁屏，反扣着塞到枕头下。她整个人缩进了被窝里，关了台灯，平躺着。窗外的月光在天花板上浮动，那些事压得她喘不上气，但她暂时不愿意将乔岚和纪老师的提议告诉晏孝捷。

262

两日后,晏孝捷以第一副手的身份结束了一场心脏手术。晏孝捷坐在天台上的长椅上,穿着一身白大褂,表情格外严肃。长达几个小时的手术让他疲惫不堪。

"喝吗?"庄言递给他一瓶冰可乐,问他。

阳光晒得人发懒。

晏孝捷接过可乐,然后横躺在椅子上,双腿交叉相叠。可乐没被打开,他将冰冰凉凉的可乐抱在怀里解热。每次做完手术,无论是白昼还是夜里,他都会来这里躺一躺,呼吸一下高处的空气。

庄言靠在墙角,喝了几口可乐,笑着看了他两眼,吐槽道:"二十三岁了,还像个小孩。"

晏孝捷躺着伸了伸懒腰,感叹道:"要是真的长不大就好了。"

"那不可能。"庄言眺望着远处的山,说道,"我今年也在想,我怎么就四十二岁了呢?感觉昨天我还跟你一样大。"

两个人没对视,却同时笑了笑。

晏孝捷闭目养神。阳光覆住了他的脸,他问:"庄医生,听说你和你的妻子也是异地恋,是吗?"

"嗯,是,她在上海,"庄言喝了一口可乐后说,"大学时是,现在也是。"

"不害怕吗?"

"害怕什么?"

"出轨。"

"不害怕。"

"为什么?"

庄言说了很多他和妻子的事情,最后用"信任"两个字收了尾,让晏孝捷心一震。

庄言看穿了他的心思,问:"你不是想学我,和乔乔长时间谈异地恋吧?"

"不是,"晏孝捷缓缓地睁开眼,"我肯定会回祁南。"

庄言一笑,问:"那是……?"

庄言还没等到答复,便接到了紧急电话,说是有手术需要他支援。

他走后,天台上变得格外安静,水泥台上的鸟也飞走了。阳光渐渐被压下，那里积压着厚厚的乌云，空气闷热、潮湿，看样子有一场大雨要下。

晏孝捷一只手垫在脑后，另一只手玩着可乐瓶。一团乌云的黑影遮住了他的身影，他的眸色变暗，叹了一口气，他自言自语道："我是怕她不愿回。"

值班结束时雨还没下起来，晏孝捷就绕到了常去的街头老店。外头的闷热都飘进了逼仄的屋里，灶台边火光直冒，香气扑鼻。

和以前一样，晏孝捷点了炒牛河和烫青菜。

老板将菜盘朝桌上一放，像和晏孝捷很熟了，随口问道："你女朋友呢？好久没见了。"他说完，又去收拾旁边的桌子，"我就记得她，美啊。不是我吹，美女都爱我做的烧鹅饭。"

晏孝捷笑了笑，撷起一片牛肉，回道："她最近太忙了。"

"哎，"老板用拿着抹布的手指着他，"打起精神啊。现在年轻人一分手，就说'我太忙了'。"

晏孝捷一怔，望着门口的石板路发呆，手腕垂下，筷子差点儿从盘子里滑出。

路口有几家酒吧。中国香港土地面积小，那几家酒吧的老板就在外面摆放了吧台，行人经过时，都能跟着尽兴一把。

雨还没下，外面都是人。

用二十分钟解决完晚餐的晏孝捷穿梭在人群里，噪声震着地面，他的脚底都有些发麻。挤过一群人，他终于拐进了安静之处。

这条路的两边都是小区，中国香港坡多，小道上偶尔只有推着小车经过的菲佣。

或许是老板点醒了他，他给温乔打去了电话。就在他以为她在忙，准备放弃时，她接了。

她好像在擦头发，问他："我刚才在洗澡，怎么了？"

不知是不是心事积压已久，他有了点儿情绪，问她："现在是一定要有事才能找你吗？"

温乔蒙了，回道："我不是这个意思，就是随口说的。"她叹了一口气，放软语气，又问，"阿晏，你是出什么事了吗？还是晏叔叔那边不太好？"

晏孝捷冷冷地说道："都不是。"

"那是？"

"是你有事。"

两头的杂音似乎在这一秒钟消失了。

温乔将毛巾放下，坐在了浴室里的椅子上。

晏孝捷有些生气地质问道："我问了你好几次，你就是不说，你到底要瞒我到什么时候呢？"

她有些无力地问："你都知道了？"

晏孝捷不想当街发火，拐进了附近的一条巷子里。他尽量克制住怒气，说："那天，邓叔叔全告诉我了。你妈妈让你去美国，纪老师让你留在北京。"

温乔埋着头，没出声。

晏孝捷已经克制了好几天，终究忍不住了，骨子里还是那个脾气火暴的少年。

"这半年，很多事情你没有告诉我，我看事小，也就算了，但是这种大事，你居然只字不提，那天晚上我反复问你，你还是说没事。"他喘着气，语气慢慢变得柔和，"乔乔，你到底是怎么想的？或者说，你想要我怎么做？"

深情的确会使人变得卑微。

温乔调整好情绪后，拿起手机，手心未干的水珠沾在了手机屏幕上。

"阿晏，我没告诉你，有两个原因：首先，是我没有想好；其次，是我知道最近你家里出了事，你在医院的压力也很大……"

"温乔……"

或许是"没想好"三个字刺到了晏孝捷，又或许是天气太差，闷得他心情压抑，他的喉结滚了滚，他说话时，声音甚至是颤抖的。

"外公和庄医生都让我留在中国香港，但我可以很肯定地回答你，我一定会回祁南，因为，那是我们十八岁时就约好的事。"

那晚，温乔见晏孝捷状态非常不好，便哄了哄他，让他先冷静一会儿。可连着两天，他们没有通过电话，连微信消息也没发过几条。

两个人中间像绷着一根很细的绳子，只要稍微用力一扯，绳子就会绷断。

不过，这两天他们都很忙碌。

晏孝捷又要参与一台大手术，是心脏移植手术，每晚都温习知识到深夜。温乔则忙着搬家的事。

周二这天，北京的天气特别差，阴沉沉的，厚厚的云笼罩着天空，闷得人透不过气。

孙舒与要去比赛，所以没办法帮温乔搬家，对此，温乔无所谓，因为她找了靠谱儿的搬家公司。不过，陆成郁跟搬家公司的人前后脚到了。

温乔刚想搬纸箱，看见他后，惊讶地问："你怎么来了？"

"怕你忙不过来，反正今天没事做，我就过来看看能不能帮点儿忙。"陆成郁这人就是太温和，就算当了一回不速之客，也不招人反感。他主动搬起她准备搬的那只纸箱子，说："我来。"

"挺沉的。"她想搭把手。

他把箱子一抱，侧过身，说："不用，你去拿那些轻一点儿的袋子吧。"

陆成郁和搬家公司的几个壮汉合力将十几只大纸箱搬上了货车。温乔牵着孝孝下了楼，但只要陆成郁一靠近她，孝孝就叫得很凶。

温乔将狗绳牵紧，抱歉地对陆成郁说道："对不起啊，可能是人太多了，它有点儿怕。"

"没事。"他虽笑着，但难掩尴尬。

十几分钟后，搬家公司的货车先开到了公寓的地下停车场里。乔岚就是在这附近挑的房子，面积比上一户的小——是温乔要求的。她说，房子太大，自己住有点儿怕。

搬家之前，温乔带着孙舒与一起来看过两次，说她挺喜欢的。只是，孙舒与在与她闲聊时，随口问道："乔乔，还有半年你就回祁南了，这房子乔阿姨租了一年，不浪费吗？"

当时，温乔并没有回答，只是站在窗边，看着楼下小区里的绿化景观。她想了很久，也没有想出一个答案。

搬家公司的大叔拍了拍窗边的温乔，用手臂擦了擦额头上的汗，问她:"姑娘,这灯给你放在哪儿啊?"

温乔的手指绕了一圈,她寻找着合适的地方,最后朝右边的沙发旁边一指:"放在那边的毯子上吧,谢谢了。"

"没事。"

搬家公司的人速度很快,几下就将箱子都扛了上来,基础家具也都摆放好了。

温乔在门口付了费用后,给他们每人递了一瓶水,然后目送他们离开了。

房子里,地上堆满纸箱,一下子显得很拥挤,连个落脚的地方都没有。

温乔对也忙得满头大汗的陆成郁说:"你随便坐,我给你倒杯水。"

陆成郁在沙发上坐下。虽然孝孝没再凶他,但咬着牙趴在一旁。他接过温乔手中的纸杯,自嘲道:"我从小就没狗缘。"

温乔给了孝孝一个眼神,孝孝"哼唧"了一声。看到他的T恤都湿透了,她有些抱歉地说道:"今天真是谢谢你了,不过我可能要过两天才能请你吃饭了。"

她说罢,指了指乱糟糟的屋子。

陆成郁过来帮忙前没想过蹭一顿饭。他喝了一口水,准备先走,同时说:"温乔,你不要有什么负担,我就是纯粹来帮帮你的。要吃饭也是我请你,我是男人,哪儿能让女生付钱?"

收拾了一整天,温乔疲惫得无法多想,只说:"嗯,行,那过两天我找你。"

"好。"

一群男人走后,屋里没了什么人气,明明是向阳的屋子,可能是因为天气差,阴暗得令温乔有些害怕。她索性将屋里的灯都打开了。

"汪汪汪……"

在卧室里铺床的温乔忽然听到孝孝一直在叫。因为被跟踪过,所以她提高了警惕,迈着很轻的步伐走到门边,打开猫眼。

走廊里很黑,她什么也看不见。

温乔蹲下,摸着孝孝,问:"妈妈问你,你是不是闻到了上次那

267

个人的味道?是的话,就把爪子给我。"

她只是想试试自己和孝孝的默契程度,看它是否真的通人性,但孝孝真将爪子搭上来的那一刻,她也害怕了起来。

将门反锁后,温乔坐回了沙发上。她先让自己冷静下来,看着腿边的手机,手刚触到屏幕又收回。她想给那个能让她安心的人打电话,但他不在这座城市里。

"叮——"

刺耳的铃声刮疼了温乔的耳朵。孝孝先警觉地跑到了门边,不过它的叫声没有刚才那么凶和急。她摸了摸它的脑袋,刚准备问门口的人是谁,外面的人就出了声。

"温乔,是我。"说话的人是陆成郁。

距离的确能产生或多或少的亲近感,至少,听到熟人的声音时,温乔感觉自己的心落了地。

她拉开门,发现外面还有一个男人。那个男人穿着小区的工作服,是物业管理人员。物业管理人员握着手机,探着头往屋里瞅,问温乔:"您家厕所堵了?"

温乔愣了下。见陆成郁在朝她使眼色,她反应过来:"嗯,是,麻烦您帮我看看。"

门被拉开,男人去了厕所。

"什么情况?"温乔小声问陆成郁,表情迷茫。

陆成郁把门关上,在她的耳边说了几句话,她惊讶地抬眼,问:"你确定是同一个人?"

"嗯,很像。"

"……"

但她来北京的这些年从未得罪过任何人,到底谁要对她下手呢?

这时,陆成郁和男人闲聊了起来。

"您这小区安不安全啊?如果打电话给保安,保安大概多久能上来啊?"

在厕所里通下水道的男人笑道:"您这问话的语气,听上去真像警察。"

"嗯,我的确是警察。"陆成郁点头。

通好下水道后，男人去洗了洗手，也没扯纸，直接在衣服上将手蹭干了，答道："我们这儿都得刷卡才能进电梯，保安也是二十四个小时轮岗的。小区里楼也不多，保安一般几分钟就上楼了。"

陆成郁回头，看着沙发边的温乔。她的脸上没有一丝恐慌的神色，她看起来异常冷静。他走过去，佩服地问："不怕吗？"

"说不怕是假的，"温乔耸肩一笑，"但是怕也没用，而且我暂时处于相对安全的环境里。"

陆成郁点点头，不自觉地多说了几句："你不要太晚回来，走路时也不要戴耳机，要留意四周，记得反锁好门，可以安一个电子报警器。如果真有什么事，你先找保安。还有，公安局就在后面的街道上，别担心。"

他到底比她年长几岁，照顾起人来莫名给人踏实、稳重的感觉。

已经走到门边的男人笑着看看这对年轻男女，说："姑娘，你男朋友对你真体贴啊。"

"他不是我的男朋友。"温乔立刻否认，"他是我的朋友，人非常好，很关心我们这些女生。"

陆成郁一直看着她，眸光忽然变黯然。这是事实，但她没有迟疑地撇清与他的关系，让他的心里有些不舒服，即便这样显得不道德。

物业管理人员走后，陆成郁也准备离开。他知道有句话问出来有些失分寸，但还是在出门前问道："这件事，你告诉晏孝捷了吗？"

温乔摇头："没有。"

"为……"他刚说了一个字，觉得不合适，便把接下来想说的话咽了回去，"我走了，注意安全。"

温乔："今天真的非常谢谢你，过两天我请你吃饭。"

表示感谢的话说多了难免显得生分，尤其是她的语气听不出任何亲近感。陆成郁有点儿失望，点了点头便走了。

桌角的电子钟指向了九点一刻。

还有三只箱子没拆，温乔实在累得乏力，平躺在布艺沙发上，双腿酸软，想喝水，但根本不想动。

"嗒嗒嗒……"

是狗跑步的声音，孝孝竟然从地上叼起了一瓶矿泉水，摇着尾巴跑了过来。她取过水瓶，揉了揉它的脑袋，问它："你怎么这么棒啊？"

忽然，她的耳边响起了晏孝捷的声音，疲惫的眼底映出两年前的画面。

那会儿是十月，在中国香港，他玩完滑板回来，把滑板扔到地上，身子一跃，趴向沙发，冲孝孝喊："儿子，拿水来，爸爸要渴死了！"

她在洗手间里，有点儿生气地问："晏孝捷，水瓶就在柜子上，你走两步就拿到了，干吗使唤孝孝？"

他说："我这么聪明，高考理科状元，我儿子连拿水都不会，说出去都丢脸。"

有些事跟他真没法讲逻辑，他一辈子都长不大。

温乔坐起来，盘着腿，喝了好几口水，擦了擦流到脖颈间的几滴水后，屋子里骤然安静了下来。

她叹了好几口气。

这段时间，一到夜里，她就惆怅。

她的手机突然振动了几下，是有微信消息了。

温乔回过神来，摸过手机，发现是公大的同学群里有消息，有几个人在商量周末要不要去周边玩。

她从小就独来独往，不是故意不合群，而是性格就是如此。她没什么兴趣地退出同学群，却发现置顶的头像一天都没来消息了。

手机贴在下巴上，她轻轻地晃着身子，眼神空洞地发着呆，眼里一点儿光都没有。

她到底要怎么选？这似乎成了一个死结。她看似选择有很多，且每条路都是明亮的，可一旦带上爱情，出口处的光似乎就变暗了。

她还没有想好答案，所以给不了晏孝捷一个结果。

同日，中国香港。

铜锣湾一家酒楼的包间里，人声嘈杂，桌上的饭菜已经见了底，几个男人正勾肩搭背地碰杯。桌子的一角伏着一个男人，头深埋在手臂里，手里握着还剩半杯酒的酒杯，指尖冰凉。

"Jerrie……"

康芷晴推了晏孝捷三次，最后，他是被玻璃杯掉在地上摔碎的刺耳的动静惊醒的。

"没事，没事，继续。"

唯一没醉的男人去门口叫服务生来收拾。

喝得正在兴头上的是几个实习医生，最近压力太大，难得明天能休息，他们就一起出来放松。

晏孝捷艰难地坐直了，手臂用力地撑在桌上，倒也没彻底醉，不过头是有些晕。他答应过温乔，不再喝醉，但这几日，他实在太烦了，烦到做任何事都提不起劲，烦到即使困倦不已，也夜夜失眠，所以，他想试试借酒消愁。

康芷晴怕他出事，问："我送你回去吧？"

"谢了，不用你送，"晏孝捷掌心一抬，拒绝道，"我自己打车。"

说完，他艰难地起身，拎起包，斜挎在身上，简单地和大家打了一声招呼后，踉跄地朝门口走去。

这个时间铜锣湾正是最喧闹的时候，鼎沸的人声，随处可见的霓虹灯，林立的高楼，万般迷人，但也挤压着广阔的天幕，让人透不过气来。

康芷晴跟出去，眼朝四处看，在人群里看到了逆行的晏孝捷。她一路小跑着去追人，鞋跟太高，她差点儿崴脚。

"晏孝捷！"她第一次没喊他的英文名。

听到熟悉的声音，晏孝捷停下了脚步，却没回头，面色很难看。他很烦，烦到没有力气给任何人好脸色，也懒得理人。那憋满了不痛快的情绪的心，连酒精都麻痹不了，可他又找不到发泄口。

喝了酒后，他的声音有些沙哑，他说："对不起，我真的没什么心情。"

康芷晴跑到脚跟都红了。她没说话，而是先将他从拥挤的小道上带走。

离他们最近的小区的楼下，地上的树影晃着，晏孝捷坐在长椅上，看着影子发呆，直到一只纤细的手伸到他的眼前。

康芷晴拿来一瓶矿泉水，对他说道："喝点儿。"

271

晏孝捷接过:"谢谢。"

瓶盖很紧,他心里烦躁,连拧瓶盖都没耐心,拧开时,水洒了一地。

康芷晴觉得他的状态很差,于是问他:"你要不要休息几天?我帮你向医院请假。"

"不用,"晏孝捷仰起头,喝了一口水,随后抹了抹嘴角,"我不想休息。"

康芷晴觉得现在不是逞能的时候,于是语气强硬地说:"你必须休息。你这样根本没办法好好工作。"

"我不需要!"晏孝捷低吼。

他就是倔强,手指用力一捏,水瓶差点儿爆开。他弓起背,闷在心里的那些事让他呼吸变重。

康芷晴冷静下来,说:"我知道最近有许多事发生在你身上,但是,如果你再往后走走就会发现,这只是人生里很小的坎儿,发生了,就去面对,去解决。"

晏孝捷用手掌撑着额头,手腕都发红了,堆积起来的痛苦好像快要把他吞噬。

"如果容易解决,我就不会这么烦了,这件事不是我一个人能解决的,你知道……"他说。

"那就去找她啊。"康芷晴打断他的话。

树影似乎停止了摇晃。

她一语点醒了深陷泥潭的人。

晏孝捷抬起眼,对上了康芷晴柔和的目光。安静的环境里,她轻声说道:"一个人走不到出口,就试试两个人一起走。如果两个人走不到……"

她仰起头,望着夜幕,笑了笑,说:"不,对你来说,没这个可能,你死都会拉着她走。"

那一夜似乎格外漫长。

晏孝捷躺在公寓里的沙发上,望着天花板,将他与温乔这些年的恋爱画面翻来覆去地回忆,一宿未眠。当酒精从身体里彻底挥发后,他做了一个决定。

"庄医生，我想请一周假，要去一趟北京。"

晏孝捷像活过来了一样，在卧室里边收拾行李，边给庄言打了一通电话。

庄言此前了解了一些他的情况，同意了："好。"

说罢，他好心提醒晏孝捷："你什么时候走啊？这两天要刮台风，要走就趁早，我怕航班被取消。"

"好。"

晏孝捷订了当晚最近的一趟航班，到北京正好是零点前，所以他没有告诉温乔，想给她一个惊喜。可他刚变好的心情又一次被搅得一团糟。

下午，中国香港气象局发布了台风预警，航班几乎全部被取消。他收到通知后，一个下午都在给航空公司打电话，但电话线被挤爆了，几十分钟都打不通一次。

一个小时后，电话终于打通了，但航空公司的工作人员给他的回答是，今晚的航班全部取消，明天能不能恢复需要看天气情况。

晏孝捷就是性子太急了。他要是想见一个人，狂风暴雨都拦不住他。他在家里根本坐不住，拎着包就去了机场。

在他去机场的路上，台风还没刮起来。

他前脚刚进机场大厅，后脚便下起了大雨，空中电闪雷鸣，猛烈的狂风能将粗壮的树枝折断。

每家航空公司的柜台前都排满了人，大多是滞留的游客，偌大的机场大厅里连个空座位都找不到。

晏孝捷一直在打电话给朋友，看看能不能想办法。伍家凯要疯了，吼道："你有命起飞，没命下降啊！你回家里待会儿，估计也就两天。"

"两秒钟我都等不了。"晏孝捷就是急。

伍家凯："那怎么办？"

"机场里的人能把我挤死，"晏孝捷着急地说，"这么多人，一会儿有票了肯定得抢，今晚我就在这儿待着了，柜台和电话我都试试。"

伍家凯感慨道："你真感动到我了，如果乔乔不嫁你，我嫁你。"

"滚。"晏孝捷挂了电话。

这一晚，晏孝捷真没有离开机场。他在机场里从下午六点一直待到了夜里十一点。

他坐在窗边的椅子上——这是他好不容找到的位置，还是和几个人拼的。机场里的空调温度太低了，他从包里取出一件衬衫披在身上，定了十一点半的闹钟，准备先睡半个小时，然后起来继续打电话。

机场里人来人往，嘈杂声不断。晏孝捷根本睡不好，手肘都被压麻了。他干脆起来，靠在椅子上，看着窗外的狂风暴雨，白光一道道地闪过，树枝撑不住雨水，慢慢地往下压。

烦到极致的时候，晏孝捷突然好想温乔。这几天，因为闹脾气，他都没能好好和她说上一句话。

此时，他好想听到她的声音，好想好想……

电话响了几声后，被接通了。

可晏孝捷的话突然被他咽回了喉咙里，他眉心紧锁，胸腔里的怒火熊熊燃烧。

深夜十一点半，接起温乔的电话的人，居然是陆成郁。他像在一个很安静的环境里，声音略显清冷："温乔在洗澡，我去叫她一下。"

晏孝捷挂断了电话，垂着头，手机屏幕自动熄了。他攥紧了手机，金属边卡得掌心发疼。他只觉得四周好吵，吵得他头痛。

有那么一瞬间，他很想怒吼。

熟悉的名字一直在屏幕上弹出，有电话，也有微信，可晏孝捷根本不想听。他是急需一个解释，但就是本能地抗拒方才他最想听到的声音。

他的耳边时不时地响起陆成郁挑衅的话语。

一切，荒诞到离谱儿。

手机只剩百分之十的电了，晏孝捷却无心充电。

他的对面坐着一对情侣，男生亲昵地搂着女生正在休息；后头是一家三口，同样很温馨。

哪里都是温情，好像只有他是被世界遗弃的可怜人，连能给他送上一丝暖意的人，都在这糟糕的夜晚，让他的心情变得更糟糕。

他疲惫不堪，呼吸困难。

忽然，又有人给他打电话。他看了一眼手机屏幕，是康芷晴打来的。他叹了一口气，接了。

康芷晴像是在外面。

"Jerrie，我刚联系上我的朋友，他是红港航空的机长，他应该能帮你。你在哪个位置？我让他来找你。"

晏孝捷大概说了自己所在的位置。

电话被挂断十分钟后，晏孝捷还是低低地垂着头，捧着手机，看着地板发呆。

忽然，一只胳膊伸到晏孝捷的眼前，西服袖口露出一块银色的腕表。他认得，那腕表是劳力士的"空中霸王"系列。

男人的声音很好听，他对晏孝捷说道："你好，你是Jerrie吗？我是康芷晴的朋友，许博洲。"

晏孝捷抬起头，握上了陌生男人的手："你好。"

男人看上去比他大几岁，穿着机长的制服，相貌堂堂，仪表不俗，虽是桃花眼，却眼神清澈。

许博洲带着晏孝捷往航空公司的休息室走去，随口问他："听阿晴说，你也是祁南人？"

"嗯。"晏孝捷虽然没什么心情与他攀谈，但还是有礼貌地接了话，"你也是？"

许博洲很擅长交际，说道："嗯。你是从几中毕业的？"

晏孝捷："二中。"

"我是从一中毕业的。"许博洲说，"听说你是高考理科状元，又是港大医科的高才生，真是我们祁南的骄傲啊。"

晏孝捷夸回去："你也挺厉害。"

许博洲笑笑："我就是一个开飞机的，没有救死扶伤的医生厉害。"

晏孝捷像是真疲惫了，一笑而过。

许博洲推开休息室的门，让晏孝捷坐在沙发上，然后倒了一杯热水给他，说："见你没喝水。"

晏孝捷指着手机，回答道："刚才在弄机票，太忙了。"

许博洲在他的对面坐下，也给自己接了一杯热水，叹了一口气："每次遇到灾害天气，机场里就会乱成一锅粥。没辙，工作人员和乘客都辛苦。"

他招手，叫来了一个穿着制服的女同事，对女同事说道："Sami，这是晏孝捷，我的朋友，一会儿就拜托你帮忙照顾一下了。"

Sami 笑着比了个"好"的手势，对晏孝捷说："一会儿我来找你要信息。"

晏孝捷感激地说："谢谢你们。"

这是他今夜在各种慌乱中遇到的最温暖的事。

许博洲喝了一口水，放下纸杯，对晏孝捷说："很难得在中国香港遇到老乡，等我回祁南了请你吃饭。"

晏孝捷笑着点头："好。"

Sami 接了一通电话，挂断后，叫住了许博洲。他抬起手，看了看手表，匆忙地站起来，拍了拍晏孝捷："你别急，一会儿听 Sami 的安排，一定能让你尽快到达北京。"

晏孝捷也起身，拍了拍他的肩膀："真的很感谢你，帮我解了燃眉之急。"

航空公司的事务很多，许博洲没时间和他多聊，疾步走了出去。

喧嚣惹人烦，但极致的安静也惹人烦。

晏孝捷将手肘撑在桌面上，额头抵着手掌，看着手机发呆。

屏幕里一直弹出的信息都是温乔发来的，他就是不想回，连点开的欲望都没有。

抗拒、抵触，还有愤怒，啃噬着他的心脏，他感到钻心的痛。


北京，二环内的某四合院。

这里是纪老师的家。

下午，他带几个学生做完模拟解剖时，时间有点儿晚了。于是，他请大家去附近吃夜宵，结果走到一半，刮起了风，下起了大雨。

真是天有不测风云。

几个男生被淋湿了倒是无所谓，但女孩子不能一直穿着湿衣服，纪老师让温乔在他家里洗了澡，又让妻子给她找了一身干净的衣服。

温乔没想到，仅仅十几分钟的时间里，就发生了地震般大的事。

她已经数不清给晏孝捷打了多少通电话，发了多少条信息，直到他关机。

她很急，同样也攒了一口咽不下去的气。

雨还在下，窗外是"淅淅沥沥"的雨声。

温乔走到客厅的门边，看到几个同学围着纪老师聊得正欢。她的目光一直落在陆成郁的身上，自然，陆成郁感觉到了。

他起身，同她进了屋。

温乔怕会有争吵，关上了门。

陆成郁还是第一次见到如此严肃的温乔，有些心虚地说："温乔，刚才我……"

"陆成郁，"温乔叫了他的全名，语气极其冷淡，甚至带着怒气，"其实，一直以来我都知道你对我有其他想法，所以我尽量避开你，因为我有男朋友，即便他远在中国香港。"

她平日里是一个很能控制情绪的人，但此时面对一个天大的误会，她只觉得很委屈，鼻子发酸，眼眶发红。

"温乔……"陆成郁也慌了，想解释，但说不出一句完整的话。

温乔有些收不住情绪了："你比我大几岁，也谈过异地恋，应该很明白，你刚才的所谓热心之举，会给我带来多大的麻烦。"

见她别开头擦了擦泪，陆成郁很懊悔。他慌张地拿起旁边的纸巾，递了过去，但温乔并不领情，喉咙里一阵干痒，渐渐地烧了起来。她调整好状态后说："陆成郁，我很感谢这几年你在北京对我的照顾，但并不能接受你刚才的行为。"

"对不起，温乔。"陆成郁诚恳地低头道歉。

温乔并不接受这种事后毫无意义的忏悔。她转身拉开门，走出去和纪老师道别。纪老师说太晚了，叫来了自己的儿子，让儿子开车送她回去，她同意了。

温乔回到公寓里时，已经是夜里十二点。

温乔像是和晏孝捷彻底断开了联系，没了他的任何消息。无论她怎么解释，他都不回消息。

聊天框里满屏的绿条，像她在自言自语。

"晏孝捷……"

温乔坐在沙发上，蜷缩着身子，不敢让屏幕熄灭。她从未如此迫切地想立刻奔到他的身边。

好事总是成双，坏事也总是不单行。

最让人情绪崩溃的事，偏偏发生在他们的关系最脆弱的时候。

从相恋到现在，这漫长的六年里，晏孝捷一直是热烈的、坦诚的，即便偶尔耍脾气，也从不会玩失踪。

温乔突然害怕起来。至少在这一刻，她明白了自己的心意——她怕失去他，很怕。

这时，她的微信通信录里亮起了红点。

她点开通信录，是有人加自己，认证信息里写的是"你好，我是康芷晴"。

温乔的指尖停在上面，她犹豫了一会儿，然后点了"通过"。她们成为微信好友后，康芷晴问她："是否方便语音聊天儿？"

她回："方便。"

电话里，康芷晴将最近发生在晏孝捷身上的事都和温乔说了一遍，太多太多温乔不知晓的事。

原来，他比她想象中的过得更不好，甚至是颓废。

长长的布艺沙发上，那道纤瘦的身影耷拉着脑袋，听着电话，哽咽着，喉咙烧得发疼，眼泪簌簌落下，濡湿了沙发。

让她感动的是，康芷晴告诉她，晏孝捷为了给她制造惊喜，订了今晚来北京的机票，但由于台风，航班被取消了，而他为了买到一张尽快见到她的机票，此时一个人在机场里苦熬。

温乔终于明白了他关机的原因。

在听到陆成郁说的那句话时，他得多难受啊？他难受到把自己缩在壳里，藏了起来，拒绝与外界沟通。

光线柔和的屋子里，温乔从小声抽泣到放声大哭。她抱着抱枕，拿着手机，坚持不懈地给晏孝捷发信息。

不知过了多久，她哭累了，躺在沙发上睡着了。

把她从睡梦里扯起来的是微信的提示音。

温乔揉了揉红肿的眼睛，视线有些模糊。当看到晏孝捷给她发来了微信消息时，她激动地捧着手机，读着信息。

YXJ："我明天上午十点到北京。"

YXJ："晚安。"

她那一直绷紧的弦终于松了下来，温乔拖着疲惫的脚步走去了卧室里。

第二日，首都国际机场。

一夜的雨冲刷了天地，外面阳光灿烂，照得室内也很明亮。

温乔已经在出站口站了半个小时。她看着航班通知，从中国香港飞来的那班已经到达。

忽然，通道里拥来一群人，他们各自推着行李，错开而走，人影交织。

晏孝捷站在人群里，始终是最耀眼的。

这几年，无论是在北京的机场里，还是在中国香港的机场里，他只要出现在温乔的眼前，永远扬着那张标志性的笑脸。

因为，他们谈恋爱的第一年，在祁南机场分别时，他捧着她的脸，许下了一个承诺——

"我要让你每次见我的时候都是开心的，无论我当时是否开心。"

年复一年，他的确做到了。

他没有一次食言过。即便他再疲惫，有再多的烦心事，在机场里见到她时，永远是笑着大大地张开怀抱，等着她扑向自己。

他向来是一个信守承诺的人，可今天，他食言了。

此时，他像是一具游魂，疲惫不堪，迈着沉重的步伐朝温乔走过去。

他没有张开怀抱，没有露出笑容，也没有牵她的手，只有两个简单的字："走吧。"

温乔不敢碰晏孝捷，只稍稍靠近他，问他："饿不饿？要不要在机场里吃点儿东西再走？或者去公寓附近吃点儿……"

"温乔，"晏孝捷打断了她的话，很疲惫，脑袋像是要炸开，"我想睡觉。"

"好。"

走了两步,温乔试着去牵他的手,他没有拒绝,但也没有主动和她十指紧扣,甚至连掌心都冷得仿佛没有温度。

黑色的专车匀速地行驶在公路上。

晏孝捷一只手揽着背包,另一只手和温乔的手牵着没有分开,可他也没有力气抓紧她的手。

温乔试着解释昨晚的事:"阿晏,昨晚我在纪老师家……"

"乔乔,"晏孝捷无力地说,"我好累,我想睡觉。"

"嗯。"她暂时放弃了解释。

几十分钟后,车停在了公寓外。

温乔拉着晏孝捷进了自己的新住所。她一直在介绍这里的环境,还有看房时发生的一些趣事,想缓和一下气氛,但他一个字都听不进去。

二人进屋后,孝孝兴奋地扑了过去。

晏孝捷蹲下身,不停地抚摸它。在面对儿子时,他终于有了笑脸,但也只是一小会儿而已,他还是无法完全提起兴致。

放下背包后,晏孝捷没看人,垂着头说:"我想先睡会儿,可以吗?"

"嗯,可以,"温乔不多说了,"我去给你拿新枕头。"

"不用了,"晏孝捷说,"我枕你的就行,别管我。"

最后那句"别管我"刺痛了温乔,她扯住了他的衣角,说道:"阿晏,我和陆成郁……"

晦气,一提到这个名字她就觉得晦气。

晏孝捷来了点儿火,语气不太好地说:"温乔,让我睡会儿。"

他甩开她的手,径直进了屋,关上了门。

那道紧闭的门仿佛是阻隔他们的高山。

温乔退回到沙发上,也不知道要干什么,就这样坐着,望着窗外的天发呆。

慢慢地,天空中出现了一只脱了线的风筝,随着一阵猝不及防的疾风刮过,风筝飘得越来越远。

几个小时里,他们好像都好好地睡了一场。

温乔昨夜没睡好,醒来时已经是下午五点了。她见卧室的门依旧紧闭着,也不想吵他。她决定去附近的超市里买点儿吃的,回来后给他做顿晚饭。

她回来时又下起了小雨。

"阿晏……"

她想着都七点多了,晏孝捷也该醒了,走进客厅后轻声叫人,却没人应。

她看卧室的门虚掩着,就放下食物,走去了卧室里,发现里面空无一人,被子也没叠。她一慌,拿起桌上的手机,给晏孝捷拨去了电话。

他没接。

小区附近的公园里,清澈的湖水被没章法的雨滴打得"噼啪"作响。雨不大,如烟如雾,但就是因为不够大才更烦人,倒不如下一场暴雨来得痛快。

晏孝捷坐在长椅上,弓着背,指间夹着的烟早就被雨水打湿了,软得不像样。他实在憋得慌,本想下来透透气,但心里仿佛有一团乱麻,怎么都舒畅不了。

雨滴斜斜密密地往下落。

晏孝捷全身湿透了,衬衫贴着肌肤,背脊骨凸得明显。雨滴从他的刘海儿上滑落,手机在口袋里一直振动。

他盯着脚下的那汪水,长时间的情绪积压终于让他爆发式地哭了出来。他从来没有哭得如此凶过。即便小时候调皮被爸爸打时,他也没流过一滴泪。

他仰起头,雨水刷过脸颊,北方的雨并不柔,拍得脸发疼。模糊的视线里,他像是看到了上一次淋雨痛哭的画面。原来,已经一晃六年过去了。

那晚,他坐在烟海巷的海边看着海,哭了很久很久。那时,他不确定自己能拥有那个少女,更没想过,有朝一日,竟能和她走过六年的漫长时光。

她与他并肩而行的时间是六年。

他追在她身后的时间是七年多。

他到底是最先动心的那个人,把所有的疯狂、执着、热烈给了她一个人——除了她,这辈子,他给不了第二个人。

他哭得不停颤抖,落寞得像是这雨夜里最可怜的人。

忽然,他的视线里出现了一双熟悉的脚,晏孝捷的身子被雨伞罩住,雨水顺着伞边缓缓落下。

他抱紧了那也在发颤的身子,贴在她的腿边,像个孩子般,死死地赖着她,哭着说道:"乔乔……你不能抛弃我……"

他的心里只有一道强烈的声音:舍不得。

他舍不得。

他只要她。

窗外的雨比刚才大了许多,雨珠不停地朝窗户上拍来,但被浴室玻璃窗上热热的水雾遮掩。

晏孝捷赤裸着身子坐在浴缸里,一句话都不愿意说,只盯着窗外的暴雨,湿漉漉的刘海儿垂着,脸上的表情不知是气,是难受,还是委屈。

温乔坐在小板凳上替他擦着手臂,抬起眼,问他:"真不说话?"

从在楼下时她就开始哄他,跟哄小孩一样,好话说尽,他依旧紧闭着唇。

她丧气地垂下眼,噘起嘴,说:"我也很委屈啊。当时我在洗澡,不知道我的手机会被他拿走……"

"哼。"

温乔没辙了,抱住他的胳膊,还摸了摸,真是使出了浑身解数。

"我们甜甜,最近是不是壮了点儿啊?"

以往,她这么夸他几句,他一定会笑。今天,晏孝捷紧紧皱着的眉是微微松动了,不过很快又皱了回去。跟他来这招,他这点儿理智还是有的。他冷漠地推开手臂上的小脑袋,拍了拍自己的背。

他在示意,让她给他擦背。

温乔将小板凳挪了挪,拿着浴球,继续给晏孝捷擦背。有时候她都纳闷儿:一个男人怎么能比她都白?真是养尊处优的大少爷。

不过,到底错的人是自己,温乔不管怎样都要哄好这个少爷。她擦着擦着，想起了刚才在公园里的长椅上，他抱着自己越哭越凶的模样。当时，她的心像被刀割开了般难受；但此时，她竟然笑了出来。

不用猜，他都知道她在笑话自己。晏孝捷冷静下来后，也觉得自己刚才丢死人了，长这么大，就没在别人的面前哭成那副德行过。

他立刻调转矛头："一个女孩子，成天和一群大老爷们儿混在一起，还深夜在男老师的家里洗澡，还让那个混……"

他将"账"字咽了回去，提都懒得提。他稍稍扭过头，怒道："你觉得你像样吗？温乔。"

"不像样，我不像样……"

听到晏孝捷终于开口了，虽是在责骂她，但她依然很开心。她丢了浴球，直接抱住了他的背。这宽阔、结实的背，她有好几个月没依靠过了。

她的双手环绕着他修长的脖子，脸颊贴着他湿漉漉的脸颊，都快将他的五官蹭变形了。紧接着，她温热的唇沿着他的下颌，一路往下吮舔着。

"温乔……"

"温乔……"

突如其来的勾人情欲，晏孝捷渐渐招架不住，胸膛起起伏伏，软软的舌尖勾得他头皮发麻。

"怎么了？"

温乔没睁开眼，将快垂到水面上的头发拨到耳后，唇又一次贴到了他的肩膀上，变着角度亲吻了一遍。

晏孝捷难以忍受，缓缓睁开眼。温乔搂着他的背，他们脑袋贴着脑袋，她晃了晃他的身子，撒娇道："阿晏，我错了。我不应该那么晚了还和一群男同学吃夜宵，也不该在老师的家里洗澡，更不该不把手机带到浴室里去。"

她真诚地向他道歉。

其实，晏孝捷的气已经消了一大半，他点点头："嗯。"

"而且，"温乔贴在他的唇边，轻声细语，"昨天你不回消息，我也哭了一晚上，所以，我们扯平了，好不好？"

她弯起小拇指，伸到他的眼皮底下。

难得被哄，晏孝捷不想轻易低头，想要再享受享受。

温乔又动了动小拇指，发现他无动于衷，不愿和她和好。她朝他的胸膛上用力一拍，变了脸色，喊了他的全名："晏孝捷！"

怕她都成了本能反应，晏孝捷见她松了手，一把扯住她的手腕，挑了挑眉，说："再哄一下。"

他就像一个无赖。

温乔轻声道："那你闭眼。"

他哪里招架得住她的主动？晏孝捷听话地闭上了眼，嘴角还扬起了笑。闭眼时，他感觉温乔像是关了灯，周遭还发出了一些动静。

他的心脏骤然跳得很快，他很期待，疯狂地期待。

隔了一小会儿，周遭的声音变得更轻柔了。

"睁开眼。"

晏孝捷缓缓地睁开了眼。屋里不仅关了灯，台面上还点燃了两根香薰蜡烛。摇曳的烛光里，站在浴缸旁的女人一丝不挂。她早就退去了十八岁时的青涩，身体的每一处都发育得更完美了。

他看得喉咙发紧，干涩难耐。

浴室里柔和的烛光与屋外急骤的暴雨是两种氛围，但正是这样让屋内显得更浪漫。

浴缸里溅起水花，一条纤细、白嫩的腿迈进了温热的水中。这双长腿从小就迷人，晏孝捷的呼吸声越来越重。他才缓过来，一双胳膊又搭上了他的肩。

正当其时的目光对接，只用一秒钟，就能掀起情欲之火。那张精致的巴掌脸钻进他的视线里，隔着水雾，她迷离的双眼都沾上了湿意，却直白地袒露着情意。

温乔跪趴在晏孝捷的身上，两个人贴得实在太近，胸口的起伏像是在互相摩擦，她弯着眼，说道："阿晏，我们很久没亲密接触了。"

他的魂都被勾走了，他只能没出息地应道："嗯。"

墙壁上，两个人的影子起起伏伏。

温乔跪在水中，撑着浴缸的边沿，盘起的头发没有解开，几次差点儿因摇晃而散落。

二人好几个月没有见面，但那种熟悉感是他们一相互依偎就能找回的。

"我是谁?"晏孝捷双臂撑在她身子的两侧,手覆住了她的双手,掰了掰她的指节,逼她,"既然说了要跟我一辈子,那就换个称呼。"

"什么称呼?"温乔故意装糊涂,问。

"叫'老公'。"

温乔在听到"老公"这个称呼时身体一麻。

她记得刚读大学时,班里有几个谈了恋爱的女同学老在一起害羞地说怎么叫对象。有的说就叫名字,有的说叫"宝宝",还有的说叫"老公"。

后来,晏孝捷说过几次想听她叫"老公",她死都不愿意,一板一眼地说这事不能开玩笑,说以后又不一定会嫁给他,所以回回他都很失望。

"老公……"

顺从自己的心喊了出来,到了这一刻,温乔想这样叫他,很想很想,心底的那片区域给了那个少年。

她不是一时想这样叫他,而是想一辈子这样叫他。

"啪嚓。"

晏孝捷突然停下了动作,双臂环抱着她,几滴泪从她的鼻梁上滑落,接着又有几滴落下。

温乔拍了拍他的脸颊,笑了笑,问道:"你怎么又哭了?"

晏孝捷吸了吸鼻子,长舒一口气,喉咙里火辣辣的。他亲了亲她的头顶,将她朝怀里紧紧一拥,哽咽着说:"没事,开心。"

虽然曾经说过那么多次,但真听到她喊出这两个字时,他特别珍惜,珍惜到想当宝物藏起来。一直追在背后的人是他,所以他每得到一次赏赐,就如获珍宝般兴奋。

温乔无奈地笑了笑:"你真是……"

"老婆。"

覆着热气的声音从她的头顶上往下传,晏孝捷没有耍无赖,是极为认真、深情地叫的。

在他的心里,这两个字不可亵玩。

虽然他们是在涨满情欲的氛围里交换了称呼,可对他们而言,这不是调情,而是对彼此的肯定,是承诺,是誓言。

时间慢慢流逝。

每一次恩爱结束,他们都会接吻,不是轻啄一口,而是缠绵悱恻的深吻,且一定会十指紧扣。这是一种安全感,一种心意相通的安全感。吻完,他们鼻尖抵着鼻尖,四目相对,在笑。

温乔揉了揉晏孝捷的眉心,说:"对不起,我全世界最好的阿晏,这段时间辛苦了。"

一时间,晏孝捷发不出声,只盯着她,喉结滚动了几下。这一秒钟,他只想做个孩子,一个要糖吃的孩子。他露出委屈的眼神,想让她继续抚摩他。

温乔都懂的,又一次抚摩着他的额头,动作无比温柔,然后双手穿过他的手臂,抱住了他,脸贴向他的肩边,轻声道:"我爱你……我很爱你……"

她一遍遍地说着。

晏孝捷愉悦地闭上了眼,心无旁骛地去仔细聆听这句话,感动得又流了泪,压在他心里的阴霾好像被一扫而光。

第二天,他们睡到了自然醒。

一夜的暴雨过后,天晴了。

让温乔觉得头痛的是,这一宿,晏孝捷是抱着她睡的,她都快窒息了。

他在入睡前还在撒娇:"老婆,你不能不要我。"

她醒后,刚掀开被子,他睁开眼,又撒娇地喊道:"老婆,你去哪儿?不能扔下我!"

这浑蛋成了她的跟屁虫,她走到哪儿,他就跟到哪儿。

"晏孝捷,你走开好不好啊?"

温乔想推开跟着她的男人,但没有用。晏孝捷就这么一直抱着她,赶不走,也打不走。

"我要上厕所。"温乔烦了,说道。

晏孝捷嬉皮笑脸地说:"我陪你,你哪里我没看过?"

"你有病啊?"

"嗯，"他就是这么死不要脸，抓着她的手抬起来，还揉了揉，说，"我得了一种离不开我的乔乔宝贝的病，怎么办呢？"

温乔就没见过这样黏人的晏孝捷，除了上厕所，他几乎没离开过她。她觉得有点儿烦，但又觉得这样的他还挺可爱，像个小孩，也挺好。

隔天，晏孝捷和温乔商量起一件事——他想请陆成郁吃顿饭，说是陆成郁这些年如此照顾他的女朋友，请对方吃顿饭合情合理。温乔知道他有什么意图，也了解他的脾气，怕他闹事，但他说，绝对不动手。

他真发了誓，她才同意。

他很大方，将吃饭的地方定在了一家特别高档的饭店。

赴约前，晏孝捷拉温乔去了一趟商场，给她买了一堆衣服和包，沉到都提不动。

温乔向来对这些名牌产品毫无兴趣，于是说："你给我买这么多，我也用不着。我不可能背着这些去局里。"

晏孝捷将她揽到臂弯里，说："你可以不用，但我的老婆必须都有。"

如果是以前，她定会说他几句，但现在，她不想去破坏他最简单的快乐，于是心安理得地接受了。

他们绕着商场逛了一圈，离开前，晏孝捷走进了劳力士专卖店。这家店里的腕表不便宜，温乔拉住了冲动的晏孝捷，说："阿晏，你有很多表了。"

他只看着玻璃橱窗，认真地挑选，笑了笑："我送人。"

晚上七点左右，他们打车到了餐厅。路上有些堵车，他们迟到了十分钟。

陆成郁很守时，站在门口等了会儿，看着朝自己走来的身影，出了神。

他想起上次看到的相似的一幕是在公大的图书馆门外。那时，温乔和晏孝捷刚读大一，脸上是青涩的笑容。五年后，他们看对方的眼神依旧纯粹，眼里依旧有光，依旧只映着对方，容不下任何旁人。

这恰恰衬得他上次的行为太荒谬。

"你好。"晏孝捷大方地朝他伸出手,与他打招呼。

陆成郁握住晏孝捷的手,对他说道:"你好。"

握手时,他们谁都没使力,态度是平和的。

温乔并不想跟陆成郁打招呼。她不觉得这是她不大气,而是原则问题。她从来不会原谅给她造成过麻烦与伤害的人,即使那个人并没有破坏结局。

高雅的中式包间宽敞、明亮。

满满一桌子精致的菜远远超过了三人的食量。况且,这顿饭谁又能真吃得愉悦呢?

晏孝捷和温乔挨在一起,将陆成郁抛在了他们正对面的位置上。

自帮温乔接电话后,陆成郁都不敢多看温乔一眼。他一直垂着头,也不动筷子,余光瞟到旁边椅子上的购物袋。他知道,这是无声的示威。

晏孝捷绕着圆桌走到陆成郁的身边,大方地替陆成郁倒了一杯酒,问他:"能喝吧?"

陆成郁接过酒:"嗯,能,今天没开车。"

"那就行。"

温乔没有心思吃饭,盯着对面的两个男人。她总觉得此刻是暴风雨前的宁静。

她还是怕晏孝捷闹事。

不过,到目前为止,氛围还算和平。

晏孝捷和陆成郁聊起了医学上的事。担心一会儿不能清醒地归家,他们都没喝太多。而后,晏孝捷让温乔把礼物递过来,他亲自把礼物放到陆成郁的手边。

陆成郁看到了劳力士的包装袋,问晏孝捷:"这是……?"

晏孝捷的目光变狠了些,他说:"谢谢你这些年一直照顾我的女朋友,鞍前马后,实在辛苦,这点儿心意,不成敬意。"

"这点儿心意",多么讽刺!

劳力士的腕表一块值九万多元,对普通人来说,这是高价礼物,但陆成郁明白,这是晏孝捷对他的羞辱。

"去楼下聊会儿?"晏孝捷小声问。

陆成郁皱眉思索,片刻后点了点头:"嗯。"

二人出门前,温乔察觉不妙。她知道劝不动晏孝捷,只给他发了几条信息,叮嘱了他几句。

不过,她发给晏孝捷的最后一条信息让晏孝捷笑出了声。

Qiao:"别揍得太狠。"

晏孝捷将陆成郁带到了餐厅后方不远处的巷子里。北京的老胡同里安静至极,年久失修的路灯根本起不到照明的作用。

巷子里似乎还有一个人,陆成郁借着并不清晰的光,依稀能看到那道人影很高大。那个人靠着墙,抽完了烟,在旁边的垃圾桶上将烟按灭,站直身子,走到陆成郁的身前,朝陆成郁伸出手:"好久不见。"

陆成郁看清了站在他面前的人,是尹海郡。他曾作为祁南警校的优秀毕业生,回校给尹海郡颁过奖。

当他们的手松开后,陆成郁知道会发生什么事。

"砰!"

陆成郁被晏孝捷一拳揍得跌倒在墙边,巷子里太安静,挥拳声又很重,动静不小。

晏孝捷连日的压抑和愤怒全在这一拳里了。

陆成郁的嘴角都出了血,他踉踉跄跄地站直,抹掉了血迹,对晏孝捷道歉:"对不起。"

晏孝捷搭着他的肩,冷笑道:"我很讨厌听这三个字,马后炮。你看着人模狗样,还是精英,事做得倒是真龌龊啊。"

陆成郁垂下头,憋着不爽的劲。

晏孝捷心里的怒气还在膨胀,他根本压不住,又给了陆成郁一巴掌。

到底是做了坏事的人,陆成郁无话可说。

尹海郡拍了拍晏孝捷的胳膊,提醒他,差不多行了。

晏孝捷不情愿地收回了手。这要是读高中那会儿,他指不定闹出什么事来。

被圈在黑影里的陆成郁呼吸很沉,任由眼前的两个男人讽刺自己。

晏孝捷盯着墙边丧气的男人，问尹海郡："现在单位招人都不看人品的吗？"

"看是看，"尹海郡双手抱胸，挺着腰板，说道，"但有些太会装的人还是能蒙混过关的。"

晏孝捷冷哼一声，拍了拍尹海郡的胸脯，眯了眯眼，对陆成郁说："这才是真正的警队精英，从里到外都刚正不阿的人民警察，学着点儿。"

陆成郁没话说。

随后，晏孝捷和尹海郡勾肩搭背地走出了巷子。陆成郁再也没出现过，那块讽刺人的劳力士腕表，陆成郁自然没拿走。

晏孝捷和尹海郡回到餐厅里后，温乔激动地朝尹海郡打招呼："来了啊。你看看要不要加菜？"

尹海郡指着桌上没动两口的菜，说："我是一个糙人，不挑食。"

"来了？"晏孝捷起了疑心，问温乔，"你怎么知道他会来？"

闲杂人等走了后，温乔都有了食欲，一边吃饭一边回答道："前两天，阿海在群里说要来。"

"什么群？"问完，晏孝捷才觉得自己是傻子，往后一靠，说道，"嗯，知道了，没我的那个群。"

温乔和尹海郡相视一笑。

吃了两口，尹海郡问晏孝捷："听说你又哭了？"

这个"又"字惹得晏孝捷很不舒服。他反问道："什么叫'又'？"

尹海郡放下碗筷，擦了擦嘴，往椅子上一靠，笑着说："你这辈子不就为两个人哭过吗？一个温乔，一个我。你一个大男人，哭哭啼啼的羞不羞？"

晏孝捷一怔，被噎住了。

不知从何时开始，逗晏孝捷似乎成了他们的乐趣。

温乔差点儿"扑哧"笑出声。不过她不敢玩得太过火，往晏孝捷的碗里搛了两块肉，搂着他的手臂，说："尹海郡，以后我就是他的靠山了，别欺负他。"

尹海郡起了一身鸡皮疙瘩，直搓胳膊。

尹海郡是来北京出差的，恰好遇到陆成郁这件事，随即被幼稚的晏孝捷拉来撑场面。

晏孝捷和温乔回到家时已经是晚上十一点多了。他们先上楼牵着孝孝到楼下遛了会儿，一家三口很久没在一起了。他们享受难得的惬意的夜晚，有说有笑地转了好几圈后，才上了楼。

温乔把浴缸里的水放好后，在一旁盘头发。她听见"扑通"一声，回头一看，晏孝捷先脱完衣服坐了进去。他还将窗打开了点儿，点燃了一根烟。

"一会儿烟灰全掉在浴缸里了。"她脱着衣服，说了他一句。

晏孝捷最喜欢的一件事，就是和温乔一起坐在浴缸里。他抽着烟，下巴时不时地抵在她的膝盖上，双眼盯着她。

浴缸里雾蒙蒙的。

温乔不知道自己有什么好看的，这家伙跟看不腻一样，老爱盯着自己笑。

"看你看到八十岁我都不腻。"晏孝捷缓缓地吐了一口烟，烟雾飘到窗外，他说着掏心掏肺的情话。

温乔对着他的目光，笑得很甜，还用手舀起水，好玩似的浇在他的头发上，手腕却被他抓住了。他说："你看，你和我在一起后都变有趣了。"

她没否认，因为的确如此。

晏孝捷又抽了两口烟，将烟在一旁的烟灰缸里按灭，转过头后，脸色却变得沉重了些，握着她的双手说："该说正事了。"

他们都懂，"正事"指的是他们的未来。

见温乔迟迟没说话，晏孝捷轻轻地拍了拍她的大腿，说："要不，我来北京？"

温乔"喊"了声，问他："你不是嫌北京的空气太干燥吗？"

"适应适应嘛，我可以的。"

她推了推他："你满脸写着'我好勉强'。"

是，来北京的确不是晏孝捷的首选，只是如果温乔真不愿意回祁南,那他愿意为她重新适应一座城市。

"不要,"温乔摇摇头,"这不是我想要的,我不想你委屈。"

晏孝捷叹气,玩了一会儿水,问:"那怎么办呢?"

沉默了一会儿,温乔握住了他的手,说:"阿晏,我有一个新的决定,不是回祁南,但我们从此不用分隔两地。"

"什么决定?"晏孝捷既好奇又紧张地问。

温乔将心里的计划吐露了出来。

"乔乔,你让我想想。"

晏孝捷惊讶地低下了头。他不是不愿意,而是她的计划太庞大,他的脑子一时有些蒙。

温乔将他的手握紧了些,问道:"如果你无法做决定,不如我们一起去一趟?"

晏孝捷抬起眼,盯着她炙热的眼神,像是没办法拒绝,缓了缓,点了点头:"嗯,好。"

## 第十二章
# 初 恋

十月,温乔和晏孝捷分别向公安局、医院请了为期一周的长假。他们要去一个国家,定下彼此的人生计划。

头等舱里,温乔戴着眼罩沉沉地睡着了,晏孝捷时不时地给她拉拉毯子。他怕她冷,又向空姐要了一张毯子,把她裹得严严实实的。

她困倦地握住他的手,说:"你快睡。"

晏孝捷没收手,而是一直牵着她,头朝向她这一侧,沉沉地睡去。

天气不错,航班提前了十分钟抵达纽约。

一切就像是吉兆。

叫醒乘客的是广播里有磁性的男人的声音:"We landed safely. Welcome to beautiful New York.If your loved one is around,hug him,kiss him.(我们平安降落。欢迎来到漂亮的纽约。如果你爱的人在身边,抱抱他,吻吻他。)"

这种事,晏孝捷是第一个做的。温乔连眼罩都没摘,他温热的唇就强势地覆了上去,撬开了她的唇齿,舌头探了进去,弄得她晕乎乎的。

他这人就是热烈,热烈得不管不顾。他真能在飞机里做出点儿擦枪走火的事来。

这是温乔第一次来纽约。

晏孝捷是第二次来——他姨妈一家四口，早在十年前就定居纽约。

戴着墨镜的晏孝捷揽着温乔的肩往前走。他们一同和晏孝捷的姨妈打了一声招呼，姨妈还按传统习俗给她塞了一个大红包。

紧接着，晏孝捷接到了邱里打来的电话。

他边上姨妈的车，边抱怨道："大小姐，我们怎么这么没缘分啊？我好不容易来纽约一趟，结果连你的人都见不到。"

是不巧，邱里刚好在巴黎度假。

邱里："人不在，但我都替你安排妥了。"

温乔推了推晏孝捷，他这才反应过来，但他刚试着说出"尹海郡"三个字，电话就被邱里无情地挂掉了。

接着，他收到了邱里发来的微信。

Joy："抓嫌疑人抓到我爸，亲手带我爸去局里问话，他可真行啊。"

邱里又给他发了很多条与尹海郡有关的信息，晏孝捷全部敷衍地回复。

因为他们这几天要去好几座城市，所以邱里将他们安排在了她的公寓里。这是她去年购置的，是创业以来，自己挣钱买下的第一套房。

第一天，晏孝捷和温乔刚到纽约，两个人倒了下时差，一天就在晕晕乎乎中过去了。第二天，他们才花了些时间，没什么目的地、开心地闲逛。第三天，他们去的地方才是他们此行的目的地。

他们在第三天前往了波士顿。

十月，波士顿有些冷，平均气温只有十几摄氏度。

温乔和晏孝捷穿了同色系的白色毛衣——特意挑的情侣装，萧条的秋天，满地是金黄色的落叶。

他们沿着查尔斯河漫步，碧水蓝天，清风微拂，偶尔还有戏水的野鸭，静得令人觉得安宁。与纽约相比，温乔更喜欢这里。

温乔和晏孝捷十指紧扣,秋风微凉,紧紧相握的手掌能给彼此温度。

"我好喜欢这里,你呢?"温乔说。

的确,查尔斯河静静地环绕着世界顶级名校,这里有着浓郁的学术氛围,是她置身几秒钟便钟情的地方。

见晏孝捷没说话,她笑了笑:"你肯定喜欢纽约,你那么爱玩。"

他摇摇头,望着坐落在河对岸的学府,说道:"我只是在想,我能不能考上哈佛大学?"

"你能,"温乔的五指用力地向下一扣,是在给他信心,她说,"我眼里的晏孝捷是最棒的。"

他就听不得她夸他,扬了扬眉,指着河说:"不过呢,你的波士顿大学在这头,我的哈佛大学在那头,这样,我们的距离的确从2190千米,缩短到一条查尔斯河的宽度。"

"我的计划是不是很棒?"温乔笑着问他。

晏孝捷转过身,望着她,她的一张巴掌脸从毛衣里露出一半,肌肤雪白如瓷。她好像一年比一年漂亮,他拨了拨她那被风吹起的发丝,将发丝别到耳后,说道:"嗯,很棒。"

温乔不觉陷进了他的目光里。

她喜欢他眼里的光,那是不管岁月如何流逝都不会磨灭的热烈和坚定,也是她的安全感的来源——不只是他在爱情中带来的安全感,还有他能撑起未来的安全感。

她在爱情里不是一个容易满足的人。比起其他女孩想要的情情爱爱,她要的更多,尤其是能一辈子与自己并肩同行的精神高度。

能满足她这些要求的伴侣,千万人中难寻一人,可她找到了。

河畔传来清脆的鸟鸣,成群的野鸭在湖面上嬉戏,带出一条浅浅的水痕,波光粼粼。

温乔仰起细长、雪白的脖颈,搂住晏孝捷,手指插进他的发丝里,说道:"以前你总说,你想要我变成更好的人,想要一直参与我的人生,但是我也想让你成为更好的人。"

她哽咽了一会儿,才继续说道:"这段时间,我们因为人生的抉择闹得很不愉快。一直以来,我们都在纠结,是否要为了对方委曲求全。可是换个角度想，如果我们一起向前走，问题是不是就迎刃而解了呢？"

晏孝捷静静地听着，喉咙里像烧了起来。

温乔将手伸到他被吹红的脸颊上，温柔地抚摩着："阿晏，你不要追着我跑了，你明明那么优秀，你就应该站在金字塔间，让我崇拜你。"

她说的话没有一个字与爱相关，却是最动听的情话。

晏孝捷颤抖着双手捧住温乔的脸，闭着眼吻了下去，很轻很轻，只是唇碰唇点到为止，可他觉得这个吻胜过任何一次激烈、缠绵的吻。

他紧紧地注视着她，坚定地回答道："好，我们一起来波士顿。"

"你看，我说别开车来吧，都没地方停车。"温乔朝窗外四处看，找停车位，"坐地铁到红磡也没多远。"

眼看着要进场了，还没找到地方停车，晏孝捷虽有些急，但还是平稳地转着方向盘，说："别气，别气，肯定有的。"

中国香港的天气，就是到了十月底，傍晚也不见凉快，热风直往车里灌，没一会儿，两个人就都出了汗。

不过他们也真是幸运，还真有车开走了。

温乔翻开小包，确认门票和身份证都在，然后兴奋地推开车门，对晏孝捷说："阿晏，快。"

晏孝捷锁好车门后，搂着她，快步往体育馆门口奔。

分隔两地的这些年，周杰伦在中国香港开的演唱会他们都错过了，所以，这次他们异常兴奋。

好笑的是，晏孝捷兴奋得过了头，昨晚一直躲在洗手间里，一会儿自言自语，一会儿练歌。温乔叹了一口气，吐槽道："不知道的人还以为是你要开演唱会。"

体育馆外人山人海，水泄不通，两个人费了些力才过了安检通道。

晏孝捷紧紧地牵着温乔，生怕在人群里被挤散。伍家凯帮他们从票贩子那儿弄到了两张内场的票——六排中间的位置。

本来就湿热的风,在密不透风的人群里,像是火浪般涌来。椅子离得很近,前后没太多缝隙,左右也几乎是肩挨肩的距离。

看台上的粉丝更疯狂,还没开场,就已经唱了起来。

这是温乔第一次听演唱会,还是她最喜欢的歌手开的演唱会。她一直抓着晏孝捷的手:"阿晏,我好开心啊!"

她这种冷静自持的人,很少会为了一件事激动得乱了章法。此时,她晃着脑袋,乐得眉眼一直弯着。

和温乔一起听周杰伦的演唱会,对晏孝捷来说非常重要。他期待了无数次,今天终于实现了。

投光灯将体育馆里的每个角落照得透亮无比。突然,灯光熄灭,人海被淹没在黑暗里,人声鼎沸,荧光棒如颤抖的星辰。

《以父之名》的前奏响起,当周杰伦出现在舞台上时,人们再一次兴奋起来。

晏孝捷牵着温乔的手高高举起,晃着身子。

氛围可以点燃情绪,他们激动到忘我。

晏孝捷唱得很投入。

"低头亲吻我的左手……"

他照着歌词,低头亲吻了温乔的左手。

此刻,她看到他在笑,知道自己还是拿这个幼稚鬼没辙。

歌曲一首一首地被唱完。

台下的声浪此起彼伏。

当下一首歌的前奏响起时,晏孝捷兴奋到了极致——是他最爱的《简单爱》。

他揽住温乔,将脸贴到她的脸颊边,挑起眉,问:"还记得我第一次给你唱这首歌是什么时候吗?"

"什么时候?"温乔真在想。

晏孝捷:"是你坐在沙发上,主动给我涂药那晚。"

她真想打这个没羞没臊的浑蛋一巴掌。

屏幕上滚动着歌词。

时长四分钟的歌很快就唱完了,当下一首歌的前奏响起时,晏孝捷突然紧张起来,手僵硬地垂下。温乔问他怎么了,怕他身体不舒服。他摇头说:"没事。"

屏幕上的歌词一行一行地闪过。

这是温乔最喜欢的一首歌,她看着舞台,跟着唱,没有看身旁的人。

晏孝捷此刻坐得笔直,身子绷紧。因为太紧张,他有些窒息般的头晕。

他一直盯着屏幕上的歌词,嘴里在小声地唱。

台上的人唱到了那句:"雨下整夜,我的爱溢出就像雨水……"

晏孝捷卡着点从口袋里取出钻戒,攥在手心里,看着身旁唱得投入的温乔,抓起她的左手,撑开她的手掌。

"干吗?"她不知情,笑着问。

所有人都望着舞台,只有晏孝捷望着他最爱的女人,眼里只装得下她。他捏着那枚钻戒,缓缓地将它戴到了她的无名指上。

手伸向舞台,一束束光打向温乔无名指上的钻戒,钻石璀璨耀眼,是圣洁而坚定的光芒。

一切来得过于突然,温乔震惊到意识有些涣散。她没有料到晏孝捷会在演唱会上这样做,眼里的泪簌簌落下,将她的妆容都弄花了。

"初恋的香味就这样被我们寻回
那温暖的阳光像刚摘的鲜艳草莓
你说你舍不得吃掉这一种感觉……"

就像在心里排练过无数次,晏孝捷在嘴里塞入一颗草莓味的软糖,俯身,吻上了温乔。

比人声、灯光更炙热的是他们的热吻。

他们的手一直高高抬起,十指紧扣。晏孝捷从来都是张扬的,才不管旁人的目光,恨不得让所有人看到那枚钻戒,看到他们的爱情。

草莓味的软糖在他的舌尖,香气弥漫在他们相依的唇齿里。双唇厮磨了一阵,晏孝捷将草莓味的软糖咬成两半,一人一半,松开了温乔。

温乔抽泣得背在轻颤，困难地嚼完了软糖。手还被晏孝捷高高地举着，她盯着无名指上的钻戒，灿烂地笑着，可她笑着笑着，眼泪又不争气地流了下来。

晏孝捷将温乔揽入怀里，温热的指腹一直擦着她脸颊上的泪。他们不想错过这首歌，眼里盈着泪光，跟上节奏，继续唱着。

"我接着写
把永远爱你写进诗的结尾
你是我唯一想要的了解……"

一夜过去，温乔还是没有从昨晚猝不及防的"求婚"里缓过来。她是开心的，可又有点儿不甘。她想：我怎么就莫名其妙地被他戴上了戒指？连个仪式都没有。

第二天，他们绕着中国香港逛了一圈。

晏孝捷没再提求婚这件事，就像真没后续了。温乔还是有一点点失望的，毕竟缺少了求婚最重要的仪式感。

临近傍晚，两个人回到公寓里。

晏孝捷说，想去浅水湾那边的海边走走，温乔答应了。不过，在出门前，他说："别戴戒指了，一会儿要是掉到海边，找起来不方便。"她觉得有道理，便将戒指摘下，收进了抽屉里。

傍晚，海滩从热闹变得宁静。晚霞烧红了天际，在此漫步的人在陆陆续续地往回走。晏孝捷和温乔牵着手，慢慢地在海滩上走着。

他们沿着海边走着，温乔的视线忽然被吸引了。她看到有人抬着一架钢琴走到树下，忍不住扯了扯晏孝捷，问："怎么晚上还有人来这里弹琴啊？"

他只看了一眼，便说道："可能有演出吧。"

她点了点头。

忽然，晏孝捷说口渴了想要买水，让温乔在原地等他。她没挪步，在等他的时候有点儿无聊，就干脆回身，看着在树下忙活的人。

好像还真有演出。

钢琴被人在树下放好，一位男子落座。接着，又走来了一名身穿白色吊带裙的女子，身段窈窕、婀娜。女子走到钢琴边，将小提琴架在肩上。

隔着一些距离，温乔并没有第一时间看出女子是谁。直到她走近了几步，发现那女子是邱里，她才惊呆在原地。

邱里自然看到了温乔，但没跟温乔打招呼，而是和男子一起演奏了起来。

他们演奏的是《七里香》。

小提琴声与钢琴声融合得极妙，悠悠扬扬，传入深邃而宁静的海里。

琴声细腻、婉转，让温乔忘了琢磨邱里为什么会出现在这里。不久之后，她的身后传来了脚步声，这脚步声将她从美妙的音符里拉了出来。

温乔回过身，看到晏孝捷缓缓地朝自己走来。他换了一身衣服，白色的T恤、蓝色的牛仔裤看上去有些旧，他的手里捧着一大束粉色的玫瑰花。

她的身子有些发抖。

他走近后，温乔看到他的胸口别着祈南二中的校牌，上面印着祁南二中的校徽以及班级与名字——高三（四）班晏孝捷。

晏孝捷将花束递给温乔，她捧到怀里。

而后，他将另一枚校牌别在了她的胸口，她低头，摸了摸它。自从高中毕业，她再也没有将它拿出来过，也不知道这家伙是从哪儿找到它的。

突然，晏孝捷单膝下跪，打开丝绒戒指盒，那枚钻戒就嵌在里面。他深情地凝视着那张他喜欢了七年的脸，声音低哑下来，说道："温乔，你应该不记得，这是我第一天去二班找你时穿的衣服。那时我挑了一套自认为最帅气的衣服，但你看都没看我一眼。"

温乔听着听着就笑了，花束遮住了她一半的脸，有几滴温热的眼泪落到了她的脖颈间。

晏孝捷的喉结上下滚动，他继续说："他们总说我做事三分钟热度，说我对你也是一时兴起，但并不是。每多了解你一点儿，我就多喜欢你一点儿。你是一个很优秀的女孩，明明那么耀眼，却总因为家庭而自卑地躲起来。也许没有人懂我的执着，可我就想让你和我在一起，想把我身上的快乐、热情都给你。"

夕阳的余晖里，他们眼含热泪，四目相望。

温乔并不是一个很感性的人，但为数不多的几次哭得泣不成声都是因为眼前的男人——一个伸手将她从如牢笼的世界里拉扯出来的人。

晏孝捷低下头，抿紧唇，在酝酿情绪。而后，他又一次抬起头，看着她，认真地问："二班的温乔，你是否愿意嫁给四班的晏孝捷？他真的长大了，他可以一辈子照顾好你。"

答案显而易见，是肯定，且是无比肯定。

温乔点点头，手朝晏孝捷伸去。他看着那只自己握过很多次的手，泣不成声，背抖得厉害，将戒指紧紧地捏在手指间。

明明距离那么近，他却花了很长时间才颤抖地将戒指缓缓地戴在她左手的无名指上。

她的双眼已经哭到微微红肿，温乔伸手，揉了揉晏孝捷的脑袋。泪光模糊了她的视线，她笑着轻声说道："晏孝捷，以后，我就真依赖你了。"

晏孝捷用力地握住她的手腕，朝自己的肩膀上一压，像跪下给予她承诺的骑士，扬起眉，语气坚定地说："尽管靠。"

此刻，他们深情地对望着。

泪从温乔的脸颊上不停地滑落，将晏孝捷身上的白色T恤打湿，晏孝捷握紧肩上的手，说："我再也不要和你分隔两地。我要时时刻刻都能见到你，抱着你，亲吻你……"

他的话音落下，温乔并没有牵起晏孝捷的手，而是也跪在柔软的沙滩上，紧紧地拥住了他。

这时，温乔的身后传来了抽泣声，晏孝捷牵着温乔站了起来。看到尹海郡时，温乔愣住了，原来，晏孝捷背着她制造了这么多惊喜。

尹海郡抹掉眼角的泪，大步一迈，上前给了晏孝捷一个拥抱，感慨道："那晚在篮球场上，你说的真不是大话。"

"什么篮球场？"温乔很好奇，问。

尹海郡转过脸,回忆着那晚的情景,笑了笑,说:"在老房子里第一次遇到你那天,这家伙跟吃了兴奋剂一样,晚上拉着我去二中打了一个小时的球,他说……"

他后面的话,被卷进了风里。

七年前的某个夏夜。

晏孝捷从烟海巷回到市区时,那场燥热的雨终于停了。他太亢奋了,亢奋到根本不想回家,把尹海郡拉去了二中。

因为是周末,所以篮球场上只有他们。

下过雨后,地板上是一地的水渍,非常湿滑。

晏孝捷止不住内心的燥热,跟疯了一样,不停地投篮。后来,他和尹海郡躺在一块相对干净的地板上。他望着刺眼的投射灯,想着一道漂亮的身影,一直在笑。

尹海郡说:"我知道温乔,二班的尖子生,一向独来独往,一看就是一个很难接近的女生。"

晏孝捷的双手交叠放在身上,像他这么热烈的人,哪里会那么容易打退堂鼓?他自信地说:"不管多久,我都不会放弃!"

尹海郡捡起篮球,砸了过去:"晏孝捷,你这种做什么事都只保持三分钟热度的人,别跟我扯那么远。"

双掌接住篮球,晏孝捷又站了起来,好像根本不知疲倦,运着球,然后纵身一跃,篮球完美入筐。

他仰起修长的脖颈,盯着篮筐说:"我们走着瞧。"

那是十七岁少年的大言不惭。

尾 声
## 燥热的雨，少年的心

又一年的七月。

狭窄的浴室里，花洒的水缓缓停止流淌，残余的水滴落在老旧的瓷砖地面上，缺了角的方形玻璃镜上覆着水雾。

小小的窗口里飘进细密的雨和黏热的风。

温乔弯着腰，正擦着头发，光洁细腻的肌肤上挂着饱满的晶莹的水珠。

这是近三年来她第一次回祁南。

她好像真的快忘了家乡的气息，连夏日午后的黏热都已经不适应了。

擦干身子后，温乔发现自己忘了拿内裤进来。她将门拉开一条细细的缝，对门外的晏孝捷喊道："阿晏，你帮我把内裤拿进来，在床上。"

门外毫无动静。

"阿晏？"

"阿晏？"

她以为他想逗逗她，于是凶了些，叫他："晏孝捷！"

门外依旧静悄悄的。

无奈之下，温乔只好先吹干头发，然后用毛巾裹住自己，往卧室里走。塑料凉拖鞋在地板上"咯吱"作响，她经过客厅时，视线所及之处，没有晏孝捷的身影。

她先回房，换好内裤和校服。

高中毕业那会儿，他们把一些杂物放到了烟海巷的老房子里。这次回来，晏孝捷玩心大起，说就想穿着校服在海边拍几张照片。

老式的木镜立在一旁，温乔走过去，正面、侧面看了一圈。身材苗条的她，穿着白衬衫、黑色百褶裙，依旧有轻盈的少女感。

"晏孝捷，"她边往外走边摸着自己的腰，"你说我是不是胖了点儿？腰这里感觉有点儿紧……"

她走到客厅里。

外面刚下了一场雨，这会儿停了，阳光夹在云层里，从落着灰的铁门、纱窗射进来。

窗台前的木桌上搁着一个粉红色的文件夹，文件夹上面印着"百年好合，永结同心"，下面压着一张结婚证书，结婚证书上签着晏孝捷和温乔的名字。

六月底，他们在中国香港领了结婚证。

温乔站在低矮的茶几边，环顾着这间小小的老房子，心生感触——这里有着太多他们之间的回忆。

她轻轻地叹了一口气。

她不知下次再回来是何时。因为，九月，他们就要一起奔赴波士顿留学，未来大概率会选择在中国香港生活。

计划总是赶不上变化。

小小的城市终究留不住两个向上爬的人。

前段时间发生了太多事，在温乔和晏孝捷的生活里掀起了不小的波澜。好在晏孝捷的父亲晏炳国最后有惊无险。晏孝捷的姑姑晏蓓力则说，她确定跟踪温乔的人是章为盛派过去的，所以对他们以后的发展道路和城市表示支持，至少为了他们的安全，近几年都不要长住祁南。

晏蓓力还对温乔说："阿晏本来就是香港人，你们俩现在领了证，你就能名正言顺地去香港工作了。在香港锻炼几年再回来，也是非常不错的选择。"

这自然而然发生的一切，对温乔来说，或许就是命运给她的最好安排。

她余光轻轻瞥向一边，她发现那本物理练习册被人打开了。她急忙拿起那本物理练习册，果然，里面的信不见了。

她终于明白，为何晏孝捷会忽然不见踪影。

外面又下起了毛毛雨。

那雨似雾，丝丝缕缕，缠绵不断。

温乔撑着一把白色的透明雨伞，推开门，走出了院子。

住户都躲在家中，窄窄的水泥路上没有人影，偶尔有狗吠声。她小心地跃过脚下的水坑，朝海边走过去。繁茂的大树上，每刮过一阵风，大大的叶片就抖下一汪雨水，重重地拍打在她的伞面上。

她从幽静的小道往海边走，视野渐渐变得开阔。

下过雨的海边有着咸湿、黏腻的气息，雨滴落向湛蓝的海面，泛着银白色的亮光。

沙滩上的沙子遇水变得潮湿、松软，温乔每一步都走得有些困难。她猜对了，那家伙果然在海边，手里拿着那封信。

海浪一层层地向晏孝捷的脚边涌去，打湿了他的白色球鞋，他身上那件旧旧的白衬衫不断地被灌入海风，他淋了一身雨，却似乎乐此不疲。

他的少年感从未退去。

一切好像变了，却又好像没变。

"阿晏，"温乔慢慢地走了过去，将伞高高地举起，替晏孝捷遮住雨，笑着问他，"你干吗跑来淋雨？"

其实她知道原因。

晏孝捷将手中的信展开给她看，指尖指着里面秀气的字，说："温乔，没想到，你竟然悄悄地给我写了情书。"

他还掐了掐她白嫩的脸蛋，幼稚死了。

温乔一掌拍下他的手："疼。"

晏孝捷弥补般地揉了揉她的脸，问她："怎么？打算什么时候念给我听？"

"我为什么要念给你听？"温乔皱起眉，有些羞意，"情书你自己看完就得了。"

晏孝捷摆出一副不悦的样子："你写给我的，当然要你大声朗读给我听。"

"别在这里做梦。"温乔扯着他就往回走，"快回去，跑到这儿来淋一身雨，一会儿准感冒。"

晏孝捷甩开了她的手，就是不走，鼻子里还哼着。

"晏孝捷，你别给我闹。"

温乔又走回去，替他撑伞。

晏孝捷往伞外挪了一步，不看人，只望着海面，像个正在闹脾气的犟小孩。

他的意思显而易见：她不念，他就不走。

温乔坐到他身边，跟哄孩子一样哄他："你都二十四岁了，不要闹了好不好？要不，晚上睡觉前，我念给你听？"

晏孝捷摇摇头，手指向下指。

"一定要在这里？"

"嗯。"

温乔吸了一口气，拗不过这个幼稚鬼，摊开手，妥协道："给我，我念。"

晏孝捷满意了，笑着将情书放在她的手心里："我要声情并茂那种。"

"别得寸进尺。"温乔瞪了瞪眼。

晏孝捷像一条乖巧的小狗，头一歪，靠在温乔的肩膀上，手指还玩着她衬衫上的纽扣，撒娇道："老婆，我想听嘛。"

温乔拍了拍自己肩上那温热的脸颊："嗯，我念。"

白色的透明雨伞下，那对穿着校服的男女，似乎同七年前没有变化。

海浪温柔地起伏着。

换晏孝捷撑伞。他搂着温乔，衣服虽被淋湿了一半，但胸膛处温热的气息紧紧地裹着她。

轻柔的雨声浸染着她信中的文字。

"晏孝捷，你好。我是二班的温乔，你要不要做我的男朋友？

"阿晏，这是我欠你的一句话。抱歉，没能在十七岁时说给你听，我知道当时的你有多么想听。

"不知从什么时候开始，我的世界里多了一道身影，一道怎么赶都赶不跑的身影。他的声音穿过教室，漫过走廊，回荡在学校里的每个角落里，恨不得同我如影随形。

"我却常常不礼貌地对他说'走开''能不能不要烦我''我不喜欢你''你知道你有多讨人厌吗'。

"对不起，那时的我不知道用这样的话中伤过他多少次。因为我从不回头看他，看不到他的背影有多失落，看不到他为我掉过几次眼泪。"

海面被乌云遮盖，刚才的几束阳光又被没收了。

晏孝捷听着，背脊在颤抖，喉咙烧得发疼，强忍着马上要落下的泪。

温乔哽咽了一会儿，吸了吸鼻子，继续念："阿晏，抱歉，我永远无法做到和你一样，那么热烈、那么张扬地去表达爱意。但你记住，我一旦牵住了你的手，就不会轻易放开。

"我们的未来还有许多个七年，而我只求我们的每一天平安无灾。如果一定要许一个愿，那我希望，那个日复一日热烈地爱着我的男孩，能永远拥有一颗赤子之心，在我的世界里永远像个大男孩，尽情耍赖。"

晏孝捷还是听哭了。他仰起头，闭了闭眼，喉结困难地滚动着。

见他的手从自己的肩膀上滑落，温乔牵住他的手，与他十指紧扣，颤着声念完了最后一段——

"阿晏，谢谢你的出现，谢谢你的坚持不懈，也谢谢你，无论我做什么，你都永远支持我。在认识你之前，我从来没有幻想过爱情的模样，但现在我可以很肯定地回答你，你就是我的理想型。你赢了，晏孝捷，我愿意把我的余生交给你。"

"啪！"雨伞被扔在了沙滩上。

晏孝捷将温乔打横抱了起来，小雨稀稀疏疏地落在他们的身上，沾湿了他们的睫毛，他们模糊的视线里，对方深情的眼神却清清楚楚。

　　他抱着温乔朝马路上冲，眉眼间的笑，是兴奋，是肆意，甚至是得意忘形。他的心里，即使过了七年，依旧只有她。

　　温乔环抱着晏孝捷的脖颈，只听他坏笑着问她："一会儿是穿校服，还是穿情趣内衣？"

　　她皱眉，问："哪儿还有情趣内衣啊？"

　　"去那家店里买。那会儿我还是保守了点儿，老板娘给我拿的那个款式太性感，当时没敢买，现在刚好。"

　　"你别乱来，皮裤我可留着呢。"

　　"你留那玩意儿干吗？"

　　"找时间让你回味回味。"

　　…………

　　他们的声音渐渐消失在海边的雨雾里。

　　另一边，一对穿着校服的高中生冲到沙滩边，少女的手被男孩拽得发疼，白色的袜子和皮鞋被雨水浸透，高、瘦、英俊的男孩指着大海说："表白就要大声喊出来啊。"

　　"我不要喊。"少女很羞涩。

　　"来，我教你。"

　　"不喊，太丢脸了。"

　　…………

　　十七岁时的青涩画面总是惊人的相似，而那些真挚的表白被海水推向了无尽的远处，永不退潮。

　　就像一场燥热的雨总会停，但少年热烈的爱意永远会延续。

（正文完）

番外一
# 留学婚纱照

## 01 海边的曼彻斯特（上）

车里的人在阳光最炙热的时分去了新罕布什尔州的小镇曼彻斯特，车窗被阳光烤得发烫。

车里，开车的人是温乔，像尸体一样躺在副驾驶座上的人是晏孝捷。晏孝捷的鼻梁上还架了一副墨镜，他看起来成熟了，但身上还是带着一股痞气。

"你能不能行？"温乔开车的技术越来越娴熟，左手无名指上的钻戒亮得晃眼，"你要是肾虚就早点儿跟我讲，我还来得及换人。"

座椅靠背被放下一点儿，本在闭目休憩的晏孝捷"哼"了一声，说："你是写完论文了，我连着三天熬大夜！明知道老子累成了狗，你还榨我三次！"说到这里，他顿了顿，才继续说，"行，我肾虚。"

温乔微微侧身，拍了拍他的大腿，说道："逗你的，你行得很。"

晏孝捷这人就是，你永远不知道他什么时候会犯浑。他抓起自己的大腿上她那没缩回去的手，眼睛都没睁开，直接含住了其中的一根手指，吮吸起来。

她以前会嫌弃他的这种行为，现在真习惯了。

他扯了两张纸巾,边擦着她手指上的口水边问:"到底谁给我们拍啊?"

他们今天是去海边拍婚纱照的,之所以选择去曼彻斯特这个小镇拍,是因为温乔前两天又看了一遍《海边的曼彻斯特》这部电影。

"去了就知道了。"温乔还在打马虎眼,"摄影师已经到了。"

她的举动神秘兮兮的,晏孝捷也懒得想了。被她缠到凌晨三点,他得赶紧睡一会儿,不然一会儿连眼睛都睁不开。

一个多小时后,他们到达了目的地。

过去,为了和英国的曼彻斯特区分开,这座小镇更名为Manchester-by-the-Sea,就是"海边的曼彻斯特"的意思。

这是一座非常宁静的小镇,有着淡淡的电影感,温乔就喜欢这种感觉。

她先下了车,穿着朴素的白色短裙、简单的平底鞋,将头发随意地梳成低马尾辫。来美国一年了,她活得随性、洒脱了许多。

温乔弓着背,从后座上取出自己的帆布包,顺便对副驾驶座上的人说道:"下车。"

晏孝捷:"嗯。"

他跳下车,活动了一下筋骨。他在读高中时就偏爱美式风格的打扮,今天一如既往地穿着白色 T 恤衫、休闲短裤,还是仿佛到哪儿都浑身带着光。他推了推鼻梁上的墨镜,问温乔:"摄影师呢?"

温乔抚平裙子上的褶皱,将下颌朝前面一抬,说道:"前面。"

两道熟悉的身影映入眼帘,晏孝捷大叫了一声,那两个人正是邱里和尹海郡。

他几个大步跨过去,一把抱住了尹海郡。他好久没见尹海郡了,是真想念对方。

尹海郡故意摸了摸晏孝捷的臀,说道:"几个月不见,又翘了些。"

晏孝捷压着他的肩膀,打起他来,说:"老子现在二十几岁。"

两个二十五岁的男人,幼稚得跟十七岁时没区别。

被压着肩膀的尹海郡困难地抬起头,看着温乔,问:"他真的不幼稚了吗?"

温乔冷淡地说:"嗯。心理年龄四十几岁了。"

尹海郡笑个不停,太喜欢这姑娘一本正经地胡扯了。

晏孝捷第一次被温乔夸,但觉得特别丢脸。

一旁的邱里迈着小碎步挽上温乔,靠在她的肩上,小声说:"让他们笑,一会儿他们得哭。"

温乔对上邱里的视线,坏笑着。

水泥路被烤得像要熔化,海边一家书店的玻璃窗内,大大的叶子摇曳生姿,复古的绿墙边堆满了书籍。

"晏孝捷换衣服,你让我进去干什么?"

此时书店里没有几个人,安静的一隅,尹海郡正被邱里往洗手间里推。

邱里一边使劲地推他,一边说道:"你帮他看看帅不帅嘛,他需要你。"

他不敢和她斗嘴,听话地进去了。

屋外,温乔和邱里靠在窗边,时不时地歪着脑袋,捂着嘴笑,像在琢磨什么坏事。

洗手间里忽然响起了一些奇怪的动静。

尹海郡:"你们两个什么意思?我们好歹也是二中的扛把子,是吧,孝哥?"

晏孝捷:"嗯。"

邱里轻柔的声音在此时并不悦耳,她说:"别浪费时间了,快点儿出来。"

温乔补了一句:"晏孝捷,一会儿太阳就要下山了。"

隔着一扇棕色的木门,屋里还是没动静。

晏孝捷激动地说:"你如果脱了就不是我兄弟!"

尹海郡也很激动,说道:"又不是我结婚!"

"陪我!"

"滚!"

两个男人吵死了,在里面推推搡搡。

邱里看了一眼手表,有些不耐烦地催促道:"快点儿,快点儿。"

洗手间里面安静了一阵。

门锁忽然被转动了一圈。

两个精壮的男人挤在一起,谁都不想先出去,因为他们身上的衣服简直能把他们的脸丢光。

晏孝捷穿着婚纱,胸前精致、性感的蕾丝快被他的胸肌撑坏了。身材更壮硕的尹海郡被迫穿上了一件白色的抹胸礼服,胸毛都透出来了,手臂粗壮得吓人。

温乔和邱里只看了他们一眼,便笑到肚子疼。

她们在商量时幻想过画面,想过效果一定很夸张,但没想到视觉冲击力会强到让人不忍直视。难怪他们会觉得丢脸,连她们俩都想逃。

"老婆,真要我穿婚纱拍照?"晏孝捷觉得不可理喻,但又不敢和温乔对着干。

"嗯。"温乔走过去,捧起他的脸颊,撒了撒娇,说道,"你是晏甜甜嘛,穿婚纱怎么了?"

她们耍晏孝捷没问题,尹海郡纳闷儿地指着自己身上紧绷得快裂开的礼服,问邱里:"那我呢?我为什么要陪他?"

邱里掐了一把他结实的臀,说道:"给你们也拍一组好友照。"

## 02 海边的曼彻斯特(下)

小镇的水泥路没有绿荫遮蔽,粉色的野花沿着石缝生长,那被晒着的花瓣透着光。

四周蝉鸣声起伏。

温乔和邱里手挽着手走在前面,刻意和后面的两个男人拉开了距离。在屋里时她们还有心思调侃他们,但真一起走到毫无遮蔽的马路上了,她们还是觉得丢脸。

她们后头的画面确实荒诞又滑稽。

晏孝捷皮肤白,婚纱在他身上的视觉冲击力并没到需要捂眼的程度。尹海郡就不同了,他的肤色本来就深,身材也比晏孝捷的更结实,走两步,腰臀紧绷到裙子差点儿开线,最触目惊心的还是隐约露出的胸毛。

不过，他们得感谢这两位祖宗没让他们穿高跟鞋。

邱里悄悄回头看了尹海郡一眼，被吓得埋头尖叫，赶紧靠到温乔的颈窝边，对温乔说："你老公还好，你看看尹海郡，简直是人猿泰山。"

温乔不用回头看，都知道那画面有多惊悚。

对付祖宗要对症下药，晏孝捷和尹海郡干脆大摇大摆地走在路上，对每个从他们身边经过的人都热情地打招呼。

小镇上的居民并不多，许多是上了年纪的人。这对穿着奇装异服的男人引得许多老爷爷对着他们拍起了照片。

晏孝捷和尹海郡此刻也彻底放开了，勾肩搭背，大方地摆着各种姿势，就像一对在小镇里游行的小丑。

这时，他们发现两个祖宗越走越快。

她们恨不得和他们没有关系。

"老婆——"

"里里——"

两个男人一个拎着婚纱的裙摆，一个扯着礼服，快速奔了过去，手刚往前伸，温乔和邱里便往旁边一躲。

"晏孝捷，你别碰我，好热。"

"别亲我，尹海郡，你好丑，丑死了。"

晏孝捷和尹海郡只用一只手就将他们的目标揽到了怀里，一个死皮赖脸地抱着人，一个不停地亲人。在两个男人乱动的过程里，他们身上的裙子往下掉，俩人的胸肌都从抹胸里出来了。

幸亏此时小路上没几个人。

不到十分钟，他们走到了海边。

这里的海很柔和、宁静，四个人站在海边眺望，似乎能听到藏在海浪里的故事，就像《海边的曼彻斯特》里的那句台词——

"其实我们无处可去，身上背负着伤痛，没有救赎，没有解脱，可这才是人生啊。"

也是这句台词触动了温乔，让她有了来这里拍婚纱照的想法。她不想要灿烂的阳光，而想要深沉的落日。

因为，她和阿晏的故事，大多与落日有关。这是她喜欢的浪漫。

她坚信在日落时牵起手,能牵得更长久。

在等太阳落山时,邱里给晏孝捷和尹海郡拍了一百来张"好友照",每一张都让人不忍直视。他们却很配合,甚至越玩越起劲。

分开时,他们都是成熟的大人。

凑在一起时,他们却又幼稚得像孩子。

这就是一份难得的友谊。

站在一旁的温乔看着他们的互动,笑着笑着,有了许多感触。在十七岁之前,她的灵魂是孤独的,她不敢奢望任何长久的感情,是晏孝捷用他日复一日的热情,亲手将她拉进了他的小圈子——一个简单又长情的圈子。

自此,她有了男朋友,也有了两个好朋友。

一晃七年过去,他们从未走散。

"好累啊。"给他们拍照拍了几十分钟,娇气的小公主邱里被累着了,"不拍了,不拍了。"

两个大男孩也玩出了满身汗。

大家都坐在长椅上休息。

众人休息了一会儿后,太阳终于下了山。

晏孝捷还穿着婚纱,而温乔去附近的小店里换上了祈南二中的校服。白衬衫、黑色百褶裙被海风温柔地吹着,纤细、笔直的双腿上覆着柔和的光晕。

她站在长椅边,扎起的马尾辫被风吹了起来。她问晏孝捷:"四班的晏孝捷,要不要和二班的温乔拍一张婚纱照?"

坐在椅子上的晏孝捷,身上蓬松的婚纱裙摆铺在地面上,他仰视着她,有一种他成了"娇妻"的错觉。

"要。"他钩住了她的手指。

温乔将他拉了起来,和他十指紧扣地走到海边,他们的身影被罩进了更浓的余晖里。傍晚,海风阵阵,他们的身后是摇曳的树影,连路牌也失了光。

可,"日落尤其温柔,人间皆是浪漫"。

换回自己的衣服的尹海郡当起了摄影师,蹲着身子,在邱里的指导下调整镜头,倒是有模有样的。

"晏孝捷,手给我规矩点儿。"镜头里出现了很不雅的画面,他吼了一声。

只要抱着温乔,晏孝捷就没办法正经,手摸着摸着就摸到了她的臀上。他不知悔改,甚至变本加厉,从身后抱住她,双手圈着她的腰,说道:"我和我老婆拍婚纱照,我想怎么摸她就怎么摸她。"

尹海郡:"照片是要挂在客厅里的,你没羞耻心吗?"

晏孝捷:"什么年代了,还挂在客厅里?土。"

尹海郡不觉得这有什么问题,抬眸,想在邱里这里找到一些共鸣,同时说:"不挂在客厅里吗?我看我们单位那几个结了婚的,婚纱照都挂在客厅里。"

"你想挂在哪儿就挂在哪儿,"邱里把嫌弃压进腹中,眨着明亮的眼睛,笑着说,"你老婆同意就好了。"

这话弄得尹海郡都害羞了,他问邱里:"我老婆不就是你吗?"

邱里没吭声。

俩人拉拉扯扯了一会儿。

眼见夕阳都快沉下去了,晏孝捷的暴脾气上来了,他不耐烦地说道:"把婚纱照拍完,你俩想在这里干什么我都不管。

"快点儿。"

尹海郡重新开始工作。

婚纱穿得久了,晏孝捷便习惯了,和温乔换了很多种姿势。他这人就是讨厌中规中矩——嫌土,嫌没意思。他刚才摆了那么多姿势,拍出来的照片一张都过不了家长那关。

那些照片里,他不是搂着温乔的腰,摸着温乔的臀,就是和温乔甜蜜地拥吻。

最后,在温乔的命令下,他还是乖乖听话,拍了几组正经的婚纱照。

"背过去。"

"把脸扭过来一点点。"

"很好。"

…………

尹海郡负责拍,邱里负责掌控画面。

尹海郡觉得给别人拍婚纱照以及看到漂亮的照片，比自己站在镜头前还要幸福。

无垠的海面是比较深的橘红色，云层里的阳光渐渐淡去，海边只有温乔和晏孝捷，铺在地上的婚纱裙摆随风轻轻飘动，校服裙摆被风吹起又落下。

他们手牵着手。

他们对望时，他的眼神永远炙热，而她的情绪总是内敛。

在这样的深情里，温乔钩起晏孝捷的下巴，踮起脚，眼里发着光，声音轻柔地问晏孝捷："晏孝捷，你愿意被我娶回家吗？"

这句互换了性别的求婚语让晏孝捷一怔。但此时，他不介意在她的面前做一个"小女人"。他抿了抿嘴，故作娇羞地戳了戳她的腰，说道："嗯，我以后就跟着你了。"

他们拥吻，在落日下缠绵。

夕阳在海中放肆地奔跑，就像青春，虽然它逃得快，但只要伸手的人不放开手，便能捉住最珍贵的宝物。校服与婚纱并不是可望而不可即的童话，只是无心之人的借口罢了。

番外二
# 梦

## 01 两场雨

"你好,我是二班的温乔,你叫什么名字?"

那是一个蝉鸣声热烈的午后,阳光从敞开的窗外进入,铺在化学实验室里的座位上。先打招呼的人是女生,她有礼貌地朝旁边的男生伸出手。

她的手在半空中悬了一会儿,男生才推开显微镜,漫不经心地回应道:"晏孝捷。"

伴着窗外轻轻的鸟鸣声,他们第一次记住了对方的名字。

从那天以后,二班这个叫温乔的女生总跟在四班的晏孝捷的身后。

不管是在教学楼里、操场上,还是在图书馆里,温乔只要看到晏孝捷,就会主动和他打招呼。晏孝捷对这个长相清秀的女孩没什么兴趣,所以遇到她时总是冷冰冰的。

某个周五,放学后。

温乔知道晏孝捷喜欢和几个学习不好的男生待在喜哥超市里。她去过喜哥超市几回,但每次都是一买完东西就迅速离开,没怎么往地下室去过。

她问老板:"我可以去地下室吗?"

喜哥笑了笑,反问她:"找谁?"

她有点儿害羞地说出了"晏孝捷"这个名字。

喜哥带着温乔走到地下室里,里面干什么的人都有,打台球的、看电视的、听歌的……

"晏孝捷,"喜哥喊了一声,指着身边的小美女对他说,"有人找你。"

见到温乔,晏孝捷立刻站了起来。尹海郡则悠闲地靠在沙发上看戏,踹了他一脚,说道:"好福气啊,这个二班的温乔确实漂亮啊。"

地下室里瞬间消了音。

温乔穿着洁净的校服,背着双肩书包,手里还抱着两本刚从图书馆里借来的书,看起来和这里格格不入。

"上去。"晏孝捷带着她往上面走。

可温乔站着没动,似乎对这里很感兴趣,四处打量,问晏孝捷:"我第一次来这里,没想到这里还挺有趣的,我以后可以来这里玩吗?"

"你来这儿玩什么玩?"晏孝捷没工夫陪她耗,扯着她的衣袖往楼梯处走,"像你这种好学生若是学坏了,我怕殃及我。"

"你天天来这里玩,不还是能考年级前十名?"

"……"

他们走出地下室,视野忽然变得明亮。

温乔和晏孝捷并肩走在校外的马路上。学生们早就跑光了,路上往来的人很少。走着走着,温乔忽然觉得天色暗了下来,而且闷热不已。她抬起头,夕阳被乌云笼罩,天很快变得阴沉。

晏孝捷指着前面的岔路口:"到那里我们就分开,我并不想一直带着你。"

温乔抬起眼,用手戳了戳他的胳膊,笑道:"哎,晏孝捷,你是不是很少和女生玩啊?我觉得你很害羞。"

他不喜欢和女生有亲密的碰触,迅速拉开和她之间的距离,有些冷淡地说:"温乔,我再说一次,不要再来找我,你不是我喜欢的类型。"

"哦,是吗?"温乔往他的身前迈了半步,白皙、细长的脖颈高高仰起,眼里像是落入了星光般明亮,"可是有很多男生喜欢我,你怎么就这么肯定,你和他们不一样呢?"

晏孝捷看了温乔一眼,懒得解释,转身就朝公交车站走去。

"淅沥沥"的雨忽然从密布的乌云里落下。祁南夏季多雨,而且雨总是一阵一阵的,下得人毫无准备。温乔向前跑,用一只手抓住晏孝捷的书包带,对他说道:"下雨了,去旁边躲一躲。"

晏孝捷就这样被温乔带到了后面的水果摊附近。他们不能打扰老板做生意,于是挤在角落里,身体挨得很近。夏天的校服薄薄的,他们肌肤贴着肌肤,黏稠又湿热。

少年和少女的脸庞在雨丝中显得干净又明媚。

雨下得很急,晏孝捷低头,看见温乔的鞋被雨水淋湿,于是扯住她的书包带,将她整个人往自己身边拽。一下子,他们之间的距离更近了,呼吸声、心跳声交织在他们的耳边。

先脸红的人却是晏孝捷。

雨滴顺着屋檐一滴滴往下落,温乔伸出手,冰凉的雨滴拍打着白净的掌心,然后顺着纤细的手腕滑落。她笑了笑,说:"我第一次见到你也是在一个雨天,你和一群男生冒着雨从喜哥超市里跑出来。你穿着干净的白衬衫,在雨里和他们追逐打闹,那一瞬间,你吸走了我全部的目光。"

她望向晏孝捷,眼眸里有光,又说道:"雨让人觉得孤单、忧郁,没有光彩,但是你给那场雨赋予了新的意义。它成了无忧无愁的,成了带着笑声的,也成了燥热的。"

## 02 海浪声是我们的心跳声

一场雨,拉近了两个人的距离。

晏孝捷不再拒绝温乔的主动靠近,在学校的角落里总能看见他们在一起的影子。

不过,读高二时学习任务很繁重,他们更多时间待在教室里,或是在另一个秘密基地里。

那是离二中不远的一条临海老巷,有一个很好听的名字——烟海巷。烟海巷最深处的一座老院是晏孝捷外婆的家。外婆过世后,这里就成了他常常躲起来治愈自己的小世界。

这几个月,这间老房子里的灯常常亮着。

温乔说想考进年级前十名,晏孝捷就帮她补习她考得最差的数学。学习之余,他们会一起听听歌,聊聊天儿,疏解学习的压力。

某个周六的午后,和温乔一起做完了三张模拟试卷的晏孝捷有点儿口渴,起身去冰箱里拿了一罐可乐,刚坐回来拉开易拉罐的拉环,手中的可乐突然被温乔抢走了。

"你要喝我再给你拿一罐,非要喝我的?你这个女孩子还真是挺有意思。"他哼笑着抱怨了两句。

温乔握着易拉罐,冲晏孝捷笑,问他:"怎么?我有意思不好吗?"

少女的眼眸里都是光,她笑起来时眼睛总是亮晶晶的,晏孝捷每回都不敢多看。他立刻起身,靠在门边看起了外面的风景。

温乔也起身走到门边,雨后的阳光覆在少年的侧脸上,她没忍住,多看了两眼。

她问:"晏孝捷,你以后想考哪所大学?"

答案似乎一直都在晏孝捷的心里,他说:"祁南军医大。"

"以你的成绩,你其实可以考去更好的学校。"

"不想。"

"为什么?"

晏孝捷回答道:"不想太累。"

他准备回屋拿书包走人,却被温乔拽住了,她认真地说:"一开始,我的志愿是祁南警校,但现在变了,我认为自己可以去更好的学校实现理想。我想去中国人民公安大学。"

"你不想留在祁南了吗?"晏孝捷一惊,有一种自己被抛弃了的错觉。

温乔耸耸肩,说道:"人生理想第一,哪里能让我成为更好的自己,我就去哪里。我认为你也应该这样。你很聪明,也很有想法,可

320

以考去更好的学校，将来更好地回报社会。"

听着温乔激励人心的话，晏孝捷只低头冷笑，随后说道："哦，原来你根本没想和我一直做朋友，玩玩就跑，是吧？"

温乔愣住了，过了一会儿才问他："你为什么要这么理解？"

晏孝捷抬起眼，紧紧地注视着她，反问道："不是吗？咱们现在读高二，还有一年就要参加高考，你考去北京，一拍屁股再也不回来，不就是这个意思吗？"

她听笑了，用手戳了戳他的手臂，又问："我们是只有在祁南才能做朋友吗？"

晏孝捷没出声，明显还在生闷气。

温乔仰着头，凑到他的眼前，笑着说："晏孝捷，不管我在哪里，我们都是朋友。我想要你飞得更高、更远，但也想一直参与你的人生。"

她的话音刚落，窗外飞过来一群鸟，被鸟儿的翅膀扇动的树枝在他的身前摇晃。笑容久久地停在他的脸上。


一年后，同样的海边。

领到大学录取通知书的温乔和晏孝捷沿着海岸线骑行。夏天的阳光总是很明媚，他们的心情更加明媚。因为，他们都兑现了对自己人生的承诺——

温乔顺利地被中国人民公安大学录取，晏孝捷则成了祈南的高考理科状元，被香港大学录取。

骑累了，他们就停下来歇一歇。

身后是那间他们来过许多次的便利店，温乔坐在沙滩上，晏孝捷握着两瓶冰镇饮料坐到她的身边，将手中那瓶荔枝味的饮料递给她。她悄悄转过头，眼前的少年仰着头喝着饮料，脖颈线条修长。她故意往他的身边挪了挪。

感觉到有温热的气息朝自己扑来，晏孝捷忽然紧张起来，问她："干吗？"

温乔就喜欢看着他笑，将下巴抵在玻璃瓶上，问他："晏孝捷，我能问你一件事吗？"

晏孝捷的视线落在海面上，头高高仰起，他问："什么事？"

温乔声音轻柔地问："你喜欢我吗？"

晏孝捷一怔，仿佛听见了自己的心跳声。

两个人的影子在沙滩上斜斜地靠拢，他们之间的距离好像又近了一些。比刚才更温热的气息扑向他的耳畔，她说："那我先说，我喜欢你，晏孝捷。"

这是晏孝捷第一次被表白，少女好听的嗓音在他的耳旁不断地萦绕，像拍不散的海浪，像钻进云层里的浪漫晚霞，也像在心底腾起的绚烂烟火。

他还没来得及回应，温乔就靠上了他的肩头，问他："你最喜欢听周杰伦的哪首歌呀？"

晏孝捷的胸口剧烈地起伏着，他说："《七里香》。"

温乔笑着点点头："好巧，我也是。"

"窗外的麻雀在电线杆上多嘴，

你说这一句很有夏天的感觉，

手中的铅笔在纸上来来回回……"

先哼唱的人是温乔，慢慢地，才多了少年的声音。

"初恋的香味就这样被我们寻回，

那温暖的阳光像刚摘的鲜艳草莓……"

夕阳消失后，沙滩上还有他们的身影。

温乔小声问晏孝捷："那我们算不算开始谈恋爱啦？"

晏孝捷在路灯昏暗的光线下看向她的手掌，试着握住它，点点头，说道："嗯，算。"

温乔笑着问他："那我现在是谁？"

晏孝捷皱着眉想了想，试探性地说："温乔？"

"不是。"她捶了捶他，"你怎么愣头愣脑的？"

晏孝捷长舒一口气，扣着温乔的五根手指，说："你搞突然袭击，一下子把我弄紧张了。"

温乔扳过他的脸，与他对视，又问："我再给你一次机会，我是谁？"

这回，晏孝捷懂了，将脸往前一凑，炙热的气息洒在温乔的鼻尖上，他一个字一个字地说："我的女朋友。"

温乔满意地笑了。

人群散去后的沙滩上，树荫下的角落里，手机里的音乐还在播放，那对刚确立恋爱关系的少年和少女却已经拥抱在了一起，生涩地触碰着对方的唇。在夏夜的海浪声里，他们拥有了属于彼此的初吻。

## 03 下辈子，我还想跟在你的身后

早上九点，香港。

屋外车水马龙。屋内，主人没醒来，孝孝就乖乖地趴在客厅里。房间里忽然有了动静，它从门缝里挤进去，跳到床上。先醒来的人是晏孝捷，可他好像有点儿起床气，倒不是因为被孝孝吵醒了，而是因为梦太美好，他不愿醒来。

"阿晏，几点了？"温乔也醒了，但还是不想睁开眼。她翻了个身，钻进了晏孝捷的怀里，整个脑袋埋在他的胸膛上。这是每天早上醒来后她最喜欢的赖床姿势。

晏孝捷的声音特别温柔，他说："还早，再睡一会儿，反正是周末。"

"嗯。"

抱着这个梦里主动到不真实的女人，晏孝捷望着温乔笑，手指轻柔地拨开她的发丝，眼里都是绵绵的情意，问她："乔乔，你知道我昨晚做了什么梦吗？"

她闭着眼哼了哼，反问道："春梦？"

晏孝捷把她抱得更紧了些："我有你了，还做什么春梦？"

温乔睁开眼，伸手揉了揉晏孝捷的鼻尖，笑了笑，问："那你做了什么梦？你好像很开心？"

"嗯。"晏孝捷握住她的手掌，骄傲地扬起眉，说道，"梦见你主动追我。"

他都快三十岁了，讲起这件年少时的事，还是一副幼稚鬼的模样。

不管过去多少年，温乔都觉得他是一个天真的大男孩。她轻轻地"啧"了两声，吐槽道："我在梦里追一下你，就把你高兴成这样了？"

"嗯。"晏孝捷点头，"至少在梦里，我也享受了一次被你缠上的快乐。"

温乔放下手，揽着晏孝捷的腰，身体贴着他温热的胸膛，没出声，闭上眼，想再休息休息。晏孝捷却搂着她说："你知道吗？其实我不止一次想过，如果你出生在一个幸福美满的家庭里，遇见我时，你会不会对我主动一点儿？"

关于这个问题，温乔并没有想过，也就给不了他答案。

晏孝捷说："上天或许知道我迫切地想知道答案，于是给了我一场梦。"他低头，将头埋在温乔的颈窝里，"我开心不仅是因为享受到了被你追求的快乐，还因为我看到了出生在一个幸福美满的家庭里的你是怎样的模样。"

她的眼眶忽然变得湿润。

晏孝捷抬起温乔的脸，盯着那双湿润的眼，声音仿佛要进入她的心底："如果有下辈子，就算你出生在一个幸福美满的家庭里，性格开朗、主动，我还是想做那个跟在你屁股后面的人。"

温乔微怔，心脏猛然收紧。她心中有很多表示感动的话，却说不出口，几滴泪从眼角滑落。她伸手去摸那张她熟悉到不能再熟悉的脸，颤着声说："谢谢你，阿晏，下辈子我一定会回头看你，会回应你。"

阳光从百叶窗外洒进来，铺在床边。温乔捧着晏孝捷的脸颊，深深地吻了上去，很快，二人开始唇齿厮磨。

过去的她是被动的，可现在、未来，她要用无数次的主动去弥补他。

紧紧地拥抱着对方，感受着身体里炙热的温度时，他们都很确定，他们的爱可以无限期地延续下去。

这辈子不够，那就延续到下辈子。

番外三
# 赛里木湖

　　两年里,温乔渐渐习惯了在北京的生活,社交圈也宽了起来。她和晏孝捷的感情还算稳定,他的性格还是那样风风火火,他一想她或者一和她吵架就跑到北京找她。他们之间无论发生何种矛盾,他都迅速解决。
　　因为他很清楚,自己的女朋友是一个很能藏事的人。

　　大二暑假的前一周,温乔难得回了一趟寝室。几个同学正在讨论去哪儿,有两个说回老家,有一个说和朋友去云南旅行。
　　寝室长李蒙看了一眼正在收拾行李的温乔,问:"你应该是去香港找男朋友吧?"
　　有时候,同性之间敌意会很大,尤其是温乔的长相和性格都偏冷淡,人也很少住在寝室里,再加上都知道她有一个有钱的妈妈、一个出类拔萃的男朋友,其他三人抱成团也很正常。
　　"嗯。"温乔不喜欢对别人说自己的私事。
　　"乔乔,我真羡慕你。"
　　"从高中毕业谈到现在,感情还这么好,真不容易。"
　　"…………"

寝室里,室友们议论纷纷。

温乔并不介意这些,拿上行李和她们道别后就走出了寝室。她是一个屏蔽力非常强的人,只想专心致志地经营好自己的生活,所以她刚才撒了谎——她并不是去香港找男朋友,而是和男朋友去新疆。

这是她和晏孝捷规划了好几个月的行程。

人们都说情侣一定要一起旅行一次,因为一起旅行能有效地检验两个人是否般配。

出发前,孙舒与和温乔说了好多这方面的事,还提到了她上次和靳凡去哈尔滨旅游时差点儿闹掰的事,弄得温乔有点儿担心。毕竟她的男朋友性格急躁,他们这趟要出去大半个月,只是一想,她都觉得这次旅行不会太顺利。

晏孝捷的心态却很平静,他还安抚起了温乔,说最糟糕的情况也不过就是吵架,反正不管怎么吵都不会影响他们的感情,他们更不可能因为旅行时闹了点儿矛盾就分手。

温乔觉得他说得也对,要玩就痛痛快快地玩,不要杞人忧天。

这次旅行,晏孝捷和温乔还做了一个大胆的决定——带上孝孝。

带着孝孝旅行虽然辛苦了点儿,但晏孝捷觉得很值。在他看来,狗狗也要有一双看过世界上的风景的眼睛。于是,他先开车带孝孝抵达北京,和温乔会合后,他们一同坐飞机抵达了伊宁。

到新疆,温乔最想看的就是赛里木湖。她和晏孝捷都会开车,所以他们决定在到达新疆后开始自驾游,这样会让他们和孝孝玩得更尽兴。

他们到达伊宁后,发现这里不仅有美景,还有舒服的气温,太适合避暑了。

温乔几乎没出来旅行过,所以这次的旅行计划由经验丰富的晏孝捷全权负责,她则负责住宿和美食部分的筛选。为了确保私密性,她在伊宁租下了一座独栋的民宿,整间院子充满了异域风情。

一进民宿,她就让晏孝捷给她拍了十几张照片。

"阿晏,你喜不喜欢这里?"温乔抱着晏孝捷,问他。

实物确实比照片更漂亮，晏孝捷点头，回答道："你的眼光还用说吗？你选我做男朋友，眼光自然一流。"

她真是服了他了。

第一天，他们和孝孝都有点儿累，没精神去逛景点，就在附近的餐厅里吃了点儿当地的美食，然后回民宿休息。

第二天一早，他们带着孝孝去租车，晏孝捷选了一辆越野车。

在香港时他没机会开越野车，这回着实让他爽了一把。

男女搭配，干活儿不累。

晏孝捷有冲劲，温乔则比较细心。一周的自驾旅行，时间不长不短，她在北京就采购好了需要的物资，怕不够，昨晚又在超市里采购了一番。

"乔乔，别太紧张，我们又不是去荒漠里，不够的话，晚上回伊宁了还能买。"

"也是。"

等温乔上车后，晏孝捷戴上墨镜，调整好坐姿，朝她和后座上的孝孝打了个响指，兴致高昂地问温乔："准备好了吗？"

"准备好了。"温乔应了后，孝孝也叫了一声。

晏孝捷将手指向前一指，大声道："出发！"

随后，越野车按照导航上的路线图正式出发。

在认识晏孝捷以前，温乔在祁南的生活可以用"沉闷"和"压抑"来形容。她其实是一个很喜欢旅游的人，只是那会儿她没条件，去过的最远的地方也不过是崇燕岛。她看向旁边的男生，因为他，那些她想要完成的事，正在一件一件地完成。

比如，她终于在新疆开始自驾游。

此行还多了一件让她觉得更快乐的事——和自己喜欢的人一起旅游。

"甜甜，我好开心啊！"温乔扬唇笑道。

前面没车，晏孝捷趁机搂住她的脖子，然后在她的脸颊上亲了一口，说："你开心我就开心。"感觉耳朵后面有狗狗的喘息声，他回头看了孝孝一眼，对孝孝说道："看什么看？单身狗。"

温乔推了推晏孝捷，问他："你是不是有病？干吗说孝孝啊？"

孝孝朝晏孝捷"汪汪"叫。

他反手摸了摸孝孝的脑袋，说道："好了，好了，不说你了，一回去就给你找老婆。"

孝孝立刻坐好，嘴角都要翘起来了。

他们今天的目的地是昭苏湿地公园。

他们出发得早，车开出了一段距离也才上午十点。晏孝捷开车的水平很不错，温乔很喜欢坐他开的车，他开得很稳，她丝毫不会晕车。音响里放着外文歌，阳光透过车窗洒进来，一切惬意极了。

在北京根本看不到如此透亮的天空，温乔打开车窗，大口呼吸着清新的空气，晏孝捷在旁边笑她："说了让你和我一起待在南方，你非要去北京！北京虽然是首都，但环境真是一般，去一次身上能因为空气干燥掉一层皮。"

"那是因为你娇气。"温乔说道。

"是，是，是，是我娇气。你就喜欢本少爷的细皮嫩肉，摸起来手感好。"真是给他一个机会，他的尾巴就能翘上天。

晏孝捷边哼歌边开车，温乔靠着座椅喂孝孝吃零食，一幅自由的画面。伊昭公路是一条全长122千米的公路，风景宜人，也是新疆境内一条非常著名的旅游公路。

暑假里来这里旅游的人很多，慢慢地，路上的车越来越多。

"阿晏，你看，草原，到草原了！"温乔被窗外的风景吸引，帮孝孝打开车窗，孝孝乖乖地探头去看窗外的美景。

晏孝捷放慢了车速，以便欣赏风景。

新疆的风景名不虚传，山路蜿蜒起伏，广阔的草原在眼前铺开，绵延的小山仿佛温和的波浪，美不胜收。

在北京和香港都很难看到这样壮阔的自然风景，尤其是在香港，所以晏孝捷比温乔更激动。他干脆停下车，带着温乔和孝孝下车去拍照，权当活动筋骨了。

"你站过来。"

"低一点儿嘛。"

"过去一点儿,你挡住孝孝啦。"
…………
在任何时候,温乔说话都很管用。

他们一家三口在草原公路上拍了许多美照,后来,她还用单反照相机拍了一些别的照片。

车窗外绿意盎然,草原上的牛、马、羊悠闲地吃着草,净化心灵的旅行在继续。

温乔曾经把感情看得很淡,不过和晏孝捷谈恋爱后,她的态度逐渐改变。晏孝捷带给她的最大感触就是,她不再孤单。煲电话粥也好,假期见面也好,旅行也好,她的生活逐渐被温暖填满。

车辆行驶过险峻的悬崖峭壁,窗外的景色像是一幅壮丽的画卷。在这样的美景之中开车,晏孝捷神清气爽。孝孝也开心,温柔的风吹着它的毛发,它趴在窗边,咧开嘴笑。别的车辆从他们的车辆旁边经过时,里面的人都会忍不住拿出手机,给这条可爱的小狗拍下照片。

"孝孝,你好受欢迎。"晏孝捷不觉得它只是一条宠物狗,而是把它当作了哥们儿。

孝孝得意地叫了两声,把温乔都逗乐了。

十几分钟后,他们到达了昭苏湿地公园。

晏孝捷将车停在停车场后,带上温乔和孝孝一起往公园里走。

大自然似乎将所有美丽的景物都给了新疆,新疆的美是无死角的。滩浅水缓,骏马在草地上不管是低头吃草还是奔腾,人们站在一侧,都能感受到那份自由。

"人就应该把时间浪费在这种地方。"晏孝捷感慨道。

这点温乔深有感触,点点头,说道:"我赞同。"

两个曾经毫不相似的人,在一起久了,也会慢慢变得越来越像,喜好是,三观也是。

孝孝常年住在香港,活动范围很窄,过得还不如在祁南烟海巷时自在。此刻它难得能在辽阔的草原上撒欢,所以玩得不亦乐乎。

草原上是晏孝捷、温乔和孝孝幸福地奔跑的身影,时不时地有他们的笑声传来。

接下来两天,他们自驾沿着伊宁周围的公路转了一圈。虽然他们去的大部分地方是草原,但因为美得过分,他们怎么都看不够。

他们第三天去的地方,是温乔最想去的赛里木湖。

今天他们起得很早,因为她想在那边多停留一会儿。这几天都是晏孝捷在开车,她怕他太累,便提议今天换成她开车。

"好,我绝对相信你。"

这是晏孝捷给她的回答。这也是温乔最喜欢他的一点:他没有大男子主义,不会有意无意贬低甚至否定女朋友,而是永远相信她可以做好任何事,并且能在过程中给她无限的鼓励,提供极高的情绪价值。

晏孝捷之所以这么喜欢温乔,就是因为他对那些小鸟依人的女生不感兴趣,就喜欢她这种独立、沉稳的女生。

他常常说,有一个厉害的女朋友,才让他更有面子。

车子慢慢驶入赛里木湖区域,壮阔的景色映入眼帘。

"阿晏,我之前做攻略时,看到有人说骑自行车环湖特别棒,我们要不要尝试一下?"温乔已经跃跃欲试。

晏孝捷点头,说道:"好,我们先找个地方停车。"

"好。"

赛里木湖是大景区,来北疆的游客几乎都会来这里一睹它的风采。都说"没来过赛里木湖,人就等于白活",当被震撼人心的景色包裹时,温乔和晏孝捷才知道,这不是一句营销出来的假话。

此地湖水映天山,水色醉苍穹,宛如世外桃源。

"太美了!"温乔停下自行车。长长的环湖公路上,她几乎挪不动步,因为这里一步一景。阳光穿过薄雾,白云在湖上浮动,摆动的湖水是极纯净的湛蓝色。

去过无数地方的晏孝捷认为,赛里木湖的景色在全世界也绝对是数一数二。他一边拿起照相机拍照,一边说道:"我们国家有这么多美景,不知道为什么那么多人要出国旅游。"

阳光洒下,草原和湖水的光影轻柔地交错,温乔觉得时间仿佛都静止了,这里美到令人心醉神迷。她这么内敛的人,第一次对着湖和天空大喊:"我好开心啊!"

晏孝捷看着她，柔和的阳光笼罩在她的侧脸上，她的笑容很迷人。她在看风景，他觉得她比风景更美。和她谈恋爱的第一天，他就告诉自己：永远只做让她开心的事。

"站过去，我给你拍照。"

"嗯，好。"

温乔挑了一个最好的角度。她今天特意穿了一条和赛里木湖适配的白色长裙，这条长裙有一点点束腰的设计，她站在那里，被微风一吹，像是从画卷里走出来的小仙女。晏孝捷看她都入迷了，差点儿忘了按快门。

"你拍了吗？"她大声问。

晏孝捷有点儿兴奋地赞叹道："我的眼光真好，你美死我算了！"

"快拍，别废话了。"一个姿势她摆了很久，手都要酸了。

随后，晏孝捷跟着温乔变换的角度和姿势，拍了一百来张照片。湖畔绽放着各色野花，像是给大地披上了花衣。景色和女朋友都赏心悦目，他根本舍不得丢下照相机。

拍着拍着，他突然朝温乔冲了过去，搂住她，将镜头反过来，连着自拍了几十张照片。

温乔牵着晏孝捷的手在草地上自由地奔跑。站在湖边，她仰起头，看着山和天空，幸福的眼泪从眼角滑落。

她紧紧地牵着晏孝捷的手，问："阿晏，我们会一直在一起的，对吗？"

他拧起眉。他从来没有想过这个问题——从喜欢上她的第一天开始，他要的就是永远，是到七八十岁还能拥着她、逗她、对她说情话。

"废话。"这是晏孝捷脱口而出的回答，"我说过，除了你，我没办法把热情给第二个女人。"

温乔和他相视而笑。

赛里木湖色彩斑斓，像是被打翻的颜料盘。人在壮丽的美景之中总是不由自主地想要做许多浪漫的事。

晏孝捷冲到湖边，亢奋地喊道："我喜欢你，温乔！"

这突如其来的表白将温乔吓了一跳。这里是旅游景点，她没晏孝捷那么放得开,下意识地看了看旁边,还好没人经过。她跑过去,从身后抱住了他,一边用手指戳他的腹肌,一边说道:"你再喊一次,我刚才没听清。"

她学坏了。

晏孝捷对着高山、湖泊再次表白:"我爱你,温乔!"

这次,他把"喜欢"换成了更能诠释他感情的"爱"。

谁不喜欢被热烈的爱包裹呢?温乔踮起脚,亲了亲他的脸,然后偷偷对着赛里木湖喊道:"我也是!我也爱你,晏孝捷!"

"做贼呢?谁能听见啊?"晏孝捷不满意地说道。

温乔赖在他的怀里,说道:"我的脸皮没你的那么厚。"

晏孝捷挑挑眉,说道:"我的脸皮的确厚,我什么事都干得出来。"

下一秒,他低头吻住了温乔。这时,旁边走来了几个拍照的游客,但他根本不在意旁人的眼光,甚至恨不得全世界的人看向他们,羡慕他们。他没有松手,浪漫的吻在湖边久久未停。

# 后　记

  2022 年 10 月 11 日至 2023 年 4 月 2 日，近半年的连载时间，大家终于陪伴晏孝捷与温乔长大，从他们十七岁陪伴到他们二十四岁。

  七年里，每个人都在往前奔跑。

  祁南二中管理得越来越严，喜哥干脆把超市关了，在附近开了一家川菜馆；尹海郡加入了警队；黄安元也在本地找到了一份体面的工作；带出过祁南高考理科状元的谢启政成了全国名师，教出了一届又一届优秀学生，可不再有一个像晏孝捷那样既顽皮又讨喜的孩子。

  关于书名——

  第一章，阿晏的课桌上贴着的"云若覆满了雨，必定倾倒在地上"，对应故事里反复出现的《七里香》——"雨下整夜，我的爱溢出就像雨水"。

  这是我给这本小说起名《燥雨》的灵感来源。

  十七岁的那场燥雨终会停，但少年热烈的爱意会一直延续。

  关于初衷——

  本质上，我就是想写一个"从校园到婚纱"的爱情故事。在我的设定里，没有分手，没有破镜重圆，没有误会，没有竞争，就是在普通又平淡的日子里，看他们细水长流。

  如果你们看完后有一种"原来真有一个男孩，能将一份在十七岁就萌芽的感情，年复一年地热烈地坚持着，将他喜欢的女孩真的写进了诗的结尾"的感觉，那就证明我好像写得还行。

关于主角——

我给阿晏的设定就是热烈、坦诚、勇敢的大男孩。他的人生里有两件坚持的事：一是心胸外科，二是温乔。就像他说的，他把所有的热情都给了她，这辈子再也不可能给第二个人。

阿晏这张嘴，可以说不着边际的话，但不可能说放手。

对于乔乔，我很喜欢她。她勇敢无畏，敢直面骚扰者，不怕危险，敢上庭做证。她也是理智的，虽然喜欢阿晏，但始终把自己放在第一位，所以在面对分歧时，她会为自己多考虑一些。可正是因为如此，她才能在考验与磨合里获得一份积极、阳光的感情。

写一篇跨度长达七年的成长文，对我来说是考验和挑战。我常常想：如果我的笔力再好一些，阅历再丰富一些，这个故事一定能更加精彩。

sissycici